本书为四川省社会科学"十三五"规划2016年度一般项目资助（SC16B093）成果

王志勤／著

A Study of Mao Dun's Translation Thought from Interdisciplinary Perspectives

跨学科视野下的茅盾翻译思想研究

四川大学出版社

项目策划：张　晶　余　芳
责任编辑：张　晶
责任校对：周　洁
封面设计：阿　林
责任印制：王　炜

图书在版编目（CIP）数据

跨学科视野下的茅盾翻译思想研究 / 王志勤著．— 成都：四川大学出版社，2018.12
（译学新论丛书）
ISBN 978-7-5690-2663-4

Ⅰ．①跨… Ⅱ．①王… Ⅲ．①茅盾（1896-1981）—翻译理论—思想评论 Ⅳ．① I046

中国版本图书馆 CIP 数据核字 (2019) 第 000199 号

书名	跨学科视野下的茅盾翻译思想研究
	Kuaxueke Shiyexia de Maodun Fanyi Sixiang Yanjiu
著　　者	王志勤
出　　版	四川大学出版社
地　　址	成都市一环路南一段24号（610065）
发　　行	四川大学出版社
书　　号	ISBN 978-7-5690-2663-4
印前制作	跨克
印　　刷	四川盛图彩色印刷有限公司
成品尺寸	170 mm×240 mm
印　　张	20.75
字　　数	398 千字
版　　次	2019年9月第1版
印　　次	2019年9月第1次印刷
定　　价	72.00 元

版权所有 ◆ 侵权必究

◆ 读者邮购本书，请与本社发行科联系。
电话：(028)85408408/(028)85401670/(028)86408023　邮政编码：610065
◆ 本社图书如有印装质量问题，请寄回出版社调换。
◆ 网址：http://press.scu.edu.cn

四川大学出版社
微信公众号

内容摘要

中国伟大的翻译家茅盾（1896—1981）对翻译事业的卓越贡献不仅体现在其三十多年的翻译实践活动中，还体现在其六十多年的翻译理论建树上。茅盾经历了新旧中国两个时代，见证并参与了中国翻译理论的构建过程，其翻译思想是中国翻译史研究不可或缺的内容。茅盾翻译思想具有重要的历史价值和深远的现实意义，值得我们进行全面、系统和深入的研究。

本书基于翻译学学科理论和方法，从社会学、文化研究和传播学的跨学科视角出发，综合采用历时研究与共时研究、定性研究与定量研究相结合的方法，纵向考察了茅盾翻译思想的发展变迁，横向聚焦了茅盾翻译思想与翻译实践之间的互动关系，深入探寻了茅盾翻译思想形成的原因，探讨了茅盾翻译思想对当下翻译研究的现实启示意义。

本书上述研究可以进一步丰富和完善茅盾翻译思想研究，对中国传统译论向现代译论的转化和中西方译论之间的对话具有参考价值，对翻译理论和翻译实践的互动以及译者与所处社会和时代的互动有一定的借鉴意义，并且为当今的中国文学文化"走出去"和当下的翻译质量危机提供重要的现实启示。

除"绪论"和"结论"，本书共分为四章。第一章为"纵向考察：茅盾翻译思想的发展变迁"，第二章为"横向聚焦：茅盾翻译思想与翻译实践的互动"，第三章为"追根溯源：茅盾翻译思想的形成原因"，第四章为"反思探讨：茅盾翻译思想的现实启示"。本书主要有以下发现：茅盾翻译思想处在发展过程中；总体而言，茅盾翻译思想与翻译实践之间具有良性的互动关系；茅盾翻译思想在形成和发展过程中受到了社会因素、政治因素、文化因素以及同时代其他译者的影响；茅盾的翻译思想不仅与西方的翻译理论有契合之处，而且提出时间甚至比西方早；茅盾翻译思想对当今的中国文学文化"走出去"和当下的翻译质量危机问题的解决都有重要的现实启示意义。

本书在研究视角、研究内容和研究方法上还有一些不足之处，有待后续研究：首先，在研究视角上，可以从伦理学等视角来研究茅盾的翻译思想。其次，在研究内容上，茅盾的文学翻译与文学创作之间的关系值得探讨。第三，在研究方法上，还可结合语料库来深入剖析茅盾翻译思想和翻译实践的互动关系。笔者从新的研究视角、研究内容和研究方法入手，希望进一步丰富和完善茅盾翻译思想的研究。

A Study of Mao Dun's Translation Thought from Interdisciplinary Perspectives

Mao Dun (1896-1981), a great translator in China, contributed tremendously in his translation career due to his enormous translation practices over 30 years as well as his systematic translation theories over 60 years. Mao Dun's translation thought went through long periods from Old China to New China, taking part in the construction of Chinese translation theories. Therefore, Mao Dun's translation thought is an indispensible part in the study of Chinese translation history. Mao Dun's translation thought embodies historical value as well as realistic enlightenment, which requires a wholesome, systematic and thorough study.

Based on theories and methods of Translation Studies, this book adopts the research perspectives of Sociology, Cultural Studies as well as Mass Communication. As for the research methods, this book employs diachronic study, synchronic study, qualitative research and quantitative research. Therefore, this book mainly focuses on Mao Dun's translation thought including the following four aspects: its historical development, its interaction with translation practice, its affecting factors, and its implications.

This book aims to achieve three goals. Firstly, it expects to provide some reference for the transformation from Chinese traditional translation theories to modern translation theories, and for the communication of translation theories between the East and the West. Secondly, it hopes to offer some significance for the interaction between translation theories and translation practice. Thirdly, it means to produce enlightenments for some hot issues as well as certain puzzling problems in our current translation circle.

This book includes four chapters and it has several findings. Firstly, it is found that there are connections and changes in the historical development of Mao Dun's translation thought, which can be significant for the transformation from traditional translation theories to modern translation theories. Secondly, it is found that there is good interaction between Mao Dun's translation thought and his translation practices, which is enlightening for the interaction between translation theories and translation practices. Thirdly, it is found that the forming and developing of Mao Dun's translation thought is greatly influenced by factors such as society, politics, culture, and contemporary translators, which reveals that a translator has close interaction with his era and society. Fourthly, this book finds out that Mao Dun's translation theories share some similarities with western translation theories, which is significant for the dialogue of translation theories between the East and the West. What's more, Mao Dun put forward his translation theory much earlier than some famous western scholars, which reminds us that our Chinese translation theories should be cherished as well. Furthermore, this book finds out that Mao Dun's translation thought can be inspiring for the "going out" of our Chinese literature and culture at present. Moreover, it is found that Mao Dun's translation thought can be enlightening to provide some possible solutions to the current translation quality crisis.

It should be pointed out that this book has certain limitations in terms of the research perspective, the research content, as well as the research method. As for the research perspective, some other interdisciplinary perspectives such as Ethics can be adopted. As far as the research content is concerned, the relationship between Mao Dun's literary translating and literary writing is worth studying. As to the research method, corpus can be employed to analyze Mao Dun's enormous translations, which is beneficial for us to deeply comprehend the interaction between Mao Dun's translation thought and his translation practice. And those limitations in this book make some room for further studies, which can help to deepen our understanding of Mao Dun's translation thought.

Key words: Mao Dun; translation thought; historical development; interactive relationship; forming reasons; realistic enlightenment

目 录

绪　论···1

　　一、选题缘起与研究意义／3

　　二、研究现状与不足／5

　　三、研究问题与研究假设／11

　　四、研究视角、研究内容、研究方法／12

　　五、研究特色与创新／14

第一章　纵向考察：茅盾翻译思想的发展变迁

第一节　"取精用宏"：茅盾翻译思想的不变之轴································21

　　一、"以供己用"："五四运动"时期茅盾的翻译目的观／22

　　二、"精华凝练"：土地革命时期茅盾的翻译目的观／23

　　三、"化为自己的血肉"：抗日战争和解放战争时期茅盾的翻译目的观／24

　　四、"吸收其精华来滋养自己"：新中国成立后茅盾的翻译目的观／26

第二节　"直译"：茅盾翻译思想的发展之脉······································28

　　一、"单字的翻译正确""句调的精神相仿"："五四运动"时期茅盾的翻译方法观／29

　　二、"不要歪曲了原作的面目"：土地革命时期茅盾的翻译方法观／30

　　三、"要能表达原作的精神"：新中国成立后茅盾的翻译方法观／31

第三节　"艺术创造性的翻译"：茅盾翻译思想的演变之征·······················32

i

一、"神韵"："五四运动"时期茅盾的翻译标准观 / 33

　　二、"风韵和力"：土地革命时期茅盾的翻译标准观 / 34

　　三、"既需要译者的创造性，而又要完全忠实于原作的面貌"：新中国成立后茅盾的翻译标准观 / 35

第四节　"批评与自我批评"：茅盾翻译思想的变化之象 …………………… 36

　　一、"译书的批评"："五四运动"时期茅盾的翻译批评观 / 37

　　二、"推荐好的'媒婆'，批评'说谎的媒婆'"：土地革命时期茅盾的翻译批评观 / 41

　　三、推荐和批评译作：抗日战争和解放战争时期茅盾的翻译批评观 / 46

　　四、"全面的深入的批评"：新中国成立后茅盾的翻译批评观 / 48

第五节　译研结合：茅盾翻译思想的变迁之核 …………………………………… 51

　　一、"博览深求"："五四运动"时期茅盾的译研结合观 / 51

　　二、"诵读宜博，而研究则宜专"：土地革命时期茅盾的译研结合观 / 54

　　三、"阅读的范围是愈大愈好"：抗日战争和解放战争时期茅盾的译研结合观 / 56

　　四、"先了解全面而后深入一角"：新中国成立后茅盾的译研结合观 / 57

第六节　小结 ……………………………………………………………………… 59

第二章　横向聚焦：茅盾翻译思想与翻译实践的互动

第一节　茅盾翻译思想与小说翻译实践的互动 …………………………………… 64

　　一、茅盾的小说翻译选材 / 64

　　二、茅盾的小说翻译目的 / 68

　　三、茅盾的小说翻译方法 / 70

　　四、茅盾的小说翻译批评 / 74

　　五、茅盾的小说翻译研究 / 76

第二节　茅盾翻译思想与戏剧翻译实践的互动 …………………………………… 82

　　一、茅盾的戏剧翻译选材 / 82

二、茅盾的戏剧翻译目的 / 85

　　三、茅盾的戏剧翻译方法 / 87

　　四、茅盾的戏剧翻译批评 / 96

　　五、茅盾的戏剧翻译研究 / 97

第三节　茅盾翻译思想与诗歌翻译实践的互动 …………………… 99

　　一、茅盾的诗歌翻译选材 / 99

　　二、茅盾的诗歌翻译目的 / 101

　　三、茅盾的诗歌翻译方法 / 102

　　四、茅盾的诗歌翻译研究 / 103

第四节　茅盾翻译思想与散文翻译实践的互动 …………………… 104

　　一、茅盾的散文翻译选材 / 105

　　二、茅盾的散文翻译研究 / 106

第五节　茅盾翻译思想与其他体裁翻译实践的互动 ……………… 109

　　一、茅盾翻译思想与科普翻译实践的互动 / 110

　　二、茅盾翻译思想与政论翻译实践的互动 / 111

　　三、茅盾翻译思想与文论翻译实践的互动 / 114

　　四、茅盾翻译思想与妇女问题作品翻译实践的互动 / 116

第六节　不同时代读者对茅盾翻译实践的评价 …………………… 122

　　一、茅盾同时代读者对茅盾翻译实践的评价 / 122

　　二、20世纪八九十年代读者对茅盾翻译实践的评价 / 124

　　三、21世纪读者对茅盾翻译实践的评价 / 129

第七节　小结 ……………………………………………………………… 133

第三章　追根溯源：茅盾翻译思想的形成原因

第一节　社会因素对茅盾翻译思想的影响………………………… 137

　　一、家庭环境对茅盾翻译思想的影响 / 138

　　二、教育环境对茅盾翻译思想的影响 / 143

三、工作环境对茅盾翻译思想的影响 / 147
第二节　政治因素对茅盾翻译思想的影响 ………………………………… 157
　　　一、"为人生"："五四运动"时期政治因素对茅盾翻译思想的影响 / 157
　　　二、"为阶级"：土地革命时期政治因素对茅盾翻译思想的影响 / 160
　　　三、"为抗战民主"：抗日战争和解放战争时期政治因素对茅盾翻译思想的
　　　　　影响 / 162
　　　四、"为建设"：新中国成立后政治因素对茅盾翻译思想的影响 / 163
第三节　文化因素对茅盾翻译思想的影响 …………………………………… 165
　　　一、乌镇地域文化对茅盾翻译思想的影响 / 165
　　　二、中国传统文化对茅盾翻译思想的影响 / 166
　　　三、外国文化对茅盾翻译思想的影响 / 168
第四节　同时代译者对茅盾翻译思想的影响 ………………………………… 170
　　　一、孙毓修对茅盾翻译思想的影响 / 170
　　　二、周作人对茅盾翻译思想的影响 / 172
　　　三、鲁迅对茅盾翻译思想的影响 / 174
　　　四、曹靖华对茅盾翻译思想的影响 / 177
　　　五、戈宝权对茅盾翻译思想的影响 / 179
第五节　小结 …………………………………………………………………… 182

第四章　反思探讨：茅盾翻译思想的现实启示

第一节　东方与西方：茅盾翻译思想与西方翻译理论的契合 ……………… 187
　　　一、茅盾翻译思想与文艺学派翻译理论的契合 / 188
　　　二、茅盾翻译思想与语言学派翻译理论的契合 / 192
　　　三、茅盾翻译思想与文化学派翻译理论的契合 / 195
第二节　问题与反思：茅盾翻译思想对中国文学文化"走出去"的现实启示 … 198
　　　一、与汉学家鼎力合作：茅盾翻译思想对译介主体的现实启示 / 199
　　　二、避免一厢情愿推销：茅盾翻译思想对译介内容的现实启示 / 204

三、重视国外出版机构：茅盾翻译思想对译介途径的现实启示 / 209

　　　四、照顾国外读者水平：茅盾翻译思想对译介受众的现实启示 / 211

　　　五、促进中外文化交流：茅盾翻译思想对译介效果的现实启示 / 214

　第三节　危机与途径：茅盾翻译思想对当下翻译质量危机的现实启示…………218

　　　一、端正翻译态度 / 223

　　　二、提升译者素养 / 226

　　　三、注重翻译选材 / 228

　　　四、提倡艺术创造性翻译 / 231

　　　五、鼓励翻译中的集体互助 / 233

　　　六、加强翻译批评与自我批评 / 235

　　　七、培养翻译力量 / 239

　第四节　小结…………………………………………………………………242

参考文献……………………………………………………………………………245

附　录………………………………………………………………………………253

　　附录一　茅盾年谱（1896—1981）……………………………………………253

　　附录二　茅盾翻译理论时间表（1919—1981）………………………………277

　　附录三　茅盾翻译实践时间表（1917—1948）………………………………298

致　谢………………………………………………………………………………317

绪　论

绪　论

一、选题缘起与研究意义

茅盾（1896—1981）是我国著名的翻译家、作家、评论家、编辑、社会活动家。1916年，茅盾从北京大学预科毕业后进入商务印书馆编译所工作，开始与高级编译孙毓修合作译书，从此走上了翻译介绍外国文学的道路。"对茅盾同志作为一个伟大的作家、评论家、编辑都要研究，对于作为杰出的外国文学研究者和翻译介绍者的茅盾，也需要很好地研究。"[1]茅盾对中国翻译事业的贡献，不仅体现在其三十多年的翻译实践活动中，还体现在其六十余年的翻译理论建树上。"茅盾一生的文学活动，对于现代翻译文学的贡献巨大。他既是现代翻译活动的杰出组织者、领导者，又是积极实践者，还为现代翻译文学的发展贡献了重要的理论思考和经验总结。"[2]茅盾的翻译理论和实践对中国翻译事业的发展做出了卓越贡献。

（一）选题缘起

茅盾从1917年1月发表英国威尔斯的小说《三百年后孵化之卵》译作开始，到1948年8月发表苏联西蒙诺夫的小说《蜡烛》译作为止，总共发表了来自39个国家164位作家的243篇译作[3]，包括小说、戏剧、散文、诗歌、科普、政论、文论以及妇女问题方面的作品。这些译作大部分是茅盾从英文译本转译的，有一些是从英文译本直接翻译的。2013年，十卷本《茅盾译文全集》问世，"其数量之大、

---

[1] 戈宝权：《茅盾——杰出的外国文学翻译家和评论家》，载《茅盾研究》编辑部《茅盾研究》（第一辑），北京：文化艺术出版社，1984年，第21页。
[2] 谢天振、查明建：《中国现代翻译文学史（1898—1949）》，上海：上海外语教育出版社，2004年，第91页。
[3] 参见本书附录三：《茅盾翻译实践时间表（1917—1948）》。

范围之广、涉及的国家和作家之多,无论是过去抑或是现在,都可以说名列前茅"[1]。

从1919年2月发表第一篇论及翻译问题的文章《〈地狱中之对谭〉前言》开始,到1981年4月发表最后一篇论及翻译问题的文章《重印〈小说月报〉序》为止,茅盾总共发表了专论(或论及)翻译问题的文章350篇[2]。这些文章可见于茅盾对翻译问题的专门讨论、茅盾的译作序跋、书信以及茅盾对其他译作的相关评价等。"茅盾对翻译理论的研究,从文章的数量来说,在我国现代翻译家中,他是数量最多的一个。就质量来说,他对翻译理论的研究比较客观、全面、系统。"[3]可见,茅盾的翻译思想非常值得研究。

茅盾的翻译思想经历了中国的发展变迁,参与和见证了中国翻译理论的构建过程,是中国翻译史和翻译文学史研究不可或缺的内容。茅盾的翻译理论比较全面和系统:"许多见解和主张都是相当深刻和卓越的……他的文学翻译理论,是我国'五四'运动以来翻译界里的一份宝贵遗产。"[4]茅盾翻译思想既有对翻译实践的经验总结,又有对翻译问题的商榷论战,还有他作为新中国文化部部长对中国文学翻译事业的宏观指导。因此,"综合地研究茅盾的这些翻译理论文章,不仅对于研究茅盾及'五四'以来的文学翻译理论体系大有裨益,而且更有益于今天文学翻译理论的建设及文学翻译事业的发展。"[5]然而,遗憾的是,迄今还没有一部专著对茅盾一生的翻译思想进行全面、系统而深入的研究。

(二)研究意义

基于翻译学学科理论和方法,通过社会学、文化研究以及传播学的跨学科研究,本书综合运用历时研究与共时研究、定性研究与定量研究相结合的方法,纵

---

1 任晓晋:《茅盾翻译活动初探》,载《外语研究》,1988年第4期,第22页。
2 参见本书附录二:《茅盾翻译理论时间表(1919—1981)》。
3 孟昭毅、李载道:《中国翻译文学史》,北京:北京大学出版社,2005年,第154页。
4 任晓晋:《茅盾翻译理论评介》,载《南外学报》,1986年第2期,第47页。
5 王卫平:《略论茅盾的文学翻译理论》,载《锦州师院学报》,1985年第4期,第89页。

向考察茅盾翻译思想的发展变迁,横向聚焦茅盾翻译思想与翻译实践之间的互动关系,对茅盾翻译思想的形成追根溯源,探讨茅盾翻译思想的现实启示。因此,本书具有重要的理论意义和应用价值。

第一,本书通过纵向考察茅盾翻译思想的内在变化和联系,横向聚焦茅盾翻译思想和翻译实践之间的互动关系,研究茅盾翻译思想形成和发展的影响因素,对中国传统译论向现代译论的转化、翻译理论与翻译实践之间的互动、译者与其所处社会和时代的互动具有一定的参考价值。

第二,本书横向比较茅盾翻译思想与西方文艺学派、语言学派、文化学派翻译理论的契合之处,可以更好地促进中西方翻译理论之间的对话和交流。

第三,本书结合茅盾翻译思想深入探讨当下的翻译热点和翻译危机问题,对当今的中国文化"走出去"以及翻译质量危机问题的解决具有重要的现实启示意义。

二、研究现状与不足

以往对茅盾翻译思想的研究在视角、内容、方法上取得了一定成果,但是仍然存在进一步研究的空间。

(一)茅盾翻译思想研究现状综述

目前,国外对茅盾翻译思想的研究十分罕见:Susan Wilf Chen(1988)在论文"Mao Tun the Translator"中,认为茅盾翻译中的主题和艺术技巧与茅盾早期的小说创作有同构效应;Leo Tak-hung Chan(2004)把茅盾的翻译理论文章《直译、顺译、歪译》译为英文。茅盾1981年逝世后,国内对茅盾翻译思想的研究可见于期刊论文、会议论文、硕士论文或者专著的部分章节,时间跨度可分为四个阶段:20世纪80年代、20世纪90年代、21世纪第一个十年、21世纪第二个十年。

20世纪80年代对茅盾翻译思想的研究主要为茅盾的翻译理论介绍,强调了茅盾翻译理论的重要性,研究内容涵盖了茅盾的翻译目的观、翻译标准观、翻译方法方式观和翻译批评观等。杨郁(1983)通过学习《茅盾译文选集》序言,探讨了茅盾的翻译观,包括文学翻译标准、直译、意译以及重译观,认为茅盾的文学翻译理论是留给后辈的宝贵遗产，对我国翻译界有重要的指导作用。翟德耀（1984）把茅盾早期介绍外国文学的特点归纳为高瞻远瞩、锐意创新，取精用宏、对症下药，深入研究、穷本溯源，认为茅盾在译介外国文学时的翻译目的观、翻译选材观和译研结合观贡献突出，具有很强的现实指导意义和价值。黎舟（1985）把茅盾译介外国文学的历史经验总结为研究与译介结合，重视社会功利目的和艺术技巧的学习，译介范围既有重点又很广泛，取精用宏，实现了创造中国新文学的目的，认为茅盾的翻译为人类的艺术宝库增添了新的财富。王卫平（1985）论述了茅盾的文学翻译目的观、翻译地位观、翻译标准观、翻译选材观、翻译方式方法观和译者素养观，认为茅盾的翻译理论具有重要的历史价值和深远的现实意义。

金燕玉（1986）讨论了茅盾的儿童文学翻译，包括翻译目的、翻译选材和翻译语言观，提出茅盾的儿童文学翻译具有时代性、思想性和艺术性。杨健民（1986）探讨了茅盾早期的"神韵"翻译标准和"直译意译"翻译方法，认为茅盾前后期的翻译理论是一致的，是中国翻译史上一份宝贵的财富，具有重要的理论价值和现实意义。任晓晋（1986）评介了茅盾的翻译理论，包括翻译标准、译者条件、直译、转译、复译、诗歌翻译和翻译批评，强调了茅盾的翻译理论具有不可低估的地位。李广德（1988）讨论了茅盾的文学"拿来主义"，包括"拿来主义"的前提和基础、内涵及特点，以及"拿来主义"对茅盾文学观和文学创作带来的影响，认为"拿来主义"是茅盾"五四"以来奉行的原则。陈玉刚（1989）强调，茅盾的翻译理论对翻译事业做出了巨大贡献。朱毓芝（1989）介绍了茅盾的翻译理论，包括翻译目的、翻译标准、翻译语言、直译、转译和复译观，认为茅盾的翻译理论为中国的新文学建设做出了卓越的贡献。

20世纪90年代茅盾翻译思想研究除了特别强调茅盾翻译理论的重要贡献，还对茅盾的某些特定核心翻译理论进行了探讨，主要包括茅盾的翻译目的、翻译标准、翻译方式和翻译方法观等。此外，有的学者不再局限于简单介绍茅盾的翻译理论，而是从关系的角度出发，探讨茅盾的翻译理论与文学创作以及社会现实的关系，丰富和深化了对茅盾翻译思想的研究。李庶长（1990）认为，茅盾通过学习和借鉴外国文学引导了中国现实主义文学艺术的蓬勃发展，在新文学发展史上具有不可替代的重要地位。陈苏珊、丰昀（1991）从关系的角度出发，认为茅盾早期的翻译与其小说创作有紧密联系。金芳（1993）讨论了茅盾的翻译思想对我国文学翻译事业的贡献，包括翻译目的、翻译选材、翻译标准、翻译方法以及翻译批评，认为茅盾的翻译理论具有重要的历史价值和现实启示意义。陈福康（1995）总结了茅盾对翻译理论建设做出的重要贡献。

育桂、立彬（1996）介绍了茅盾早期译介外国文学的特点与主张，提出茅盾在"为人生而艺术"的功利主义译介思想的指导下，吸取异域养料为其所用，实现了促进中国社会革新和新文学建设的目的。孙致礼（1996）专题讨论了茅盾的"艺术创造性的翻译"标准，认为该标准把我国的文学翻译理论提高到了一个新的水平，对我国文学翻译理论的建设具有长远的指导意义。郭著章等（1999）评介了茅盾的翻译理论，包括翻译标准、译家条件、翻译方式方法、诗歌翻译和翻译批评，认为茅盾的翻译理论在中国翻译史上具有十分重要的地位。张宇翔、王继玲（1999）讨论了茅盾的翻译与文学创作的关系、翻译与社会现实的关系、翻译的标准和方法等，认为茅盾的翻译理论具有独特的见解，为中国翻译事业做出了重要贡献。

21世纪第一个十年对茅盾翻译思想的研究除了强调茅盾翻译理论的重要性，还在研究视角、研究内容和研究方法上取得了突破。第一，在研究视角上，文化视角、接受理论视角和目的论视角等得以应用，进一步拓宽了茅盾翻译思想研究的视野。第二，在研究内容上，已有学者从对茅盾翻译理论的总体介绍转向了对茅盾某个特定核心翻译理论的专题讨论，如茅盾的文学翻译批评观等，从而进一步深化了对茅盾翻译思想的研究。第三，在研究方法上，已有学者采用比较法，把茅盾的翻译观和鲁迅的翻译观进行比较研究。

陈福康（2000）讨论了茅盾1949年前的译论贡献和1949年后的纲领性报告，认为茅盾1949年前的翻译理论充满了真知灼见，包括翻译目的、翻译标准、译者素养、翻译方式、翻译方法和诗歌翻译观等，指出茅盾1949年后的纲领报告代表了当时中国翻译理论的最高水平，具有深远的指导意义。郭国昌（2000）探讨了茅盾的文学翻译观。谢天振、查明建（2004）讨论了茅盾的翻译目的观、译者修养观和翻译方法观，认为茅盾在不同时期的翻译主张既切合现实又系统全面，为中国的文学翻译事业做出了卓越贡献。王友贵（2004）称茅盾为"专译小国文学的翻译杂家"，探讨了茅盾的"弱国"翻译模式、意识形态与翻译的政治、茅盾翻译里的"矛盾"以及茅盾文学翻译的重要价值等。

孟昭毅、李载道（2005）评述了茅盾的翻译理论建树，包括翻译目的、翻译要求、翻译方法和原则，认为茅盾重视翻译理论建设，其直译和复译观与鲁迅的观点有相似之处。罗建周（2008）讨论了茅盾的现代文学翻译批评，认为茅盾是我国现代文学翻译批评的开拓者，促进了传统文学翻译批评向现代文学翻译批评的转化，因而其在开拓现代文学翻译批评上的突出贡献和地位不容忽视。樊腾腾（2008）探讨了茅盾的"神韵"说和"艺术创造性翻译"论，提出茅盾的"艺术创造性翻译"继承和发展了苏俄文艺学派翻译理论的基本观点，是茅盾翻译思想的最高成就，为中国文学翻译事业的发展指明了方向。李红英（2008）讨论了茅盾的翻译思想，包括文学翻译目的、要求、方法和原则、文学作品的转译、复译和重译，认为研究茅盾翻译思想有利于促进我国文学翻译理论的建设。甘露（2008）从文化视角出发，探讨了茅盾的文学翻译思想，包括直译、意译、译者素养以及文学翻译标准，认为茅盾的翻译活动具有鲜明的政治目的和社会功利性，茅盾的翻译理论开创了国内翻译界对译者主体性研究的先河。

王秉钦、王颉（2009）论述了茅盾的"神韵"说、"艺术创造性翻译论"、"翻译与创作并重论"，认为茅盾的翻译思想将中国传统的翻译思想逐步推向了鼎盛时期，继承和研究茅盾留下来的丰富遗产对我国翻译理论的建设具有重要意义。唐丽君、舒奇志（2009）从接受理论视角讨论了茅盾的外国儿童文学翻译，认为茅盾的儿童文学翻译为当时的少年儿童提供了精神食粮，促进了中国现代儿童文学的创作。唐丽君（2009）从翻译目的论视角出发，探讨了茅盾儿童文学翻译的策略，提出茅盾的翻译目的观、翻译选材观和翻译策略观与社会文化语境有密切关系，茅盾的儿童文学翻译活动促进了中国儿童文学创作和新文学的发展。

21世纪第二个十年，茅盾翻译思想研究在研究视角、研究内容和研究方法上又进了一步。第一，在研究视角上，运用了目的论、阐释学理论、布迪厄社会学理论等视角，使茅盾翻译思想研究的视野更加开阔。第二，在研究内容上，有的学者从关系角度出发，讨论茅盾的儿童文学翻译与社会语境的关系、茅盾翻译观与创作观的关系、茅盾的翻译与政治的关系;也有学者开始讨论影响茅盾翻译活动的影响因素,包括赞助人、意识形态、诗学、社会场域和个人翻译习性等;还有学者探讨了茅盾的翻译理论与翻译实践活动。第三,在研究方法上,有学者采用比较法,分析了茅盾翻译观与普希金翻译观的异同;也有学者对茅盾的少数译作进行了一些文本分析。

唐丽君(2010)从目的论视角出发,讨论了茅盾在"五四"时期翻译外国儿童文学作品的翻译目的、翻译选材和翻译方法,认为茅盾的儿童文学翻译活动与当时中国的社会文化语境存在一种互动关系。韩波(2010)比较了茅盾的翻译观与普希金翻译观的异同,认为二者的相同点在于翻译目的、翻译选材、译作与原作的联系等;不同点在于转译观和复译观上。李蓓蓓(2010)主要讨论了茅盾的艺术创造性翻译、译者条件和翻译方法,认为茅盾的翻译思想对翻译实践有重要的指导作用,强调了我们在吸收西方翻译理论的同时,也要继承中国优秀的传统翻译理论。

陆志国(2011)以布迪厄的社会实践理论为框架,用习性、资本、场域等概念为论述工具,研究了茅盾1949年前30多年的文学翻译活动,说明了译者行为是习性和场域等各种因素共同作用的产物,译者行为积极参与了译者社会文化身份的构建。裴慧利、李俊灵(2011)从伽达默尔的阐释学理论视角探讨了茅盾儿童文学翻译的文本选择,认为茅盾的小说视域和爱国情怀使他走上了专注译介弱小民族儿童文学作品的道路。杜家怡(2011)讨论了茅盾翻译思想中的直译和诗歌翻译,认为茅盾的翻译观和他的创作观有密切关系,茅盾的翻译思想对当今翻译实践具有指导意义。朱军(2011)从翻译与政治的角度出发,探讨了茅盾的翻译目的、翻译选材和翻译策略,认为茅盾的翻译是为输入先进的西方思想和促进中国新文学的发展而服务的。李清娣(2011)主要强调了茅盾的翻译理论建树。

陆志国(2013)从布迪厄的社会学理论视角探讨了茅盾"五四运动"伊始在翻译语言、翻译选材和翻译策略上的转向,发现了茅盾的翻译转向符合他在场域上的利益和个人的翻译习性。吴丽聪(2013)探讨了茅盾的文学翻译标准和翻译方法,认为茅盾在我国翻译史上的地位不可忽视,其翻译理论可为翻译实践带来一定的现实启示。潘婧颖(2013)从"改写"理论的视角出发,对比分析了茅盾在"五四运动"前后翻译策略和翻译体裁的变化,指出茅盾在"五四运动"前的翻译活动主要受赞助人的影响,在"五四运动"后的翻译活动主要受意识形态和诗学因素的影响。

陆志国(2014)借用布迪厄的文化生产场理论,通过分析20世纪30年代国民党的审查制度对文学场的干预情况和茅盾的翻译习性等,说明茅盾的翻译选材和翻译策略行为是审查、场域中的张力关系以及译者习性等共同作用的产物,并指出当译者拥有多重身份时,其文学翻译的行为不一定符合布迪厄的生产场域理论。廉亚健(2015)认为:茅盾的翻译理论主要包括提倡忠实于原文内容和风格的直译,译文应再现原作的神韵,重视文学翻译的艺术创造性;指出茅盾的翻译思想不仅可以进一步丰富中国的翻译理论,还可以为翻译实践提供重要的指导意义。

(二)以往研究的不足

综上所述,自20世纪80年代以来,以往对茅盾翻译思想的研究便十分强调茅盾翻译思想的重要价值,并取得了一定成果。然而,以往研究还存在一些不足,主要表现为:研究内容比较集中,研究视角有待拓展,研究方法比较单一。

首先,在研究内容上,多数研究凸显了茅盾翻译思想的重要价值;但是探讨茅盾翻译思想的发展变迁、茅盾翻译思想和翻译实践的互动关系、茅盾翻译思想形成和发展原因的还比较少见。虽然已有少数研究者指出了茅盾翻译思想具有重要的现实启示意义,但是却未能有机结合当下的翻译热点问题和翻译危机问题进行深入探讨。

其次,在研究视角上,以往对茅盾翻译思想的研究主要用到了布迪厄社会学视角、阐释学视角和文化视角等,鲜有传播学等视角。

第三,在研究方法上,以往对茅盾翻译思想的研究主要采用比较法,对比分析茅盾和鲁迅的翻译观、茅盾和普希金的翻译观等,很少采用定量研究的方法。

上述这些不足之处为本书提供了一定的研究空间。因此,本书拟从研究内容、研究视角和研究方法上进一步丰富和完善茅盾翻译思想研究。

三、研究问题与研究假设

基于对国内外茅盾翻译思想研究现状的综述,本书提出四个研究问题,并在此基础上提出四个研究假设。

(一)研究问题

本书研究茅盾一生的翻译思想,主要回答以下四个研究问题。

(1)茅盾的翻译思想跨越了新旧中国两个时代,参与并见证了中国翻译理论的构建过程。那么,茅盾的翻译思想在发展过程中,有什么内在的变化和联系?

(2)茅盾在翻译实践的基础上总结出翻译理论,又用翻译理论去指导新的翻译实践,并形成了完整的翻译思想体系。那么,茅盾的翻译思想和翻译实践之间存在怎样的互动关系?

(3)茅盾是一位伟大的翻译家,同时也是一位重要的政治人物和文化人物。那么,茅盾的翻译思想在形成和发展的过程中,受到了哪些社会因素、政治因素、文化因素以及同时代其他译者因素的影响?

(4)茅盾翻译思想在中国翻译史上具有重要的历史价值。那么,茅盾翻译思想对当今的翻译热点和翻译危机又可以提供哪些有益的现实启示?

茅盾既是一位伟大的翻译家,又是一位伟大的创作家。因此,探讨茅盾作为翻译家和创作家之间的关系有助于揭示中国的翻译文学和文学创作之间的关系。然而,由于本书的研究重点是茅盾的翻译思想,所以这个问题将留在以后的研究中讨论。

(二)研究假设

针对上述四个研究问题,本书提出以下四个研究假设。

(1)茅盾翻译思想在六十多年的发展过程中具有内在的变化和联系。茅盾翻译思想的变化和联系可能会前后一致,也可能不断演化,甚至还可能自相矛盾。

(2)茅盾的翻译思想和翻译实践之间可能具有一种良性的互动关系。但是,

茅盾的翻译实践活动和翻译思想之间也可能存在一些脱节之处。

（3）茅盾翻译思想的形成和发展可能会受到社会因素、政治因素、文化因素以及同时代其他译者因素的影响。茅盾翻译思想与其所处的社会和时代之间可能会有一种互动关系。

（4）归纳总结茅盾的翻译思想，对当今的翻译热点问题和当下的翻译危机应有一定的现实启示意义。

四、研究视角、研究内容、研究方法

本书基于翻译学学科理论和方法，从社会学、文化研究以及传播学的跨学科视角，综合运用历时研究与共时研究、定性研究与定量研究相结合的方法，纵向考察了茅盾翻译思想的发展变迁过程，横向聚焦了茅盾翻译思想与翻译实践之间的互动关系，追溯了茅盾翻译思想形成和发展的原因，反思探讨了茅盾翻译思想的现实启示意义。

（一）研究视角与研究内容

（1）社会学视角：社会是个人的集合，也是人与人之间相互关系的集合。人与社会是相互依存、相互制约的关系。一方面，个人对社会具有能动的作用，个人的创造活动推动着社会的发展。另一方面，个人也依赖于社会，个人的生存和发展离不开社会环境的影响和制约。茅盾三十多年的翻译实践活动和六十多年的翻译理论建树为中国翻译事业的发展做出了卓越贡献。同时，茅盾作为一位伟大的政治人物和文化人物，其翻译思想在形成和发展的过程中也受到了各种相关因素的影响。因此，本书从社会学的视角出发，追溯了影响茅盾翻译思想形成发展的社会因素、政治因素、文化因素以及同时代其他译者因素，有助于揭示译者与其所处社会和时代之间的互动关系。

（2）文化研究视角：文化交流是促进世界文化发展的内在要求。不同民族的文化既有个性又有共性。民族文化的个性决定了文化交流的必要性，民族文化的共性决定了文化交流的可能性。正是文化的特殊性与普遍性使不同民族之间的文化产生了交流与碰撞，从而促进世界文化的发展。因此，本书从文化交流的视角出发，通过横向比较茅盾翻译思想与西方文艺学派、语言学派、文化学派翻译理论的契合之处，以促进中西方翻译理论之间的对话与交流。

（3）传播学视角：美国传播学奠基人哈罗德·拉斯韦尔（Harold Dwight Lasswell，1902—1978）提出了著名的5W传播模式：谁（who），说什么（says what），通过什么渠道（in which channel），对谁（to whom），产生什么效果（with what effect）。拉斯韦尔首创的传播模式包括五方面的内容：控制分析、内容分析、媒介分析、受众分析、效果分析。这不仅为传播学的发展奠定了坚实的基础，还为深入研究传播现象开辟了广阔的道路。茅盾一生主要致力于对外国文学的翻译和介绍，但是其翻译思想也不乏对中国文学文化对外传播的真知灼见。因此，本书从传播学视角出发，通过深入考察茅盾翻译思想对中国文学文化外译的推动情况，发现茅盾的翻译思想在译介主体、译介内容、译介渠道、译介受众和译介效果上对当今的中国文学文化"走出去"具有重要的现实启示意义。

（二）研究方法

本书主要采用四种研究方法：历时研究法、共时研究法、定性研究法、定量研究法。

（1）历时研究法：本书从历时角度纵向梳理了茅盾翻译思想的发展变迁，重点考察茅盾翻译思想在六十多年发展变迁过程中的内在变化和联系，对中国传统译论向现代译论的转化具有一定的参考价值。

（2）共时研究法：本书从共时角度横向聚焦茅盾翻译思想与翻译实践之间的互动关系，考察茅盾翻译思想与小说翻译、戏剧翻译、诗歌翻译、散文翻译以及其他体裁翻译实践之间的互动关系，对翻译理论与翻译实践之间的互动有一定的借鉴意义。此外，本书还横向比较了茅盾翻译思想与西方各流派的翻译理论，比较分析茅盾翻译思想与文艺学派、语言学派、文化学派翻译理论的契合之处，对中西方译论之间的交流具有重要的现实启示。

（3）定性研究法：本书采用个案研究法，对茅盾小说翻译、戏剧翻译、诗歌翻译、散文翻译以及其他体裁翻译实践中的一些代表性文本进行个案分析，有助于研究者深刻理解茅盾翻译思想与翻译实践的互动关系。

（4）定量研究法：本书通过对茅盾翻译实践中各种体裁的分布情况、翻译选材的国别和作家情况、直译方法的使用情况、译研结合情况等进行简单的数据统计分析，系统地把握茅盾翻译思想发展的脉络体系，深入理解茅盾翻译思想与翻译实践之间的互动关系。

五、研究特色与创新

与以往的研究相比，本书在研究内容、研究视角和研究方法上有一定的特色与创新之处。

（1）在研究内容上，以往研究主要强调茅盾翻译思想的卓越贡献和重要价值。本书纵向考察了茅盾翻译思想的发展变迁过程，横向聚焦茅盾翻译思想和翻译实践之间的互动关系，追溯了茅盾翻译思想形成和发展的原因，并反思探讨了茅盾翻译思想对当下翻译热点和翻译危机问题的现实启示意义。因此，相对以往的研究而言，本书在研究内容上有所拓展，可进一步丰富和完善茅盾翻译思想研究。

（2）在研究视角上，以往对茅盾翻译思想的研究主要运用布迪厄的社会实践理论、阐释学理论和接受理论。本书从社会学视角出发，追溯了影响茅盾翻译思想形成和发展的社会因素、政治因素、文化因素以及同时代其他译者因素，有利于揭示译者与所处社会和时代的互动关系。本书还从文化交流的视角出发，通过横向比较茅盾翻译思想与西方文艺学派、语言学派、文化学派的翻译理论，发现茅盾的翻译思想不仅与西方翻译理论有契合之处，而且在提出的时间上甚至比西方更早。这就提醒我们在积极引进西方翻译理论的同时，也要珍视我们优秀的传统翻译理论。此外，中国学者要努力在世界上发出自己的声音，让外国同行了解我们的理论话语。"请进来"与"走出去"双向互动才能更好地促进中西方翻译理论之间的交流。此外，本书从传播学的视角出发，通过反思探讨茅盾对中国文学文化对外传播的大力推动情况，发现茅盾的翻译思想在译介主体、译介内容、译介渠道、译介受众以及译介效果上对当今的中国文学文化"走出去"都具有重要的现实启示意义。

（3）在研究方法上，以往对茅盾翻译思想的研究主要采用比较法。本书综合运用历时研究与共时研究、定性研究与定量研究相结合的方法。首先，本书从历时的角度纵向梳理茅盾翻译思想六十多年的发展变迁过程，揭示茅盾翻译思想发展的内在变化和联系。其次，本书从共时的角度横向聚焦茅盾翻译思想与小说翻译、戏剧翻译、诗歌翻译、散文翻译和其他体裁翻译实践的互动关系，这对考察茅盾翻译思想和翻译实践之间的互动有一定的参考价值。第三，本书还选择了茅盾翻译的一些代表性文本进行个案研究，并对茅盾的翻译选材、翻译方法和译研结合等情况进行数据统计分析，清晰地呈现出茅盾翻译思想和翻译实践之间的互动关系。

第一章
纵向考察：
茅盾翻译思想的发展变迁

第一章
纵向考察：茅盾翻译思想的发展变迁

1896年7月4日，茅盾（本名沈德鸿，字雁冰）诞生于今浙江省桐乡市乌镇。父亲是一名维新志士，要求茅盾从小就接受新学。母亲知书识礼，乐于接受新思想，是茅盾的启蒙老师。1903年，茅盾进入乌镇立志小学读书，1906年进入植材高等小学读书。1909年，茅盾考取了湖州中学。1911年，茅盾从湖州中学转入嘉兴中学，1912年到杭州私立安定中学读书。1913年，茅盾考取了北京大学预科第一类，开始广泛涉猎外国文学。1916年，茅盾从北京大学预科毕业后进入商务印书馆编译所工作，与高级编译孙毓修合作翻译了美国卡本脱的科普读物《衣食住》，从此走上了翻译道路。

1917年，茅盾公开发表的第一篇译作是译自英国威尔斯的科幻小说《三百年后孵化之卵》。1918年，茅盾第一次用中英文对照的形式翻译了警世新剧《求幸福》。1919年，茅盾翻译了英国作家萧伯纳的戏剧《地狱中之对谭》，并发表了第一篇译作序言《〈地狱中之对谭〉前言》，探讨了翻译选材、翻译目的和翻译方法等。同年，茅盾还发表了第一篇评论外国文学家的文章《萧伯讷》和第一篇关于俄国文学的论文《托尔斯泰与今日之俄罗斯》。茅盾1919年发表的第一篇政论译作是译自德国尼采的《新偶像、市场之蝇》，第一篇文论译作是译自英国罗素的《社会主义下的科学与艺术》。

1920年，茅盾接手《小说月报》的"小说新潮"栏目，成为文学研究会的主要发起人之一，还加入了上海共产主义小组。茅盾发表的第一篇妇女问题译作是译自美国沃德的《历史上的妇人》。1921年，茅盾加入中国共产党，主编并彻底革新《小说月报》，发表的第一篇散文译作是译自挪威博耶尔的《一队骑马的人》。1923年，茅盾辞去《小说月报》主编职务，仍留在商务印书馆工作。1926年，茅盾到广州参加中国国民党第二次全国代表大会，任国民党中央宣传部秘书，当时毛泽东代理宣传部部长。1927年，茅盾被国民党政府通缉，隐居在家，创作了第一部中篇小说《幻灭》，叶圣陶建议他以"茅盾"为笔名。

1928年，茅盾出版了小说译文集《雪人》，开始了流亡日本的生活。1930年，茅盾从日本回到上海，加入中国左翼作家联盟。1932年，茅盾完成《子夜》的创作。1934年，茅盾与鲁迅为伊罗生选编中国现代短篇小说集《草鞋脚》，与鲁迅等一起创办《译文》，与傅东华一起负责编辑《文学》翻译专号和弱小民族文学专号。1935年，茅盾出版弱小民族文学译文集《桃园》。1936年，茅盾出版《世界文学名著讲话》和散文译文集《回忆·书简·杂记》。

1937年，上海沦陷，茅盾被迫离开上海。1939年，茅盾担任新疆文化协会委员长。1940年，茅盾前往延安，受到了毛泽东等的热烈欢迎，并受邀在鲁迅艺术学院讲课。1945年，茅盾出席重庆文化界为他举行的五十诞辰和创作二十五周年的庆祝活动。1946年，茅盾出版了《苏联爱国战争短篇小说译丛》，茅盾夫妇应邀访问苏联。1947年访苏结束，茅盾返回上海宣传、介绍民主的苏联。1948年，茅盾出版了《苏联见闻录》，并翻译发表了苏联西蒙诺夫的小说《蜡烛》，这是茅盾发表的最后一篇译作。

1949年中华人民共和国成立后，茅盾当选为全国文联副主席和全国文学工作者协会主席，担任中央人民政府文化部部长、《人民文学》主编。1953年，茅盾担任《译文》主编。1954年，茅盾在全国文学翻译工作会议上，作了《为发展文学翻译事业和提高翻译质量而奋斗》的专题报告。1980年，茅盾出版《世界文学名著杂谈》。1981年，茅盾发表《〈茅盾译文选集〉序》，对自己一生的翻译理论进行了归纳总结。1981年3月27日，茅盾因病在北京逝世。

茅盾从1917年发表第一篇译作《三百年后孵化之卵》开始，到1948年发表最后一篇译作《蜡烛》，共翻译了39个国家164位作家的243篇译作。[1]茅盾在"五四运动"时期和土地革命时期致力于翻译被压迫民族和弱小民族的文学作品，并出版了《雪人》（1928）和《桃园》（1935）两本译文集。茅盾在抗日战争和解放战争时期主要翻译苏联的卫国战争小说，并出版了《苏联爱国战争短篇小说译

---

[1] 参见本书附录三：《茅盾翻译实践时间表（1917—1948）》。

第一章
纵向考察：茅盾翻译思想的发展变迁

丛》（1946）。

茅盾的翻译思想经历了新旧中国六十多年的发展，从1919年发表第一篇讨论翻译问题的文章《〈地狱中之对谭〉前言》开始，到1981年发表最后一篇论及翻译问题的文章《重印〈小说月报〉序》，总共发表了论及翻译问题的文章350篇[1]，包括翻译目的、翻译选材、翻译标准、翻译方法、翻译批评、翻译研究等。茅盾的翻译思想既有对个人翻译经验的总结，也有对翻译问题的商榷和论战，还有对中国文学翻译事业的宏观指导。

茅盾翻译思想的形成发展经历了"五四运动"时期、土地革命时期、抗日战争和解放战争时期、新中国成立后四个主要阶段。因此，沿着茅盾一生从事翻译活动的历史轨迹，本章主要从历时角度纵向考察茅盾翻译思想从"五四运动"时期、土地革命时期、抗日战争和解放战争时期到新中国成立后的发展过程。茅盾的翻译思想具有以下五方面的特征："取精用宏"的翻译目的观是茅盾翻译思想的不变之轴，"直译"的翻译方法观是发展之脉，"艺术创造性的翻译"标准观是演变之征，"批评与自我批评"的翻译批评观是变化之象，"译研结合"观是变迁之核。

第一节 "取精用宏"：茅盾翻译思想的不变之轴

茅盾认为，翻译和介绍外国文学需要在广泛阅读的基础上，通过吸收其精华并化为自己的血肉，才能实现取精用宏的目的。"既然要从外国文学求借鉴，那就不应划（画）地为牢，自立禁区，而是对于凡在一个时期发生巨大影响的作家，都应当作为或正或反的借鉴对象。这样才能达到取精用宏的目的。"[2]茅盾在"五四运动"时期、土地革命时期、抗日战争和解放战争时期、新中国成立后都十分注重通过翻译和介绍外国文学作品来引进西方的现代思想和文学艺术技巧，

---

1 参见本书附录二：《茅盾翻译理论时间表（1919—1981）》。
2 茅盾：《为介绍及研究外国文学进一解》，载1979年9月《外国文学评论》第一辑。见茅盾，《茅盾全集》（第二十七卷·中国文论十集），北京：人民文学出版社，1996年，第341页。

从而实现促进中国社会革新和新文学创作的目的。因此,"取精用宏"的翻译目的观贯穿了茅盾的一生,是其翻译思想的不变之轴。

一、"以供己用":"五四运动"时期茅盾的翻译目的观

1922年,茅盾指出离开过去的影响很难有自己的独立创造,所以要善于消化吸收前辈的优秀文学成果。"谁能完全离开过去的影响而有所建立呢?我们只不要生吞活剥罢了。至于将他(它)们消化,以供己用,原是极好,也是必要的。因为消化以后,他(它)们已不是谁们的而是我的了。"[1]茅盾指出,翻译和介绍外国文学的目的在于两个方面:输入西方的现代思想和文学艺术技巧。"介绍西洋文学的目的,一半固是欲介绍他们的文学艺术来,一半也为的是欲介绍世界的现代思想——而且这应是更注意些的目的。"[2]因此,茅盾通过翻译介绍外国文学来实现一定的政治目的和文学目的。

一方面,茅盾十分强调通过翻译和介绍外国文学作品中的现代思想来实现唤醒民众和促进社会革新的政治目的。茅盾认为翻译和创作同样重要,尤其是在当时还没有成熟的"为人生的艺术"的中国,翻译显得更加重要,不然,"将以何者疗救灵魂的贫乏,修补人性的缺陷呢"[3]?文学的使命在于表现人生和指导人生,如果翻译家对所处社会的腐败和人心的麻木感到深恶痛绝,那么就可以通过翻译和介绍外国文学的途径来输入西方的现代思想,"借外国文学作品来抗议,来刺激将死的人心,也是极应该而有益的事"[4]。在茅盾看来,翻译和介绍外国文

---

[1] 玄:《独创与因袭》,载1922年1月4日《时事新报·学灯》。见茅盾,《茅盾全集》(第十八卷·中国文论一集),北京:人民文学出版社,1989年,第155页。

[2] 郎损:《新文学研究者的责任与努力》,载1921年2月10日《小说月报》第十二卷第二号。见茅盾,《茅盾全集》(第十八卷·中国文论一集),北京:人民文学出版社,1989年,第67页。

[3] 记者:《一年来的感想与明年的计划》,载1921年12月10日《小说月报》第十二卷第十二号。见茅盾,《茅盾全集》(第十八卷·中国文论一集),北京:人民文学出版社,1989年,第148页。

[4] 雁冰:《介绍外国文学作品的目的——兼答郭沫若君》,载1922年8月1日《时事新报·文学旬刊》第四十五期。见茅盾,《茅盾全集》(第十八卷·中国文论一集),北京:人民文学出版社,1989年,第249页。

学作品除了出于译者个人强烈的主观爱好外，还应该"再加上一个'足救时弊'的观念"[1]，这样才能更好地实现唤醒民众和促进社会革新的目的。

另一方面，茅盾强调学习借鉴西方的文学艺术技巧可以促进中国新文学建设。在茅盾看来，西方的自然主义虽然有使人悲观失望的缺点，但是其注重实地观察和客观描写的手法可以为中国文坛提供参考。"我们要采取的，是自然派技术上的长处。"[2]茅盾认为，翻译是一种手段，有助于我们消化吸收外国文学作品中艺术技巧的精华，"西洋人研究文学技术所得的成绩，我相信，我们很可以，或者一定要采用。采用别人的方法——技巧——和徒事仿效不同。我们用了别人的方法，加上自己的想象情绪……，结果可得自己的好的创作"[3]。

可见，在"五四运动"时期茅盾翻译和介绍外国文学作品时具有十分鲜明的政治目的和文学目的。在茅盾看来，世界上许多被压迫民族如波兰、犹太等虽然失去了政治上的独立，但是却有"为人生的艺术"，因此，"我敢确信中华民族哪怕将来到了财政破产强国共管的厄境，也一定要有，而且必有不朽的人的艺术"[4]！通过消化吸收西方文学中的现代思想和文学艺术技巧，茅盾希望能够以供己用，以实现促进中国的社会革新和新文学建设的目的。

二、"精华凝练"：土地革命时期茅盾的翻译目的观

1936年，茅盾提出，天才的作家能够消化前辈文学家的精髓，吸收世界上的优秀文学名著精华以变成自己的血肉，促进新文学的独立创造，"把前人的精华凝炼（练）成新的只是他自己的东西了，他在人类智慧的积累上更加增了一

---

[1] 雁冰：《介绍外国文学作品的目的——兼答郭沫若君》，载1922年8月1日《时事新报·文学旬刊》第四十五期。见茅盾，《茅盾全集》（第十八卷·中国文论一集），北京：人民文学出版社，1989年，第248页。

[2] 雁冰：《自然主义的怀疑与解答——复周志伊》，载1922年6月10日《小说月报》第十三卷第六号。见茅盾，《茅盾全集》（第十八卷·中国文论一集），北京：人民文学出版社，1989年，第206页。

[3] 记者：《一年来的感想与明年的计划》，载1921年12月10日《小说月报》第十二卷第十二号。见茅盾，《茅盾全集》（第十八卷·中国文论一集），北京：人民文学出版社，1989年，第149页。

[4] 同上，第147-148页。

层"[1]。茅盾在土地革命时期依然强调通过翻译和介绍外国文学作品来输入西方的现代思想和文学艺术技巧。

一方面,茅盾提出翻译和介绍外国文学作品可以输入西方的现代思想。茅盾认为,俄国高尔基的作品《福玛》和《他们三个》中的主人公执着找寻人生价值的精神值得中国青年学习:"像福玛和叶利亚那样的不满足,无顾忌,热热地追求人生的真意义真价值,那样的bossyaki的精神,对于青年是一服健康的补药。"[2]除思想性之外,茅盾还希望通过引入西方文学作品中的艺术技巧来促进中国的新文学创作。

另一方面,茅盾十分强调通过翻译介绍世界上的优秀作家作品来提高中国作家的文学创作水平:"如果没有大批的西洋名著好好地翻译过来,即所谓'从大作家学习'云云,只是一句空话。"[3]在茅盾看来,中国文学要在世界文学中占领一席之地,仅仅是靠继承中国的传统文学还远远不够,还需要学习和借鉴世界优秀文学成果中那些更新的、更精深的文学艺术技巧,才能促进中国的新文学创作,因此鼓励大家要善于从杰出的外国作品中借鉴创作技巧。茅盾认为,苏联的优秀儿童读物兼具历史性和科学性的特点,不仅可以满足一定年龄阶段儿童的阅读需求,而且还对中国的儿童文学创作体裁具有参考价值。

三、"化为自己的血肉":抗日战争和解放战争时期茅盾的翻译目的观

1941年,茅盾指出,我们在阅读一部作品时,需要充分消化其精髓才能实现为我所用的目的。"我们读一个思想家的著作,主要是为摄取精华,化为自己的

---

1   茅盾:《创作的准备》,上海生活书店,1936年。见茅盾,《茅盾全集》(第二十一卷·中国文论四集),北京:人民文学出版社,1991年,第7页。
2   沈余:《关于高尔基》,载1930年1月1日《中学生》创刊号。见茅盾,《茅盾全集》(第三十三卷·外国文论五集),北京:人民文学出版社,2001年,第265页。
3   铭:《又一篇账单》,载1934年3月1日《文学》第二卷第三号。见茅盾,《茅盾全集》(第二十卷·中国文论三集),北京:人民文学出版社,1990年,第35页。

血肉，以增长我们对事物的理解力、观察力，以及分析批评的能力。"[1]茅盾在抗日战争和解放战争时期，仍然强调要通过翻译介绍外国文学来吸收其思想内容和文学艺术精华，从而促进社会的革新和新文学的建设。

翻译介绍外国文学有助于唤醒中国民众，激励广大青年奋发向上。在茅盾看来，苏联电影《侵略》是一部十分杰出的译制片，其胜利的经验和优越的政治制度对于那些热衷战争的人具有一定的警醒作用："这可给今天捧着原子弹而妄想征服世界的好战分子一记当头棒喝！"[2]茅盾指出苏联译制片《我的大学》有十分深刻的教育意义，有利于激发中国青年学习高尔基努力奋斗的精神和追求真理的勇气，可以让生活在沉重压力下的职业青年拥有信念和希望，可以让失学的青年从自卑走向自信，"对于浮沉在现实社会的生活糜烂或生活空虚的青年们，这影片也是一剂清凉散或一记当头的棒喝"[3]。

翻译介绍外国文学还有助于促进中国新文学创作。在茅盾看来，耿济之翻译的俄国陀思妥耶夫斯基的《兄弟们》是一部伟大的世界文学名著，值得中国读者阅读。文学工作者还可以从中学习到一些文学艺术技巧来推动中国的新文学建设："对于中国的文艺工作者，这部书在技巧方面……可能的助益，也绝对不容估计得低些。"[4]此外，茅盾还提出在中国抗战时期翻译介绍世界古典文学名著具有十分重大的意义："我们是在新的认识上，在远大的目标上，而也是在新文学

---

[1] 茅盾：《"最理想的人性"——为纪念鲁迅先生逝世五周年》，载1941年10月16日《笔谈》第四期。见茅盾，《茅盾全集》（第二十二卷·中国文论五集），北京：人民文学出版社，1993年，第262页。

[2] 茅盾：《关于〈侵略〉》，载1948年5月21日《华商报》。见茅盾，《茅盾全集》（第三十三卷·外国文论五集），北京：人民文学出版社，2001年，第578页。

[3] 茅盾：《关于影片〈我的大学〉》，载1948年9月11日香港《正报》第一〇六期。见茅盾，《茅盾全集》（第三十三卷·外国文论五集），北京：人民文学出版社，2001年，第580页。

[4] 玄：《兄弟们》（上卷），载1941年11月16日《笔谈》第六期。见茅盾，《茅盾全集》（第三十三卷·外国文论五集），北京：人民文学出版社，2001年，第496页。

发展的新的阶段上,来从事于世界古典名著的研究与介绍的。"[1]这不仅可以有效对抗国民党的"文化围剿",还可以为当时中国文坛热烈讨论的"民族形式"注入一些新的元素,从而促进中国的新文学创作。

四、"吸收其精华来滋养自己":新中国成立后茅盾的翻译目的观

中华人民共和国成立后,茅盾任第一任文化部部长。他特别强调要在广为博览的基础上,通过消化吸收世界上一切优秀文学作品的精髓为我所用,才能实现百花齐放、推陈出新的目的。"我们之所以向前人学习,目的在于吸收其精华来滋养自己,为我们这时代创造出不但思想内容上是正确而深刻的,而且在艺术形式上也将是超越前代的多种多样和各有自己风格的作品。"[2]在茅盾看来,翻译和介绍世界各国文学是光荣而艰巨的任务,意义十分重大:"无论从文化交流来看,从人民群众的政治思想教育来看,从向世界优秀文学的'借鉴'上来看,翻译工作之重要,已很显明。"[3]因此,翻译介绍外国文学作品不仅有利于我们获取丰富的精神食粮,还有利于我们学习高超的文学艺术技巧,并有利于促进中西方文化之间的交流。

首先,茅盾认为翻译介绍外国文学可以对中国人民进行思想政治教育。茅盾指出,苏联西蒙诺夫的戏剧《俄罗斯问题》有助于中国人民更好地认识帝国主义,并增强通过抗争实现民主自由的信念:"《俄罗斯问题》可以帮助我们认识美国,对于我们的教育意义很大。"[4]在茅盾看来,俄国法捷耶夫的作品《毁灭》

1　茅盾:《近年来介绍的外国文学——国际反法西斯文学的轮廓》,载1945年5月4日《文哨》第一卷第一期"创刊特大号"。见茅盾,《茅盾全集》(第二十三卷·中国文论六集),北京:人民文学出版社,1996年,第119页。

2　茅盾:《从已经获得的巨大成就上继续跃进!》,载1959年9月26日《文艺报》第十八期。见茅盾,《茅盾全集》(第二十五卷·中国文论八集),北京:人民文学出版社,1996年,第499页。

3　茅盾:《为发展文学翻译事业和提高翻译质量而奋斗——一九五四年八月十九日在全国文学翻译工作会议上的报告》,载1954年10月1日《译文》十月号。见茅盾,《茅盾全集》(第二十四卷·中国文论七集),北京:人民文学出版社,1996年,第304页。

4　茅盾:《〈俄罗斯问题〉对于我们的教育意义》,载1950年9月17日《人民日报》。见茅盾,《茅盾全集》(第三十三卷·外国文论五集),北京:人民文学出版社,2001年,第607页。

让中国广大青年意识到自己应该发扬什么优点和克服什么缺点,在面对困难时如何保持最后必胜的信心。法捷耶夫的《青年近卫军》对中国新时期的青少年也有一定的指导意义,可以帮助大家认真学习"社会主义社会的青少年的爱国主义和共产主义道德品质的崇高的榜样"[1]。茅盾认为,契诃夫的作品对中国20世纪的广大青年知识分子有深刻的教育意义,不管是苦闷彷徨的、醉生梦死的,还是努力追求人生意义的,"读了契诃夫的作品,他的脑子里总不能不泛起波澜罢"[2]。在茅盾看来,契诃夫的作品常读常新,自己每次阅读都会获得一种更深刻的思想启迪。

其次,茅盾提出翻译介绍外国文学可以提高我国的文学创作水平。茅盾指出,中国的文艺工作者要善于在吸收前人文学成果的基础上提高自己的文学技巧,"吸取前人的技巧也并不是模仿它、照样搬来,要把它化做(作)自己的血肉"[3]。在茅盾看来,我们除了用老虎、狮子等来形容士兵的勇敢外,还可以借鉴荷马作品中的比喻"像苍蝇一样的勇敢",因为该比喻十分新颖和形象。因此,我们不能满足于消化吸收过去作品中的精华,"我们还要更进一步,胜过我们的祖辈"[4],只有这样,我们才能更好地实现新文学的独立创作。

第三,茅盾认为翻译和介绍外国文学可以促进跨文化交流。中国的社会主义文化建设不能脱离世界历史和文化的联系,"它的成长和发展,必然是一方面继承了自己民族文化的最宝贵的传统,而又另一方面则吸收了世界古典文学的和现

---

1 茅盾:《悼亚·法捷耶夫——文艺战士与和平战士》,载1956年5月30日《文艺报》第十号。见茅盾,《茅盾全集》(第三十三卷·外国文论五集),北京:人民文学出版社,2001年,第665-666页。
2 茅盾:《契诃夫的时代意义》,载1960年1月20日《世界文学》一月号。见茅盾,《茅盾全集》(第三十三卷·外国文论五集),北京:人民文学出版社,2001年,第687页。
3 茅盾:《文艺和劳动相结合——在长春市文艺界大会上的讲话》,载1958年《长春》月刊第八期。见茅盾,《茅盾全集》(第二十五卷·中国文论八集),北京:人民文学出版社,1996年,第326页。
4 茅盾:《从已经获得的巨大成就上继续跃进!》,载1959年9月26日《文艺报》第十八期。见茅盾,《茅盾全集》(第二十五卷·中国文论八集),北京:人民文学出版社,1996年,第499页。

代进步文学的精华。"[1]茅盾指出，日本优秀的译制片有利于增进中国人民对日本人民的了解，促进中日文化的交流。"我国人民将进一步了解日本人民的生活，日本人民的争取和平与幸福生活的坚决意志，以及他们为实现这些崇高目的而作（做）的努力。"[2]因此，优秀译制片不仅可以提高中国广大人民的政治思想和科学水平，还可以增进世界各国人民的友谊，"加强我国人民与其他国家人民的文化交流"[3]。在茅盾看来，中国人民十分珍爱自己的文化传统，也乐于学习借鉴其他民族的优秀成果来促进中外文化的交流。"凡是健康、优美、有益于人的精神生活的文学、艺术，我们中国人不但喜欢它，而且愿意向它学习，吸收它的精华来滋养自己。"[4]因此，中华民族在继承自己优秀文化传统的基础上，应不断学习借鉴世界各民族的精华，促进中国现代文明的发展。

可见，从"五四运动"时期、土地革命时期、抗日战争和解放战争时期一直到新中国成立以后，茅盾始终提倡翻译介绍世界各国优秀文学成果，通过消化吸收其精髓融化成血肉，实现"取精用宏"的目的。因此，"取精用宏"的翻译目的观贯穿了茅盾的一生，是其翻译思想的不变之轴。

第二节 "直译"：茅盾翻译思想的发展之脉

茅盾在"五四运动"时期、土地革命时期以及新中国成立后一直坚持直译的翻译方法。茅盾区别了直译和死译，辨析了直译、顺译、歪译。茅盾关于直译的

---

[1] 茅盾：《为发展文学翻译事业和提高翻译质量而奋斗——一九五四年八月十九日在全国文学翻译工作会议上的报告》，载1954年10月1日《译文》十月号。见茅盾，《茅盾全集》（第二十四卷·中国文论七集），北京：人民文学出版社，1996年，第303页。

[2] 沈雁冰：《中日文化交流的进一步发展》，载1956年5月26日《大众电影》第十期。见茅盾，《茅盾全集》（第三十三卷·外国文论五集），北京：人民文学出版社，2001年，第654页。

[3] 沈雁冰：《文化部沈雁冰部长在优秀影片授奖大会上的讲话》，载1957年4月12日《人民日报》。见茅盾，《茅盾全集》（第二十五卷·中国文论八集），北京：人民文学出版社，1996年，第22—23页。

[4] 茅盾：《一幅简图——中国文学的过去、现在和远景》，载1957年7月12日。见茅盾，《茅盾全集》（第二十五卷·中国文论八集），北京：人民文学出版社，1996年，第87页。

观点有一个不断补充和修正的过程，其内容包括直译的必要性、直译的内涵、直译的优势和不足等。可见，"直译"的翻译方法观是茅盾翻译思想的发展之脉。

一、"单字的翻译正确""句调的精神相仿"："五四运动"时期茅盾的翻译方法观

1921年，茅盾提出直译需要达到两个基本要求："（一）单字的翻译正确。（二）句调的精神相仿。"[1]在茅盾看来，单字的翻译正确是翻译工作的前提和基础，如果翻译家能对所翻译外国语的单字和本国文的单字都有敏锐的感觉，注意到各国字义随着时代变迁而发生的变化，注意到各个作家用字的癖性，那么在翻译单字的时候就容易做到正确而不妄。茅盾提出，除了单字翻译正确，还要做到句调的精神相仿，才能更好地再现原作的面目。此外，茅盾强调直译时还要注意保持作品中人物前后口吻一致，才能更好地传达出原作的思想内容和艺术风格。

直译方法非常重要，但是在阅读直译的作品时可能会比较困难，对不懂外国句法组织结构的读者来说更加困难。"完全直译的缺点是一般人不能十分懂，而对于西洋文法毫无门径者更甚。"[2]在茅盾看来，直译的最大困难在于原作的"形貌"和"神韵"难以同时保留。如果多注意原作的神韵，则形貌难以完全保留；如果多注意原作的形貌，则神韵又有所丢失。当"神韵"和"形貌"不能两全时，茅盾认为可尽量保留原作"神韵"，让"形貌"有些差异。

茅盾区别了直译和死译，辨析了直译的意义，还强调了直译的不易。首先，茅盾认为直译和死译的区别在于：直译的文字看起来可能比较吃力，但是决不会看不懂，"看不懂的译文是'死译'的文字，不是直译的"[3]。其次，茅盾从深

---

1 雁冰：《译文学书方法的讨论》，载1921年4月10日《小说月报》第十二卷第四号。见茅盾，《茅盾全集》（第十八卷·中国文论一集），北京：人民文学出版社，1989年，第88页。
2 沈雁冰：《致宗白华》，载1920年4月30日《时事新报·学灯》。见茅盾，《茅盾全集》（第三十六卷·书信一集），北京：人民文学出版社，1997年，第9页。
3 雁冰：《"直译"与"死译"》，载1922年8月10日《小说月报》第十三卷第八号。见茅盾，《茅盾全集》（第十八卷·中国文论一集），北京：人民文学出版社，1989年，第255页。

浅两个层次辨析了直译的意义，认为直译包括不妄改原文的字句和保留原文风格两点内容。在茅盾看来，不妄改原文的字句要求译者在翻译时能照顾到句子的文理，考虑到单字在上下文中的活动意义；如果译者死板地把字典里的意义搬到译文中，那就成了死译。第三，茅盾指出直译的好坏与译者的翻译能力密切相关，所以不要认为直译是一件容易的事情。"直译在理论上是根本不错的，惟（唯）因译者能力关系，原来要直译，不意竟变做了死译，也是常有的事。"[1]因此，茅盾在"五四运动"时期对直译的不足、直译的必要性、直译的困难、直译的意义、直译与死译的区别等进行了较为详细的阐述，是他在直译方法观上的不断补充和完善的反映。

二、"不要歪曲了原作的面目"：土地革命时期茅盾的翻译方法观

1934年，茅盾提出直译需要保留原作的思想内容和艺术风格，"'直译'的意义就是'不要歪曲了原作的面目'"[2]。如果有同一原作的两种译本，第一种译本是字对字的翻译，但是却丧失了原作的精神，第二种译本不是字对字翻译，但是却基本保留了原作的精神；那么，对于这两种译本，究竟哪种才是真正的直译呢？"我以为是后者足可称为'直译'。这样才是'直译'的正解。"[3]也就是说，直译的含义不在于一个字不多、一个字不少的"字对字"翻译，而在于能够保留原作精神。

茅盾直译的方法是针对林纾的"歪译"而起的。在茅盾看来，林纾的翻译有三层歪曲：第一层歪曲是口译合作者把原文变成口语；第二层歪曲是林纾把口语变成文言；第三层歪曲是林纾在译文中常常用夏变夷，用太史公笔法来表达。茅盾认为歪译主要包括对原作思想上的歪曲和风格上的歪曲，对原作风格的歪曲尤

---

[1] 雁冰：《"直译"与"死译"》，载1922年8月10日《小说月报》第十三卷第八号。见茅盾，《茅盾全集》（第十八卷·中国文论一集），北京：人民文学出版社，1989年，第256页。

[2] 明：《直译·顺译·歪译》，载1934年3月1日《文学》第二卷第三号。见茅盾，《茅盾全集》（第二十卷·中国文论三集），北京：人民文学出版社，1990年，第41页。

[3] 同上。

其值得关注。因此，针对歪曲原文思想内容和艺术风格的歪译，茅盾积极提倡通过直译的方法来忠实再现原作。

直译的必要条件是译文既不要歪曲原文，又要让读者看得懂。"原文是一个什么面目，就要还它一个什么面目。连面目都要依它本来，那么，'看得懂'，当然是个不言而喻的必要条件了。译得'看不懂'，不用说，一定失却了原文的面目，那就不是'直译'。"[1]在茅盾看来，顺译单纯追求译文好懂和流利漂亮，往往在思想内容和艺术风格上会造成对原作的歪曲，这样的顺译往往容易变成歪译。因此，茅盾反对一味追求译文流利漂亮的顺译，而是主张既能保留原作面目又明白易懂的直译。

通过研究伍光建和李霁野翻译的英国勃朗特的两个《简爱》译本，茅盾认为：伍光建的翻译虽然常有删节，但是这些删节都不是无原则的；李霁野的"字对字"直译则紧扣了原文的句法组织结构。在茅盾看来，伍光建和李霁野都采用了保留原作精神和面目的直译。茅盾对这两个译本表示赞赏，认为勃朗特的《简爱》能在中国拥有这两个优秀的译本，实在是外国作家难得的幸运。茅盾在原则上信奉"字对字"直译的翻译方法，同时也指出"字对字"直译存在一定的弊端，那就是如果译文太拘泥于原文的句法组织结构，往往容易变成死译。所以，茅盾提出"翻译界的大路还是忠实的直译"[2]。

土地革命时期，茅盾辨析了直译、顺译以及歪译的不同之处。他对直译的内涵、优势和不足、必要性等进行了进一步补充和修订。

三、"要能表达原作的精神"：新中国成立后茅盾的翻译方法观

新中国成立后，茅盾重申自己一贯坚持的直译主张："'直译'的意义就是

---

1 明：《直译·顺译·歪译》，载1934年3月1日《文学》第二卷第三号。见茅盾，《茅盾全集》（第二十卷·中国文论三集），北京：人民文学出版社，1990年，第40页。
2 茅盾：《〈真亚耳〉（Jane Eyre）的两个译本》，载1937年1月16日《译文》第二卷第五期。见茅盾，《茅盾全集》（第二十一卷·中国文论四集），北京：人民文学出版社，1991年，第257页。

不要歪曲了原作的面目，要能表达原作的精神。"[1]茅盾提出，原文是朴素的文字，译文就不能变成浓艳的文字，原文是生硬的文字，译文就不能变为流利的文字，否则，译文即使在意思上译得没错，但是也歪曲了原作的面目。

优秀的译文既能再现原作的思想内容和艺术风格，又能让读者明白易懂。在茅盾看来，优秀的译者一方面阅读外国的文字，一方面用本国语言思考，这样才能既忠实于原作又可以摆脱原文句法组织结构上的束缚，从而"使译文既是纯粹的祖国语言，而又忠实地传达了原作的内容和风格"[2]。一方面，译文照顾到原文形式上的特殊性强调要尽量保留原作的面目；另一方面，译文用纯粹的中国语言强调要尽量让读者明白易懂，这正好体现了茅盾一贯坚持的直译主张。茅盾既反对机械的硬译，也反对绝对自由的翻译，他主张的是一种保留原作面目且明白易懂的直译。茅盾在新中国成立后提倡直译要在忠实于原作的基础上实现"达"和"雅"，这是茅盾对过去的"单字翻译正确""句调精神相仿""人物前后口吻一致"要求的进一步补充。

可见，从"五四运动"时期、土地革命时期，到新中国成立以后茅盾一直都坚持直译的翻译方法。茅盾对直译的要求、直译的意义、直译的必要性等不断进行补充和修订，逐渐完善了直译翻译理论。因此，茅盾的"直译"翻译方法观是其翻译思想的发展之脉。

第三节 "艺术创造性的翻译"：茅盾翻译思想的演变之征

艺术创造性的翻译标准不仅是必要的，而且是可能的。"文学翻译的主要任务，既然在于把原作的精神、面貌忠实地复制出来，那么，这种艺术创造性的

---

[1] 茅盾：《〈茅盾译文选集〉序》，见1981年2月文化艺术出版社出版的《茅盾文艺评论集》一书，后收入1981年上海译文出版社出版的《茅盾译文选集》一书。见茅盾，《茅盾全集》（第二十七卷·中国文论十集），北京：人民文学出版社，1996年，第430页。

[2] 茅盾：《为发展文学翻译事业和提高翻译质量而奋斗——一九五四年八月十九日在全国文学翻译工作会议上的报告》，载1954年10月1日《译文》十月号。见茅盾，《茅盾全集》（第二十四卷·中国文论七集），北京：人民文学出版社，1996年，第313页。

翻译就完全是必要的。世界文学翻译中的许多卓越的范例,就证明了这是可能的。"[1]茅盾的翻译标准观经历了一个从"五四运动"时期的"神韵"观,到土地革命时期的"风韵和'力'"观,再到新中国成立后的"既需要译者的创造性,而又要完全忠实于原作的面貌"观点的演变过程。因此,"艺术创造性的翻译"标准观是茅盾翻译思想的演变之征。

一、"神韵":"五四运动"时期茅盾的翻译标准观

1921年,茅盾指出,在翻译介绍外国文学作品时一定要考虑作品重要的艺术特色:"文学作品最重要的艺术色就是该作品的神韵。灰色的文学我们不能把他(它)译成红色;神秘而带颓丧气的文学我们不能把他(它)译成光明而矫健的文学。"[2]在"五四运动"时期茅盾探讨了保留原作神韵的重要性、保留原作神韵的困难以及如何保留原作的神韵。

译者在翻译文学作品时要尽量保留原作的神韵。在茅盾看来,翻译梅特林克的作品《侵入者》(*Intruder*)不能失掉原作静寂的神气,如果能够在翻译中保留原作特别的艺术色,这样的译文将具有不朽的艺术价值。茅盾指出,翻译时最大的困难是原作的形貌和神韵难以同时保留,当两者难以两全时,译者应尽量保留原作的神韵而可以让形貌有些差异。译本如果不能保留原作的神韵,就会失去许多感人的力量。在茅盾看来,译文保留了原作神韵的译作有周作人翻译的科罗连珂的《玛加尔的梦》和古卜林的《晚间来客》,鲁迅翻译的阿志绥夫的《幸福》,耿济之翻译的果戈理的《疯人日记》等。

茅盾强调,保留原作的神韵就要尽量做到单字翻译正确和句调精神相仿。单字和句调是构成神韵的重要因素,一篇作品的神韵与单字和句调紧密相关。译者

---

1 茅盾:《为发展文学翻译事业和提高翻译质量而奋斗——一九五四年八月十九日在全国文学翻译工作会议上的报告》,载1954年10月1日《译文》十月号。见茅盾,《茅盾全集》(第二十四卷·中国文论七集),北京:人民文学出版社,1996年,第311—312页。
2 郎损:《新文学研究者的责任与努力》,载1921年2月10日《小说月报》第十二卷第二号。见茅盾,《茅盾全集》(第十八卷·中国文论一集),北京:人民文学出版社,1989年,第69页。

要保留原作的神韵,可以从单字和句调两方面入手:"如果'单字'的翻译完全不走原作的样子,再加之'句调'能和原作相近,得其精神,那么,译者译时虽未尝注意于'神韵'的一致,或者'神韵'已自在其中了。"¹ 在茅盾看来,神韵是诗歌中最重要的部分,代表诗歌的个性和精神,因此,译者在诗歌翻译中最好采用可保留原作神韵的意译。

二、"风韵和力":土地革命时期茅盾的翻译标准观

1932年,茅盾区分了理论文学的翻译标准和文艺作品的翻译标准:理论文学的翻译应该坚持忠实标准,文艺作品的翻译除了做到忠实和流畅外,还要尽量传达出原作的神韵和感人的力量。"对于文艺作品的翻译,自然最好能够又忠实又顺口,并且又传达了原作的风韵和'力'。"²

在茅盾看来,"力"是一篇文艺作品感动人的地方,如果一篇作品没有感动人的生命力,那么这篇作品也就不能称之为文艺作品。译者作为原文的读者,只有在反复阅读原文的过程中深受感动,与原作者的心灵契合,才能尽量在译文中把原作的"力"传达出来。只有这样,译者才能让译文读者在读译作时获得和原文读者在读原作时类似的感动。

文艺作品的使命是要感动读者,但是感动人的力量并不在于表面的文字,而在于作品中蕴含的深刻内容。正如酒有上口猛烈的酒和上口温醇的酒,温醇的酒一开始喝起来并不觉得有力,但是过后会慢慢发作,让人沉醉。"真正有力的文艺作品应该是上口温醇的酒"³,会让读者在阅读作品时获得一种启发和感动。所以,"在文艺作品的翻译时,如果能够达到第一目的——传达了原作的'力',

---

1 雁冰:《译文学书方法的讨论》,载1921年4月10日《小说月报》第十二卷第四号。见茅盾,《茅盾全集》(第十八卷·中国文论一集),北京:人民文学出版社,1989年,第88页。
2 茅盾:《谈谈翻译——〈文凭〉译后记》,见1932年9月上海现代书局出版的《文凭》一书。见茅盾,《茅盾全集》(第十九卷·中国文论二集),北京:人民文学出版社,1991年,第337页。
3 伯元:《力的表现》,载1933年12月1日《申报·自由谈》。见茅盾,《茅盾全集》(第十九卷·中国文论二集),北京:人民文学出版社,1991年,第570页。

则信与达自在其中。"[1] 译者在文学翻译中,要尽量表达出原作的艺术意境,才能让译文充满感人的力量,从而让译文读者在读译作时获得和原文读者在读原作时相似的感受。

三、"既需要译者的创造性,而又要完全忠实于原作的面貌":新中国成立后茅盾的翻译标准观

新中国成立后,茅盾区分了一般翻译最低限度的标准和文学翻译的最高标准:一般翻译最低限度的标准是忠实和通顺,文学翻译的最高标准是艺术创造性的翻译。"这样的翻译既需要译者的创造性,而又要完全忠实于原作的面貌。这是对文学翻译的最高的要求。"[2]

在茅盾看来,文学翻译除了需要用明白晓畅的语言忠实传达出原作的内容,还必须传达出原作的艺术意境,才能让译文读者获得和原文读者类似的感动。茅盾认为,这样的翻译不再是单纯的语言形式转换,而是要求译者在深刻把握原作者的思想后,用适合原作风格的文学语言忠实再现原作的思想内容和艺术风格。"这样的翻译既需要译者发挥工作上的创造性,而又要完全忠实于原作的意图。"[3] 在茅盾看来,艺术创造性的翻译不仅是必要的,而且是可能的,例如鲁迅翻译果戈理的《死魂灵》、瞿秋白翻译普希金的《茨冈》。

茅盾认为,要实现艺术创造性的翻译,就必须提高译者的跨学科素养。译者必须精通本国语言和所翻译国家的语言,具备一定的文学修养,具有丰富的生活经验,并且对所翻译的作家作品有全面的研究和深刻的理解。在茅盾看来,随着

---

[1] 茅盾:《谈谈翻译——〈文凭〉译后记》,见1932年9月上海现代书局出版的《文凭》一书。见茅盾,《茅盾全集》(第十九卷·中国文论二集),北京:人民文学出版社,1991年,第338页。

[2] 茅盾:《〈茅盾译文选集〉序》,见1981年2月文化艺术出版社出版的《茅盾文艺评论集》一书,后收入1981年9月上海译文出版社出版的《茅盾译文选集》一书。见茅盾,《茅盾全集》(第二十七卷·中国文论十集),北京:人民文学出版社,1996年,第430页。

[3] 茅盾:《为发展文学翻译事业和提高翻译质量而奋斗——一九五四年八月十九日在全国文学翻译工作会议上的报告》,载1954年10月1日《译文》十月号。见茅盾,《茅盾全集》(第二十四卷·中国文论七集),北京:人民文学出版社,1996年,第311页。

社会的不断发展和变化，新的语汇也不断涌现。因此，译者必须在本国语言的基础上不断发掘和提炼新的语汇，才能逐渐丰富自己的翻译语言，实现艺术创造性的翻译。

茅盾提出，文学翻译的最高要求是艺术创造性的翻译。要将原作者的风格翻译出来十分困难，译者需要用适合于原作风格的文学语言，把原作的思想内容和艺术形式忠实地再现出来。因此，译者在文学翻译中，需要充分发挥自己的艺术创造力，才能更好地再现原作的内容和风格。此外，茅盾重申，诗歌翻译应该采用保留原作神韵的意译法，认为苏曼殊翻译拜伦的诗以及钱稻孙翻译但丁的《神曲》都很好地保留了原作的神韵。

可见，茅盾的翻译标准观经历了一个从"五四运动"时期的"神韵"说，到土地革命时期的"风韵和'力'"、新中国成立后的"既需要译者的创造性，而又要完全忠实于原作的面貌"的观点的演变过程。可见，"艺术创造性的翻译"标准观是茅盾翻译思想的演变之征。

第四节　"批评与自我批评"：茅盾翻译思想的变化之象

翻译批评在分析翻译现象、指导翻译实践和提高翻译质量方面都有十分重要的作用。茅盾强调了加强翻译中的批评与自我批评工作的重要性："批评与自我批评，永远是我们改进和提高工作的动力。"[1]茅盾的翻译批评观在"五四运动"时期体现在"译书的批评"，在土地革命时期体现在"推荐好的'媒婆'、批评'说谎的媒婆'"，在抗日战争时期和解放战争时期体现在表扬和批评译作，在新中国成立后体现在提倡"全面的深入的批评"上。茅盾在各个历史时期都积极倡导开展翻译批评工作，虽然其翻译批评的对象和内容在不同时期有所不同，但是其共同点都是坚持对别人的译作和对自己的译作进行批评。可见，"批评与自

---

[1] 茅盾：《为发展文学翻译事业和提高翻译质量而奋斗——一九五四年八月十九日在全国文学翻译工作会议上的报告》，载1954年10月1日《译文》十月号。见茅盾，《茅盾全集》（第二十四卷·中国文论七集），北京：人民文学出版社，1996年，第314页。

我批评"的翻译批评观是茅盾翻译思想的变化之象。

一、"译书的批评"："五四运动"时期茅盾的翻译批评观

1920年，茅盾认为，随着译作的逐渐增多，译书的批评也会越来越多，因此他提出了译书的批评需要注意以下三个原则："一，如不能指出意译文的确有错误（与原文大义［意］不对）则亦未便竟以直译文驳倒意译文。二，排印上的错误，无须入评。三，各宜根据原本，根据转译是不大靠得住的。"[1] 这是开展翻译批评工作的基础。

茅盾评价了潘家洵的译本，对译作的价值、译作的不足提出建议。茅盾认为潘家洵翻译的英国作家萧伯纳的戏剧《华伦夫人之职业》在中国具有开创价值："萧的脚本译做中文，这怕是第一本了！"[2] 茅盾也指出了潘家洵译作的不足之处，认为译者没有把萧伯纳作品中的序言翻译出来，这就可能让中国读者不能理解得十分透彻。于是，茅盾提出了相关建议："把萧的重要著作一齐译出来，再做上序，做上一篇详细的传，那就好极了！"[3] 翻译和研究相结合可帮助中国读者更好地理解萧伯纳及其戏剧。

此外，茅盾也评价了郑振铎译作的价值和中国读者的反应。茅盾认为，郑振铎翻译的俄国路卜洵的小说《灰色马》是俄国青年在革命前夕思想上的写真，值得一读："这一部杰作，在这点上，希望读者不会滑滑的（地）看过"[4]！但是，该译本在当时却没有引起中国读者应有的重视，茅盾对此表示遗憾："直至《灰色马》在《小说月报》上登完后，我们不曾收到一封青年们的讨论《灰色马》的

1　冰：《译书的批评》，载1920年11月10日《时事新报·学灯》。见茅盾，《茅盾全集》（第十八卷·中国文论一集），北京：人民文学出版社，1989年，第50-51页。

2　雁冰：《萧伯讷的〈华伦夫人之职业〉》，载1919年11月24日《时事新报·学灯》。见茅盾，《茅盾全集》（第三十二卷·外国文论四集），北京：人民文学出版社，2001年，第47页。

3　同上，第50页。

4　未署名：《最后一页》，载1922年7月10日《小说月报》第十三卷第七号。见茅盾，《茅盾全集》（第十八卷·中国文论一集），北京：人民文学出版社，1989年，第333页。

来信！"¹因此，茅盾隆重推荐了郑振铎翻译的《灰色马》译本，希望大家不仅能从该作品中学习深刻的思想内容和高超的艺术技巧，而且还可以学到一些正当的社会革命策略。

除了评价其他译者的翻译，茅盾还对自己的译文提出了批评，尤其是自己的译文未能充分再现原作的神韵这一点。茅盾批评了自己翻译的波兰热罗姆斯基的小说译作《诱惑》，"我这枝（支）笔不能充分地翻译得好"²。茅盾认为自己没有把爱尔兰叶芝的戏剧《沙漏》翻译得足够好，如果引起读者的误会，只能表示忏悔了。茅盾还批评自己的译文难以完全再现美国爱伦·坡小说《心声》中的神韵："此篇之意似在描写'illusion'的力量，译者笔拙，有负妙文，没奈何只好对不起亚伦·坡先生了。"³在茅盾看来，自己的译文未传达出匈牙利米克沙特小说《旅行到别一世界》中的风格："我的译笔拙劣，不能传达作者尖刻而又冷峭的诙谐语。"⁴茅盾对自己的白话文译诗不能完全再现葡萄牙肯塔尔诗歌中的格律形式表示遗憾。在翻译爱尔兰格雷戈里夫人的戏剧《狱门》时，茅盾感觉很困难，尤其是最后几段的翻译十分不易，对自己的译作表示很不满意。此外，茅盾批评自己没有传达出保加利亚跋佐夫的小说《他来了么》英译本的神气："英译文是很有神气的，只是我的译笔太坏。"⁵在茅盾看来，自己的译文未能再现西班牙伐尔音克兰小说《首领的威信》中的神韵："虽然尚可代表伐尔音克兰的作

1　沈雁冰：《郑译〈灰色马〉序》，载1923年11月5日《时事新报·学灯》。见茅盾，《茅盾全集》（第三十二卷·外国文论四集），北京：人民文学出版社，2001年，第686页。

2　雁冰：《〈诱惑〉译后记》，载1919年12月18日《时事新报·学灯》。见茅盾，《茅盾全集》（第三十二卷·外国文论四集），北京：人民文学出版社，2001年，第55页。

3　雁冰：《〈心声〉译者志》，载1920年9月25日《东方杂志》第十七卷第十八号。见茅盾，《茅盾全集》（第三十二卷·外国文论四集），北京：人民文学出版社，2001年，第206页。

4　未署名：《〈旅行到别一世界〉译后记》，载1921年9月10日《小说月报》第十二卷第九号。见茅盾，《茅盾全集》（第三十二卷·外国文论四集），北京：人民文学出版社，2001年，第393页。

5　未署名：《〈他来了么〉译后记》，载1923年2月1日《妇女杂志》第九卷第二期。见茅盾，《茅盾全集》（第三十二卷·外国文论四集），北京：人民文学出版社，2001年，第627页。

风的轮廓,但是不用说——神韵是没有的。"[1]茅盾还批评自己的翻译没有完全保留保加利亚埃林·彼林的小说《老牛》中的神韵,"深恨未能传达原文风韵之什一。"[2]茅盾批评自己未能再现原作的神韵。

然而,茅盾的翻译批评观和翻译批评实践之间也有不太一致的地方。一方面,茅盾提出翻译批评要对事不对人;另一方面,茅盾在翻译批评中,也存在感情用事和言辞过激之处。1920年,黄厚生比较了不同译者的翻译水平,认为"寻常所译的文言小说。万万比不上林琴南先生的高邃入古"[3]。黄厚生在表扬林纾文言文翻译水平高时,对其他译者的翻译水平有所贬低。对此,茅盾提出在批评时应该对事不对人,"凡是讨论批评,都是对于真理而发,不是对人,所以大可不加入人的问题"[4]。

可是,茅盾在自己的翻译批评实践中,有时却对所批评的对象有言语过激之处。1921年,高卓提出翻译外国文学作品不能过分模仿外语的句法和组织结构,例如,不能把句子"No, said he"直接翻译为"否,他说"。当时,茅盾积极提倡语体文欧化,认为"否,他说"这样的句式既通顺又能懂,并认为在中国的古文里也存在倒装句法。于是,茅盾针对高卓等人反对语体文欧化的观点提出了批评:"我有几句废话告高卓君以及别的好放高调的朋友们,高调是可以放的,但总须放些负责任的高调,并且也许自己确是高了,然后放高调而无愧,否则,岂不成了夸大狂呢?"[5]茅盾使用"放高调"和"夸大狂"的字眼有一种批评指责和人身攻击的意味,这与他所提出的翻译批评对事不对人的主张不太相符。

---

1 未署名:《〈首领的威信〉译后记》,载1926年3月10日《小说月报》第十七卷第三号。见茅盾,《茅盾全集》(第三十三卷·外国文论五集),北京:人民文学出版社,2001年,第159页。

2 未署名:《〈老牛〉译后记》,载1926年7月18日《文学周报》第二三四期。见茅盾,《茅盾全集》(第三十三卷·外国文论五集),北京:人民文学出版社,2001年,第160页。

3 冰:《答黄君厚生〈读小说新潮宣言的感想〉》,载1920年4月25日《小说月报》第十一卷第四号。见茅盾,《茅盾全集》(第十八卷·中国文论一集),北京:人民文学出版社,1989年,第31页。

4 同上。

5 冯虚:《〈对于介绍外国文学的我见〉底我的批评》,载1921年10月9日《民国日报·觉悟》。见茅盾,《茅盾全集》(第十八卷·中国文论一集),北京:人民文学出版社,1989年,第144页。

此外，茅盾认为钱鹅湖在《驳反对白话诗者》一文中，对自己提出的批评是一种断章取义、牛头不对马嘴的瞎批评，认为这是对手粗心大意、头脑不清、神经错乱的表现："钱君这种张冠李戴、指鹿为马的辩论，非神经错乱而何？"[1]于是，茅盾提出和人辩论时要注意三点：一是要看清对手的原文，二是要了解对手辩论的依据，三是要对辩论的共同对象有所研究。"像钱君那样的头脑不清楚的人，以上三条尚是不适用，卑之无甚高论，我只劝钱君赶快去请医生治治神经错乱病罢！"[2]茅盾在反驳钱鹅湖对自己的批评时，言语间充满了火药味，文中随处可见他对对方的言语中伤，这和茅盾所提出的批评应对事不对人的观点有一定的差距。

另外，茅盾在和创造社的论战中，由于双方的立场和主张存在差异，在批评中也夹杂了一些感情用事的因素，使用了一些过激的语句。茅盾对郭沫若把他称为"鸡鸣狗盗式的批评家"等字眼感到十分生气，于是在《"半斤"VS"八两"》一文中进行了反击："要把郭君送给我的几句天才式的谩骂——鸡鸣狗盗式的批评家以及其他——一一璧还。"[3]茅盾认为自己对创造社的批评是一种"礼尚往来"，如果对方不能明白无误地指出自己失误，那么，"'空吠'二字，请收回自用"[4]！茅盾针对创造社的批评，采取了以眼还眼、以牙还牙的方式，意气用事，这与他提出的翻译批评只对真理而发、对事不对人的观点有矛盾之处。

茅盾年仅二十多岁就成了文学研究会的主要发起人和《小说月报》的主编。因此，年轻气盛、血气方刚的他在社团论战中，难免有意气用事的时候。论战双方由于立场和观点不同，在翻译批评中使用一些锋芒毕露的话语来战胜对方，但是这些犀利伤人的语言会伤了彼此的和气。所以，我们在翻译批评中，最好就翻

---

[1] 郎损：《答钱鹅湖君》，载1922年4月1日《时事新报·文学旬刊》第三十三期。见茅盾，《茅盾全集》（第十八卷·中国文论一集），北京：人民文学出版社，1989年，第180-181页。

[2] 同上，第183页。

[3] 损：《"半斤"VS"八两"》，载1922年9月1日《时事新报·文学旬刊》第四十八期。见茅盾，《茅盾全集》（第十八卷·中国文论一集），北京：人民文学出版社，1989年，第276页。

[4] 同上，第277页。

译问题本身进行讨论，避免语言中伤和诋毁打击，才更有利于营造良好的翻译批评氛围，促进翻译事业的健康发展。

二、"推荐好的'媒婆'，批评'说谎的媒婆'"：土地革命时期茅盾的翻译批评观

1934年，针对当时人们轻视翻译地位和鄙薄翻译的现状，茅盾呼吁翻译界最好开展翻译批评活动，"推荐好的'媒婆'，批评'说谎的媒婆'"[1]。茅盾不仅对自己的两本译文集《雪人》和《桃园》进行自我批评，而且还对当时译坛的翻译选材和翻译态度提出了批评。此外，茅盾还对几个著名译者的译本进行了较为详细的分析评价，如郭沫若翻译的《战争与和平》、伍光建翻译的《侠隐记》和《浮华世界》、董绍明夫妇合译的《士敏土》、郑晓沧翻译的《小妇人》、伍光建和李霁野分别翻译的两个《简爱》译本。

茅盾对自己的两个短篇小说译文集《雪人》和《桃园》进行了批评。茅盾批评《雪人》译文集未能完全保留原作神韵："我的译文，不用说是很拙劣，并且全体是从英文转译，不免对于原作的神韵又加多一层损失。"[2]茅盾还对《桃园》译文集的翻译选材和翻译质量进行了自我批评。就翻译选材而言，茅盾认为"弱小民族专号"的稿源十分稀少，所以《桃园》中的翻译选材非常有限，"我不得不从从前剩余的材料中勉强再找出些来凑数"[3]。此外，茅盾还批评自己以前把不太满意的译作收入了《桃园》，"编《雪人》的时候未曾收入，现在也取以充

---

1 丙生：《"媒婆"与"处女"》，载1934年3月1日《文学》第二卷第三号。见茅盾，《茅盾全集》（第二十卷·中国文论三集），北京：人民文学出版社，1990年，第38页。
2 雁冰：《〈雪人〉自序》，见1928年5月开明书店出版的《雪人》一书。见茅盾，《茅盾全集》（第三十三卷·外国文论五集），北京：人民文学出版社，2001年，第182页。
3 茅盾：《〈桃园〉前记》，见1935年11月文化生活出版社出版的《桃园》一书。见茅盾，《茅盾全集》（第三十三卷·外国文论五集），北京：人民文学出版社，2001年，第418页。

数"[1]。就翻译质量而言，茅盾认为自己的译文在转译后发生了二次变形，不能很好地传达出原作的思想内容和艺术风格，"经我这蹩脚'媒婆'一转手，无非只剩了糟粕"[2]。此外，茅盾认为虽然自己已尽了全力，但是有些译文还是不能完全再现原作的神韵，"其中有几篇是因为原作的风韵特佳而被我选中的，译后一看，觉得尤其糟"[3]。

茅盾在土地革命时期批评了当时的翻译选材和翻译态度，强调"有计划的翻译是必要的，同时，打破那种鄙视翻译的空气，也是必要的"[4]。茅盾认为当时的翻译选材缺乏计划性：第一，有些外国作家的重要作品还没有译成中文，"单看作家名字，觉得什么都还有一点，尚堪自慰，而一按内容，还是要丧气的"[5]。第二，世界上还有很多伟大外国作家的作品要么翻译得很少，要么根本还没有翻译。第三，关于近代机械和现代生活等方面的自然科学儿童读物译本非常缺乏。因此，茅盾提出了翻译选材应有计划性，重要的先译，次要的后译，不重要的可以不译，"盲目的翻译足以减少了许多读者们的信仰。故慎重的选择是必要的"[6]。除了翻译选材，茅盾还批评了人们把翻译鄙薄为媒婆的态度，认为翻译的地位十分重要，真正精妙的翻译比创作更加困难。"'处女'固不易得，'媒婆'亦何尝容易做呀！"[7]在茅盾看来，当时中国存在严重的漠视翻译的现象：一方面是人们有不喜欢翻译的心理，另一方面是人们因为不喜欢翻译而鄙薄从事

---

1 茅盾：《〈桃园〉前记》，见1935年11月文化生活出版社出版的《桃园》一书。见茅盾，《茅盾全集》（第三十三卷·外国文论五集），北京：人民文学出版社，2001年，第420页。
2 同上，第419页。
3 同上。
4 铭：《又一篇账单》，载1934年3月1日《文学》第二卷第三号。见茅盾，《茅盾全集》（第二十卷·中国文论三集），北京：人民文学出版社，1990年，第35页。
5 同上，第34页。
6 顺：《对于"翻译年"的希望》，载1935年2月1日《文学》第四卷第二号。见茅盾，《茅盾全集》（第二十卷·中国文论三集），北京：人民文学出版社，1990年，第387页。
7 丙生：《"媒婆"与"处女"》，载1934年3月1日《文学》第二卷第三号。见茅盾，《茅盾全集》（第二十卷·中国文论三集），北京：人民文学出版社，1990年，第37页。

翻译工作的人。在茅盾看来，人们不喜欢翻译的原因主要在于翻译的质量存在问题，"古典名著几乎没有一本称意的翻译"[1]。因此，茅盾号召译者要忠实于原文作者和译文读者，不要做说谎的媒婆。

在土地革命时期茅盾还评价了其他译者，包括郭沫若、伍光建、董绍明夫妇、郑晓沧以及李霁野的翻译。在形式上，茅盾对译本的翻译批评对象为一个译者一个译本、一个译者的不同译本、不同译者的合译本、同一原作不同译者的译本。在内容上，茅盾对译本的翻译批评涉及翻译态度、译本价值、翻译方法、翻译语言、译本优缺点以及相关建议等。

首先，茅盾对郭沫若翻译俄国托尔斯泰的小说《战争与和平》进行了批评，包括译者的翻译态度、译本价值、翻译语言和相关建议。茅盾肯定了郭沫若翻译托尔斯泰文学巨著《战争与和平》的态度："原文字数太多，没有一年两年的'埋头苦干'，不能脱稿。"[2]茅盾认为郭沫若翻译的《战争与和平》具有巨大价值，应该受到文坛的重视，因为该译本不仅可以帮助从事创作的人学习到文学艺术技巧，还可以帮助从事翻译的人研究其中的翻译方法。"郭沫若是个权威的译者，他的译本——特别是他的'翻译方法'，——一定有许多地方可供我们参考，一定也有些地方我们觉得是成问题的。"[3]茅盾通过仔细分析郭沫若的译文，指出该译作存在明显的误译和漏译，认为这是对原作者不忠实的表现。此外，茅盾批评郭沫若的译文使用了太多华丽的文言语汇，在艺术风格上歪曲了原作。最后，茅盾对郭沫若的译本提出了建议，希望译者能附上一篇译者序言，告诉中文读者托尔斯泰创作时的政治思想、托尔斯泰对农民心理的理解以及该小说在文学史上的地位等，从而帮助中国读者了解托尔斯泰及其小说。

其次，茅盾对伍光建翻译的《侠隐记》和《浮华世界》进行了批评，内容涉

---

1 铭：《又一篇账单》，载1934年3月1日《文学》第二卷第三号。见茅盾，《茅盾全集》（第二十卷·中国文论三集），北京：人民文学出版社，1990年，第34-35页。

2 味茗：《郭译〈战争与和平〉》，载1934年3月1日《文学》第二卷第三号。见茅盾，《茅盾全集》（第二十卷·中国文论三集），北京：人民文学出版社，1990年，第15页。

3 同上。

及译本价值、译文特色、翻译方法以及修改建议。茅盾称赞伍光建较早翻译了法国大仲马的文学名著《侠隐记》："这样一本书竟早就介绍到中国来，实在也是可喜的。"[1] 茅盾认为伍光建的《侠隐记》译文非常漂亮，令读者着迷，该译本适合大众阅读，白话文表达简洁明快，译文再现了原作风格。茅盾认为伍光建使用删节法是考虑到当时中国读者对欧化语体的理解程度和接受水平。他批评伍光建在翻译英国萨克雷的小说《浮华世界》时，在节译本的基础上删掉了大约一半的内容，认为这样大幅度的删削势必影响原文故事情节间的联系："看了译本后，我们所得的印象是一本断手刖足的名著了。"[2] 因此，茅盾对伍光建大肆删削的翻译态度提出了批评："Thackeray的真面目，在译本里，如何可见呢？这种翻译的态度是万万要不得的。"[3] 另外，茅盾指出伍光建用同样的节译方法去翻译两部不同风格的作品，效果并不好："《侠隐记》中凡有'拉直''拉平'的地方还不觉得怎样难看，而在《浮华世界》中却有时显得晦涩不明。"[4] 因此，茅盾对伍光建翻译的《浮华世界》提出了相关修改建议，认为通过增加一些翻译漏掉的字眼可以使译文更加显豁明白。

第三，茅盾对董绍明夫妇合译的俄国革拉特珂夫的小说《士敏土》进行了批评，其内容包括译作的忠实程度、译作的优劣、翻译语言以及相关建议。茅盾认为该译本总体上比较忠实，但也有错译和漏译之处，未能完全再现原作的风格。茅盾从正反两个方面评价了该译本的优点和不足："《士敏土》译本最出色的地方还是对话。比较'拙'的，倒是书中叙述描写部分。并不是'看不懂'，是缺

---

[1] 味茗：《伍译的〈侠隐记〉和〈浮华世界〉》，载1934年3月1日《文学》第二卷第三号。见茅盾，《茅盾全集》（第二十卷·中国文论三集），北京：人民文学出版社，1990年，第26页。

[2] 同上，第30页。

[3] 顺：《对于"翻译年"的希望》，载1935年2月1日《文学》第四卷第二号。见茅盾，《茅盾全集》（第二十卷·中国文论三集），北京：人民文学出版社，1990年，第388页。

[4] 味茗：《伍译的〈侠隐记〉和〈浮华世界〉》，载1934年3月1日《文学》第二卷第三号。见茅盾，《茅盾全集》（第二十卷·中国文论三集），北京：人民文学出版社，1990年，第31页。

乏'力'。"¹接着，茅盾指出译文的语言不够简洁明快，并提出了修改建议。此外，茅盾希望译者把原作者的论文《我如何写士敏土》翻译出来，附在中译本《士敏土》的后面，因为该论文介绍了该小说的产生过程、故事人物的发展和作品的艺术风格等。最后，茅盾认为该译本总体上是一个优秀译本，值得向读者推荐，希望在重版时进行详细修订，提高翻译质量。

此外，茅盾对郑晓沧翻译的美国奥尔珂德的《小妇人》进行了批评，主要涉及翻译能力、翻译方法和翻译态度。茅盾肯定了郑晓沧的翻译能力，认为他翻译的《小妇人》和《好妻子》在当时十分受读者欢迎。茅盾赞赏了郑晓沧在直译基础上适当增添的方法，这种方法不仅有助于读者的理解，还可以使译文更加明白流畅："郑先生的译文是在'字对字'之外又每每略加数字，以求流利通畅的。这是一种新方法。"²在茅盾看来，郑晓沧因修辞关系而添字没有必要，因为原文风格简洁平易，译文也要简洁平易；如果把原文的简洁平易风格变成浓妆艳抹，那么就是对原作艺术风格的歪曲。所以，译者在翻译时要尽量忠实原作，才能更好地再现原作者的意图和原文的艺术风格。此外，茅盾还称赞了郑晓沧认真负责的翻译态度，认为他在翻译中的精进之心值得学习："郑先生翻译时用力之勤，以及他的求'信'求'达'求'雅'的精诚，我们非常钦佩。"³

另外，茅盾对李霁野和伍光建翻译英国夏洛蒂·勃朗特的《简爱》的两个译本进行了批评，其内容包括翻译态度、翻译方法、译本对象和翻译质量。茅盾称赞了李霁野认真翻译《简爱》的态度："这么三十万言的长篇而抽空翻译，大概也颇需年月，当他不声不响译完，乃至全体抄得很工整，寄到了上海时，朋友们都为之惊异不置。"⁴茅盾认为一书两译有利于比较不同译者的翻译方法，提高翻

1　芬君：《关于〈士敏土〉》，载1934年8月1日《文学》第三卷第二号。见茅盾，《茅盾全集》（第二十卷·中国文论三集），北京：人民文学出版社，1990年，第170页。
2　惕若：《读〈小妇人〉——关于翻译方法的商榷》，载1935年9月1日《文学》第五卷第三号。见茅盾，《茅盾全集》（第二十卷·中国文论三集），北京：人民文学出版社，1990年，第532页。
3　同上，第540页。
4　茅盾：《〈真亚耳〉（*Jane Eyre*）的两个译本》，载1937年1月16日《译文》第二卷第五期。见茅盾，《茅盾全集》（第二十一卷·中国文论四集），北京：人民文学出版社，1991年，第246页。

译质量。在茅盾看来，李霁野在译本中主要采用了"字对字"的翻译方法，其译文更加妥帖，但在原文句法组织比较复杂的时候，李霁野的翻译太拘泥于原文句法，使译文十分累赘；而伍光建的节缩法使译文更加简洁明快，有利于保留原作的神韵。此外，在原文景物描写和心理描写部分，李霁野"字对字"的直译除了让读者知道故事情节外，还让读者产生深刻的印象；而伍光建的节译只能让读者知道故事的梗概。因此，茅盾对译本的阅读对象提出了建议：伍光建简洁明快的节译本适合普通读者，李霁野的"字对字"全译本适合希望从作品中学习西方艺术技巧的文艺学徒。最后，茅盾充分肯定了这两个译本的翻译质量，认为高质量的译本是外国作家的幸运："勃朗特的《简爱》虽不是怎样了不起的杰作，可是居然有那么两种好译本，实是可喜的事。"[1]

土地革命时期，茅盾主要针对当时的翻译选材和翻译态度提出了批评，强调了翻译选材的计划性和翻译的重要地位。此外，茅盾对自己的译文集《雪人》和《桃园》就翻译选材和翻译质量进行了自我批评，还对郭沫若、李霁野、伍光建等著名译者的代表译作进行了详细的评价。由上可知，茅盾在土地革命时期的翻译批评与自我批评促进了翻译质量的提高，推动了翻译事业的发展。

三、推荐和批评译作：抗日战争和解放战争时期茅盾的翻译批评观

在抗日战争时期和解放战争时期茅盾主要致力于对他人译作的推荐与评价，同时也对自己的翻译进行了批评。茅盾评价的译作主要有何家槐翻译的英国福克斯的《小说与民众》、曹靖华翻译的苏联卡达耶夫的《我是劳动人民的儿子》、吴天和陈非瑾合译的德国乌尔夫的《马汉姆教授》、葛一虹翻译的苏联贝洛·贝尔采可夫斯基的《生命在呼喊》、耿济之翻译的俄国陀思妥耶夫斯基的《兄弟们》，等等。

在茅盾看来，何家槐翻译的英国福克斯的批评论文集《小说与民众》清晰地阐明了文艺的社会和政治任务，是一部理论正确又不枯燥深奥的著作。同时，茅

---

[1] 茅盾：《〈真亚耳〉（Jane Eyre）的两个译本》，载1937年1月16日《译文》第二卷第五期。见茅盾，《茅盾全集》（第二十一卷·中国文论四集），北京：人民文学出版社，1991年，第257页。

盾也对该译文的表达提出了批评："译笔是流利的，不过有时为求流利，不免啰苏，减少了原文雄健的力量。"[1]茅盾认为莎士比亚的作品有助于增强中国人民反法西斯斗争的力量，因此推荐大家阅读田汉译的《哈孟雷特》和《罗密欧与朱丽叶》："莎士比亚是难译的，……但田汉的两个译本是可以一读的。"[2]此外，茅盾称赞了曹靖华在翻译苏联卡达耶夫的小说《我是劳动人民的儿子》时通过译者序言告诉中国读者关于原作者和作品的相关信息的做法，认为该译本值得推荐，尤其是关心苏德战争的人们"看了这部小说，一定大有帮助"[3]。

茅盾认为吴天、陈非瑾合译的德国乌尔夫的戏剧《马汉姆教授》值得一读，该剧在国际上非常有名，在苏联还被改编成了电影。同时，茅盾也对该译作提出了批评："译笔亦不恶，惟生动活泼则未逮，且间有小小错误，是则希望于再版时能予以校正的。"[4]茅盾认为葛一虹翻译的苏联贝洛·贝尔采可夫斯基的剧本《生命在呼喊》代表了苏联现代人物的几种典型，"这一个剧本就可以帮助我们了解苏联人民"[5]。茅盾还赞扬葛一虹通过译者前记的形式告诉了中国读者关于人的新观念与旧观念的斗争，从而有利于读者更深入地理解原作者和作品。

耿济之翻译的俄国陀思妥耶夫斯基的小说《兄弟们》值得一读。首先，茅盾认为耿济之翻译陀思妥耶夫斯基的小说是名家名译："其译笔的忠实流利，保持

---

1 茅盾：《小说与民众》，载1938年9月16日《文艺阵地》第一卷第十一期。见茅盾，《茅盾全集》（第三十三卷·外国文论五集），北京：人民文学出版社，2001年，第463页。

2 茅盾：《莎士比亚出生三七五周年纪念》，载1939年10月《文艺月刊》第二卷第二期。见茅盾，《茅盾全集》（第三十三卷·外国文论五集），北京：人民文学出版社，2001年，第471页。

3 文：《我是劳动人民的儿子》，载1941年9月16日《笔谈》第二期。见茅盾，《茅盾全集》（第三十三卷·外国文论五集），北京：人民文学出版社，2001年，第480页。

4 直：《"希特勒的杰作"》，载1941年10月1日《笔谈》第三期。见茅盾，《茅盾全集》（第三十三卷·外国文论五集），北京：人民文学出版社，2001年，第484页。

5 玄：《生命在呼喊》，载1941年10月16日《笔谈》第四期。见茅盾，《茅盾全集》（第三十三卷·外国文论五集），北京：人民文学出版社，2001年，第490页。

原作的神韵，久已为众所周知；现在名著名译，尤称文坛盛事。"¹其次，茅盾肯定了作品的思想内容和艺术技巧。茅盾还赞扬了耿济之从俄文直接翻译的方式："由耿济之先生从原文译了出来，不能不说是近年来中国文艺界一件大事。"²此外，茅盾肯定了耿济之的翻译能力和译作翻译质量："耿先生以前的光辉的介绍事业，保证了这中译本的《兄弟们》是一部权威的翻译。"³

除了推荐他人的译作，茅盾还对自己的翻译态度和翻译质量提出了批评。首先，茅盾批评自己因粗心大意在翻译中产生的失误。茅盾写信给戈宝权，感谢他指出自己在翻译俄国丹青科的《文凭》时对原作者的介绍有误。茅盾对自己的粗心大意进行了自我批评，表示如果书店要继续印行译作，一定会加以改正。不久，茅盾再次写信给戈宝权，对自己粗心的翻译态度提出了批评。"弟撰那小传，是根据英文译本《文凭》前之《引言》及另一英文书；此时追忆，英文书大概并没有错，乃弟心粗见浅，误以二人为一人也，惭愧之至。"⁴茅盾还对自己的翻译质量提出了批评。茅盾认为自己尽了最大努力翻译的苏联巴甫林科的小说《复仇的火焰》的译文质量不能令人满意，"终自觉如嚼饭哺人"⁵。由上可知，茅盾在抗日战争和解放战争时期致力对他人译作的评价推荐，其内容主要包括翻译选材、翻译表达、译作价值等。此外，茅盾还对自己的翻译态度和翻译质量提出了批评。

四、"全面的深入的批评"：新中国成立后茅盾的翻译批评观

1954年，茅盾在全国文学翻译工作会议上强调，翻译批评不仅包括指摘字句

---

1 玄：《兄弟们》（上卷），载1941年11月16日《笔谈》第六期。见茅盾，《茅盾全集》（第三十三卷·外国文论五集），北京：人民文学出版社，2001年，第495页。
2 茅盾：《耿译〈兄弟们〉书后》，载1941年12月6日《上海周报》第四卷第二十四期。见茅盾，《茅盾全集》（第三十三卷·外国文论五集），北京：人民文学出版社，2001年，第502页。
3 同上。
4 雁冰：《致戈宝权》，1938年3月28日，见茅盾，《茅盾全集》（第三十六卷·书信一集），北京：人民文学出版社，1997年，第148页。
5 玄白：《致戈宝权》，1943年11月5日，见茅盾，《茅盾全集》（第三十六卷·书信一集），北京：人民文学出版社，1997年，第206页。

的误译，还应包括对译本做全面的和深入的批评。"我们希望今后的批评更注意地从译文本质的问题上，从译者对原作的理解上，从译本传达原作的精神、风格的正确性上，从译本的语言的运用上，以及从译者劳动态度与修养水平上，来作（做）全面的深入的批评。"[1]在茅盾看来，对译文进行全面而深入的批评有利于树立严肃认真的翻译风气，从而可以进一步提高翻译质量。

在茅盾看来，新中国翻译批评与自我批评的氛围还不够浓，要加强文学翻译工作中的批评与自我批评精神，主要包括翻译批评的必要性、翻译批评的对象以及翻译批评的方法。首先，茅盾强调了批评与自我批评的必要性，认为掩饰自己的缺点和漠视别人的缺点都是不负责任的态度，骄傲自大、不虚心接受别人的建议也不利于工作的改进。因此，加强开展批评与自我批评才有助于提高翻译质量，促进翻译事业的健康发展。其次，茅盾提出翻译批评的内容应包括三个方面：对轻率的翻译态度和粗制滥造的译本的批评；对优秀译本的推荐；对译文虽然没有大错，但却与优秀原作相差甚远的译本的批评。第三，在翻译批评方法上，茅盾认为除了批评字句误译外，还要对译本进行本质的和全面的批评。

茅盾评价了林纾和董秋斯的翻译，涉及翻译选材、翻译态度和翻译质量。茅盾批评了林纾的翻译选材和翻译态度："林纾的翻译工作还只是一种迻译大意的性质，和原文有相当大的距离，而对作品的选取，也缺乏一定的标准。他晚年的工作态度也不够严肃。"[2]茅盾表扬了董秋斯从英文转译的俄国托尔斯泰的小说《战争与和平》，认为该译作有较高的翻译质量。茅盾先后读过托尔斯泰小说《战争与和平》的几种译本，认为董秋斯的转译本有不朽的存在价值，"虽有人再从原文精译，而董译终不可废"[3]。因此，与《战争与和平》的其他译本相比，

---

[1] 茅盾：《为发展文学翻译事业和提高翻译质量而奋斗——一九五四年八月十九日在全国文学翻译工作会议上的报告》，载1954年10月1日《译文》十月号。见茅盾，《茅盾全集》（第二十四卷·中国文论七集），北京：人民文学出版社，1996年，第315-316页。

[2] 同上，第300页。

[3] 沈雁冰：《致姚雪垠》，1975年5月4日，见茅盾，《茅盾全集》（第三十七卷·书信二集），北京：人民文学出版社，1997年，第403页。

茅盾认为董秋斯译本的质量更高，"还是董秋斯从英文转译的本子好些"[1]。

此外，茅盾还对自己的翻译进行了评价，涉及翻译选材、翻译质量和译文表达。首先，茅盾肯定了自己对弱小民族文学的翻译选材："我所翻译的，大多是弱小民族的作品，后来一直也没有别人翻译过。我想这些反映弱小民族的历史、风土人情，及其求自由、求民主、求民族解放的斗争的作品，也还可以推荐给今天的读者。"[2] 其次，茅盾对自己译文选集的翻译质量提出了批评，认为这些以前翻译的作品质量不够好，其中有一些译作在新中国成立前收入了《雪人》《桃园》《回忆·书简·杂记》三个译文集中，"当时并不很满意，所以解放后一直没有再出单行本"[3]。茅盾认为自己的译文大部分是在新中国成立前翻译的，所以希望新时期的读者对其译文提出批评意见："译文是否仍然适合今天读者的（阅读）习惯，是否做到信、达、雅，请读者批评指正。"[4]

综上所述，"五四运动"时期茅盾提出了"译书的批评"三原则，还对潘家洵和郑振铎的两个译本进行了推荐，并对自己翻译的小说和戏剧进行了批评。茅盾在土地革命时期提倡"推荐好的'媒婆'、批评'说谎的媒婆'"，对郭沫若、伍光建、李霁野等著名译者的代表译作进行了详细评价，还对自己翻译的《雪人》和《桃园》两个译文集提出了批评。茅盾在抗日战争时期和解放战争时期对田汉、曹靖华、耿济之等著名译者的译作进行了评价，并对自己翻译的苏联小说《文凭》和《复仇的火焰》进行了批评。新中国成立后，茅盾十分强调加强文学翻译工作中的批评与自我批评精神，提出要对译作进行全面和深入的翻译批评，茅盾不仅对林纾和董秋斯等的翻译进行了评价，还对自己的《茅盾译文选集》进行了批评。可见，茅盾一生都坚持翻译批评与自我批评的思想，只是在不同时期所批评的内容和批评的具体对象有所差异而已。因此，"批评与自我批

1　茅盾：《〈茅盾译文选集〉序》，见1981年2月文化艺术出版社出版的《茅盾文艺评论集》一书；后收入1981年9月上海译文出版社出版的《茅盾译文选集》一书。见茅盾，《茅盾全集》（第二十七卷·中国文论十集），北京：人民文学出版社，1996年，第431页。

2　同上，第432页。

3　同上。

4　同上。

评"的翻译批评观是茅盾翻译思想的变化之象。

第五节　译研结合：茅盾翻译思想的变迁之核

从"五四运动"时期到新中国成立后这个时期茅盾都强调译研结合的观点。茅盾在"五四运动"时期的译研结合观是"博览深求",在土地革命时期的译研结合观是"诵读宜博,而研究则宜专",在抗日战争和解放战争时期的译研结合观是"阅读的范围是愈大愈好",在新中国成立后的译研结合观是"先了解全面而后深入一角"。可见,茅盾自始至终都强调译者要在博览群书的基础上进行专门的研究。因此,译研结合观是茅盾翻译思想的不变之核。

一、"博览深求"："五四运动"时期茅盾的译研结合观

1925年,茅盾提出研究文学的人要善于博览深求,通过研究前辈优秀成果来实现新的创造。"企图思想独立的人,决(绝)不是闭目不看一切书籍,不研究古来各派思想,而在自己空洞洞的脑子里求思想之独立的;他必须先去博览深求,吞进了许多书籍,精研过各派思想,然后独辟蹊径,以成其独立的见解。"[1]因此,译者在博览群书的基础上进行专门研究,才能更好地理解原作和表达译作,进而促进原作者和译文读者之间的交流。

茅盾在"五四运动"时期不仅从历时角度提出研究要注意一个学科发展的纵向联系,还从共时角度提出研究文学的人需要具备跨学科素养。此外,茅盾认为译者最好通过序言和小引等形式介绍相关的外国文学背景,帮助译文读者更好地理解原作者及作品。另外,茅盾强调文学翻译工作者需要具备研究素养,研究外国文学史、外国文学家、关于外国作家作品的文学批评论文,才能更透彻地理解原作者和作品,才能让译文做到不欺骗原文作者和译文读者。

首先,在"五四运动"时期茅盾从历时的角度提出了研究要注意一个学科发

---

[1] 沈雁冰：《告有志研究文学者》,载1925年7月5日《学生杂志》第十二卷第七期。见茅盾,《茅盾全集》(第十八卷·中国文论一集),北京：人民文学出版社,1989年,第536页。

展的纵向联系，否则就不是真正意义的研究。"治哲学的倘然不先看哲学史就看古来大哲学家的著作，不晓得以前各家本体论的说头怎样，现在研究到怎样，价值论认识论又怎样，而只看现代最新的学说，则所得的仍只是常识，不算是研究。"[1]在茅盾看来，文学研究也要注意学科的纵向联系，西方文学思潮经历了一个从古典主义、浪漫主义、自然主义、表象主义到新浪漫主义的发展过程，"这其间进化的次序不是一步可以上天的"[2]。因此，译者在翻译和介绍外国文学时，一定要对外国文学思潮的发展变迁过程进行系统的研究，才能更好地理解原作者和作品。

其次，在"五四运动"时期茅盾还从共时角度提出了研究者要具有跨学科的素养。在茅盾看来，文学家不仅要研究文学，还要广泛研究其他学科的相关知识，如伦理学、心理学、社会学、人类学。"凡要研究文学，至少要有人种学的常识，至少要懂得这种文学作品产生时的环境，至少要了解这种文学作品产生时代的时代精神，并且要懂这种文学作品的主人翁的身世和心情。"[3]茅盾认为，不仅文学家需要跨学科素养，翻译家也需要跨学科素养，要了解相关的思想史、文艺史、社会学、哲学等常识，还要了解所翻译作家的生平和思想。因此，译者面对一部作品时，不是贸然开始翻译，而是应该先围绕该作品进行相关研究，才能更好地理解原作和表达原作。

第三，"五四运动"时期茅盾强调要通过译者序言和小引等形式介绍外国文学的相关背景，帮助译语读者更好地理解原作者及其作品。"我们现在译小说，一定欲好好儿做一篇序，最好是长引"[4]；否则，如果是看见一篇作品就翻译，而不去研究相关的文学史和原作者的生平等背景，这样的翻译介绍就很难再现原作

1　冰：《我对于介绍西洋文学的意见》，载1920年1月1日《时事新报·学灯》。见茅盾，《茅盾全集》（第十八卷·中国文论一集），北京：人民文学出版社，1989年，第2页。

2　同上，第3页。

3　沈雁冰：《文学与人生》，1922年8月在松江暑期学术演讲会上的演讲稿，载1923年松江《学术演讲录》第一期。见茅盾，《茅盾全集》（第十八卷·中国文论一集），北京：人民文学出版社，1989年，第272-273页。

4　沈雁冰：《致傅东华》，载1920年1月25日《时事新报·学灯》。见茅盾，《茅盾全集》（第三十六卷·书信一集），北京：人民文学出版社，1997年，第6-7页。

者的意图,也难以让译文读者更好地理解原作者和作品。茅盾建议傅东华翻译俄国屠格涅夫的《猎人日记》时,最好加上一个引言,从而可以让中国读者更深入地了解屠格涅夫及其作品。"译完之后,该做上一个'引',详述屠尔格涅夫的身世和著作,再和托尔斯泰、陀思妥夫斯该做比较,才好。"[1] 茅盾认为译者在第一次翻译介绍外国重要作家作品时,可以附上一个引言,让译语读者了解更多背景知识,例如,"第一次介绍法朗士(Anatole France)的著作,我以为也应该有个小引"[2]。除了小引,茅盾认为译者还可以用序言的形式介绍外国作家作品的相关信息,"最好介绍一篇的时候,附个小引,说明这位文学家的生平和著作;如其那篇东西是有特别意思的,或作者因特别感触而作的,最好在小引之外,再加一个序"[3]。在茅盾看来,翻译英国作家萧伯纳的戏剧《华伦夫人之职业》时,最好加上一篇序言,介绍萧伯纳的生平、思想和重要作品,这样才有助于中国读者更好地理解萧伯纳及其戏剧。

此外,在"五四运动"时期茅盾提出了文学翻译者需要具备三个素养:研究文学、了解新思想、具有创作天才。茅盾把研究文学的素养放在首位,可见茅盾对译者进行文学研究的重视。在茅盾看来,研究外国文学好比去异域旅行,如果不先看看旅行指南,可能会在旅途中迷失方向,"文学史、批评论文、文学家传,就是文学国的'旅行指南'"[4]。因此,译者在翻译一部文学作品时,如果不对外国文学进行相关研究,很可能会在翻译过程中遇到障碍,甚至产生极大偏差:"没有深知道这文学家的生平和他著作的特色便翻译他的著作,是极危险的

---

[1] 沈雁冰:《致傅东华》,载1920年1月25日《时事新报·学灯》。见茅盾,《茅盾全集》(第三十六卷·书信一集),北京:人民文学出版社,1997年,第6页。

[2] 沈雁冰:《对于系统的经济的介绍西洋文学底意见》,载1920年2月4日《时事新报·学灯》。见茅盾,《茅盾全集》(第十八卷·中国文论一集),北京:人民文学出版社,1989年,第21-22页。

[3] 同上,第21页。

[4] 冯虚:《〈对于介绍外国文学的我见〉底我的批评》,载1921年10月9日《民国日报·觉悟》。见茅盾,《茅盾全集》(第十八卷·中国文论一集),北京:人民文学出版社,1989年,第142页。

事。"¹在茅盾看来，只有对外国文学史、外国作家和作品进行相关研究，才能把真正有价值的作品翻译介绍给译文读者。"翻译某文学家的著作时，至少读过这位文学家所属之国的文学史，这位文学家的传，和关于这位文学家的批评文学，然后能不空费时间，不介绍假的文学著作来。"²所以，茅盾十分反对一看到作品就贸然翻译的态度，希望译者能在翻译前对相关的外国作家作品进行认真研究。

可见，茅盾在"五四运动"时期十分强调译者在翻译一部文学作品前，要对外国文学进行深入的研究。译者对外国文学的研究主要包括对该国的文学史、该文学家的传和重要作品、该作家和作品相关批评论文的研究。"专研究一个作家至少先要懂得那时代文学思潮的大概情形，和那一个国（作家所在之国）的文学史略，并且还须读过该作家的重要著作一二种（或译本），方才有兴味。"³因此，译者只有在对外国文学史、外国文学家和外国作品进行研究的基础上进行翻译，才能更好地理解原文、组织译文，才能对得起原文作者和译文读者。

二、"诵读宜博，而研究则宜专"：土地革命时期茅盾的译研结合观

1936年，茅盾提出在广泛阅读世界各国的文学名著时，要选择最有价值和最有代表性的文学杰作来研究，才能更加透彻理解原作者和作品。"只诵读了一家的著作固然不够，诵读了一派的著作，也还是不够。诵读宜博，而研究则宜专。广泛地诵读了各派各家的名著，然后从中择取最博大精深最有现代价值的名著来研究，这是有利无害的方法。"⁴因此，译者不仅要广泛阅读世界文学名著，还要对翻译作品进行深入研究，才能更好地传达出原作的思想内容和艺术风格。

土地革命时期茅盾依然强调译者需要具备跨学科素养，通过译者序言的形式

1　郎损：《新文学研究者的责任与努力》，载1921年2月10日《小说月报》第十二卷第二号。见茅盾，《茅盾全集》（第十八卷·中国文论一集），北京：人民文学出版社，1989年，第68页。
2　同上，第68-69页。
3　雁冰：《致马鸿轩》，载1922年11月10日《小说月报》第十三卷第十一号。见茅盾，《茅盾全集》（第三十六卷·书信一集），北京：人民文学出版社，1997年，第94页。
4　茅盾：《创作的准备》，上海书店，1936年。见茅盾，《茅盾全集》（第二十一卷·中国文论四集），北京：人民文学出版社，1991年，第5页。

介绍原作者和作品。此外，茅盾认为译者研究一部文学作品是如何写成的有利于帮助读者认识作家和作品。这样的译研结合不仅可以帮助译者更加深入理解原作者和作品，还能让译语读者了解更多的外国背景知识。

首先，在土地革命时期茅盾仍然强调译者要具备跨学科素养，尤其是在翻译一部世界文学古典名著时，译者的跨学科素养至关重要。在茅盾看来，法国巴尔扎克的《滑稽故事集》（Contes Drolatiques）用惊人的艺术手段描绘了16世纪法国生活的神奇画面，该作品牵涉很多跨学科知识，这就对译者的跨学科素养提出了很高的要求。译者必须综合运用文学、历史学、语言学、考古学等相关的学科知识，才能尽量在译文中传达出原作者的思想意图和再现原作的艺术风格。

其次，在土地革命时期茅盾依然重视通过译者序言介绍相关的外国背景知识。茅盾认为郭沫若翻译的俄国托尔斯泰的小说《战争与和平》缺少译者序言，所以建议"《战争与和平》的译本上最好译者有一篇序"[1]，通过介绍托尔斯泰的政治思想、托尔斯泰对农民心理的感受、《战争与和平》在俄国文学史上的地位等，帮助中国读者更深入地理解托尔斯泰及其小说。因此，译者除了翻译作品，还可以通过译者序言等形式为译文读者提供更多的外国文学背景，促进原作者、译者和译文读者之间的交流。

第三，茅盾提出译者如果了解文学作品是如何写成的，对深入理解原作者和作品大有裨益："研究一部书的如何写成，对于了解一部书也是一种很大的帮助。"[2]在茅盾看来，托尔斯泰在现实生活中的各种亲戚关系对他创作长篇小说《战争与和平》有很大助益，该小说中的很多人物都有托尔斯泰家族中亲人们的影子。此外，茅盾认为董绍明夫妇在合译俄国革拉特珂夫的小说《士敏土》时，最好把原作者的文章《我如何写士敏土》也翻译出来，附在中文译本《士敏土》的后面，因为该文章告诉了读者相关的背景知识，例如，该小说是如何产生的，小说中的人物是如何发展变化的，该小说的文字经过了怎样的推敲锤炼等。因

1　味茗：《郭译〈战争与和平〉》，载1934年3月1日《文学》第二卷第三号。见茅盾，《茅盾全集》（第二十卷·中国文论三集），北京：人民文学出版社，1990年，第23-24页。

2　同上，第24页。

此，译者在翻译时，还应研究原作者和作品的相关背景，才能帮助读者更好地理解。

三、"阅读的范围是愈大愈好"：抗日战争和解放战争时期茅盾的译研结合观

1945年，茅盾提出研究文学的人不能只专注文学，还要广泛涉猎各种书籍，才能不断提升跨学科素养。"千万不要以为'我'在研究文学，就只要读文学书；阅读的范围是愈大愈好。正因为'你'在从事于文学，所以阅读的范围是大到不可思议的。即使为精神时间所限，至少应当读历史、哲学，以及社会科学基本的书。"[1] 译者需要广泛阅读外国文学思潮和文学批评的书籍，阅读原作者的传记和对作家作品的评论，才有助于提升自己的综合素养。

阅读一部世界文学名著尤其需要运用跨学科知识，才能更加深入地理解该作品。"我们读《战争与和平》，应该读俄国当时的历史……托尔斯泰善于写俄国的农民，所以我们最好能找一本讲俄国农民的书来读。这就是说读名著的时候，要同时拿社会科学的书来读。"[2] 茅盾认为，除了阅读文学作品的人需要具备跨学科素养，创作文学作品的人也要具备跨学科素养，"现在写文艺的人，社会科学和哲学的基本知识不能没有"[3]。因此，译者同时作为原文的读者和译文的表达者，也需要具备跨学科素养，才能在翻译过程中更好地理解原作者和作品，才能让译语读者在读译文时获得和源语读者在读原文时类似的感受。

因此，抗日战争和解放战争时期茅盾仍然强调译者跨学科素养的重要性，尤其在翻译世界文学名著时更需要具备文学、哲学、历史等相关学科基本知识。此外，茅盾认为研究文学的人不能只局限于文学，还必须了解其他相关学科的知

1　茅盾：《几个初步的问题》，载1945年8月15日《文学》月刊革新号。见茅盾，《茅盾全集》（第二十三卷·中国文论六集），北京：人民文学出版社，1996年，第188-189页。

2　茅盾：《杂谈文学修养》，载1942年5月5日《中学生》第五十五期。见茅盾，《茅盾全集》（第二十二卷·中国文论五集），北京：人民文学出版社，1993年，第307页。

3　同上。

识,才能胜任自己的工作。所以,文学翻译工作者也需要具备跨学科素养,通过翻译和研究的有机结合,才能更好地理解原作、翻译原作。

四、"先了解全面而后深入一角":新中国成立后茅盾的译研结合观

新中国成立后,茅盾强调文艺工作者要坚持辩证唯物主义和历史唯物主义,在了解全面的基础上再深入研究。"文艺工作者对生活,既要站得高,鸟瞰全局,又要钻得深,对所写的具体事物有全面的透彻的认识。站得高和钻得深,是辩证的关系。我们要熟悉多方面的生活,先了解全面而后深入一角。"[1] 所以,译者也要不断提高自己的跨学科修养,对原作者和作品进行深入的研究,才能更透彻地理解原作的思想意图和艺术风格。

文艺工作者要在广泛阅读的基础上不断提高文艺修养,"不但要多读文学名著,还须读文艺理论和文艺史,不但要多读文艺理论和文艺史,还须多读社会科学"[2]。译者也是文艺工作者,因此要提高自己的文学修养,就必须博览群书,通过研究各种流派的文学作品以及前人对这些作品的相关评论,才能深刻领会原作者的意图和作品的风格。在茅盾看来,文艺修养的提高是一个漫长的过程,需要阅读大量的文学名著和相关学科知识,才能不断取得进步。"为了提高文艺修养,要找些古今中外的文学名著来读,这要花很多的时间。每一部门的文艺专门家除了学本身的专业外,还应当懂得姊妹艺术的门径。"[3] 因此,新中国的文学艺术工作者必须具备历史、政治、经济、科学等方面的跨学科知识,才能更好地为社会主义现代化建设事业服务。

茅盾认为,文艺工作者要先了解全面,然后深入一角,才能站得高、钻得

---

[1] 茅盾:《解放思想,发扬文艺民主——在中国文学艺术工作者第四次代表大会及中国作家协会第三次会员代表大会上的讲话》,载1979年11月20日《人民文学》第十一期。见茅盾,《茅盾全集》(第二十七卷·中国文论十集),北京:人民文学出版社,1996年,第376页。

[2] 茅盾:《关于文艺修养》,载1950年5月20日《中国青年》第三十九期。见茅盾,《茅盾全集》(第二十四卷·中国文论七集),北京:人民文学出版社,1996年,第144-145页。

[3] 茅盾:《五个问题——一九六一年八月三十日在一次座谈会上的讲话》,载1961年《河北文艺》十月号。见茅盾,《茅盾全集》(第二十六卷·中国文论九集),北京:人民文学出版社,1996年,第212页。

深。在茅盾看来，如果从横向的角度不了解社会生活的各个环节，从纵向的角度不了解社会发展的变迁过程，那么就很难对事物的本质有较为深刻的认识，"对于全面茫无所知，就不可能深入一角"[1]。茅盾提出如果译者要深刻理解一部世界文学名著，需要首先了解以下几个问题："第一，知道这位艺术大师的生平及其所处时代的思潮主流。第二，知道这位艺术大师从他本国的文学遗产中继承了什么，从别国的文学名著中学习了什么，从同时代的不同流派的作家方面受到了什么影响？"[2]只有通过深入研究，译者才能更加深刻地理解原作者的思想意图和原作品的艺术风格。在茅盾看来，如果只把一部世界文学名著读了几遍还谈不上真正意义上的借鉴，还必须认真阅读分析这些世界文学名著的专著或论文，才能透彻地理解原作。"翻译一部外国作家的作品，首先要了解这个作家的生平，他写过哪些作品，有什么特色，他的作品在他那个时代占什么地位等等；其次要能看出这个作家的风格，然后再动手翻译他的作品。"[3]所以，译者只有在全面了解原作者和作品的基础上进行深入的研究，才能更好地理解原作和翻译原作，才能让译语读者获得和源语读者类似的感受。

可见，茅盾一生都特别强调翻译要与研究结合。具体而言，茅盾在"五四运动"时期提出文学翻译工作者除了研究文学外，还要对其他学科进行相关研究。茅盾在土地革命时期重申译者需要具备跨学科素养，要在广泛诵读的基础上进行深入的研究。茅盾在抗日战争和解放战争时期再次强调译者需要有跨学科素养，要在广为博览的基础上进行透彻的研究。茅盾在新中国成立后倡导译者在翻译之前，要在全面了解的基础上进行深入的研究，了解外国文学家的生平和作品的风格之后，才能更好地理解原作和表达译作。因此，茅盾一生都强调译研结合的观

1　茅盾：《〈茅盾选集〉自序》，见茅盾，《茅盾全集》（第二十四卷·中国文论七集），北京：人民文学出版社，1996年，第209页。

2　茅盾：《为介绍及研究外国文学进一解》，载1979年9月《外国文学评论》第一辑。见茅盾，《茅盾全集》（第二十七卷·中国文论十集），北京：人民文学出版社，1996年，第339页。

3　茅盾：《〈茅盾译文选集〉序》，见1981年2月文化艺术出版社出版的《茅盾文艺评论集》一书，后收入1981年上海译文出版社出版的《茅盾译文选集》一书。见茅盾，《茅盾全集》（第二十七卷·中国文论十集），北京：人民文学出版社，1996年，第430页。

点，提倡译者在广泛诵读的基础上进行专门的研究。所以，"译研结合"观是茅盾翻译思想的变迁之核。

第六节　小结

　　本章从历时角度出发，纵向考察了茅盾一生的翻译思想，发现"取精用宏"的翻译目的观是茅盾翻译思想的不变之轴，"直译"的翻译方法观是发展之脉，"艺术创造性的翻译"标准观是演变之征，"批评与自我批评"的翻译批评观是变化之象，"译研结合"观是变迁之核。

　　在翻译目的上，茅盾从"五四运动"时期、土地革命时期、抗日战争时期和解放战争时期，一直到新中国成立后依次提出了"以供己用""精华凝炼（练）""化为血肉""吸收其精华来滋养自己"的翻译目的。可见，茅盾自始至终都强调通过翻译介绍外国作品来输入西方的现代思想和文学艺术技巧，在充分消化吸收其精髓的基础上为我所用，从而实现促进中国社会革新和新文学创作的目的。因此，"取精用宏"的翻译目的观是茅盾翻译思想的不变之轴。

　　在翻译方法上，茅盾在"五四运动"时期辨析了直译和死译，提出了直译的基本要求是"单字的翻译正确"和"句调的精神相仿"。在土地革命时期茅盾区分了直译、顺译、歪译，强调直译的意义是"不要歪曲了原作的面目"，要尽量保留原作的思想内容和艺术风格。新中国成立后茅盾倡导"能表达原作的精神"的直译。可见，从"五四运动"时期到新中国成立后茅盾一直都坚持直译方法的主张，而且他的直译观是在和其他翻译方法的对比分析中，不断取得完善发展的。所以，茅盾的"直译"方法观是其翻译思想的发展之脉。

　　在翻译标准上，茅盾在"五四运动"时期提出了"神韵"说，强调作品感人的力量在于"神韵"的多而在于"形貌"的少，提倡译者在翻译时要尽量保留原作的"神韵"。茅盾在土地革命时期提出了"风韵和'力'"，认为翻译文学作品除了注意忠实和通顺外，还要传达出原作的神韵和力量，才能感动译文的读者。茅盾在新中国成立后提出文学翻译要尽量再现原作的艺术意境，才能让译文读者在读译文时获得和原文读者在读原文时类似的感动，因而提倡艺术创造性翻译的最高标准。可见,茅盾在翻译标准上经历了从"神韵"到"风韵和'力'",然后再到"既需要译者的创造性,而又要完全忠实于原作的面貌"的演变过程。因此,"艺术创造性的翻译"标准观是茅盾翻译思想的演变之征。

在翻译批评上,茅盾在"五四运动"时期提出"译书的批评",从而确立了翻译批评的基础。在土地革命时期茅盾对郭沫若、伍光建、李霁野等著名译者的译作进行了详细的评价。在抗日战争和解放战争时期,茅盾还推荐了许多优秀译作,同时也对译作的不足之处提出了批评。茅盾在新中国成立后提倡加强批评与自我批评,并鼓励对译本做"全面的深入的批评"。除了对其他译者的翻译进行批评,茅盾还对自己的翻译实践进行了批评。可见,茅盾虽然在各个阶段所批评的对象和内容有所不同,但是所体现出来的都是他对翻译批评与自我批评的坚持。因此,"批评与自我批评"的翻译批评观是茅盾翻译思想的变化之象。

在翻译研究上,茅盾在"五四运动"时期提出"博览深求"的译研结合观,在土地革命时期强调"诵读宜博,而研究则宜专"的译研结合观,在抗日战争和解放战争时期主张"阅读的范围是愈大愈好"的译研结合观,在新中国成立后倡导"先了解全面而后深入一角"的译研结合观。可见,茅盾一生都非常重视在广为博览的基础上进行深入的研究,提供丰富的外国文学文化知识背景,帮助中国读者更好地了解原作者和作品。因此,"译研结合"观是茅盾翻译思想的变迁之核。

综上所述,茅盾翻译思想在六十多年的发展变迁过程中有内在的变化和联系,既有前后保持一致的地方,也有不断演化发展的地方,甚至还有自相矛盾之处。茅盾翻译思想前后保持一致的地方主要体现在他的翻译目的观和译研结合观,茅盾翻译思想不断演化发展的地方主要体现在他的翻译标准观和翻译方法观。茅盾翻译思想的自相矛盾之处主要体现在茅盾早期的翻译批评观和翻译批评实践之间有一定的差距。这说明了译者的翻译思想不是一成不变的或一蹴而就的,而是在一个动态过程中不断演化发展的。只有不断修订和完善,译者的翻译思想才能趋于成熟。

第二章

横向聚焦：
茅盾翻译思想与翻译实践的互动

第二章
横向聚焦：茅盾翻译思想与翻译实践的互动

茅盾一生共翻译了39个国家164位作家的243篇作品。[1]在茅盾翻译的所有作品中，文学作品176篇，非文学作品67篇。在文学作品中，茅盾总共翻译了小说86篇，诗歌41篇，戏剧28篇，散文21篇；在非文学作品中，茅盾共翻译了文论28篇，政论20篇，妇女问题作品13篇，科普作品6篇。图2-1为茅盾翻译外国作品的数量统计情况。

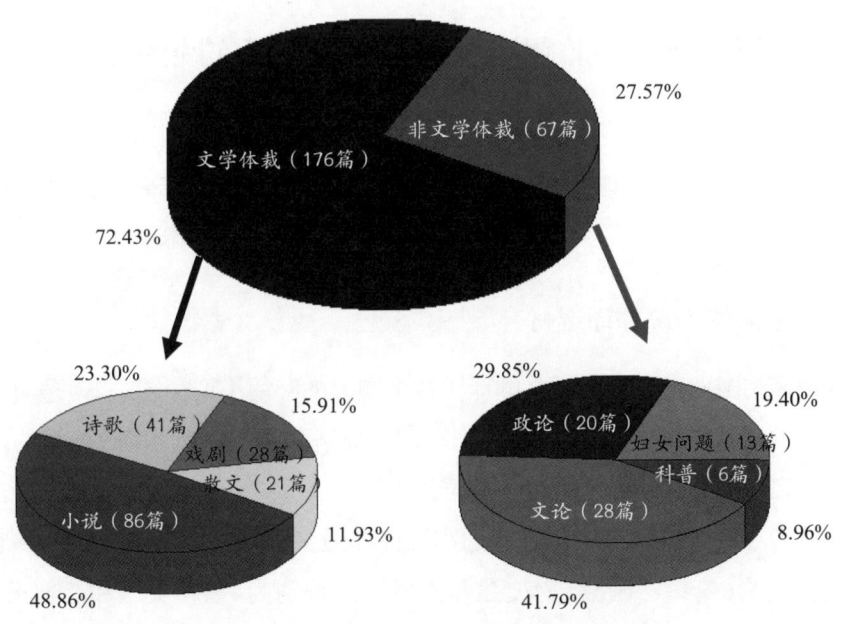

图2-1　茅盾翻译外国作品的数量统计情况

从图2-1可知，在茅盾翻译的外国作品中，文学作品占72.43%，非文学作品

---

[1] 参见本书附录三：《茅盾翻译实践时间表（1917—1948）》。

占27.57%，可见茅盾的翻译实践活动大多数为文学翻译。在文学翻译中，茅盾翻译的小说最多，占48.86%，几乎是其文学翻译作品总数的一半；其次是诗歌翻译，占23.30%；接下来是戏剧翻译，占15.91%；最少的是散文翻译，占11.93%。在非文学作品翻译中，茅盾翻译的文论最多，占41.79%；其次是政论翻译，为29.85%；妇女问题作品翻译为19.40%；最少的是科普翻译为8.96%。因此，茅盾翻译实践的重点是文学翻译，文学翻译中的重点是小说翻译。

在翻译实践活动中，茅盾的翻译选材观、翻译目的观、翻译批评观和译研结合观都有所体现。在翻译方法上，茅盾主要采用直译法。然而，茅盾的译文也存在增译、省译、改译、误译等现象，在译文表达中有过度欧化和生涩难懂的情况。这与茅盾提倡的既反映原作面目又明白易懂的直译主张有一定的差距。

第一节　茅盾翻译思想与小说翻译实践的互动

茅盾从1917年翻译英国威尔斯的小说《三百年后孵化之卵》开始，到1948年翻译苏联西蒙诺夫的小说《蜡烛》为止，共翻译了27个国家66位作家的86篇小说。茅盾的翻译思想在其小说翻译实践中得到了一定程度的体现。

一、茅盾的小说翻译选材

从翻译的国别来看，茅盾共翻译了27个国家的86篇小说。图2-2为茅盾翻译外国小说的国别数量统计情况。其中，横坐标代表茅盾小说翻译实践选择的国别，纵坐标代表茅盾小说翻译的数量（单位为篇）。

在茅盾小说翻译实践中，苏联的小说译作最多，共20篇；俄国11篇；瑞典和匈牙利分别为6篇；法国5篇；波兰和克罗地亚分别为4篇；美国和希腊分别为3篇。英国、捷克、丹麦、以色列、西班牙、保加利亚分别为2篇。此外，印度、挪威、巴西、荷兰、秘鲁、阿根廷、土耳其、尼加拉瓜、亚美尼亚、罗马尼亚、斯洛文尼亚、阿尔及利亚分别为1篇。可见，茅盾所选择的多数是世界上被压迫民族和弱小民族国家的小说，其中苏俄小说最多。

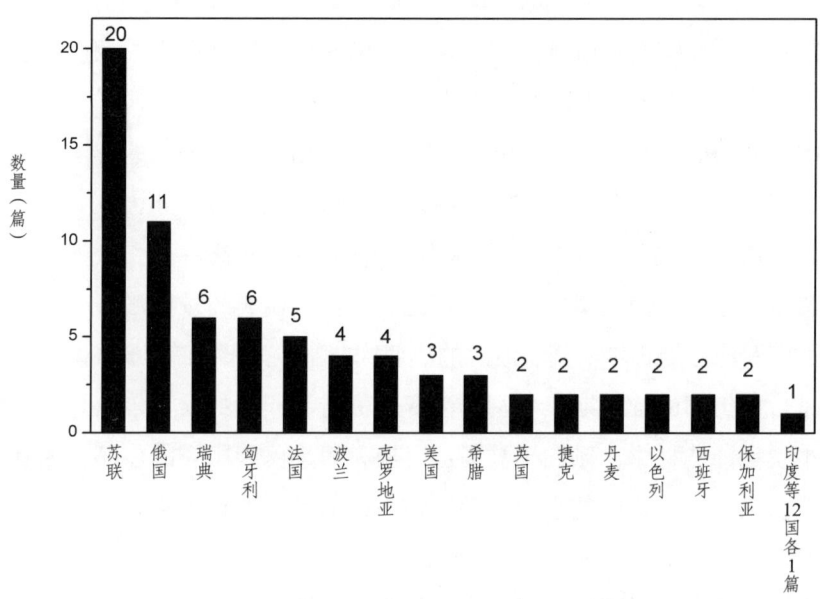

图2-2 茅盾翻译外国小说的国别统计情况

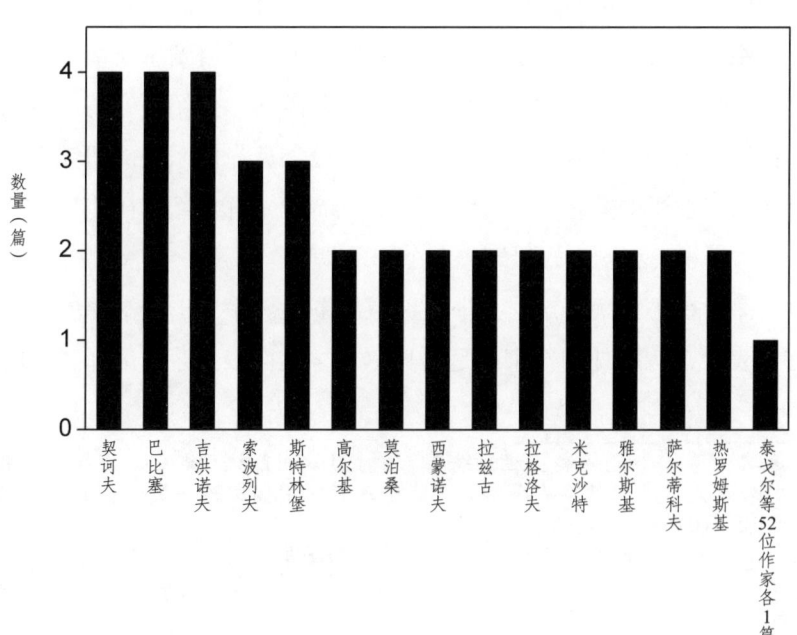

图2-3 茅盾翻译外国小说的作家统计情况

从翻译的作家来看，茅盾总共翻译了66位外国作家的86篇小说。图2-3为茅盾翻译外国小说的作家数量统计情况，其中，横坐标代表茅盾小说翻译实践所选择的作家，纵坐标代表茅盾小说翻译的数量（单位为篇）。

从图2-3可知，茅盾小说翻译选材为4篇的外国作家有俄国的契诃夫、法国的巴比塞、苏联的吉洪诺夫；选有3篇小说的外国作家有苏联的索波列夫和瑞典的斯特林堡。茅盾选有2篇小说的外国作家有9位，有俄国的高尔基和萨尔蒂科夫、法国的莫泊桑、苏联的西蒙诺夫、匈牙利的拉兹古、瑞典的拉格洛夫、匈牙利的米克沙特、克罗地亚的雅尔斯基、波兰的热罗姆斯基。茅盾选有1篇小说的包括52位外国作家，如英国的威尔斯、美国的洛赛尔彭特、印度的泰戈尔等。由此可见，茅盾在小说翻译选材中，倾向于被压迫民族和弱小民族国家的作品，尤其青睐契诃夫、吉洪诺夫、巴比塞的小说。茅盾在小说的翻译选材上主张系统性、经济性和切要性。

首先，茅盾在小说翻译选材上十分强调系统性。"介绍西洋文学，要先注重源流和变迁，然后可以讲到现代。"[1]在茅盾看来，20世纪20年代外国的文学思潮经历了古典主义、浪漫主义、自然主义、写实主义，发展到了新浪漫主义阶段；而中国文学还处在写实主义之前，因此迫切需要翻译和介绍西方的自然主义和写实主义小说以发展中国的新文学。"为将来自己创造先做系统的研究打算，却该尽量把写实派自然派的文艺先行介绍。"[2]茅盾提出翻译介绍外国小说和戏剧要注意系统性，"译小说和剧本，最好先定个统系"[3]。

其次，茅盾在小说翻译选材上非常注重经济性。茅盾选择翻译的外国作家作品比较有代表性，有的外国作家还是诺贝尔文学奖得主。茅盾翻译了印度诺贝尔

1　未署名：《"小说新潮"栏预告》，载1919年12月25日《小说月报》第十卷第十二号。见茅盾，《茅盾全集》（第十八卷·中国文论一集），北京：人民文学出版社，1989年，第1页。

2　冰：《我对于介绍西洋文学的意见》，载1920年1月1日《时事新报·学灯》。见茅盾，《茅盾全集》（第十八卷·中国文论一集），北京：人民文学出版社，1989年，第3页。

3　沈雁冰：《致郭虞裳》，载1919年11月18日《时事新报·学灯》。见茅盾，《茅盾全集》（第三十六卷·书信一集），北京：人民文学出版社，1997年，第4页。

第二章
横向聚焦：茅盾翻译思想与翻译实践的互动

文学奖获得者泰戈尔的小说《髑髅》。此外，他还翻译了瑞典诺贝尔文学奖获得者拉格洛夫的小说《圣诞节的客人》，他认为其作品既有深刻的思想内容，又有高超的艺术水平，"这一篇《圣诞节的客人》刚巧是个好例了"[1]。茅盾认为匈牙利拉兹古的小说《一个英雄的死》在国外刚出版就受到了法国罗曼·罗兰的高度称赞，然而在中国却没有人翻译，于是就翻译了该小说。"凡诸长篇短著，中国都不曾译过，实在觉得有些寂寞，我所以译了这一篇。"[2]在茅盾看来，保加利亚的跂佐夫可称为保加利亚文学史上的乔叟，其小说《他来了么？》运用独特的艺术技巧传达真挚的情感："他运用那组织尚未十分精密的保加利亚文字，独创保加利亚所未有的韵文作品。"[3]此外，茅盾翻译了苏联吉洪诺夫的小说《战争》，认为该小说是苏联文学中的杰作，"为社会主义的现实主义代表作品之一"[4]。可见，茅盾在翻译和介绍外国小说时，比较注重所选作家作品的代表性，在小说的翻译选材上体现了经济性的主张。

第三，茅盾在小说翻译选材上特别注意切要性，认为翻译介绍外国作品应符合社会发展和人民群众的需要。茅盾提出外国文学作品分为两种：专供研究的作品和不可不读的作品。其中，在不可不读的作品中，茅盾认为要先翻译介绍能够积极表现人生和指导人生的作品，以切合中国社会发展和广大人民的需要。在茅盾看来，俄国安得列夫的《魔鬼的日记》虽然写得很好，但是他也不愿意把该作品翻译介绍到中国，因为担心会给中国读者带来思想上的负面影响，"新成英译之'Satan's Diary'我亦佩服他做的（得）好极，然而不愿译他（它）出来"[5]。

1　[瑞典]罗格洛孚女士著、雁冰译：《〈圣诞节的客人〉雁冰识》，载1920年2月10日《东方杂志》第十七卷第三号。见韦韬主编，《茅盾译文全集》（第一卷·小说一集），北京：知识产权出版社，2013年，第124页。

2　[匈牙利]Andreas Latzko著、雁冰译：《〈一个英雄的死〉雁冰注》，载1921年3月10日《小说月报》第十二卷第三号。见韦韬主编，《茅盾译文全集》（第一卷·小说一集），北京：知识产权出版社，2013年，第164页。

3　[保加利亚]跂佐夫、雁冰译：《他来了么？》，见韦韬主编，《茅盾译文全集》（第二卷·小说二集），北京：知识产权出版社，2013年，第32页。

4　[苏联]吉洪诺夫著、茅盾译：《〈战争〉译后记》，见韦韬主编，《茅盾译文全集》（第三卷·小说三集），北京：知识产权出版社，2013年，第142页。

5　沈雁冰：《翻译文学书的讨论——复周作人》，载1921年2月10日《小说月报》第十二卷第二号。见茅盾，《茅盾全集》（第十八卷·中国文论一集），北京：人民文学出版社，1989年，第74页。

此外，茅盾也不愿意翻译俄国阿尔志跋绥夫的《沙宁》，"恐在从来不知有社会有人类的中国社会中，要发生极大的不意的反动"[1]。可见，茅盾在翻译选材上比较注重外国作品是否适合中国读者和社会发展的需要，体现了其切要性的主张。

二、茅盾的小说翻译目的

茅盾在"五四运动"时期、土地革命时期、抗日战争和解放战争时期均致力翻译外国小说。茅盾翻译介绍外国小说的目的是借鉴西方的现代思想和文学艺术技巧，改造中国社会，促进新文学建设。

"五四运动"时期茅盾在小说翻译上注重输入西方的现代思想和文学艺术技巧。茅盾翻译了波兰热罗姆斯基的小说《暮》，指出劳工妻子遭受生活贫困和性别歧视的双重压迫，比劳工更值得同情。此外，茅盾还翻译了波兰佩雷茨的小说《禁食节》，认为犹太民族虽然倍受压迫和践踏，但是他们却有一种坚强不屈、奋发向上的可贵精神，"《禁食节》里便含着这种思想"[2]。在茅盾看来，被压迫民族那种坚持不懈的斗争意志和"为人生的艺术"值得中国读者学习。"犹太和波兰是被侮辱的民族，受人践踏的民族，他们放出来的艺术之花艳丽是艳丽了，但却是看了叫人哭的。……看了犹太和波兰的文学，我国人也自觉得伤感否？"[3]此外，茅盾翻译了瑞典瑟德尔贝的小说《印第安墨水画》，认为作者擅长自然主义的描写方法，有从小事中看出大道理的本领："他的悲观主义很能为热中（衷）的人下一个当头棒喝。这是他对于现代思想界的贡献。至于他小说中的尖刻的描写，在现代斯干底那维亚文坛上也是罕有的，英国文坛上更少见了。"[4]另外，茅盾还翻译了犹太平斯基的小说《拉比阿契巴的诱惑》，"不论在思想方

1　沈雁冰：《翻译文学书的讨论——复周作人》，载1921年2月10日《小说月报》第十二卷第二号。见茅盾，《茅盾全集》（第十八卷·中国文论一集），北京：人民文学出版社，1989年，第74–75页。

2　[新犹太]潘莱士著、沈雁冰译：《〈禁食节〉译后记》，载1921年7月10日《小说月报》第十二卷第七号。见韦韬主编，《茅盾译文全集》（第一卷·小说一集），北京：知识产权出版社，2013年，第190页。

3　同上，第192页。

4　[瑞典]瑟德尔贝著、沈雁冰译：《印第安墨水画》，载1921年7月10日《小说月报》第十二卷第七号。见韦韬主编，《茅盾译文全集》（第一卷·小说一集），北京：知识产权出版社，2013年，第185页。

面，（还是）艺术方面，他比他的前辈实在高出不少了"[1]，认为作品用高超的艺术手段深刻地描写了人类灵魂的贫乏，值得一读。

土地革命时期茅盾在小说翻译中注重输入西方的现代思想和文学艺术技巧。茅盾的短篇小说译文集《雪人》包括12个民族19位作家的22篇文学作品。这些作品在艺术色彩上不尽相同，但是它们相同的基调都是对人生意义的苦苦追寻以及追寻失败后希望幻灭的悲哀。在茅盾看来，这些小说蕴含了深刻的人生意义，值得一读。"这些作品所包孕的意义是值得看看的，正像休布给我们的塑像，虽然是臃肿不优美，然而内中藏着人生的力和悲哀，那么我这粗拙的译文或许也还可以当得国内爱好文学的青年的一顾罢。"[2]茅盾翻译了希腊帕拉马斯的短篇小说《一个人的死》，希望中国读者在了解主人公热爱美满生活的热情和"不全则宁无"的精神后，可以从中受到深刻的启发。"我们在灰色生活中苟安惯的中国人，宁卑贱地活着而不肯英雄地死了的中国人，或者要非笑梅忒洛司的愚蠢罢，但愿这种非笑立刻就会终止。"[3]

抗日战争时期茅盾主要翻译了苏联的卫国战争小说，目的是让中国人民获得战斗的勇气和必胜的信心，同时也促进中国的文学创作。茅盾指出苏联巴甫连科的中篇小说《复仇的火焰》是苏联人民的镜子和号角，它不仅记录了伟大的时代，还鼓舞了人民的斗争意志，"大可用作我们的参考。也是抱着这样的意思，我所以忘记了自家的不文，大胆重译过来，固不仅对于英勇的苏联弟兄们致钦敬而已"[4]。茅盾还翻译了苏联柯热夫尼科夫的小说《上尉什哈伏隆科夫》，认为其

---

[1] 沈雁冰：《新犹太文学概观》，载1921年10月10日《小说月报》第十二卷第十号。见茅盾，《茅盾全集》（第三十二卷·外国文论四集），北京：人民文学出版社，2001年，第420页。

[2] 雁冰：《〈雪人〉自序》，见1928年5月开明书店出版的《雪人》一书。见茅盾，《茅盾全集》（第三十三卷·外国文论五集），北京：人民文学出版社，2001年，第182页。

[3] 沈余：《帕拉玛兹评传》，载1928年6月10日《小说月报》第十九卷第六号。见茅盾，《茅盾全集》（第三十三卷·外国文论五集），北京：人民文学出版社，2001年，第224页。

[4] 茅盾：《关于〈复仇的火焰〉》，载1943年5月30日《中苏文化》第十三卷。见茅盾，《茅盾全集》（第三十三卷·外国文论五集），北京：人民文学出版社，2001年，第513-514页。

思想内容和描写手法都值得称赞:"苏维埃人民斗争之艰苦及意志的坚决,在这一篇,是描写得颇为具体的;至其真实动人,自不待言。"[1]此外,茅盾还翻译了苏联格罗斯曼的小说《人民是不朽的》,认为该小说对中国读者有非常实际的意义,"它不但帮助我们了解红军,认识它的不可抗的威力之根源,彻底明了它的真能愈战愈强之所以然,而且它又能帮助我们对于红军得到更深的理解"[2]。

解放战争时期茅盾翻译苏联文学作品的目的是让中国读者看看苏联人民在战争中是怎样的,从而增强中国人民必胜的信心,促进中国的文学创作。当时,苏联红军取得了伟大胜利,中国战场却是敌进我退,于是茅盾选择翻译了反映苏联人民艰苦斗争的爱国战争短篇小说,"翻译的用意,无非想让读者看看:同样在战争中,人家是怎样的"[3]。1946年,茅盾出版了单行本《苏联爱国战争短篇小说译丛》。此外,茅盾还翻译了俄国卡泰耶夫的小说《团的儿子》,认为这是一部配合了苏联反法西斯战争的新型儿童文学,具有很强的思想政治教育意义。在茅盾看来,通过学习借鉴苏联儿童文学杰作,中国也会产生类似的儿童文学作品,"不久的将来,一定会有中国的《团的儿子》产生"[4]。因此,茅盾在新中国成立前的小说翻译实践中,非常注重通过翻译介绍外国小说来输入西方的现代思想和文学艺术技巧,从而促进中国的社会革新和新文学创作。

三、茅盾的小说翻译方法

茅盾的小说翻译方法主要为直译。茅盾在"五四运动"前用文言文译述的方

---

1 [苏联]考兹夫尼可夫著、茅盾译:《上尉什哈伏隆科夫·译后记》,载1944年3月《文阵新辑》。见韦韬主编,《茅盾译文全集》(第五卷·小说·散文),北京:知识产权出版社,2013年,第69页。
2 [苏联]格罗斯曼著、茅盾译:《人民是不朽的》,见韦韬主编,《茅盾译文全集》(第四卷·小说四集),北京:知识产权出版社,2013年,第1页。
3 茅盾:《读苏联战时文艺作品——〈苏联爱国战争短篇小说译丛〉后记》,《苏联爱国战争短篇小说译丛》,上海:永祥印书馆,1946年。见茅盾,《茅盾全集》(第三十三卷·外国文论五集),北京:人民文学出版社,2001年,第556页。
4 茅盾:《〈团的儿子〉译后记》,载1946年9月25日《新文化》第二卷第六期。见茅盾,《茅盾全集》(第三十三卷·外国文论五集),北京:人民文学出版社,2001年,第554页。

第二章
横向聚焦：茅盾翻译思想与翻译实践的互动

法；在"五四运动"后开始采用白话文直译。1919年，茅盾第一次用白话文翻译了俄国契诃夫的短篇小说《在家里》，可以看出茅盾用的是直译方法：

英文原文：

> Don railway. A quiet, cheerless station, white and solitary in the steppe, with its walls baking in the sun, without a speck of shade, and, it seems, without a human being. The train goes on after leaving one here; the sound of it is scarcely audible and dies away at last.[1] Outside the station it is a desert, and there are no horses but one's own. One gets into the carriage — which is so pleasant after the train — and is born along the road through the steppe, and by degrees there are unfolded before one views such as one does not see near Moscow — immense, endless, fascinating in their monotony.[2]

茅盾译文：

> 冬乡的铁路。白茫茫的草地上，矗立着一座静悄悄惨戚戚的火车站。站屋的墙，在太阳里尽煤，没有一些儿遮蔽。也像没有一个人。火车过去不久，剩下一节车在这里，远远的车声，愈去愈远愈听不见了。[3] 车站外沙地上，除了个人自备的，就没有旁的马车。跳进马车的人，在火车里辛苦了，一定觉得快活。车就穿过草地沿大路去了。这路过去，一直是草地，没有边际。这种情形，莫斯科附近是不会见的。[4]

---

1 陆志国：《茅盾五四伊始的翻译转向：布迪厄的视角》，载《解放军外国语学院学报》，2013年第2期，第90页。
2 Anton Chekhov. *The Duel and Other Stories*. Constance Garnett, Trans. Toronto: The MacMillan Co. of Canada, Ltd., 1916, p.259.
3 陆志国：《茅盾五四伊始的翻译转向：布迪厄的视角》，载《解放军外国语学院学报》，2013年第2期，第90页。
4 [俄国]A. Tchekhov著、冰译：《在家里》，载1919年8月《时事新报·学灯》。见韦韬主编，《茅盾译文全集》（第一卷·小说一集），北京：知识产权出版社，2013年，第57页。

茅盾对这段话的翻译主要采用直译，表现在欧化语体和不完整句的使用上。首先，茅盾在译文中使用了一些欧化的表达法，带有明显的翻译痕迹，如"站屋的墙"，"没有旁的马车"，"莫斯科附近是不会见的"等。其次，茅盾的译文中还出现了一些不完整句，如"冬乡的铁路""也像没有一个人"。第三，茅盾的译文尽量在句式结构上和英文保持一致，如，把"The train goes on after leaving one here; the sound of it is scarcely audible and dies away at last"翻译为"火车过去不久，剩下一节车在这里，远远的车声，愈去愈远愈听不见了"。

但是，茅盾的这段译文中也有省译和句式结构调整的现象。如，茅盾在译文中删减了英文中的"immense, endless, fascinating in their monotony"；在句式结构上，把英文中的一句话"A quiet, cheerless station, white and solitary in the steppe, with its walls baking in the sun, without a speck of shade, and, it seems, without a human being"翻译成了汉语的三个句子。从"五四运动"前的骈体文译述转到"五四运动"后的白话文直译，茅盾经历了一个不断摸索和逐渐完善的过程，这就是一例。"总体来看，茅盾五四伊始翻译的文学作品较少有删节的地方，基本上能做到对原文的忠实。与他在五四前的文学翻译相比，这时期的翻译选目、所用语言和翻译手法都体现出一种较大的转变。"[1]可见，译者是在丰富的翻译实践中不断提升自己的翻译水平，进而提高译作的翻译质量的。

在小说翻译实践中，茅盾的直译方法还体现在以下两个方面：一是汉语译文中使用了许多被动语态，二是译文的句法组织结构顺序保持了英文的表达习惯。以法国莫泊桑的《西门爸爸》为例，茅盾的译文对英语被动结构的翻译痕迹十分明显。如："这两个战士可怕的挣扎，西门觉得被打了，被撕了，被拳击了，滚倒在地上。"[2]茅盾在俄国库普林的小说译作《杀人者》中，连续用了几个形容词来修饰同一个中心词，有明显欧化语体的倾向。"一种蠢笨的感情主宰了我，冷酷的，狠毒的，不可挽回的，必须杀害她的心思管束着我的手我的脚我的一切

---

[1] 陆志国：《茅盾五四伊始的翻译转向：布迪厄的视角》，载《解放军外国语学院学报》，2013年第2期，第91页。

[2] [法国]莫泊桑著、雁冰译：《西门的爸爸》，载1921年5月1日《新青年》第九卷第一号。见韦韬主编，《茅盾译文全集》（第一卷·小说一集），北京：知识产权出版社，2013年，第177页。

行动。"¹以茅盾翻译的苏联索波列夫的《蓝巾》中的译文为例:"担架被抬着走了,他有一个时期没有参加战斗行动,他,一个复仇的骑士,佩着蓝巾,他自己的血染在这巾上,纯洁而且燃烧着的,和他的愤恨一样。"²可见,茅盾的这句译文在句法的组织结构顺序上还带有明显的翻译痕迹。

茅盾小说翻译中的直译方法还突出表现在复杂长句的使用上。有时,茅盾译文中的一个长句有约两百个汉字。以茅盾1928年翻译的希腊帕拉马斯的小说《一个人的死》为例。茅盾译文中最长的一句话有183个汉字。

英文原文:

> Suddenly to the ears of the people who were leaving St. Nicholas' Church and of those who were just passing by — there was much going and coming in that hour — to the ears of all those people came a slow, hoarse, mournful sound, so mournful that it cut through one's heart, and made one's hair stand on end; a sound that seemed now like a wild beast's, now like a human being's; a sound that rose and fell and died away and again rose and shook the air; a sound that was something like speech, and groan, and dirge, and complaint, and weeping, and laughter, and curse and song, the song of a frightened, maddened, despairing soul.³

茅盾译文:

> 突然,接触着那些正在离开圣尼古拉教堂的人们,以及已经走过了那教堂的人们——在这时候,往来的人是很多的——,接触着这一切人

1　[俄国]库普林著、冬芬译:《杀人者》,1921年9月《小说月报》第十二卷号外"俄国文学研究"专号。见韦韬主编,《茅盾译文全集》(第一卷·小说一集),北京:知识产权出版社,2013年,第217页。

2　[苏联]索波列夫著、茅盾译:《蓝巾》,见韦韬主编,《茅盾译文全集》(第五卷·小说·散文),北京:知识产权出版社,2013年,第86页。

3　Kostes Palamas, "A Man's Death". In *Modern Greek Stories*, translated by Vaka, Demetria & Phoutrides Aristides. New York: Duffield and Company, 1920, p.212.

们的耳朵,来了个缓慢的粗厉(粝)的哀悼的声音,是如此的悲惨,竟直刺人们的心,使人们毛发悚然竖立;这声音,有时像是野兽的哀嗥(号),有时又像是人类的;这声音,升起了又降落消散,然后又升起来震撼着空气;这声音,像是诉说,又像是呻吟,又像是哀歌,又像是怨慕,又像是哭,是笑,是咒诅,是歌唱,是惊骇的疯狂的失望的灵魂的歌唱。[1]

这个长句的翻译就比较典型地体现了茅盾在小说翻译中采用的直译法。茅盾在译作中运用了排比和重复句式,如"这声音……这声音……这声音……""又像是……又像是……又像是……又像是……""是……是……是……是……是……"。茅盾还连续使用几个形容词来修饰一个中心名词,如"缓慢的粗厉(粝)的哀悼的声音","惊骇的疯狂的失望的灵魂的歌唱"。茅盾的译文保留了英文的句法结构,如"接触着那些正在离开圣尼古拉教堂的人们,以及已经走过了那教堂的人们——在这时候,往来的人是很多的——"等。茅盾的译文除尽量保留英文的句法结构外,甚至连标点符号都尽量和英文译作保持一致;而且,茅盾的译文读起来明白易懂。可见,茅盾的译文整体上采用直译的方法,这和他的保留原作面目又明白易懂的直译观比较一致。

四、茅盾的小说翻译批评

茅盾提倡批评与自我批评的翻译观。他除了对别人的译作进行批评,还对自己的译作进行批评。茅盾对自己小说的翻译批评主要涉及翻译选材、翻译能力和翻译质量等方面,贯穿了"五四运动"时期、土地革命时期和抗日战争时期。

"五四运动"时期茅盾批评了自己的小说翻译很难完全传递出原作的思想内容和艺术风格,尤其很难完全再现原作的神韵。茅盾认为自己没有把波兰热罗姆斯基的小说《诱惑》翻译好,批评自己没有完全传达出爱伦·坡的意图和小说

---

[1] [希腊]帕拉马斯著、沈余译:《一个人的死》,载1928年7月10日《小说月报》第十九卷第七号。见韦韬主编,《茅盾译文全集》(第二卷·小说二集),北京:知识产权出版社,2013年,第128页。

第二章
横向聚焦：茅盾翻译思想与翻译实践的互动

《心声》的风格。在茅盾看来，自己的译文未能完全再现匈牙利米克沙特的《旅行到别一世界》中的风格，自己转译的保加利亚跋佐夫的小说《他来了么》未能传达出英译本的神韵。茅盾批评自己没能保留西班牙伐尔音克兰小说《首领的威信》中的神韵，批评自己的译文几乎丧失了保加利亚埃林·彼林小说《老牛》中的神韵。

土地革命时期，茅盾对自己翻译的《雪人》和《桃园》两个短篇小说译文集进行了批评。首先，茅盾批评自己转译的《雪人》译文集很难完全保留原作的神韵，尤其是从英文转译后经过了二次变形，难免对原作的神韵又多了一层损失。其次，茅盾批评译文集《桃园》的翻译选材非常有限；以前在选编《雪人》时没有采用的译作，在选编《桃园》时却收了进来。茅盾还批评了《桃园》的翻译质量，认为自己的译本未能传达出原作的思想内容和艺术风格。此外，茅盾还批评自己没有做出什么突出的贡献："我只是个'文字的劳工'，对于国内文坛未尝有什么值得说起的贡献；至于就社会事业而言，我更其毫无表见。"[1]

抗日战争时期，茅盾主要对自己翻译的俄国丹青科的小说《文凭》进行了自我批评。茅盾在给戈宝权的信中提到了自己在翻译《文凭》时对原作者的介绍有一定的失误，"拙译《文凭》之附录——原作者小传，中有错误"[2]。于是，茅盾感谢戈宝权帮忙指出了自己在翻译研究中存在的失误，并表示在该译作重版时要改正这个错误。间隔半个月左右，茅盾再次给戈宝权写信，除了对戈宝权表示感谢外，还对自己在《文凭》原作者小传中存在的失误再次进行了自我批评，并表示一定要改正这个错误。"弟心粗见浅，误以二人为一人也，惭愧之至。《文凭》之出版书店倘印重版时，弟必加以更正。"[3]此外，茅盾还批评了自己翻译的苏联巴甫林科的小说《复仇的火焰》质量不高，感觉像嚼饭喂人。

1　雁冰：《〈雪人〉自序》，见1928年5月开明书店出版的《雪人》一书。见茅盾，《茅盾全集》（第三十三卷·外国文论五集），北京：人民文学出版社，2001年，第182页。
2　沈雁冰：《致戈宝权》，1938年3月14日，见茅盾，《茅盾全集》（第三十六卷·书信一集），北京：人民文学出版社，1997年，第145页。
3　雁冰：《致戈宝权》，1938年3月28日，见茅盾，《茅盾全集》（第三十六卷·书信一集），北京：人民文学出版社，1997年，第148页。

五、茅盾的小说翻译研究

茅盾在小说翻译研究中，主要通过译作序跋、外国作家评传、译者按语和译者加注的形式，告诉中国读者关于外国作家和作品的相关背景知识。"一部严肃、认真的译作，往往都有（由）两个部分组成，即'主件'——原作本文的翻译和'配件'——译序、译后记和译注等。无论是原作本文的翻译，还是译序、译后记和译注，它们都是译者对原作细心研究的结果。"[1]可见，茅盾的小说翻译研究不仅有利于中国读者更好地了解原作者和作品，而且还有利于中国读者更好地了解译者及译作。

首先，茅盾在翻译的86篇小说中，对其中63篇小说的翻译都加上了译者序跋，通过译者前言和后记等形式介绍原作者的生平和文学地位、该小说的创作背景、思想内容和艺术风格、译者的翻译选材、翻译目的、翻译方法、翻译方式、翻译困难以及翻译批评等。茅盾在小说翻译中用译作序跋的形式给中国读者打开了一扇朝向该小说的窗户，让中国读者对原作者和作品有了更多了解，并对译者在翻译中的甘苦也有了更多认识。茅盾在小说翻译中的译研结合既尊重了原作者和作品，也照顾了中国读者的认知能力和接受水平。

茅盾在瑞典斯特林堡的《他的仆》的译后记里说明自己的翻译目的是希望大家在人心迷乱的社会里和在新思想的狂潮中，深入思考一下夫妇之间的关系。茅盾在俄国高尔基的《情人》译者前言中介绍了高尔基的生平、作品主题思想和艺术风格。在法国莫泊桑的《一段弦线》的译者前言中，茅盾比较了莫泊桑与契诃夫的异同，对比了法国文学和俄国文学的差异。茅盾在波兰热罗姆斯基的《诱惑》译者序跋中，介绍了原作者的身世、作品的主题思想和艺术特色，并批评了自己的翻译能力。在俄国萨尔蒂科夫的《一个农夫养两个官》的译前记里，茅盾提到了原作者的身世和时代特征。

在法国巴比塞《为母的》的译前记中，茅盾告诉了中国读者巴比塞的生平、著作特色，以及巴比塞和罗兰的异同。在《巴比塞的小说〈名誉十字架〉》中，

1　谢天振：《隐身与现身：从传统译论到现代译论》，北京：北京大学出版社，2014年，第132页。

茅盾详细介绍了巴比塞的反战思想和艺术风格，指出当时中国还不曾翻译介绍过新理想派的小说，所以想通过翻译该小说来让中国读者耳目一新。茅盾在法国巴比塞的《错》译者附注中，强调了巴比塞在法国文学中的重要地位，并说明了该小说的出处。在美国爱伦·坡的《心声》译者识里，茅盾介绍了爱伦·坡的生平、著作内容和艺术特色，并对自己的翻译提出了批评。茅盾在波兰热罗姆斯基《暮》的译后记里，谈到了小说主题思想；在瑞典斯特林堡的《强迫的婚姻》译后记里，探讨了小说的内容和结构。茅盾在印度泰戈尔的《髑髅》译前记里，提及泰戈尔的人生观和主要作品；在瑞典拉格洛夫《圣诞节的客人》的译前记中，介绍了作者生平和著作特色。

　　茅盾在匈牙利拉兹古《一个英雄的死》的译后记中，介绍了拉兹古的生平、罗兰对拉兹古及其作品的评论，以及茅盾翻译该小说的原因。在瑞典斯特林堡的《人间世历史之一片》的译后注中，茅盾提到了斯特林堡的思想和著作特色。在瑞典瑟德尔贝的《印第安墨水画》的译后记中，茅盾谈到了原作者的生平、文学地位、著作内容和艺术特色。在波兰佩雷茨的《禁食节》的译后记中，茅盾介绍了佩雷茨的生平、文学地位、小说内容和艺术特色。在捷克尼鲁达的《愚笨的裘纳》的译后记中，介绍了原作者生平、地位、主要著作、小说出处。茅盾在匈牙利米克沙特的《旅行到别一世界》的译后记中，介绍了米克沙特的生平、著作、文学地位、小说出处，并对自己的翻译能力提出了批评。茅盾在俄国乌斯宾斯基的《看新娘》的译前记中，谈到了该小说奇异的风俗习惯和艺术风格；在阿根廷梅尔顿思的《伧夫》译后记中，提到了阿根廷的语言、人种和生活；在克罗地亚雅尔斯基的《茄具客》译后记中，介绍了斯拉夫族的文学家，该小说的出处、思想内容和艺术风格。茅盾在捷克捷赫的《旅程》译后记中，谈到了捷赫的生平、文学地位、著作，该小说的代表性；在以色列肖洛姆·阿莱汉姆的《贝诺思亥尔思来的人》译后记中，介绍了原作者生平、文学地位、小说思想内容和艺术风格、美国学者的评论。茅盾在尼加拉瓜达里奥的《女王玛勃的面网》的译者附识中，介绍了原作者的生平、文学地位，以及他翻译这篇小说的原因。

　　在以色列平斯基的《拉比阿契巴的诱惑》的译后记中，茅盾介绍了原作者的生平和作风以及美国评论家对原作者思想风格的评价。在挪威博耶尔的《卡利奥森在天上》的译后记中，茅盾注明了该小说出处，并请读者参考《小说月报》上对原作者生平和作风的介绍。茅盾在亚美尼亚阿哈洛根的《却绮》译后记中，介绍了原作者生平著作和该小说的出处；在匈牙利裴多菲的《私奔》译后记中，提及了裴多菲的生平。在保加利亚跋佐夫的《他来了么》的译后记中，茅盾介绍了跋佐夫的生平、文学地位、重要著作、作品主题思想与艺术特色，以及对自己翻译能力的批评。在巴西阿塞维多的《最后一掷》译后记中，茅盾介绍了原作者生平和自己翻译该篇小说的原因。在丹麦维德的《恋爱——一个恋人的日记》的译后记中，茅盾说明了原作者生平和该小说出处，以及自己的翻译目的。茅盾在西班牙巴列·因克兰的《首领的威信》译后记中，介绍了原作者生平、文学地位、作品特色，并批评了自己的翻译能力。茅盾在保加利亚埃林·彼林的《老牛》译后记中，介绍了原作者生平、小说在思想内容和艺术风格上的代表性，以及茅盾的翻译目的和对自己的翻译批评。

在苏联丹青科《文凭》的译后记里，茅盾谈及丹青科的生平、主要作品的社会意义和艺术风格以及该小说的代表性。茅盾在荷兰包地·巴克尔的《改变》译前记里，介绍了原作者生平、主要作品、小说的艺术特色和出处；在波兰泰特马耶尔的《耶稣和强盗》的译者记里，介绍了原作者生平、文学地位、主要作品；在秘鲁阿尔布哈尔的《催命太岁》译前记里，提到了原作者生平、该小说出处、该小说标题的翻译；在斯洛文尼亚克伐特尔的《门的内哥罗之寡妇》的译前记里，说明了门的内哥罗概况、原作者生平、该小说的出处。茅盾在罗马尼亚萨多维亚努的《春》的译前记中，介绍了原作者生平、文学地位、作品特色、该小说出处。茅盾在土耳其哈理德《桃园》的译前记中，注明了小说出处；在匈牙利米克沙特《皇帝的衣服》译者记里，介绍了原作者生平、文学地位、代表作品、小说出处等。茅盾在希腊德罗西尼斯的《教父》的译者记里，提及该小说出处；在克罗地亚雅尔斯基《娜耶》的译后记里，谈到了该小说的写作背景和出处、克罗地亚的著名作家。在希腊蔼夫达利哇谛斯的《安琪吕珈》译后记里，茅盾介绍了该小说的出处以及成语翻译的困难。

茅盾在匈牙利约卡伊《跳舞会》的译后记中，说明了该小说出处；在丹麦安徒生的《雪球花》译后记中，指出了该小说标题中双关语翻译的困难；在克罗地亚奥格列曹维支的《两个教堂》的译者记中，注明了该小说出处。在美国欧·亨利的《最后的一张叶子》的译后记里，茅盾介绍了该小说的出处、作品思想内容和艺术特色、该小说对话翻译的困难以及对自己翻译能力的批评。茅盾在阿尔及利亚吕海思《凯尔凯勃》的译后记中，谈到了原作者生平、文学地位和该小说的出处。在苏联吉洪诺夫《战争》的译后记里，茅盾介绍了该小说的代表性、文学地位、出处、作者自传，以及在化学名词翻译方面的困难。茅盾在苏联爱特堡《红巾》的译后记里，谈及爱特堡的生平、主要著作和该小说的出处。

在苏联巴甫连科的《复仇的火焰》的译者序言中，茅盾介绍了该小说的写作背景、主要内容、现实意义，以及茅盾的翻译目的、翻译选材、翻译方式、翻译标准等。茅盾在苏联彼得罗夫《审问及其他》的译前记里，指出了该小说出处和英文译本情况；在苏联吉洪诺夫《苹果树》的译后记里，告知读者该小说的来源和创作背景；在苏联的吉洪诺夫《母亲》的译后记里，介绍了小说的来源和主要内容。茅盾在苏联的杜甫辛科《作战前的晚上》译后记中，介绍了小说的英文译本；在苏联的柯热夫尼科夫的《上尉什哈伏隆科夫》的译后记中，指出了英译本出处、原作者生平和该小说内容。茅盾在苏联潘菲罗夫的《我们落手越来越重了》的译后记里，介绍了该小说的英文译本和小说主要内容；在苏联吉洪诺夫《新生命的诞生》译后记中，指出了该小说英文译本的出处、作者生平和小说主要内容。在苏联格罗斯曼的《人民是不朽的》译者前言中，茅盾介绍了该小说的写作背景、主要内容、现实意义，原作者生平、该小说出处以及自己的翻译目的和翻译方式。茅盾在苏联西蒙诺夫《蜡烛》的译后记里，谈到了作者地位和英译本出处；在苏联卡泰耶夫《团的儿子》的译后记中，介绍了作者主要著作和中文译本，该小说的文学地位、主要内容、现实意义，以及自己的翻译选材和翻译方式。

其次，茅盾在翻译外国文学作品时，还专门撰写相关的评传文章来介绍外国作家作品，这不仅有助于他自己在翻译时更好地理解原作者及作品，还有利于帮助中国读者更好地理解外国文学。茅盾在发表挪威博耶尔的小说译作《卡利奥森在天上》时，也发表了文章《包以尔的人生观》，讨论了作者通过爱实现光明、通过自新去拯救命运的人生观。茅盾在发表匈牙利裴多菲的小说译作《私奔》

时，也发表了文章《匈牙利爱国诗人裴都菲》，介绍了裴多菲的生平和作品，认为他是匈牙利时代苏生精神的记录者和指导者。茅盾在发表西班牙柴玛萨斯的小说译作《他们的儿子》时，也发表了文章《柴玛萨斯评传》，介绍了作者生平、文学地位及其重要著作，认为柴玛萨斯是"西班牙的莫泊桑"，有从平凡中抓出奇特、从浅薄中发现深奥的本领，是西班牙文坛上的"不倒翁"。茅盾在其短篇小说译文集《雪人》后，附上了外国作家小传[1]，介绍了19位外国作家的生平、主要思想和重要作品。茅盾在发表希腊帕拉马斯的小说译作《一个人的死》时，也发表了文章《帕拉玛兹评传》，介绍了他的思想、生平和重要著作，认为《一个人的死》反映了他"不全则宁无"的思想。茅盾在发表俄国勃留梭夫的小说译作《雷哀·锡耳维埃》时，也发表了文章《勃留梭夫评传》，介绍了勃留梭夫的生平、思想和重要作品。

  第三，茅盾在小说翻译实践中，还用译者加注的方式来介绍外国相关背景。茅盾的译者加注分为文中加注和文末加注两种。茅盾在法国莫泊桑的《一段弦线》译作中，比较了法国的"饭单"和我国吃饭时放在胸前的布巾；在俄国勃留梭夫的《雷哀·锡耳维埃》译作中，解释了罗马神话；在苏联格罗斯曼小说《人民是不朽的》译作中，解释了人名、杂志名等；在苏联卡泰耶夫的《团的儿子》译作中，介绍了俄国人称谓风俗、俄国军队见面礼等。茅盾在文末加注的例子很多。例如：茅盾在西班牙巴列·因克兰的《首领的威信》译作后，讲述了西班牙军队和法国军队之间的战争，西班牙女王伊莎班拉的兄弟篡夺王位的历史事件；在希腊帕拉马斯的小说《一个人的死》的译作后加了12个注释，包括复活节、受难周、希腊英雄名等；在秘鲁阿尔布哈尔的《催命太岁》译作后，解释了人物名、植物名等；在苏联彼得罗夫的小说《审问及其他》的译作后，介绍了著名作曲家及代表作；在苏联爱特堡的《红巾》译作后，解释了人名、地名等。

  此外，茅盾还在翻译小说时用按语的形式补充相关文化知识，帮助中国读者

---

1 茅盾《雪人》译文集后所附有19位外国作家的小传：匈牙利的莫尔奈、拉兹古，保加利亚的跛佐夫、伊林·潘林，挪威的包以尔，瑞典的拉绮尔洛孚，荷兰的谟尔泰都里，芬兰的配伐林泰，犹太的宾斯奇、拉比诺维奇，波兰的潘莱士，亚美尼亚的阿哈洛垠、西曼佗，捷克斯拉夫的南罗达，捷克、俄国的蒲宁、拉柴莱维支、塞尔太考夫，阿尔巴尼亚的爱甫底眉。

理解外国文学。例如，茅盾在翻译美国洛赛尔彭特的《两月中之建筑谭》时，用按语比较了西方塔和中国塔的差异、西方楼板构造和中国石桥构造的相似之处等；在俄国契诃夫的《在家里》译作中，解释了跳舞游戏等；在波兰热罗姆斯基的《诱惑》译作中，介绍了苦行者穿头发织的衫衣睡觉的故事；在波兰热罗姆斯基的《暮》译作中，用按语告诉读者小说叙事结构的变化："按：以上都是追叙前事，原文可用Past perfect tense，中文是译不出的；以下便接上文第三节。"[1]此外，茅盾在泰戈尔的小说《髑髅》译作中，解释了印度寡妇不能戴珠宝的风俗；在波兰佩雷茨的《禁食节》译作中，介绍了犹太人的文化；在克罗地亚雅尔斯基的《茄具客》译作中，介绍了中国的分田产官司；在捷克捷赫的《旅程》译作中，解释了天主教的罗刹兰祈祷文等；在匈牙利裴多菲的《私奔》译作中，介绍了《圣经》上以色列族经过旷野时断粮、天上降粮食的故事等。

可见，茅盾在小说翻译实践中，用译者序跋、外国作家评传、译者加注和按语的形式，详细介绍了外国作家作品以及相关的文学文化背景知识，帮助中国读者更好地理解外国文学。因此，茅盾的小说翻译研究和他所提倡的译研结合观比较一致。

综上所述，茅盾的翻译选材观、翻译目的观、翻译批评观以及译研结合观和其小说翻译实践之间有良好的互动关系。首先，在翻译选材上，茅盾提倡系统、经济、切要的翻译选材观。茅盾在小说翻译中，选择翻译的大多数是欧洲被压迫民族和弱小民族的作品，尤其是俄苏文学作品。茅盾所选择的外国作家作品较有代表性，有的作家还是诺贝尔文学奖获得者。其次，在翻译目的上，茅盾希望通过翻译"为人生的艺术"小说，从而实现社会发展和新文学建设的目的。第三，在翻译批评上，茅盾除了对他人的译作进行批评外，还对自己的译作进行了批评。此外，在翻译研究上，茅盾在小说翻译实践中，用译作序跋、外国作家评传、译者加注和按语的方式向中国读者介绍相关的外国文学文化背景知识，从而帮助大家更好地了解原作者和作品。

---

1 [波兰]Stefan Zeromski著、雁冰译：《暮》，载1920年1月《时事新报·学灯》。见韦韬主编，《茅盾译文全集》（第一卷·小说一集），北京：知识产权出版社，2013年，第105页。

另外，茅盾在小说翻译中主要采用直译方法。整体而言，茅盾的直译基本上传达了原作的思想内容，并较好地再现了原作的艺术风格。然而茅盾在直译方法的使用过程中，也存在因亦步亦趋保持英文句法结构而让汉语表达出现生涩难懂和过度欧化的现象。这与茅盾所提倡的既要保留原作面目又要明白易懂的直译观有一些偏离。这说明译者在理论上认为尽量忠实于原作者和译文读者，但是在实际翻译过程中也可能出现一定偏差，难以真正在原作者和译文读者之间保持一种绝对的平衡。

第二节　茅盾翻译思想与戏剧翻译实践的互动

从1918年翻译戏剧《求幸福》开始，到1947年翻译戏剧《俄罗斯问题》，茅盾共翻译了15个国家18位作家的28部戏剧。茅盾的翻译选材观、翻译目的观、翻译批评观、译研结合观在戏剧翻译实践中有所体现。在翻译方法上，茅盾主要采用直译法；在其译文中，也存在省译、增译、误译、改译现象。

一、茅盾的戏剧翻译选材

从翻译的国别来看，茅盾翻译爱尔兰的戏剧最多，共8篇；其次是比利时、奥地利、以色列、匈牙利、美国，分别为2篇；最后是苏联、英国、俄国、瑞典、挪威、荷兰、智利、西班牙、乌克兰，分别为1篇。从翻译的作家来看，茅盾翻译格雷戈里夫人的戏剧最多，共6篇；其次是施尼茨勒、梅特林克、莫尔奈、平斯基，分别为2篇；最后是萧伯纳、托尔斯泰、叶芝、斯特林堡、佩克、邓萨尼、比昂逊、阿胥、英卡、斯宾霍夫、巴里奥斯、贝纳文特、西蒙诺夫，分别为1篇。

茅盾的戏剧翻译选材体现了系统性的主张。一方面，茅盾翻译的爱尔兰戏剧最多。爱尔兰新文学在思想上提倡民族解放主义精神，在文学艺术技巧上结合了写实主义和浪漫主义，为世界文学做出了重要贡献。另一方面，茅盾翻译爱尔兰格雷戈里夫人的戏剧最多。茅盾认为，格雷戈里夫人的民族历史剧通过描写爱尔兰人民的真实生活，表现出深刻的民族精神："讲到爱尔兰新文学中的民族历史剧，到底要请葛雷古夫人做代表的。"¹在茅盾看来，格雷戈里夫人的戏剧在爱尔兰戏剧史上起着承上启下的重要作用。"葛雷古夫人在爱尔兰戏剧史中的地位是介于两时代间的一个转纽（钮），前时代是夏芝（Yeats）和AE.，后时代便是现代的新近作家。"²可见，茅盾在戏剧翻译选材上具有系统性的特点。

除了系统性，茅盾的戏剧翻译选材还体现了经济性的主张。茅盾选择翻译的剧作家多数在世界上拥有重要的文学地位，如爱尔兰的格雷戈里夫人和叶芝、英国的萧伯纳、挪威的比昂逊、比利时的梅特林克、苏联的西蒙诺夫等。有的剧作家甚至还是诺贝尔文学奖获得者，如格雷戈里夫人、叶芝、萧伯纳、梅特林克、比昂逊。茅盾把奥地利的施尼茨勒称为法国的法朗士，"他的文学著作，要算剧本最出色"³。茅盾翻译了施尼茨勒的《结婚日的早晨》，认为原作者"在现代奥国文人中，推为首座"⁴。茅盾翻译了俄国托尔斯泰的《活尸》，认为托尔斯泰具有很高的文学地位："群峰竞秀，托尔斯泰其最高峰也。"⁵茅盾把比利时的梅特林克称为比利时的莎士比亚，并且翻译了其戏剧《室内》："讲到他著作的完美，他对于世界的影响，我们就称他为当今第一文学家，也不算过分。"⁶茅盾还翻译了挪威比昂逊的《新结婚的一对》："就艺术价值而论，此篇算得是头挑

1　雁冰：《近代文学的反流——爱尔兰的新文学》，见茅盾，《茅盾全集》（第三十二卷·外国文论四集），北京：人民文学出版社，2001年，第146页。
2　[爱尔兰]葛雷古夫人著、沈雁冰译：《〈海青·赫佛〉译后记》，载1921年9月1日《新青年》第九卷第五号。见韦韬主编，《茅盾译文全集》（第七卷·剧本二集），北京：知识产权出版社，2013年，第25页。
3　[奥国]Arthur Schnitzler著、冰译：《〈界石〉雁冰记》，载1919年8月28日《时事新报·学灯》。见韦韬主编，《茅盾译文全集》（第六卷·剧本一集），北京：知识产权出版社，2013年，第13页。
4　[奥国]Arthur Schnitzler著、冰译：《结婚日的早晨》，载1920年2月5日《妇女杂志》第六卷第二号。见韦韬主编，《茅盾译文全集》（第六卷·剧本一集），北京：知识产权出版社，2013年，第93页。
5　雁冰：《托尔斯泰与今日之俄罗斯》，载1919年4月5日《学生杂志》第六卷第四号。见茅盾，《茅盾全集》（第三十二卷·外国文论四集），北京：人民文学出版社，2001年，第18页。
6　孔常：《梅德林克》，载1921年2月16日《东方杂志》第十八卷第四号。见茅盾，《茅盾全集》（第三十二卷·外国文论四集），北京：人民文学出版社，2001年，第265页。

的了。"¹茅盾翻译了以色列平斯基的《美尼》："这几十年中的犹太剧曲进化的快而不规则的痕迹,也由宾斯奇代表了。"²茅盾把美国的阿胥称为"犹太的莫泊桑"³,翻译了其戏剧《冬》。茅盾翻译了匈牙利莫尔奈的戏剧《盛筵》,认为莫尔奈是匈牙利民族文学的代表:"不但在匈牙利,欧洲大陆及新大陆亦传遍他的名字,演遍他的著作。"⁴茅盾还翻译了苏联西蒙诺夫的戏剧《俄罗斯问题》,西蒙诺夫凭该剧获得了斯大林文艺奖,在苏联影响空前广泛,曾有500多家戏院要求上演这部戏剧。可见,茅盾在戏剧翻译选材上十分注重所选作家作品的代表性,体现了其经济性的主张。

除了系统性和经济性,茅盾的戏剧翻译选材还体现了切合性的主张。茅盾认为虽然品南罗的作品有价值,但在"五四运动"时期不是最切合中国社会的需要的作品,没有列入自己的翻译计划:"私以为品南罗的文学,在现在非最切要罢了。"⁵在茅盾看来,翻译介绍外国文学要有社会责任感,要考虑所选择的作家作品是否符合中国社会和人民群众的需要。"翻译《浮士德》等书,在我看来,也不是现在切要的事;因为个人研究固能惟(唯)真理是求,而介绍给群众,则应该审度时势,分个缓急。"⁶茅盾之所以选择翻译苏联西蒙诺夫的戏剧《俄罗斯问

1　[挪威]B. J. Björnson著、冬芬译:《新结婚的一对》,载1921年1月10日《小说月报》第十二卷第一号。见韦韬主编,《茅盾译文全集》(第六卷·剧本一集),北京:知识产权出版社,2013年,第176页。
2　[犹太]宾斯奇著、冬芬译:《美尼》,载1921年8月10日《小说月报》第十二卷第八号。见韦韬主编,《茅盾译文全集》(第六卷·剧本一集),北京:知识产权出版社,2013年,第215页。
3　[犹太]阿胥著、沈雁冰译:《冬》,载1921年9月10日《小说月报》第十二卷第九号。见韦韬主编,《茅盾译文全集》(第六卷·剧本一集),北京:知识产权出版社,2013年,第225页。
4　[匈牙利]莫尔奈著、冬芬译:《盛筵》,载1922年7月10日《小说月报》第十三卷第七号。见韦韬主编,《茅盾译文全集》(第七卷·剧本二集),北京:知识产权出版社,2013年,第78页。
5　冰:《答黄君厚生〈读小说新潮宣言的感想〉》,载1920年4月25日《小说月报》第十一卷第四号。见茅盾,《茅盾全集》(第十八卷·中国文论一集),北京:人民文学出版社,1989年,第30页。
6　雁冰:《致万良濬》,载1922年7月10日《小说月报》第十三卷第七号。见茅盾,《茅盾全集》(第三十六卷·书信一集),北京:人民文学出版社,1997年,第71页。

题》，主要是因为该剧谈论的问题不仅是关乎苏联人民利益的问题，还是关乎全世界和平民主的问题，所以，这是"本剧在国际受到普遍注意的原因"[1]。可见，茅盾在戏剧的翻译选材上体现了系统性、经济性和切要性的主张。

二、茅盾的戏剧翻译目的

就翻译介绍外国文学的目的而言，茅盾着重强调两个方面：一是要通过输入西方的现代思想来唤醒中国广大民众，达到促进社会发展的政治目的；二是通过输入西方的文学艺术技巧来促进中国的新文学建设。因此，茅盾在戏剧翻译中，注重输入西方的现代思想和文学艺术技巧来达到自己的政治目的和文学目的。

一方面，茅盾在戏剧翻译实践中，希望输入西方的现代思想以促进社会发展。茅盾翻译了英国萧伯纳的戏剧《人及超人》，认为是"传布思想、改造道德之器械也"[2]。茅盾还翻译了俄国托尔斯泰的《活尸》，希望能引起读者的深思，"是一篇好戏曲，可以使人感动，可以使人猛省（醒）"[3]。茅盾还翻译了奥地利施尼茨勒的戏剧《结婚日的早晨》，强调中国改造社会时不能重蹈西方的覆辙，在处理男女问题时不能完全照搬西方模式，"我们只可以拿他们做的事情做参考"[4]。此外，茅盾翻译了比利时梅特林克的《室内》，认为该戏剧象征灵魂的孤独凄清，可以让读者从中受到启发，"室内诸人的平静寂寞是多少（么）深刻而警醒呀"[5]！另外，茅盾还翻译了以色列平斯基的《美尼》，认为其深刻的思想内

1　茅盾：《关于〈俄罗斯问题〉》，见茅盾，《茅盾全集》（第三十三卷·外国文论五集），北京：人民文学出版社，2001年，第563页。

2　雁冰：《萧伯讷》，载1919年3月5日《学生杂志》第六卷第三号。见茅盾，《茅盾全集》（第三十二卷·外国文论四集），北京：人民文学出版社，2001年，第7页。

3　[俄国]托尔斯泰著、雁冰译：《活尸》，载1920年1月5日《学生杂志》第七卷第一号。见韦韬主编，《茅盾译文全集》（第六卷·剧本一集），北京：知识产权出版社，2013年，第43页。

4　[奥国]Arthur Schnitzler著、冰译：《结婚日的早晨》，载1920年2月5日《妇女杂志》第六卷第二号。见韦韬主编，《茅盾译文全集》（第六卷·剧本一集），北京：知识产权出版社，2013年，第93页。

5　梅德林著、雁冰译：《室内》，载1920年8月5日《学生杂志》第七卷第八号。见韦韬主编，《茅盾译文全集》（第六卷·剧本一集），北京：知识产权出版社，2013年，第152页。

容令人感动："'精神总是现代的'这一层，实是宾斯奇著作为不论何种人都喜欢而看了生感动的主要原因。"[1]可见，茅盾在戏剧翻译中，希望输入西方现代思想以实现唤醒中国民众和促进社会革新的政治目的。

另一方面，茅盾在戏剧翻译实践中，希望借鉴西方新颖的文学艺术技巧来为中国的新文学建设服务。茅盾翻译了瑞典斯特林堡的《情敌》，认为其"独白"体裁奇特新颖，"所描写者虽只限于'心理的竞争'，全篇不着一句动作话，然而读者由此可影影想见后面所藏之各种'人类命运的活动'，活活现出"[2]。茅盾还翻译了挪威比昂逊的《新结婚的一对》："此剧的体裁是很特别的——就是第一幕内所含的意思在第二幕内明白喊出来，且示（是）一个解决的方法。"[3]此外，茅盾翻译了爱尔兰格雷戈里夫人的《旅行人》，认为其独特的文学艺术技巧很好地体现了爱尔兰文学的特色："《旅行人》这剧，虽然极简单，可是描写得极好，有诗的境界，这便是爱尔兰新文学的特色。"[4]可见，茅盾在翻译介绍外国文学作品时，注重借鉴其新颖独特的文学艺术技巧来促进中国新文学的独立创作。

在戏剧翻译实践中，茅盾希望能兼顾作品的思想性和艺术性来达到政治目的和文学目的。茅盾翻译了施尼茨勒的戏剧《界石》，认为该剧兼顾了思想内容和艺术技巧："他的剧，只将人生的一二面拣出，用最清楚最斟酌的字，极高妙的艺术方法来表现出来。"[5]茅盾翻译了以色列平斯基的《波兰——一九一九年》，认为其深刻的思想内容和新颖的文学体裁值得学习："这样新颖体裁是宾斯奇所

1　[犹太]宾斯奇著、冬芬译：《美尼》，载1921年8月10日《小说月报》第十二卷第八号。见韦韬主编，《茅盾译文全集》（第六卷·剧本一集），北京：知识产权出版社，2013年，第215页。

2　A. Strindberg著、雁冰译：《情敌》，载1920年4月5日《妇女杂志》第六卷第四号。见韦韬主编，《茅盾译文全集》（第六卷·剧本一集），北京：知识产权出版社，2013年，第122页。

3　[挪威]B. J. Björnson著、冬芬译：《新结婚的一对》，载1921年1月10日《小说月报》第十二卷第一号。见韦韬主编，《茅盾译文全集》（第六卷·剧本一集），北京：知识产权出版社，2013年，第176页。

4　雁冰：《近代文学的反流——爱尔兰的新文学》，见茅盾，《茅盾全集》（第三十二卷·外国文论四集），北京：人民文学出版社，2001年，第140页。

5　[奥国]A. Schnitzler著、冰译：《〈界石〉雁冰记》，载1919年8月28日《时事新报·学灯》。见韦韬主编，《茅盾译文全集》（第六卷·剧本一集），北京：知识产权出版社，2013年，第13页。

独创的。宾斯奇富于反抗的精神，……这篇作品显示矛盾的人性，总是应该赞成的。"¹此外，茅盾十分喜欢爱尔兰格雷戈里夫人的戏剧："葛雷古夫人之剧本，大都为描写乡村生活者，其长篇结构之周密，对话之轻灵，其艺术上之价值，固已不朽。"²在茅盾看来，翻译介绍格雷戈里夫人的戏剧有助于中国读者更好地了解爱尔兰的新文学运动："兹介绍与读者。译者盖深信附带民族运动而起之文学运动颇值吾人之研究也。"³由上可见，茅盾在戏剧翻译选材上兼顾思想性和艺术性，旨在输入西方现代思想和艺术技巧来促进中国的社会革新和新文学建设。

三、茅盾的戏剧翻译方法

在翻译方法上，茅盾提倡既保留原作面目又明白易懂的直译，要求在紧扣原文句法组织结构的同时，按照译入语的习惯来表达。茅盾在戏剧翻译中主要采用直译法。同时，茅盾的译文中也存在增译、省译、改译、误译等现象。

下面以茅盾1918年用中英文对照形式翻译的第一部戏剧《求幸福》为例来看看茅盾直译方法的运用：

英文原文：

　　O.A.　I tell you, my good friend Experience, as I have often told you before, that I must find my long lost friend Happiness.⁴

茅盾译文：

　　老　我告诉你，我的老朋友"经验"呵，我从前也常常告诉你，说

1　[犹太]宾斯奇著、希真译：《波兰——一九一九年》，载1922年9月10日《小说月报》第十三卷第九号。见韦韬主编，《茅盾译文全集》（第七卷·剧本二集），北京：知识产权出版社，2013年，第101页。
2　[爱尔兰]葛雷古夫人著、雁冰译：《〈市虎〉前记》，载1920年9月10日《东方杂志》第十七卷第十七号。见茅盾，《茅盾全集》（第三十二卷·外国文论四集），北京：人民文学出版社，2001年，第203页。
3　同上。
4　雁冰译：《求幸福》，见韦韬主编，《茅盾译文全集》（第六卷·剧本一集），北京：知识产权出版社，2013年，第1-2页。

我定要找回我那久已分别的好朋友"幸福"。[1]

英文这句台词是"老年"对"经验"所说的，表明了自己追求幸福的决心。茅盾对这句话采用了直译的方法，在句法组织结构上尽量与英文原文保持一致，让读者明白易懂。

现在我们以1921年茅盾翻译的爱尔兰格雷戈里夫人的戏剧《海青·赫佛》为例来说明茅盾直译方法的运用：

英文原文：

  HYACINTH (stamping). "I'll stop their mouths. I'll show them I can be a terror for badness. I'll do some injury. I'll commit some crime. The first thing I'll do I'll go and get drunk. If I never did it before I'll do it now. I'll get drunk — then I'll make an assault."[2]

茅盾译文：

  海（跌足）"我要去止住他们的嘴。我要做给他们看，我能做可怕的坏事。我要做害人的事。我要故犯一点刑事罪。第一桩事我要做的，就是去吃酒。哪怕我从来不曾做过的，现在我可要做了。我要去喝酒——喝过酒就要寻人打架。"[3]

茅盾主要用直译来传达原文的思想内容，在译文句式顺序上保留了英文的句法组织结构，甚至在标点符号的使用上也尽量与英文保持一致，语言表达也比较

---

[1] 雁冰译：《求幸福》，见韦韬主编，《茅盾译文全集》（第六卷·剧本一集），北京：知识产权出版社，2013年，第1页。

[2] Lady Gregory. "Hyacinth Halvey". In *Selected Plays of Lady Gregory*. Gerrards Crass, Buckinghamshire: Colin Smythe Limited, 1983, p.96.

[3] [爱尔兰]葛雷古夫人著、沈雁冰译：《海青·赫佛》，载1921年9月1日《新青年》第九卷第五号。见韦韬主编，《茅盾译文全集》（第七卷·剧本二集），北京：知识产权出版社，2013年，第8页。

简洁易懂。因此，茅盾对这段话的翻译符合他提出的既保留原作面目又明白易懂的直译主张。

茅盾在翻译以色列平斯基的戏剧《美尼》时也主要采用直译法，"曾试'按字死译'与'摄神直译'两种方法，到底取了后者"[1]。下面以茅盾翻译该剧中修女和主持的对话为例。

英文原文：

HEDWIG. Beauty wakes piety. You have looked upon many a holy picture in your life; did you ever behold an ugly one? How does our Christ look? How does our Holy Mother appear? How she moves us with her divine beauty! How do the angels appear? Beauty is inspiration, beauty is prayer, beauty is religion.

ABBESS. Beauty is seduction, beauty is temptation, beauty is intoxicating wine. Why do you speak, sister, of pictures and statues, of cold marble and colors upon dead canvas? You will be a living, beautiful nun among lust-driven soldiers of the enemy.[2]

茅盾译文：

女尼海　美貌启人虔敬之心。你一生见过许多的圣像罢；你可曾见过一张丑的？我们的基督是怎样一个相？我们圣母的相又是怎样呢？她那属于神的美丽何等样感动我们！天使（安琪儿）们的相貌怎样？美是心的灵机（Inspiration），美是祈祷，美就是宗教。

主持尼　美是妖邪，美是诱惑，美是迷人的毒酒。姊呀，你为什么要提起画像和石像，说到那冷的大理石和死画布上的色彩呢？在仇敌的

---

[1] [犹太]宾斯奇著、冬芬译：《美尼》，载1921年8月10日《小说月报》第十二卷第八号。见韦韬主编，《茅盾译文全集》（第六卷·剧本一集），北京：知识产权出版社，2013年，第215页。

[2] David Pinski. "The Beautiful Nun". In *Ten Plays*, translated by Isaac Goldberg. New York: B. W. Huebsch, 1920, p. 154.

狂纵兽欲的兵中间,你只是个活的美貌的尼姑呀。[1]

这段话是敌军即将攻入修道院时修女和住持(原文为"主持")之间的对话。住持建议修女在敌人攻进来之前赶快离开,因为美貌可能会给自己带来灾难。但是修女执意留下,认为美貌可以启发人的虔诚之心,因而想用自己对宗教的虔诚来感化敌人。从茅盾的译文可以看出,修女和住持两人对于"美"的不同观点导致了不同的行为选择,并产生了不同的结果。修女坚持认为,"美是心的灵机,美是祈祷,美就是宗教",所以,她选择在危难来临之际仍然留在修道院虔诚祈祷,然而不幸的是她却遭到了敌人的强暴。住持坚持认为,在强大的敌人面前,"美是妖邪,美是诱惑,美是迷人的毒酒"。因此,住持选择在强敌到来之前安全撤离,因而保护自己免受侵害。茅盾的译文不是字对字的死译,而是既再现了原作精神面貌又让读者明白易懂的直译。一方面,茅盾译文在句式结构上再现了英文译本的句法组织结构,在标点符号的使用上也尽量与英文保持一致;另一方面,茅盾的译文在语言表达上比较通顺流利,符合汉语表达习惯。可见,茅盾在该剧中采用的直译方法与他所提倡的直译观比较一致。

茅盾在匈牙利莫尔奈的戏剧《盛筵》译者附记中,指出中英文法的结构组织存在巨大差异,如果翻译比较复杂的英文长句时,使用直译方法会比较困难。

此篇翻译用直译法,但是因为中英文法组织不同的缘故,像"I am not familiar with the law, but it seems to me an outrage that the police can come into a man's house when he has guests at his table, and interrupt him without ceremony, and order him to—"一句就很难。直译则因中文法中向来没有承上起(启)下的that的用法,勉强照样直译,必致全句松懈无趣,并且弄得意义晦涩;若要照中国习用的句子组织法,译成一句顺口的白话,那就成为"我不大熟悉法律,但是警察而可闯入正在宴会宾

---

[1] [犹太]宾斯奇著、冬芬译:《美尼》,载1921年8月10日《小说月报》第十二卷第八号。见韦韬主编,《茅盾译文全集》(第六卷·剧本一集),北京:知识产权出版社,2013年,第211页。

客的人的家里，无礼意的（地）阻扰他，而且命令他去……以我看来，是违法的。"这句子意思和英文的完全一样，但是英文的"未完"在句尾，是合理而且得神，中译把他扛到句的中段，可就不成了。我以为这样译，所差更大，故不取。[1]

茅盾认为在戏剧翻译中，如果直译复杂的句子结构是很困难的事情。在《盛筵》的译作中，茅盾把"I am not familiar with the law, but it seems to me an outrage that the police can come into a man's house when he has guests at his table, and interrupt him without ceremony"翻译为"我不大熟悉法律，但是在我看来，一个人请客吃酒的时候，警察可以闯进屋来毫无礼貌地打扰，是不法的"[2]。可见，茅盾对这个句子的翻译主要采用了直译法，因为他在基本遵照英文句法组织结构的同时，也尽量照顾了汉语的表达习惯。

然而，除了直译，茅盾还用到了省译、增译，甚至还有误译现象。首先来看看茅盾在戏剧翻译中的省译现象。1918年，茅盾在翻译《求幸福》时，对剧中的有些重要地点进行了省译。

英文原文：

Old age and his friend Experience are seated by the fire in the home of Old Age.[3]

茅盾译文：

"老年"与其友"经验"同坐于炉边，皆默不语。[4]

---

[1] [匈牙利]莫尔奈著、冬芬译：《盛筵》，载1922年7月10日《小说月报》第十三卷第七号。见韦韬主编，《茅盾译文全集》（第七卷·剧本二集），北京：知识产权出版社，2013年，第78页。

[2] 同上，第71页。

[3] 雁冰译：《求幸福》，见韦韬主编，《茅盾译文全集》（第六卷·剧本一集），北京：知识产权出版社，2013年，第1页。

[4] 同上。

茅盾在这句话的翻译中,省略了地点状语"in the home of Old Age"。这样的省译不利于读者了解对话发生的场景,重要地点不能省略。

1919年,茅盾在翻译爱尔兰格雷戈里夫人的戏剧《月方升》时,省译现象比较多,比较典型的是省译了该剧中衣衫褴褛之人所唱的五首小调。这五首小调的内容如下:

(1) There was a rich farmer's daughter lived near the town of Ross;
　　She courted a Highland soldier, his name was Johnny Hart;
　　Says the mother to her daughter, "I'll go distracted mad
　　If you marry that Highland soldier dressed up in Highland plaid."[1]

(2) As through the hills I walked to view the hills and shamrock plain,
　　I stood awhile where nature smiles to view the rocks and streams,
　　On a matron fair I fixed my eyes beneath a fertile vale,
　　And she sang her song it was on the wrong of poor old Granuaile.[2]

(3) Her head was bare, her hands and feet with iron bands were bound,
　　Her pensive strain and plaintie wail mingles with the evening gale,
　　And the song she sang with mournful air, I am old Granuaile.
　　Her lips so sweet that monarchs kissed…[3]

(4) O, then, tell me, Shawn O'Farrell,
　　Where the gathering is to be.

1　Lady Gregory. "The Rising of the Moon". In *Selected Plays of Lady Gregory*. Gerrards Cross, Buckinghamshire: Colin Smythe Limited, 1983, p.145.
2　同上,第147页。
3　同上,第148页。

In the old spot by the river

Right well know to you and me!¹

(5) One word more, for signal token,

Whistle up the marching tune,

With your pike upon your shoulder,

At the Rising of the Moon.²

  英文原文中的这五首小调在剧中非常重要，茅盾的省译让中文读者难以完全领略原剧的思想内容和艺术风格。剧中衣衫褴褛之人所唱的这五首小调既是政治逃犯和同伴联络的暗号，也是对抓捕队长展开心理防线的攻势。前面三首小调主要介绍了剧中政治逃犯的来历，告诉读者他来自一个争取民族解放和自由的组织。最后两首小调暗示了该政治逃犯即将和同伴见面到达安全的地方，并展望了现在的弱势百姓阶级很快就会如同月亮升上高空一样，最终取代沙皇政府的黑暗统治。因此，这五首小调描述了事态的发展，是该剧的重要组成部分。如果把它们翻译出来，将有助于译文读者理解原文的思想内容和艺术风格。

  茅盾对《月方升》的省译还体现在开场的人物介绍和剧中的舞台说明上。茅盾对开场的主要人物进行了省译，如"Sergeant，Policeman X，Policeman B，A Ragged Man"。此外，茅盾在剧中对舞台说明的省译有三处，如"（He shuffles on）""（Goes on off stage to left）""（Hands it to him）"。对读者而言，戏剧开场的主要人物介绍和剧中详细的舞台说明十分必要。但是，茅盾却把这些重要的信息省略未译，这就不利于译文读者充分了解原文的相关背景信息。

  1920年，茅盾在翻译爱尔兰叶芝的戏剧《沙漏》时，省译了其中一些重要布景。

---

1 Lady Gregory. "The Rising of the Moon". In *Selected Plays of Lady Gregory*. Gerrards Crass, Buckinghamshire: Colin Smythe Limited, 1983, p.145.

2 同上，第149页。

英文原文：

A large room with a door at the back and another at the side opening to an inner room. A desk and a chair in the middle. An hour-glass on a bracket near the door. A creep stool near it. Some benches. An astronomical globe. A balckboard. A large ancient map of the world on the wall. Some musical instruments. Floor strewed with rushes. A wise man sitting at his desk.[1]

茅盾译文：

一个大房间，后壁有个门，又有一扇边门，通另一室。房中有个书桌和一张椅子。近门的一个镜架上，置有一个记时刻的沙漏。近镜架放着一个脚踏。有几条板凳。智叟即坐在书桌边。[2]

茅盾省译的部分包括一些重要的物件："An astronomical globe. A balckboard. A large ancient map of the world on the wall. Some musical instruments. Floor strewed with rushes"。茅盾省译的这些物件在剧中十分关键，因为它们是智者向学生们传授科学知识的必要工具，如天文球、黑板、世界地图、音乐仪器等。这些物件告诉读者智叟讲解的是哲学、地理、音乐等方面的科学知识，这和智叟最后相信上帝、天使、地狱等宗教概念构成了绝妙讽刺。因此，茅盾对剧中这些重要物件的省译减弱了智叟在传授科学知识和虔诚信仰宗教两方面的反差效果。

茅盾在翻译戏剧时还用到了增译法。例如，茅盾在《求幸福》的翻译中，对有的舞台说明进行了增译。

---

1 William Butler Yeats. *The Hour-Glass Manuscript Materials*. Catherine Phillips. Ithaca and London: Cornell University Press, 1994, p. 57.

2 [爱尔兰]夏脱著、雁冰译：《沙漏》，载1920年3月10日《东方杂志》第十七卷第六号。见韦韬主编，《茅盾译文全集》（第六卷·剧本一集），北京：知识产权出版社，2013年，第111页。

第二章
横向聚焦：茅盾翻译思想与翻译实践的互动

英文原文：

(*Silence follows. The silence is broken by Experience.*) [1]

茅盾译文：

（台上唯"经验"与"财"，静寂无声，少顷，"经验"先言。）[2]

在这句话的翻译中，茅盾增译"台上唯'经验'与'财'"，让中文读者更加清楚舞台上的主要角色。此外，茅盾还在译文中增译了表示时间的词语"少顷"，使上下文更连贯。

此外，茅盾在戏剧翻译中还有改译，主要用在剧本开头的人物介绍和布景介绍的顺序上。英文原文是先介绍人物，再介绍布景。但是，茅盾在翻译时却变成了先介绍布景，再介绍人物。例如，茅盾翻译格雷戈里夫人的《市虎》《海青·赫佛》《狱门》里都有这种改译现象。

茅盾的戏剧翻译还有一定的误译现象。例如，茅盾在翻译《求幸福》时，把短语"for my party"误译为"和我做一起"，把进行时态的句子"a party is in progress"翻译为将来时态的句子"有人将至此也"，等等。茅盾在翻译《月方升》时，对度量衡单位的翻译也有误。例如，茅盾把"mile"翻译为"里"，把"acre"翻译成"亩"，把"feet"翻译成"尺"等。茅盾在翻译《市虎》时，把原文中的"I wouldn't like to say that"误译成"那个我也愿意说"，与英文原义刚好相反。

茅盾一生共翻译了28部戏剧，其中27部戏剧是在1918年至1925年翻译的，1947年翻译了一部。茅盾的戏剧翻译主要采用直译法，既保留原作的面目，也尽量让读者看懂。但是，由于茅盾在早期翻译中受到文言文译述方法的影响，所以在转向白话文翻译时还有一定的省译、增译、改译，甚至误译等现象。这说明翻译实践是一个不断尝试和探索的过程。只有通过大量的翻译实践，译者才能不断

---

[1] 雁冰译：《求幸福》，见韦韬主编，《茅盾译文全集》（第六卷·剧本一集），北京：知识产权出版社，2013年，第4页。
[2] 同上。

提升自己的翻译水平，并在此基础上积累一定的翻译经验，这些经验进而上升为成熟的翻译理论。译者不断进行翻译实践，不断总结翻译经验，实现翻译思想和翻译实践的互动。

四、茅盾的戏剧翻译批评

在翻译批评中，茅盾提出除了批评他人译作，还应该积极进行自我批评的观点。茅盾在戏剧翻译实践中对自己的翻译能力和翻译质量提出了批评。

茅盾翻译爱尔兰叶芝的戏剧《沙漏》时，认为该剧有强烈的象征主义色彩，翻译起来十分困难，"至于我不能译得好，或者读者要误会的地方，那是我只好忏悔的了"[1]。茅盾对自己的翻译能力提出了批评，认为没能很好再现《沙漏》的思想内容和艺术风格。

此外，茅盾还翻译了匈牙利莫尔奈的戏剧《盛筵》，他对自己的译文不够满意，希望能够通过大家的共同探讨来提高翻译质量。"我这里假定的译法，自觉仍不甚妥，一时既已想不出好的，只得如此写下。附记于此，以志我之不安，并请反对语体文欧化——即反对中国文法组织应采取西文组织法——的朋友切实研究，加以指教呵！"[2]

在爱尔兰格雷戈里夫人的《狱门》译后记里，茅盾指出该篇的翻译十分困难，尤其是最后几段的翻译特别困难，因此对自己的译文质量很不满意。"在葛雷古女士那些著作里，这一篇要算是难译中的一篇，篇末那几段，诗意的宣道的散文，更难译得好。这还是前年夏天译的；……如今又找出来看一遍，极不满意。"[3]茅盾批评自己翻译的《狱门》质量不高，但是由于当时《妇女评论》杂志缺少稿件，所以才不得已拿去发表了。

---

1 雁冰：《〈沙漏〉译者注》，载1920年3月25日《东方杂志》第十七卷第六号。见茅盾，《茅盾全集》（第三十二卷·外国文论四集），北京：人民文学出版社，2001年，第158页。
2 [匈牙利]莫尔奈著、冬芬译：《盛筵》，载1922年7月10日《小说月报》第十三卷第七号。见韦韬主编，《茅盾译文全集》（第七卷·剧本二集），北京：知识产权出版社，2013年，第78页。
3 [爱尔兰]葛雷古夫人著、雁冰译：《狱门》，见韦韬主编，《茅盾译文全集》（第七卷·剧本二集），北京：知识产权出版社，2013年，第107页。

五、茅盾的戏剧翻译研究

茅盾在翻译中提倡译研结合，希望译者能在翻译作品之外，通过译者序跋和作家评传等形式给读者提供更为丰富的背景知识，从而可以帮助读者更好地理解原作者和作品。茅盾翻译了28篇戏剧，撰写了22篇译作序跋和7篇外国作家评传。茅盾在戏剧中的翻译研究与他提倡的译研结合观是吻合的。

在译作序跋中，茅盾主要介绍了外国作家生平、文学地位、重要著作、主要思想和艺术特色，以及他自己的翻译选材、翻译目的、翻译方式、翻译方法、翻译批评等。茅盾在英国萧伯纳戏剧《地狱中之对谭》的译者前言中，介绍了该剧出处、萧伯纳生平和著作，译者的翻译方式、翻译选材和翻译目的。茅盾在奥地利施尼茨勒的《界石》译前记中，提及施尼茨勒的生平、戏剧出处、主要内容。茅盾在俄国托尔斯泰的《活尸》译作前言中，提及托尔斯泰的生平和该剧的代表性；在奥地利施尼茨勒《结婚日的早晨》译作前言中，介绍了施尼茨勒生平、文学地位和重要著作、该剧的主要内容；在爱尔兰叶芝《沙漏》的译者注中，谈到了叶芝的主要思想和茅盾翻译该剧的目的；在瑞典斯特林堡的《情敌》的译前记中，茅盾讨论了该剧新颖的"独白"体裁和自己翻译该剧的原因；在比利时梅特林克的《室内》译前记中，介绍了该剧的出处，并推荐读者参看其他相关资料；在爱尔兰邓萨尼的《遗帽》译者附识中，谈到了邓萨尼的生平，自然主义、表象主义和新浪漫主义的代表人物；在爱尔兰格雷戈里夫人《市虎》的译者附注中，介绍了格雷戈里夫人戏剧的重要价值和代表作品，以及自己的翻译目的。

在挪威比昂逊《新结婚的一对》的译前记中，茅盾比较了易卜生和比昂逊，指出了英译本出处和该剧体裁，阐明了自己选择该作品进行翻译的原因。茅盾在以色列平斯基《美尼》的译者附记中，强调了作者的杰出地位和重要贡献，讨论了"摄神直译"的翻译方法，并推荐读者参看《犹太文学与宾斯奇》一文。茅盾在美国阿胥《冬》的译后记中，提及阿胥的地位、生平和代表作品；在爱尔兰格雷戈里夫人的《海青·赫佛》译后记里，谈到了格雷戈里夫人的生平、著作、重要地位。在乌克兰英卡《巴比伦的俘虏》译者志里，茅盾介绍了英卡的生平、著作思想内容和艺术特色、英译本出处。茅盾在匈牙利莫尔奈《盛筵》的译者附记

中,谈到了莫尔奈的生平、文学地位、主要著作、该剧出处以及翻译的困难。在荷兰斯宾霍夫的《路意斯》译后记里,茅盾提及该戏剧出处和自己的翻译目的。茅盾在爱尔兰格雷戈里夫人的《狱门》译后记中,指出该篇戏剧的翻译困难,对自己的译文进行了批评。茅盾在智利巴里奥斯的《爸爸和妈妈》译后记中,介绍了原作者的文学地位、重要著作和该剧出处。茅盾在西班牙贝纳文特的《太子的旅行》译后记里,指出了英译本来源;在苏联西蒙诺夫的《俄罗斯问题》译后记中,介绍了该剧的出处和重要地位。

在戏剧翻译中,茅盾还专门撰写了外国作家评传,介绍外国作家作品的相关背景。其中,茅盾主要介绍的外国作家有5位:英国萧伯纳、俄国托尔斯泰、比利时梅特林克、挪威比昂逊和西班牙贝纳文特。茅盾发表萧伯纳的《地狱中之对谭》译作时,还发表了《萧伯讷》一文,介绍萧伯纳的生平、文学地位、主要思想、重要著作,《华伦夫人之职业》与易卜生《群鬼》的区别等。在发表托尔斯泰的戏剧译作《活尸》时,茅盾发表了文章《文学家的托尔斯泰》,介绍了托尔斯泰的主要著作,托尔斯泰的人道主义和无抵抗主义以及《活尸》的主题思想。此外,茅盾还在《托尔斯泰的文学》中,介绍了托尔斯泰的身世、作品的主题思想和艺术特色;在《托尔斯泰与今日之俄罗斯》中,介绍了俄国文学的特色,托尔斯泰的文学地位、生平、重要著作以及对社会的影响。茅盾在发表比利时梅特林克的戏剧译作《室内》时,也发表了文章《梅德林克》,介绍了梅特林克的生平、著作和文学地位。茅盾在发表挪威比昂逊的戏剧译作《新结婚的一对》时,也发表了文章《脑威写实主义前驱般生》,提及原作者的生平和主要著作,并比较了比昂逊和易卜生、托尔斯泰的异同。茅盾在发表西班牙贝纳文特的戏剧译作《太子的旅行》时,还发表了文章《倍那文德的作风》,谈及原作者的生平、主要著作和文学地位。可见,茅盾在戏剧翻译研究中,特别注重介绍外国作家和作品来帮助中国读者更好地了解相关背景。

综上所述,茅盾的翻译思想和戏剧翻译实践在总体上有良好的互动关系。首先,茅盾翻译得最多的是爱尔兰戏剧,其中格雷戈里夫人的戏剧最多。茅盾选择翻译的多数剧作家在世界上具有重要的文学地位,有的甚至还是诺贝尔文学奖得主。因此,茅盾的戏剧翻译选材体现了其经济性主张。其次,在翻译目的上,茅盾通过戏剧翻译引入西方的现代思想和文学艺术技巧，促进了中国社会的发展和新文学的建设。第三，在翻译方法上，茅盾在戏剧翻译实践中主要采用直译法，一方面通过紧扣原文的句法组织结构再现原作的面目，另一方面又尽量让译文读者能够明白易懂。此外，在翻译批评上，茅盾不仅对他人的翻译进行批评，还对自己的戏剧翻译提出了批评。另外，在翻译研究上，茅盾用撰写译作序跋和外国作家评传的形式来介绍相关背景知识，帮助中国读者更好地理解外国剧作家及其作品。

然而，茅盾在戏剧的翻译过程中，还存在翻译实践和翻译思想有所偏离的现象，主要体现在茅盾的译文中还存在省译、增译、改译等现象。茅盾一方面提倡尽量忠实于原文的思想内容和艺术风格，要采取既保留原作面目又明白易懂的直译。但是，茅盾在翻译实践过程中也会受意识形态等因素的影响对原文做出一些相应的改动，从而导致翻译实践和翻译思想之间出现一些偏离。这说明翻译是一个不断做出选择的过程，翻译的"应然"世界和"实然"世界之间存在一定的差距。因此，译者在翻译过程中要尽量在原文和译文之间寻求一种平衡，才能真正对得起原文作者和译文读者。

第三节　　茅盾翻译思想与诗歌翻译实践的互动

1919年到1925年茅盾共翻译了15个国家26位诗人的41首诗歌。茅盾在诗歌翻译实践中，其翻译选材、翻译目的、翻译方法和翻译研究与其诗歌翻译观比较一致。

一、茅盾的诗歌翻译选材

在《译诗的一些意见》中，茅盾指出诗歌翻译是一件聊胜于无的工作："外国诗中有可以翻译的，也有绝对不能翻译的，而可以翻译的，也不过是将就的办法，聊胜于无而已。"[1]茅盾在新中国成立前的翻译实践生涯中，诗歌翻译时间相对短暂，1919年到1925年间大约只有6年时间从事诗歌翻译。从翻译的国别来看，茅盾翻译乌克兰和瑞典的诗歌最多，分别为7首；其次是芬兰和葡萄牙，分别为3首；接下来是德国、捷克、波兰、匈牙利、亚美尼亚，分别为2首；其余国家均为1首。从翻译的诗人来看，茅盾翻译肯塔尔和泰格奈尔的诗歌最多，分别为3首；其次是鲁内贝格、戴默尔、雷德贝里，分别为2首；其余的诗人都为1首。在这些外国诗人中，泰戈尔和梅特林克是诺贝尔文学奖获得者。

在诗歌翻译选材上，茅盾比较注重外国诗人和诗歌的代表性，体现了经济性的主张。比利时梅特林克被称为"比国现代大戏曲家大诗人大论文家"[2]，曾获诺贝尔文学奖，茅盾翻译了其诗歌《我寻过……了》。茅盾还翻译了印度诺贝尔文学奖获得者泰戈尔的《歧路》。此外，茅盾还翻译了匈牙利爱国诗人裴多菲的《匈牙利国歌》，认为裴多菲"是匈牙利最伟大的抒情诗人"[3]，可以作为匈牙利诗歌的典型代表。茅盾指出，瑞典泰格奈尔"是瑞典近代最著名的诗人"[4]，其风格多样的抒情诗歌可以给读者带来不同的阅读体验，"所译《永久》一篇可代表他的抽象题目的诗篇，《季候鸟》一篇则又近于写实派著作，他的自述体则可以《辞别我的七弦竖琴》为例"[5]。在茅盾看来，雷德贝里是瑞典写实主义运动的先锋和写实主义时代的重要诗人，"瑞典诗的新生，是由于他的努力，一定无疑

---

[1] 玄珠：《译诗的一些意见》，载1922年10月10日《时事新报·文学旬刊》第五十二期。见茅盾，《茅盾全集》（第十八卷·中国文论一集），北京：人民文学出版社，1989年，第289页。

[2] [比利时]梅德林著、沈雁冰重译：《我寻过……了》，载1921年9月21日《民国日报·妇女评论》。见韦韬主编，《茅盾译文全集》（第八卷·诗·文论），北京：知识产权出版社，2013年，第10页。

[3] [匈牙利]裴都斐著、沈雁冰重译：《匈牙利国歌》，载1921年10月10日《民国日报·觉悟》。见韦韬主编，《茅盾译文全集》（第八卷·诗·文论），北京：知识产权出版社，2013年，第13页。

[4] [瑞典]泰伊纳著、希真译：《永久》《季候鸟》《辞别我的七弦竖琴》，载1922年1月10日《小说月报》第十三卷第一号。见韦韬主编，《茅盾译文全集》（第八卷·诗·文论），北京：知识产权出版社，2013年，第48页。

[5] 同上，第49页。

的"[1],因此茅盾翻译了其诗歌《浴的孩子》和《你的忧悒是你自己的》。可见,茅盾在诗歌翻译选材中倾向有代表性的诗人和诗歌,体现了经济性主张。

二、茅盾的诗歌翻译目的

在翻译目的上,茅盾注重通过翻译介绍外国文学作品来输入西方的现代思想和文学艺术技巧,以促进中国社会的发展和新文学的独立创造。茅盾在诗歌翻译中也体现了这样的翻译目的观。

在茅盾看来,翻译外国的诗歌可以促进本国诗歌的创新。"我以为翻译外国诗是有一种积极的意义的。这就是:借此(外国诗的翻译)可以感发本国诗的革新。"[2]在茅盾看来,翻译外国诗歌具有十分重大的意义,尤其是对新崛起的民族而言有更加重大的意义。茅盾认为外国诗歌的翻译对新兴民族文学的崛起有较大的促进作用,这已经在世界文学史上得到证明,例如俄国、波兰、捷克等民族的文学就是通过翻译而得以不断发展的。

茅盾翻译了瑞典泰格奈尔的诗歌《永久》《季候鸟》《辞别我的七弦竖琴》,认为泰格奈尔的诗歌具有自己的鲜明特色,可以激励人不断奋发向上:"现代人精神上烦闷的特点,在他诗里强烈地体现着;他是近乎近代神秘派的。经了他的手,葡萄牙变成了坚硬而亢傲,他的短诗犹如胜利的军号声了。"[3]茅盾翻译了瑞典雷德贝里的诗歌《浴的孩子》和《你的忧悒是你自己的》,认为诗歌生动的艺术技巧和深刻的思想内容值得中国读者细细品味:"他能以清楚而高贵的诗义去看人类的大问题。他的抽象的象征的作品里都含有他的似浅而实深的人生观。他的写实主义的作品如《浴的孩子》等章,描写瑞典乡村风景,也是非常的

---

[1] [瑞典]廖特倍格著、希真译:《浴的孩子》《你的忧悒是你自己的》,载1922年2月10日《小说月报》第十三卷第二号。见韦韬主编,《茅盾译文全集》(第八卷·诗·文论),北京:知识产权出版社,2013年,第56页。

[2] 玄珠:《译诗的一些意见》,载1922年10月10日《时事新报·文学旬刊》第五十二期。见茅盾,《茅盾全集》(第十八卷·中国文论一集),北京:人民文学出版社,1989年,第290页。

[3] [葡萄牙]特·琨台尔著、希真译:《在上帝的手里》,载1922年2月10日《小说月报》第十三卷第二号。见韦韬主编,《茅盾译文全集》(第八卷·诗·文论),北京:知识产权出版社,2013年,第53页。

生动。"¹因此，茅盾在诗歌翻译实践中，重视引入西方现代思想和文学艺术技巧来实现一定的政治目的和文学目的，这与他主张的翻译目的观比较一致。

三、茅盾的诗歌翻译方法

茅盾认为诗歌翻译应该采用保留原作神韵的意译法，这种意译不是任意删减原文的意译，而是相对于死译而言的意译。在茅盾看来，神韵是一首诗歌的个性，代表着诗歌的奥妙，是诗歌中最重要最难翻译的。外国诗歌中的种种精妙处不能在翻译中完全保留，如果要挑选一种最重要的来保留，那就是保留原诗神韵。"我们如果不失原诗的神韵，其余关于'韵''律'种种不妨相异。"²茅盾认为，在翻译外国诗歌时，如果既能保留原诗的神韵又能完全仿照原诗的格律当然更好；但是在实际的翻译过程中，译者往往会受到原诗格律形式的束缚，难以表达原诗的神韵。因此，茅盾提倡在诗歌翻译中最好采用保留原诗神韵而让格律形式不妨相异的意译法。

1922年2月10日，茅盾发表了葡萄牙肯塔尔（Antero Targuinio de Quental，1842—1891）的诗歌译作《在上帝的手里》。肯塔尔是葡萄牙著名诗人，1861年开始发表十四行诗，曾远赴巴黎了解法国的大革命，后来成为左派政治运动的主要倡导者之一。肯塔尔的诗歌不仅表达了个人的种种忧虑，还表达了对葡萄牙社会重大变革的历史责任与使命。在茅盾看来，自己的译诗《在上帝的手里》保留了肯塔尔诗歌中分节分行的形式："原诗体裁以四句两章三句两章共四章为一首，……分章仍依原式。"³这里的"章"指的是原诗中的"节"，这里的"句"指的是原诗中的"行"。

---

1 [瑞典]廖特倍格著、希真译：《浴的孩子》《你的忧悒是你自己的》，载1922年2月10日《小说月报》第十三卷第二号。见韦韬主编，《茅盾译文全集》（第八卷·诗·文论），北京：知识产权出版社，2013年，第56页。

2 玄珠：《译诗的一些意见》，载1922年10月10日《时事新报·文学旬刊》第五十二期。见茅盾，《茅盾全集》（第十八卷·中国文论一集），北京：人民文学出版社，1989年，第291页。

3 [葡萄牙]特·琨台尔著、希真译：《在上帝的手里》，载1922年2月10日《小说月报》第十三卷第二号。见韦韬主编，《茅盾译文全集》（第八卷·诗·文论），北京：知识产权出版社，2013年，第53页。

茅盾的译诗《在上帝的手里》虽然在形式上保留了原诗的分节和分行，但是肯塔尔原诗中的押韵在茅盾的白话文译诗中几乎消失了。"章四句者韵在一四句及二三句，章三句者韵在一二句与上下章之第三句，全首前二章用同一的韵，后二章用同一的韵，如今用白话译出，只存其意罢了，这也是权时没法的事。"[1] 这刚好证明了茅盾在诗歌翻译中提出的主张：诗歌翻译是一件十分困难的事情，要采用保留原作精神的意译，对于格律押韵等形式不妨与原诗有所差异。

四、茅盾的诗歌翻译研究

茅盾的诗歌翻译研究主要集中在译作序跋和译者注中。茅盾在译作序跋里会简要介绍诗人生平、作品、文学地位以及他自己的翻译选材、翻译原因和翻译困难等。茅盾在译者注中主要介绍外国的相关文学文化背景知识。通过这样的翻译研究，茅盾希望有助于中国读者更好地理解外国诗人及其诗歌。

茅盾翻译了41首外国诗歌，其中23首诗歌的翻译都有译作序跋。在德国诗人戴默尔的《海里的一口钟》的译后记中，茅盾介绍了戴默尔生平、美国学者的评论，以及自己翻译该诗的原因。在比利时梅特林克的《我寻过……了》译后记中，茅盾提及梅特林克生平、文学地位和诗歌出处。在匈牙利裴多菲的《匈牙利国歌》译后记中，茅盾谈及裴多菲生平、文学地位、诗歌内容。茅盾在《杂译小民族诗》里翻译了十首诗歌，在译者附记中谈到了诗人们的生平、重要著作、文学地位、诗歌主要内容和文学风格。茅盾在芬兰鲁内贝格的《莫扰乱了女郎的灵魂》译后记里提及鲁内贝格的生平和诗歌风格，在瑞典巴士的《"假如我是一个诗人"》译后记中介绍了巴士的生平和文学地位，在《佛列息亚底歌唱》译后记中提及阿特博姆的生平，在《乌克兰民歌》译后记中指出了该民歌的出处。

在瑞典泰格奈尔的《永久》《季候鸟》《辞别我的七弦竖琴》的译后记里，茅盾介绍了泰格奈尔的生平、文学地位、主要作品以及翻译选材。在乌克兰繁特科微支的《二部曲》译后记中，茅盾介绍了诗人生平、诗歌内容和风格。在葡萄

---

1 [葡萄牙]特·琨台尔著、希真译：《在上帝的手里》，载1922年2月10日《小说月报》第十三卷第二号。见韦韬主编，《茅盾译文全集》（第八卷·诗·文论），北京：知识产权出版社，2013年，第53页。

牙肯塔尔的《东方的梦》《什么东西的眼泪》《在上帝的手里》译者附注中，茅盾提及肯塔尔的生平、诗歌内容和艺术风格、英译本出处、翻译的困难。茅盾在瑞典雷德贝里的诗歌《浴的孩子》和《你的忧悒是你自己的》译后记里，谈到雷德贝里生平、文学地位、诗歌的内容和风格；在匈牙利阿兰尼的《英雄包尔》译后记中，介绍了阿兰尼的生平、主要作品和特色，并与裴多菲进行了比较。

除了译作序跋，茅盾在诗歌翻译中还用译者加注的方式介绍相关外国文化知识，帮助中国读者了解外国风俗文化。茅盾在《阿富汗的恋爱歌》译作中，给"风信子"加注为"草名"；在《塞尔维亚底情歌》译作中，解释了古代南斯拉夫神话中掌管恋爱的女神拉多（Lado）；在泰格奈尔《永久》译作中，解释了"忘川"。茅盾在《玛鲁森珈的婚礼》译作中，用6个译者注解释了乌克兰的风俗文化；在《花冠》译作中介绍了乌克兰的婚俗文化；在《乌克兰结婚歌》译作中解释了乌克兰的民情风俗。

综上所述，茅盾的翻译思想和他的诗歌翻译实践有良好的互动。首先，在诗歌翻译选材上，茅盾选择的外国诗人具有重要的文学地位，有的还是诺贝尔文学奖获得者，如泰戈尔和梅特林克。因此，茅盾的诗歌翻译选材比较具有代表性，符合他提出的经济性主张。其次，在诗歌翻译目的上，茅盾希望通过翻译外国的诗歌为中国引入西方的现代思想和文学艺术技巧，从而达到唤醒中国民众、促进新文学建设的目的。第三，在诗歌翻译方法上，茅盾提倡保留原作神韵的意译法，而让格律形式不妨相异。茅盾在自己的诗歌翻译实践中，主要保留了原作的精神，而在韵律格式上与原诗有一些不同。此外，在诗歌翻译研究上，茅盾用译作序跋和译者加注的方式，让中国读者对外国诗人和诗歌有更深入的了解。

第四节　茅盾翻译思想与散文翻译实践的互动

从1921年到1945年茅盾共翻译了10个国家15位作家的21篇散文。茅盾的翻译选材观和译研结合观在其散文翻译实践中也有所体现。

第二章
横向聚焦：茅盾翻译思想与翻译实践的互动

一、茅盾的散文翻译选材

在翻译选材上茅盾提倡经济性的观点。从翻译的国家来看，茅盾共翻译了21篇散文，其中俄国3篇，苏联3篇，挪威3篇，黎巴嫩3篇，亚美尼亚2篇，美国2篇，波兰1篇，德国1篇，比利时1篇，古罗马1篇，国别不详1篇。

在茅盾的散文翻译选材中，俄国和苏联最多，共6篇。从翻译的作家来看，在茅盾翻译的21篇散文中，黎巴嫩的纪伯伦3篇，亚美尼亚的西曼佗2篇；其余作者均为1篇，包括托尔斯泰、易卜生、比昂逊、梅特林克、显克微支、海涅、蒲宁、博耶尔、奥维德、柯里卓夫、斯比伐克、约翰·牟伦、罗斯金。茅盾翻译的外国作家文学地位较高，有的还是诺贝尔文学奖获得者，如梅特林克、显克微支、蒲宁。

茅盾翻译了挪威博耶尔的《一队骑马的人》，这是茅盾翻译的第一篇散文。茅盾认为博耶尔是现代挪威文学界的重要作家，其作品表达了作家对人生的终极希望，具有代表性。茅盾还翻译了古罗马奥维德《拟情书》中的第十五封信《莎芙给法昂的信》，认为该信在原作者的所有信中最具有代表性："集中二十一信，以此第十五信为最佳。"[1] 茅盾还翻译了美国斯比伐克（John L. Spivak）的散文《给罗斯福总统的信》，认为原作者是美国一流的报告文学作家，该散文可以作为斯比伐克的代表作品。这是茅盾在散文翻译选材上经济性主张的体现。

此外，茅盾在翻译选材上还提倡切要性的主张。在茅盾的散文翻译选材中，有些作品是中国以前从来没有翻译介绍过的，茅盾的翻译选材切合了当时中国读者的需要，在一定程度上起到了填补空白的作用。茅盾还翻译了俄国诺贝尔文学奖获得者蒲宁的散文《忆契诃夫》。该散文来自《对于契诃夫的回忆》，包括蒲宁、高尔基、库普林三位作家写的关于契诃夫的三篇回忆文。"高尔基和库普林的，都有人译过"[2]，因此，对于之前还没有人翻译的蒲宁的散文，茅盾把它翻

---

1 [罗马]渥维德著、茅盾译：《拟情书》，载1935年11月20日《世界文库》第7册。见韦韬主编，《茅盾译文全集》（第五卷·小说·散文），北京：知识产权出版社，2013年，第197页。

2 [俄国]蒲宁著、茅盾译：《忆契诃夫》，载1935年10月20日《世界文库》第6册。见韦韬主编，《茅盾译文全集》（第五卷·小说·散文），北京：知识产权出版社，2013年，第187页。

译成了中文,起到了一定的填补空白的作用。此外,茅盾还翻译了挪威易卜生的《集外书简》,"这是易卜生书信集里所未收的新发见(现)的材料"[1]。可见,无论是之前没有翻译过的散文,还是一些国外最新发现的材料,茅盾都善于在翻译选材上及时捕捉信息,让中国读者耳目一新,满足读者的需求。

二、茅盾的散文翻译研究

茅盾建议通过译作序跋等形式为译文读者提供相关的外国文学文化知识背景,从而帮助他们更好地理解原作者及其作品。茅盾在散文翻译实践中,主要通过撰写译作序跋和译者注等方式来提供相关的外国作家和作品的信息。

茅盾共翻译了21篇散文,其中有14篇散文译作都用撰写译作序跋的形式介绍了外国作家的生平、文学地位、主要著作、英译本的来源等。茅盾在挪威博耶尔的《一队骑马的人》的译者后记中,提及原作者的文学地位和主要著作。此外,茅盾还发表了文章《脑威现存的大文豪鲍具尔》,介绍了博耶尔的生平、思想、重要著作的内容和风格。茅盾在亚美尼亚西曼佗的《少妇的梦》译者后记中谈到了西曼佗的生平、思想和风格;在黎巴嫩纪伯伦的《小品文(一)》译者后记里提及纪伯伦的思想和主要作品。茅盾在《圣的愚者》译者后记里介绍了纪伯伦的身份和该英译本的出处;在《古代埃及的"幻异记"》译前记里,介绍了相关的古代埃及小说,认为"幻异记"是西方小说史上最早的作品。

在挪威别伦·比昂逊的《我的回忆》译前记里,茅盾介绍了作者的生平、作品的主要内容、英译本的出处。此外,茅盾还发表了一篇文章《关于别瑟尼·别尔生》介绍作者生平、重要著作,作者与易卜生的异同。茅盾在波兰显微支的《游美杂记》译前记中提及显克微支的生平、思想、英译本出处;在德国海涅的《英吉利断片》译前记里谈到了海涅的生平和英译本出处;在挪威易卜生的《集外书简》译者前记里说明了作品的主要内容和英译本出处。茅盾在比利时梅特林克《〈蜜蜂的发怒〉及其他》译前记中,介绍了梅特林克的主要著作和英译本出

---

[1] [脑威]易卜生著、茅盾译:《集外书简》,1935年8月20日《世界文库》第4册。见韦韬主编,《茅盾译文全集》(第五卷·小说·散文),北京:知识产权出版社,2013年,第154页。

处；在俄国蒲宁《忆契诃夫》的译前记中，说明了蒲宁的生平和英译本出处。在翻译古罗马奥维德的《拟情书》时，茅盾介绍了奥维德的生平、主要著作、作品的主要内容和思想风格，以及自己的翻译选材和翻译方式。此外，茅盾还对《拟情书》进行解题，包括莎弗给法昂的信、巴里给海伦的信以及海伦回复巴里的信。在苏联柯里卓夫的《世界的一日》译后记中，茅盾提到高尔基的集体著作计划，对这种全世界文化界的集体合作行为表示称赞。

在散文翻译实践中，除了译作序跋和外国作家评传外，茅盾还经常用译者注的形式来介绍丰富的外国文学文化背景，帮助中国读者更好地理解外国作家与其作品。茅盾在散文翻译中的译者注有文中注和文末注，主要用来解释外国神话、民间传说、人名、地名、作品名等，有时也对中西方文化进行类比。茅盾在古罗马奥维德的《拟情书》译作中加注的地方有180多处，介绍了希腊神话、外国作家以及民间传说故事等。值得一提的是，茅盾在《拟情书》的译作中，有一个注释用了大约300个汉字来解释希腊神话中的森泰乌尔族（Ceutaur）与拉匹提族（Lapithae）、英雄耶孙（Jason）的故事、多利司鸟（The Daulian Bird）的传说等。

下面就以茅盾在《拟情书》译作中的一个译者加注为例来分析茅盾在散文翻译实践中所体现出的译研结合观念：

> 拉匹提人（Lapithae）或拉匹提族，为居于Thessaly山中的神话上的民族。他们的国王即传说中有名的Pirithous，亦即喜坡达迈亚的丈夫。森泰乌尔（Ceutaur）是上半身为人形而下半身为马形的神话人物，他们这一族亦居于Thessaly山中，与拉比提族为邻，且此二族为半兄弟的血统关系。森泰乌尔族在神话中以勇武多技能著称。有些希腊的传说的英雄幼年遭难常得森泰乌尔族人收养而教会了本领。拉匹提族和森泰乌尔族的战争也是希腊神话中有名事件。据云，拉匹提族之国君Pirithous与喜坡达迈亚结婚时，请了神们，英雄们，以及邻居的森泰乌尔族吃喜酒。不料森泰乌尔族中有名为Euyrlon（Eurytus）者，见新妇貌美，遂乘醉劫之，拟行强暴，但立即被来宾中的提秀斯所阻，且当场被杀。这件事就激怒

了森泰乌尔全族，一场恶战开始。拉匹提族一方因得提秀斯及Hercula(e)s之助，打了胜仗，将森泰乌尔族赶到了Fpirns边界的Pindus山中，不久，这场战祸的引起者，——美貌的喜坡达迈亚谢世，于是Pir(i)thous和他的好友提秀斯忽发野心，要取得一宙斯之女为妻；提秀斯因劫夺了海伦，（此屡见这里的两封信中，）而Pir(i)thous则拟劫夺冥王之妻Proserpina，然而失败，他和提秀斯全被冥王幽禁于地下，后得Hercules援救，始脱身。——译者原注[1]

从上面这个译者注可以看出，茅盾用了300多个汉字来解释拉匹提族与森泰乌尔族的故事，内容十分丰富。这个译者注主要介绍了拉匹提族和森泰乌尔族的概况、拉匹提族国王与喜坡达迈亚的婚礼、森泰乌尔族的欧里图斯欲强奸喜坡达迈亚未遂而被来宾提秀斯所杀、欧里图斯被杀激怒了森泰乌尔全族参与战争、森泰乌尔族在战争中被拉匹提族打败、拉匹提族国王在喜坡达迈亚去世后欲劫夺冥王之妻失败、提秀斯劫夺了海伦、拉匹提族国王与提秀斯被冥王关在地狱但后来又被赫拉克勒斯救出的一系列故事。可见，茅盾在这个译者注里提供的外国文学文化背景知识十分详尽，有助于中国读者更加深入地理解外国作家和作品，这与茅盾主张的译研结合观是非常吻合的。

茅盾在其他散文译作里也会加注。例如：茅盾在挪威别伦·比昂逊的《我的回忆》译作中，给专有名词加注的地方有三十多处，主要包括人名和地名等。茅盾在俄国蒲宁的《忆契诃夫》译作中，加注的地方约20处，涵盖人名、地名、作品名等。茅盾在德国海涅的《英吉利断片》译作和波兰显克微支的《游美杂记》译作中，加注的地方各有十多处，包括人名、地名等。在《孟罗的农民英雄以利亚和英雄斯维亚多哥尔》译作中，茅盾对"灶上"加注，并指出其类似于中国北方的土炕。这种对中俄文化的类比可以让中国读者感觉亲切。

除了文中加注外，茅盾还在散文译作的文末加注。茅盾在挪威易卜生的《集

---

[1] [罗马]渥维德著、茅盾译：《拟情书》，1936年2月20日《世界文库》第10册。见韦韬主编，《茅盾译文全集》（第五卷·小说·散文），北京：知识产权出版社，2013年，第230页。

外书简》译作里，在文末10处地方对相关外国作家作品加注，如易卜生、比昂逊、克莱门·彼得森、《勃兰特》等。茅盾在苏联柯里卓夫的《世界的一日》译作中，在文末加了9个译者原注，包括乐器名、城市名、人名、动物名等。茅盾在比利时梅特林克《〈蜜蜂的发怒〉及其他》的译作中，在文末加了7个译者注，包括希腊神话、北欧神话、法国古典作家、《荷马史诗》中的英雄人物等。茅盾在苏联罗斯金的《高尔基的流浪生涯》译作中，在文末加了7个译者原注，包括人名、作品名等。可见，茅盾用译者加注的方式，为中国读者提供了丰富的外国文学文化背景知识，有利于中国读者更深入地理解原作者和作品。

综上所述，茅盾的散文翻译实践和他的翻译思想形成了良好的互动。首先，在翻译选材上，茅盾提倡经济切要的主张。他选择的外国作家具有重要的文学地位，有的还是诺贝尔文学奖获得者，如梅特林克、显克微支、蒲宁。此外，茅盾翻译的散文有些是之前还未翻译介绍到中国的作品，有些是在国外最新发现的材料，因而茅盾的翻译选材切合了当时读者的需求。其次，在翻译研究上，茅盾提倡用译作序跋等方式介绍外国的文学文化知识背景，帮助读者更好地理解原作者和作品。此外，茅盾还在译者注中提供丰富的外国文学文化背景知识，帮助中国读者更加深入地理解外国文学。

第五节　茅盾翻译思想与其他体裁翻译实践的互动

茅盾共翻译了67篇其他体裁的作品，包括科普作品6篇，妇女问题作品13篇，政论20篇，文论28篇。茅盾在这些体裁的翻译实践中，其翻译选材、翻译研究以及翻译批评与茅盾所提倡的翻译思想比较一致。在翻译方法上，茅盾主要采用直译法，但是在妇女问题作品的翻译中，茅盾会因刊物篇幅的限制而只翻译原文的核心部分。此外，在妇女问题作品的翻译中，茅盾会对原文中有些与中国关系不大的部分进行省译，还会对自己深有感触的部分进行增译，添加原文中并没有的大段评论内容。茅盾采用的提译、省译和增译与他所提倡的保留原作面目的直译观有一定的差距。

一、茅盾翻译思想与科普翻译实践的互动

在科普翻译实践中,茅盾的翻译选材体现了其经济性的主张。在翻译研究中,茅盾用加译者按语和译者注的方式帮助中国读者理解原作者和作品。

茅盾在科普读物的翻译选材上体现了经济性的主张。茅盾从1918年到1920年总共发表了6篇科普读物译作,包括美国卡本脱的《衣食住》(1918)、勃拉格多的《时间空间的新概念》(1920)、法国里希特的《关于生命现象本质的新理论》(1920)、法国贝洛的《火山——地球上的火山月球上的火山和实验室里的火山》(1920)、《二十世纪后之南极》(1918)和《小儿心病治疗法》(1920)。茅盾翻译的科普读物虽然数量不多,但是在内容上却非常丰富,涵盖了衣食住、时间空间、生命本质、火山、疾病、未来等各个方面。

在科普读物的翻译研究上,茅盾用加译者按语和译者注的方式介绍外国相关的知识和资料,有时还会和中国的相关情况进行对比参证。茅盾在《衣》的译作中,在译者按语中解释了埃及的木乃伊等。在《食》的译作中,茅盾提出了中国以麦为食的典故,介绍了土耳其苏丹国王,比较了西方女巫与中国女巫的不同。在《住》的译作中,茅盾解释了萨拉密斯海战、中国的造纸术、棉布在西方为贵品的原因等。此外,茅盾在《二十世纪后之南极》的译作中,在按语中解释了无线电故障现象;在《时间空间的新概念》译作中,解释了剧本《密加度》和弯球杆击椭圆形球;在《关于生命现象本质的新理论》译作中,介绍了该文章的出处和重要性。

除了译者按语,茅盾还在译作中加注,为中国读者提供丰富的中西方文化背景知识。茅盾在译作《食》中,在译者注中介绍了英美的三明治,类比了美国的冬麦和中国南方的麦、美国的容量单位蒲式耳和中国的斗和升、美国的亩和中国的亩、美国的生糖和中国的赤砂糖,比较了美国的盎司与中国的钱币等。在译作《住》中,茅盾解释了日本人建造楼房的方法,类比了云石和大理石,对比了加伦与升,解释了提炼煤油的方法,等等。此外,茅盾在《二十世纪后之南极》译作中,介绍了罗斯海和惠台尔海的地理位置等;在《时间空间的新概念》译作中,解释了长、宽、高、时四度,介绍了该篇科普读物的出处,并推荐中国读者阅读相关文章。茅盾在《火山——地球上的火山月球上的火山和实验室里的火山》的译作中,解释了火山喷发次序、最有名的火山、月球上与地球上火山的区别、实验室的火山喷发等。可见,茅盾的科普读物翻译研究不仅为中国读者提供了丰富的外国科学知识,还有利于促进中外文化的交流。

二、茅盾翻译思想与政论翻译实践的互动

1919年至1939年茅盾总共翻译了5个国家13位作者的20篇政论。茅盾的政论翻译实践在翻译选材、翻译方法以及翻译研究上与其翻译思想比较一致。

茅盾在政论的翻译选材上,体现了经济性的主张。茅盾翻译的第一篇政论为德国尼采的《新偶像、市场之蝇》。茅盾翻译苏联的政论最多,共4篇,包括列宁的《国家与革命》、布哈林的《俄国的新经济政策》、柴诺夫斯基的《劳农俄国底电气化》以及阿斯拉诺伐的《民族问题解决了》。茅盾翻译英国罗素的政论共2篇——《巴苦宁和无强权主义》和《游俄之感想》。从译介国别来看,茅盾政论翻译的重点是苏联;从译介作者来看,茅盾政论翻译的重点是尼采、列宁、罗素。这些作者不仅在各自的国家占有重要地位,而且在世界上也声誉极高。茅盾的政论翻译选材体现了其经济性的主张。

在政论的翻译方法上,茅盾主要采用了直译的方法。茅盾在翻译英国罗素的《巴苦宁和无强权主义》时,声明自己的译文是从英文原文直译的,没有增加或者减少原文的句子,"我照原文直译没有增减他的句儿"[1]。茅盾提出自己在翻译该文中关于庄子的典故时,译文的句法组织结构基本上是按照英文的句法组织结构顺序翻译的:"以上所引《庄子·马蹄篇》一段,分段法俱依英文原本所引者之分法。"[2]现在就以茅盾翻译英国罗素的著作《到自由的几条拟径:社会主义、无政府主义和工团主义》(*Proposed Roads to Freedom: Socialism, Anarchism and Syndicalism*)的第二章《巴苦宁和无强权主义》的开头部分为例来看看茅盾直译

---

[1] [英国]罗塞尔著、雁冰译:《巴苦宁和无强权主义》,载1920年1月10日《东方杂志》第十七卷第一号。见韦韬主编,《茅盾译文全集》(第九卷·政论·妇女问题),北京:知识产权出版社,2013年,第12页。

[2] 同上,第14页。

法的运用情况。

英文原文：

  In the popular mind, an Anarchist is a person who throws bombs and commits other outrages, either because he is more or less insane, or because he uses the pretense of extreme political opinions as a cloak for criminal proclivities. This view is, of course, in every way inadequate. Some Anarchists believe in throwing bombs; many do not. Men of almost every other shade of opinion believe in throwing bombs in suitable circumstances: for example, the men who threw the bomb at Sarajevo which started the present war were not Anarchists, but Nationalists.[1]

茅盾译文：

  一般人提起无强权党（Anarchist）都以为这是掷炸弹的，捣乱的，不是丧心病狂的人，便是政见走到极端的人。这种见解，简直一无是处。自然有几个无强权党是相信掷炸弹的，但不是大多数都如此。抱他种政见的人，时机到时也欲掷炸弹：例如炸杀萨拉齐夫（Sarajevo）引起这次大战的人便不是无强权党，却是个民族主义党（Nationalists）。[2]

罗素（Bertrand Russell，1872—1970）是20世纪英国著名的哲学家、历史学家、数理逻辑学家、社会活动家，于1950年获得诺贝尔文学奖。罗素的著作《到自由的几条拟径：社会主义、无政府主义和工团主义》共有八章，分别为马克思和社会党的党纲、巴苦宁和无强权主义、工团主义、工作和报酬、政府和法律、

---

[1] Bertrand Russell, "Bakunin and Anarchism". In *Proposed Roads to Freedom: Socialism, Anarchism and Syndicalism*. Retrieved on June 6, 2016 from http://www.goodreads.com/ebooks/download/2487399?doc=5157.

[2] [英]罗塞尔著、雁冰译：《巴苦宁和无强权主义》，载1920年1月10日《东方杂志》第十七卷第一号。见韦韬主编，《茅盾译文全集》（第九卷·政论·妇女问题），北京：知识产权出版社，2013年，第13页。

第二章
横向聚焦：茅盾翻译思想与翻译实践的互动

国际关系、社会主义下的科学和艺术、将来可能的世界。1920年，茅盾翻译了其中的第二章《巴苦宁和无强权主义》。该章讨论了从俄国革命家和无政府主义理论家巴苦宁以来的无强权主义，以及罗素本人对这种无政府主义的观点。茅盾对上述这段话进行了直译。首先，从句法组织结构上看，英文原文共四个句子，茅盾的译文也是四个句子，而且在标点符号的使用上也尽量和英文原文保持一致。其次，从语言表达上看，茅盾在译文中采用了一些四字词组。例如，把"in every way inadequate"翻译为"一无是处"，把"insane"翻译为"丧心病狂"，这样的表达比较符合汉语的习惯。第三，茅盾的译文在专有名词的中文译名后附上了英文原名，帮中国读者更加准确地理解原文。例如：无强权党（Anarchist）、萨拉齐夫（Sarajevo）、民族主义党（Nationalists）。

在政论的翻译研究上，茅盾用译作序跋、作家评传、译者按语和译者加注的方式介绍了相关的外国文学文化知识背景，帮助中国读者更好地理解原作者和其作品。茅盾在所翻译的20篇政论中，其中有8篇写了译者序跋。茅盾在这些译作序跋中介绍了原作者的身份地位、主要思想和重要著作，该政论的时代背景和主要内容，以及茅盾的翻译选材、翻译目的、翻译方法等。茅盾在德国尼采的《新偶像、市场之蝇》译作前言中提及尼采的主要思想和重要著作。此外，茅盾还发表了文章《尼采的学说》，介绍了尼采的生平和主要著作、尼采的道德论和进化论等，让中国读者对尼采及其著作有更加深入的了解。茅盾在英国罗素的《巴苦宁和无强权主义》译者记中，介绍了罗素的主要思想和著作内容以及茅盾翻译该篇的目的和方法。茅盾在罗素的《游俄之感想》的译前记中，谈及该政论的来源和自己的翻译方法；在美国勃烈生顿的《I. W. W. 的研究》译作前言中，介绍了社会主义理论和自己的翻译选材观。茅盾在苏联布哈林的《俄国的新经济政策》的译者前记中，谈到了该作品的时间、地点和背景；在苏联柴诺夫斯基的《劳农俄国底电气化》译者前记中，提及原作者身份和该作品的主要内容；在苏联阿斯拉诺伐的《民族问题解决了》译者前记中，强调了阿斯拉诺伐的重要社会地位。

除了译作序跋和外国作家评传外，茅盾还在译者按语中介绍了相关的外国文化背景知识。茅盾在罗素的《巴苦宁和无强权主义》译作中加了6处按语：解释了"无政府主义"，补充了第一次世界大战背景，注明了《庄子·马蹄篇》的出处，为"治天下者之过也"附上了英文"Those who govern the empire make the same mistake"等。茅盾在罗素的《游俄之感想》译作中，对"自由交易"加按语"不由官买官卖"；在翻译《罗素论苏维埃俄罗斯》时，指出"牛津"一词有误，因而改译为"剑桥"。茅盾在翻译《共产党国际联盟对美国I. W. W. 的恳请》时，通过按语指出有人见到"政治"犹如"水牛怕见红旗或者资本家怕见红旗一样"等。可见，茅盾在政论中的翻译研究有利于中国读者更好理解原作者和他的作品。

三、茅盾翻译思想与文论翻译实践的互动

1919年到1937年间，茅盾共翻译了8个国家27位作者的28篇文论。茅盾在文论翻译实践中，其翻译选材和翻译研究与他所提倡的翻译思想比较一致。

茅盾在文论翻译选材上体现了经济性的主张。从翻译国别来看，茅盾翻译苏联的文论最多，共5篇，包括卢纳察尔斯基的《关于萧伯讷》、A. 亚尼克斯德的《普式庚是我辈中间的一个》、泰洛夫的《怎样排演古典剧》、勃拉戈伊的《莱蒙托夫》和《蒲留梭夫——时代的镜子》。其次，茅盾选择翻译的作者比较具有代表性，如苏联的卢纳察尔斯基、英国的罗素、德国的霍普德曼等。这些作者在国际上颇有声誉，如罗素和霍普德曼是诺贝尔文学奖获得者，卢纳察尔斯基曾是苏联科学院院士。

在文论翻译实践中，茅盾注重用译作序跋和译者加注的形式，给中国读者提供相关的背景信息和资料。在茅盾翻译的28篇文论中，其中有15篇在译者前言后记中，介绍了外国作家生平、文学地位、主要著作、英译本的出处，以及茅盾的翻译原因等。茅盾在H. 拉姆斯顿的《芬兰的文学》的译后记中介绍了芬兰的文学概况，说明了茅盾翻译该文论的原因："这篇文章专讲芬兰六个作家，我因为他说的很详，在从未研究过芬兰文学的人们看来，没有看不懂的地方，所以便决定把这篇译出来。"[1]

---

[1] Hermione Ramsden著、沈雁冰译：《芬兰的文学》，载1921年10月10日《小说月报》第十二卷第十号。见韦韬主编，《茅盾译文全集》（第八卷·诗·文论），北京：知识产权出版社，2013年，第114页。

第二章
横向聚焦：茅盾翻译思想与翻译实践的互动

茅盾在A.费里波夫的《新德国文学》译后记里提及原作者生平和英译本的出处，在俄国米尔斯基的《赤俄的诗坛》的译后记中讨论了自己的翻译方法。在挪威博耶尔的《脑威现代文学》译后记里，茅盾介绍了博耶尔的文学地位，并且推荐读者参考《小说月报》上发表的关于博耶尔的几篇文章。在罗皮纳的《关于"烈夫"的》的译前记中，茅盾指出自己的翻译原因在于让中国读者多了解俄国文坛，"介绍些关于'烈夫'派的消息和批评，使得我们这素来漠视苏俄文坛的读者界，能够更明了点儿，大概亦不算是'画蛇添足'罢"[1]。茅盾在《关于"烈夫"的》译后记中，谈及人们对"烈夫"的各种讨论。茅盾在美国古尔特倍格的《巴西文坛最近的趋势》的译后记中，说明了作者著作及英译本出处；在皮尔的《葡萄牙的近代文学》译者附言中，介绍了皮尔的著作和英译本出处。

在苏联A.亚尼克斯德的《普式庚是我辈中间的一个》的译后记中，茅盾介绍了英译本出处以及自己翻译该文论的原因；在苏联卢纳察尔斯基的《关于萧伯讷》译后记里谈到了英译本出处和自己的翻译方法；在苏联泰洛夫的《怎样排演古典剧》译后记中提及泰洛夫的身份、英译本出处，以及该文论内容。茅盾在荷兰J.哈恩铁斯的《现代荷兰文学》译后记中介绍了该文的出处、作者地位和思想，以及翻译该篇文论的原因在于为不太了解荷兰文学的中国读者提供相关信息资料："荷兰文学也是我们大多数人'知道得不完全的东西'，而且他持论也还公允——客观的叙述，所以就把它译了出来。"[2]茅盾在苏联勃拉戈伊的《莱蒙托夫》的译后记中介绍了原作者的身份以及自己翻译的原因："这篇论莱蒙托夫的短文，跟那篇《普式庚》颇可参证，就也译了出来。"[3]茅盾在英国菲尔丁的《散文的"喜剧的史诗"——小说Joseph Andrews的序言》的译前记中，提及菲尔丁的

---

[1] 罗皮纳著、沈雁冰译：《关于"烈夫"的》，载1925年10月18日《文学周报》第一百九十五期。见韦韬主编，《茅盾译文全集》（第八卷·诗·文论），北京：知识产权出版社，2013年，第194页。

[2] 芬君：《〈现代荷兰文学〉译后记》，载1934年12月16日《译文》第一卷第四期。见茅盾，《茅盾全集》（第三十三卷·外国文论五集），北京：人民文学出版社，2001年，第352页。

[3] 谢芬：《〈莱蒙托夫〉译后记》，载1935年2月16日《译文》第一卷第六期。见茅盾，《茅盾全集》（第三十三卷·外国文论五集），北京：人民文学出版社，2001年，第373页。

生平、文学地位、作品内容和风格。

除了译者序跋，茅盾还通过译者注释介绍外国文学文化背景。茅盾的译者注释有时十分详细，篇幅几乎和正文相当。茅盾详细的文论翻译研究有利于中国读者更好地了解外国文学文化，这与他所提倡的译研结合观是吻合的。茅盾在翻译J. 奥尔金的《安得列夫》时，在译文中加了8个注释，注释的内容多为评述和导读性质，篇幅和正文差不多。茅盾添加这些注释的目的是帮助中国读者更好地了解安得列夫的思想和作品："我把这文译完，又加了些愚见，是希望更能介绍安得列夫思想的大概使得明白些。这篇原文把安得列夫的著作介绍得又简又备，据我看，实在是篇妙文。"[1]

在B. 佐尔内的《欧洲给与匈牙利文学的影响》译文后，茅盾加了3个译者注释，其篇幅和正文差不多。茅盾在第一个译者注释里详细介绍了匈牙利文学家弗勒斯马尔蒂的生平和主要著作，裴多菲的生平、文学地位、主要思想，阿兰尼的生平、主要思想、重要作品；在第二个译者注释里介绍了匈牙利约卡伊的生平、文学地位、主要著作；在第三个译者注释里介绍了匈牙利米克沙特的身世、文学地位和主要作品。茅盾在荷兰J. 哈恩铁斯的《现代荷兰文学》译作后加了6个译者注释，介绍了北欧神话和比利时历史。茅盾在苏联勃拉戈伊的《莱蒙托夫》译文后加了3个译者注释，对比了莱蒙托夫和普希金的异同，介绍了莱蒙托夫长篇小说中的主人公等。茅盾在英国菲尔丁的《散文的"喜剧的史诗"——小说 *Joseph Andrews* 的序言》译作后加了7个译者注释，介绍了《忒楞马卡斯的冒险》的故事梗概、罗马暴君等。因此，茅盾在文论翻译研究中，用译作序跋和译者注释的方式，提供了丰富的外国文学文化背景知识，有助于中国读者更好地理解外国作家和作品。

四、茅盾翻译思想与妇女问题作品翻译实践的互动

1920年到1927年茅盾翻译了4个国家11位作者的13篇妇女问题的作品。茅盾的

---

[1] Moissaye J. Olgin著、雁冰译：《安得列夫》，载1920年5月25日《东方杂志》第十七卷第十号。见韦韬主编，《茅盾译文全集》（第八卷·诗·文论），北京：知识产权出版社，2013年，第93页。

第二章
横向聚焦：茅盾翻译思想与翻译实践的互动

翻译选材、翻译目的、翻译研究以及翻译批评实践与茅盾所提倡的翻译思想比较一致。然而，茅盾除了直译，还采用了提译、省译和增译方法。

首先，茅盾在妇女问题作品的翻译选材上体现了经济性和切合性的主张。从翻译的国别来看，茅盾翻译美国的作品最多，共3篇，包括沃德的《历史上的妇人》、纪尔曼夫人的《家庭生活与男女社交的自由》以及甲德夫人的《南美的妇女运动》。从翻译的作者来看，茅盾翻译海尔夫人的作品最多，共2篇，包括《女子的觉悟》和《妇女运动的造成》。茅盾还翻译了瑞典爱伦·凯的《爱情与结婚》、英国格迪斯和托姆森合著的《两性间的道德关系》等。茅盾选择翻译的外国妇女问题作品的作者比较有代表性。例如，海尔夫人是英美妇女运动的领军人物；纪尔曼夫人是美国一流的女作家和妇女运动中的先锋；爱伦·凯是北欧女子运动的先觉；沃德是美国社会学的开创者之一；格迪斯是著名的生物学家和社会学家，也是第一个研究性进化的人。因此，茅盾妇女问题作品的翻译选材具有代表性，体现了经济性的主张。此外，茅盾翻译的妇女问题作品切合了中国思想解放和社会发展的需要。以爱伦·凯的《爱情与结婚》为例。该书当时在世界上广为传播，"独我中国还没有人讲起；现在国内女子运动大兴，而于女士的学说却尚没人介绍，这真是一大遗憾"[1]。所以，茅盾翻译的《爱情与结婚》符合当时中国妇女解放运动的需要。在茅盾看来，纪尔曼夫人的《家庭生活与男女社交的自由》值得译介到中国，是"讲妇女问题的人是必得看一遍的"[2]。

其次，茅盾的翻译目的是希望能解放中国读者思想并促进中国妇女运动的发展。茅盾翻译美国沃德的《历史上的妇人》，希望在妇女问题上解放中国读者的思想："我们现在讲女子解放问题，自然也是以女子能力如何为第一问题，这是

1　[瑞典]爱伦·凯著、四珍译：《爱情与结婚》，载1920年3月5日《妇女杂志》第六卷第三号。见韦韬主编，《茅盾译文全集》（第九卷·政论·妇女问题），北京：知识产权出版社，2013年，第221页。
2　[美国]纪尔曼夫人著、P.生译：《家庭生活与男女社交的自由》，载1920年10月5日《妇女杂志》第六卷第十号。见韦韬主编，《茅盾译文全集》（第九卷·政论·妇女问题），北京：知识产权出版社，2013年，第265页。

我希望女界自知的，但也望看了这篇的男子，不要只管存个Prejudice。"¹茅盾翻译戴维斯女士的《现在妇女所要求的是什么？》，目的在于为中国妇女问题提供相关参考，"此篇所论各端，……是留心妇女问题者的参考资料"²。茅盾翻译恩淑南的《欧洲妇女的结合》，主要想给中国妇女问题提供一定的借鉴："我因为他很有参考借鉴的价值，所以先译了这第一章。"³在茅盾看来，瑞典爱伦·凯反对男权道德，主张灵肉合一的贞操观，"伊的学说和我们中国的情形，有多大的影响！我们希望再介绍她对于贞操论的见解"⁴。此外，茅盾还翻译了英国格迪斯和托姆森合著的《两性间的道德关系》，希望能帮助中国读者更好地了解男女之间的道德关系："两性的道德关系自然是本篇最要讨论的题目，我先介绍这一篇是希望读者先得一个概念，庶几能看专论时更明白些。"⁵因此，茅盾在妇女问题作品的翻译目的上与他倡导的翻译目的观比较吻合。

第三，茅盾在妇女问题作品的翻译研究中，主要通过译作序跋和译者按语来告诉中国读者原作者和作品的相关情况，以及他自己的翻译选材、翻译目的、翻译方式等。这不仅有助于中国读者更好地理解原作者及其作品，还能更深入理解茅盾的翻译情况。茅盾在翻译的13篇妇女问题作品中，有8篇译作都有序跋，他在这些序跋中主要介绍外国作者的重要地位和著作出处，以及他自己的翻译目的、翻译方式和翻译批评等。茅盾在沃德的《历史上的妇人》译前记中介绍了作

1　Lester F. Ward著、雁冰译：《历史上的妇人》，载1920年1月5日《妇女杂志》第六卷第一号。见韦韬主编，《茅盾译文全集》（第九卷·政论·妇女问题），北京：知识产权出版社，2013年，第199—200页。
2　Margaret Liewelyn Davies女士著、四珍译：《现在妇女所要求的是什么？》，载1920年1月5日《妇女杂志》第六卷第一号。见韦韬主编，《茅盾译文全集》（第九卷·政论·妇女问题），北京：知识产权出版社，2013年，第203页。
3　恩淑南著、雁冰译：《欧洲妇女的结合》，载1920年2月5日《妇女杂志》第六卷第二号。见韦韬主编，《茅盾译文全集》（第九卷·政论·妇女问题），北京：知识产权出版社，2013年，第208页。
4　爱伦·凯著、四珍译：《爱情与结婚》，载1920年3月5日《妇女杂志》第六卷第三号。见韦韬主编，《茅盾译文全集》（第九卷·政论·妇女问题），北京：知识产权出版社，2013年，第221页。
5　[英国]格迪斯、托姆森著，佩韦译：《两性间的道德关系》，载1920年7月5日《妇女杂志》第六卷第七号。见韦韬主编，《茅盾译文全集》（第九卷·政论·妇女问题），北京：知识产权出版社，2013年，第250页。

品来源、沃德的地位及其主要著作；在译者附注中，介绍了该作品的后半部分内容，并批评了自己的翻译能力。茅盾在戴维斯女士的《现在妇女所要求的是什么？》的译者附识中，指出该作品可作为研究中国妇女问题的参考资料；在恩淑南的《欧洲妇女的结合》译前记中，介绍了该作品的出处和重要意义，以及自己的翻译目的和翻译方式。茅盾在爱伦·凯的《爱情与结婚》译者识中，介绍了爱伦·凯的重要地位、主要著作、该作品的主要内容，以及茅盾个人的翻译选材、翻译方式和翻译批评。在海尔夫人的《女子的觉悟》译者记中，茅盾谈及海尔夫人的重要地位和主要著作、自己的翻译选材和翻译方式。茅盾在格迪斯和托姆森的《两性间的道德关系》译者识中，提及该作品来源和主要内容，以及自己的翻译方式和翻译目的。在纪尔曼夫人的《家庭生活与男女社交的自由》译者记中，茅盾介绍了纪尔曼夫人的重要地位和主要著作，以及茅盾对自己的翻译批评。茅盾在甘布莱女士的《初民社会中之两性关系》译者记中，说明了原作者思想、该作品出处和茅盾的翻译目的。

除了译作序跋，茅盾在妇女问题作品的翻译研究中还在译者按语中介绍外国的相关文化背景。茅盾在沃德《历史上的妇人》的译者按语中介绍了沃德的重要社会地位和主要著作，追溯了《圣经》中女子由男子肋骨做成的故事，并说明了"男子中心世界观"一词的来历，强调了男女性别差异等。茅盾在戴维斯女士的《现在妇女所要求的是什么？》译者按语中，指出该篇作品可以作为中国妇女问题研究的重要参考资料；在恩淑南的《欧洲妇女的结合》译者按语中，解释了爱伦凯女士的杰作《爱情与结婚》。茅盾在海尔夫人《妇女运动的造成》译者按语中，介绍了男女同等参政的情况；在纪尔曼夫人的《家庭生活与男女社交的自由》译者按语中，介绍了奥林匹克运动会等相关背景知识。

此外，在妇女问题作品的翻译中，茅盾对自己的翻译能力和翻译方法提出了批评。茅盾批评自己翻译的美国沃德的《历史上的妇人》译笔不够好："本篇约略说些，恐怕读者不明白的一定很多，但译者的译笔不好，也是一桩原因，这是要告罪的。"[1]茅盾还批评自己翻译的瑞典爱伦·凯的《爱情与结婚》割裂了原著:"这不过是原书中所有的一小半儿的一小半,并不是原书的全豹。割裂名家著作的罪,我们是要忏悔的。"[2]此外,茅盾还批评自己在翻译时对纪尔曼夫人的《家庭生活与男女社交的自由》的章名进行了改动:"原书无章名,我就全章的大意题了这个名字,题得不大好,然本章的大意略能概括了。"[3]

另外,在翻译方法上,茅盾除了直译,还采用提译、增译、省译等方法。茅盾在妇女问题作品的翻译实践中,常常因刊物篇幅所限而用了提译。例如,茅盾在翻译瑞典爱伦·凯的《爱情与结婚》时,本来想翻译全部内容,但由于当时《妇女杂志》刊物篇幅所限,所以只好采用了提译。"因是提译,中间章句,不能尽与原本吻合,但译者可以负责,与女士的意思,仍是没有违反。"[4]茅盾对《爱情与结婚》的提译以爱情和婚姻为主线,主要分为三个部分:第一部分讲生活困难对爱情有负面影响,没有爱的婚姻对子女的伤害很大;第二部分讲女子需要灵魂独立,才能做到个人独立;第三部分讲充满爱情的婚姻会使人感觉幸福。"本篇只提取原书中讨论结婚目的,爱情本质诸段连缀成之,虽然不能十二分连贯,但首尾仍是一线。"[5]此外,茅盾在翻译海尔夫人《女子的觉悟》时,也因篇幅所限而用了提译:"原书分四部,今所译者是第一部;原分六章,今以篇幅所限不能全译,只拣几章译出。"[6]

---

1 Lester F. Ward著、雁冰译:《历史上的妇人》,载1920年1月5日《妇女杂志》第六卷第一号。见韦韬主编,《茅盾译文全集》(第九卷·政论·妇女问题),北京:知识产权出版社,2013年,第199页。
2 [瑞典]爱伦·凯著、四珍译:《爱情与结婚》,载1920年3月5日《妇女杂志》第六卷第三号。见韦韬主编,《茅盾译文全集》(第九卷·政论·妇女问题),北京:知识产权出版社,2013年,第221-222页。
3 [美国]纪尔曼夫人著、P.生译:《家庭生活与男女社交的自由》,载1920年10月5日《妇女杂志》第六卷第十号。见韦韬主编,《茅盾译文全集》(第九卷·政论·妇女问题),北京:知识产权出版社,2013年,第265页。
4 爱伦·凯著、四珍译:《爱情与结婚》,载1920年3月5日《妇女杂志》第六卷第三号。见韦韬主编,《茅盾译文全集》(第九卷·政论·妇女问题),北京:知识产权出版社,2013年,第221页。
5 同上。
6 海尔夫人著、雁冰译:《女子的觉悟》,载1920年4月5日《妇女杂志》第六卷第四号。见韦韬主编,《茅盾译文全集》(第九卷·政论·妇女问题),北京:知识产权出版社,2013年,第230页。

第二章
横向聚焦：茅盾翻译思想与翻译实践的互动

除了提译，茅盾在妇女问题作品的翻译中，有时会对原文进行省译或增译，这与茅盾一贯主张的忠实再现原作面目的直译方法观有所差距。一方面，茅盾对原文中与中国关系不大的部分进行省略不译。例如，茅盾在翻译米尔兰的《将来的育儿问题》时，认为原文中有关英国土地问题的部分与中国的现实情况关系不大，所以对该部分进行了省译："此处略去一节，因为是作者自论英国的土地价建筑值和可以利用的土地；和我们没大关系的。"[1]另一方面，茅盾在翻译的过程中如果对原作的内容有所感悟时，也会在译文中增加一段自己的评论。"翻译之初，茅盾总会在译文中有一些即兴的添加，而添加的部分多是表达他对人生的感悟和追求。"[2]例如，茅盾在翻译美国沃德《历史上的妇人》时，在译文中就加入了一段180多字的议论。

> 译者曰，我译到此地，不免又要献丑说几句了，原来人类初期历史时代的思想，大概是互相暗合的。即以造字而论，东西的文字可称大不同了，然而造女字时的用意，照现在Ward氏所引的例看来，竟有八分相同。按说文⋯⋯说象形，段玉裁注解释是像其掩⋯⋯字，其实简直是像⋯⋯如妒，也都用女旁。最可笑的是母字，说是从女，两点⋯⋯小孩，常常欲露乳，所以母字就如此造法，这种观念⋯⋯全没一些尊视母性的意思在内了。[3]

⋯⋯盾从东西方造字的角度来解读了中文的"女"字和"母"字⋯⋯的观念十分野蛮，从而强调了要尊重女性的观点。茅盾在理⋯⋯的直译，主张译文要再现原作的面目。但是，茅盾在翻译实践中

---

[1] ⋯⋯et Mc-Millan著、佩韦译：《将来的育儿问题》，载1920年2月5日《妇女⋯⋯》第六卷第二号。见韦韬主编，《茅盾译文全集》（第九卷·政论·妇女问⋯⋯），北京：知识产权出版社，2013年，第218页。
[2] 陆志国：《弱小民族文学的译介和圣化——以五四时期茅盾的翻译选择为例》，载《外语教学理论与实践》，2013年第1期，第92页。
[3] Lester F. Ward著，雁冰译：《历史上的妇人》，载1920年1月5日《妇女杂志》第六卷第一号。见韦韬主编，《茅盾译文全集》（第九卷·政论·妇女问题），北京：知识产权出版社，2013年，第196页。

也会发生一些偏离,在翻译方法上采用省译或增译。一方面,茅盾会对与中国现实情况关系不大的内容进行省译;另一方面,茅盾会对自己有所感悟的部分发表自己的大段评论。这样的省译和增译与茅盾提倡的忠实直译的主张不太相符。因此,译者在努力追求实现翻译实践和翻译思想的良性互动关系时,也可能因自己主观的选择而在翻译实践中产生一些偏离。这说明翻译的"应然"世界和"实然"世界之间有一定的距离,译者虽然非常清楚要尽量忠实于原作的思想内容和艺术风格,要兼顾原文作者和译文读者,但是在翻译实践中还是会因意识形态等因素的影响而让自己的译作没能完全再现原作的面目。

第六节　不同时代读者对茅盾翻译实践的评价

不同时代读者对茅盾翻译实践的评价不同,可分为三个阶段:茅盾同时代读者对茅盾翻译实践的评价、20世纪八九十年代读者对茅盾翻译实践的评价、21世纪读者对茅盾翻译实践的评价。考察各个时代读者对茅盾的翻译选材、翻译标准和翻译质量等方面的评价,有利于研究者更全面地把握茅盾的翻译实践情况。

一、茅盾同时代读者对茅盾翻译实践的评价

茅盾同时代的读者对茅盾的翻译实践表示了充分肯定,主要包括其独具特色的翻译选材、认真负责的翻译态度和较高的翻译质量等。1921年,李石岑在阅读《小说月报》的译作时,十分欣赏茅盾细致的翻译文笔:"佳著固多,其尤使余喜入心脾者,为东芬君所译《新结婚的一对》名剧。叹为该卷中压卷之作。东芬君译笔,何其体贴入情,恰到好处。"[1]在李石岑看来,茅盾的译作甚至比周作人的译作更好:"次于《新结婚的一对》者,为周作人君所译之乡愁,亦使余阅之俯仰不置。"[2]伍光建读过茅盾的很多译文,认为质量都很不错,表扬了茅盾的翻译质量。

---

[1] 石岑:《介绍〈小说月报〉并批评》(节选),载1921年1月31日《时事新报·学灯》。见贾植芳、苏兴良、刘裕莲等编,《文学研究会资料》(下),北京:知识产权出版社,2010年,第667页。

[2] 同上。

第二章
横向聚焦:茅盾翻译思想与翻译实践的互动

1945年,叶圣陶十分推崇茅盾的翻译选材和翻译质量,认为在当时很多人见什么就译什么的时候,茅盾开始关注外国文学思潮的发展,在翻译选材上眼光独到:"编成的集子如《雪人》、《桃园》等,是大家认为最好的选集。"[1]沙汀对茅盾翻译的北欧短篇小说译作印象非常深刻:"印象较深的是他翻译的一批北欧作家的短篇,后来这些小说都收集在《雪人》里面,有几篇还记忆犹新。"[2]老舍肯定了茅盾在翻译上的努力与成绩:"他创作,他翻译,他研究,他编辑,他的勤劳与业绩,从'五四'到今天,老跑在我们的前面。"[3]东方曦表扬茅盾的译文表达非常流利畅达:"他译过许多的外国作家的文艺理论和作品,而且译笔异常的流利生动,几乎看不出是译品。"[4]子冈充分肯定了茅盾在欧洲弱小民族文学翻译选材上的开拓性贡献:"茅盾先生是最初开始介绍几个小国的作品的,如《雪人》、《桃园》等集子。"[5]

1946年,云彬称赞了茅盾翻译西班牙柴玛萨斯的小说《他们的儿子》态度十分认真负责:"他翻译异常认真,虽不至于'一名之立,旬月踟蹰',然而于遣辞(词)造句之间,常斟酌再三,一点不肯马虎。"[6]1948年,赵景深赞赏了茅盾流利的译文犹如创作一样:"他那流利的译文是我所喜欢的。如《雪人》,如《他们的儿子》和《一个人的死》,都使我读起来如读创作。"[7]此外,赵景深还肯定了茅盾独特的翻译选材和标准的译名翻译:"他喜欢弱小民族的文学,时常报道这方面的音讯:从一九二七年到一九三一年,这五年间,我是他的最忠实的跟随者。我继续他的工作,一切世界现代作家的译名都以他所译的为标准。"[8]

茅盾同时代的读者充分肯定了他对弱小民族文学独具特色的翻译选材,并认为茅盾流利畅达的译文读起来犹如创作。此外,他们认为茅盾不仅翻译了大量的

---

1 钟桂松:《永远的茅盾》,杭州:浙江文艺出版社,1998年,第1—2页。
2 沙汀:《感谢》,载1945年10月1日《文哨》第一卷第三期。见钱振纲,《茅盾评说八十年》,北京:文化艺术出版社,2011年,第21页。
3 钟桂松:《永远的茅盾》,杭州:浙江文艺出版社,1998年,第6页。
4 同上,第36页。
5 同上,第24页。
6 云彬:《沈雁冰(茅盾)》,见庄钟庆编,《茅盾纪实》,成都:四川文艺出版社,1986年,第112页。
7 赵景深:《文坛忆旧》,上海:上海书店出版社,1948年,第21页。
8 同上,第21—22页。

外国作品,而且翻译质量也很不错,尤其是《雪人》和《桃园》两个译文集反映了茅盾较高的翻译水平。可见,从同时代读者的评价中可以看出茅盾的翻译思想和翻译实践之间有良好的互动关系。

二、20世纪八九十年代读者对茅盾翻译实践的评价

1981年茅盾逝世后,读者对茅盾的翻译目的、翻译选材、翻译语言、翻译态度和翻译质量等进行了评价。其中,金燕玉主要评价了茅盾的儿童文学翻译,包括经济性和切合性的翻译选材、体贴入微的译文表达以及堪称范本的翻译质量。

丁玲非常喜欢茅盾对外国文学作品的翻译介绍,并称印象深刻:"我喜欢沈雁冰先生(茅盾)讲的《奥德赛》、《伊利阿特》这些远古的、异族的极为离奇又极为美丽的故事。……我还读过沈先生《小说月报》上翻译的欧洲小说。他那时给我的印象是一个会讲故事的人。"[1] 巴金对茅盾十分敬仰,很喜爱茅盾的文学翻译作品:"我始终把他当作一位老师。我十几岁就读他写的文学论文和翻译的文学作品。"[2] 田仲济赞扬了茅盾在现实主义翻译选材上的巨大贡献:"在中国提倡现实主义,茅盾同志是很早的一人,也是倡导最力的一人。"[3] 孙犁常常阅读茅盾翻译的作品,"他的译作,在《译文》上我经常读到,后来结集为《桃园》,我又买了一本。"[4] 黄源十分喜欢阅读茅盾主编的《小说月报》,认为茅盾对被压迫民族和弱小民族文学的翻译介绍把他领入了世界文学的大门:"我认真地读每期《小说月报》。《小说月报》出版的号外《俄国文学研究》、《被损害民族的文学号》,更打开了我的眼界,把我引入了世界现实主义文学的潮流。对我来讲,这是进入世界文学大门的最大的启蒙教育。"[5] 赵清阁认为茅盾的《世界名著

---

[1] 丁玲:《追忆茅盾先生》,见庄钟庆编,《茅盾纪实》,成都:四川文艺出版社,1986年,第195页。
[2] 钟桂松:《永远的茅盾》,杭州:浙江文艺出版社,1998年,第108页。
[3] 田仲济:《巨星的陨落——悼茅盾同志》,1981年《山东文学》第5期。见文化艺术出版社编,《忆茅公》,北京:文化艺术出版社,1982年,第257页。
[4] 孙犁:《大星陨落——悼念茅盾同志》,载1981年第5期《新港》。见文化艺术出版社编,《忆茅公》,北京:文化艺术出版社,1982年,第329页。
[5] 黄源:《沉痛悼念导师雁冰同志》,载1981年4月7日《浙江日报》。见文化艺术出版社编,《忆茅公》,北京:文化艺术出版社,1982年,第131页。

杂谈》对中国青年学习和借鉴外国文学具有很好的指导作用:"这本书正确地评介了一些世界名著及其作者,对我在青年时代涉猎欧美文学名著,起了很大的指导作用。我相信对今天的青年人也会给予读书学习的良好教益。"[1]陈冰夷表扬了茅盾认真负责的工作精神和对外国文学的热爱,"他对《译文》的工作抓得那么认真、那么具体,而且抓得那么紧。……这一方面是他对任何工作都一贯认真负责的表现,另一方面……也是由于他热爱外国文学和外国文学工作"[2]。

葛一虹赞扬了茅盾在重庆艰苦的条件下认真翻译传记《高尔基》的精神:"六月的山城蒸热,在油灯下,在蚊虫围攻中,茅公慨然接受了这个不情之请,并且如期交卷。当我们读到他那写在土纸上蝇头小楷的工整手稿时,心里说不出的感奋!"[3]曹靖华对茅盾在国民党的白色恐怖下坚持翻译苏联文学作品的精神表示钦佩,认为这种为中国民主解放冒着生命危险从事翻译工作的精神值得敬仰:"他欣然担任了《团的儿子》、《俄罗斯问题》和《人民是不朽的》等书的翻译工作,并说,这是借别人的镜子,也照出了中国反动派反民主、反人民的嘴脸,认为这是大合时宜的工作。……这样吃苦的工作,那时是用生命作抵押的啊。"[4]翟德耀表扬茅盾在翻译介绍外国文学时有十分明确的目的,体现了其高远的眼光:"在译介外国文学的目的方面,茅盾比一般人站得高些,看得远些,气魄大些。"[5]黎舟赞扬茅盾在译介外国文学作品时对外国文学进行了穷本溯源的研究:"在中国新文学运动先驱者中间,写了如此众多同时又具有很高的学术水平的外国文学研究专著与论文的,可以说茅盾是仅有的一个。"[6]

---

1 赵清阁:《春蚕丝未尽》,载1981年6月5日《人民日报》。见文化艺术出版社编,《忆茅公》,北京:文化艺术出版社,1982年,第239-240页。
2 陈冰夷:《怀念茅盾同志——忆〈世界文学〉初期的一段经历》,载《世界文学》1981年第3期。见文化艺术出版社编,《忆茅公》,北京:文化艺术出版社,1982年,第181页。
3 葛一虹:《在那些严酷的日子里——絮话旧游敬悼茅盾同志》,载1981年6月2日香港《新晚报》。见文化艺术出版社编,《忆茅公》,北京:文化艺术出版社,1982年,第217-218页。
4 钟桂松:《永远的茅盾》,杭州:浙江文艺出版社,1998年,第121页。
5 翟德耀:《论茅盾早期介绍外国文学的特点》,载《齐鲁学刊》,1984年第1期,第117页。
6 黎舟:《茅盾译介外国文学的历史经验》,载《福建师范大学学报》,1985第4期,第63页。

金燕玉主要评价了茅盾的儿童文学翻译选材、翻译语言和翻译质量。在金燕玉看来，茅盾的儿童文学翻译选材具有开创性、切合性和经济性。首先，金燕玉称赞茅盾的儿童文学翻译选材十分独特，具有开创性。"茅盾目光敏锐，对原作有很强的鉴赏力。例如，他在一九二三年选中并翻译的捷克斯洛伐克民间故事《十二个月》，隔了将近二十年后，也被苏联著名的儿童文学家马尔夏克看中了。……《十二个月》已经成为世界儿童文学的明珠，而这颗明珠早就被茅盾发现了。"[1]在金燕玉看来，茅盾在外国神话方面的翻译选材也具有开拓性，"把希腊神话和北欧神话最早介绍给中国儿童的也是茅盾"[2]。其次，金燕玉赞赏了茅盾的儿童文学翻译，称其选材有切合性。一方面，茅盾的儿童文学翻译作品在思想上切合了当时中国社会现实的需要，如茅盾翻译丹麦安徒生的童话《雪球花》，这本书表现了在艰难困苦中努力抗争、坚持不懈的生存意志："在我国黑暗如'子夜'，禁锢如牢笼的1935年，不正需要这种精神吗？而且在这时的文艺性儿童读物'实在是一个垃圾堆'的情况下更显其珍贵了。"[3]另一方面，茅盾的儿童文学翻译在体裁上可以说填补了中国儿童文学的空白："茅盾精心选译的这些作品主要是儿童小说和儿童剧，而在当时的中国，这两种体裁的儿童文学似乎是一片空白。这些作品都能维（惟）妙维（惟）肖地刻画儿童的感情、思想和心理活动，具有很高的真实性和艺术性，用它们来作儿童文学的范本是最合适的了。"[4]金燕玉还赞扬了茅盾在儿童文学翻译选材上的经济性："茅盾还翻译了世界著名的儿童文学作家、诺贝尔奖金获得者拉格勒孚的作品……作品充满了对儿童的热爱，语言简洁生动，很受小读者的欢迎。"[5]

除了称赞茅盾的儿童文学翻译选材，金燕玉还赞扬了茅盾在翻译语言上非常用心，再现了原作的艺术风格。金燕玉研究了茅盾翻译的西班牙诺贝尔文学奖获

---

1 金燕玉：《茅盾与儿童文学》，郑州：河南少年儿童出版社，1983年，第4-5页。
2 同上，第5页。
3 金燕玉：《茅盾的儿童文学翻译》，载《苏州大学学报》，1986年第1期，第80页。
4 同上。
5 金燕玉：《茅盾与儿童文学》，郑州：河南少年儿童出版社，1983年，第5页。

得者贝纳文特的《太子的旅行》，认为"茅盾的译本完全保存了他的喜剧风格，妙趣横生"[1]。金燕玉以茅盾翻译智利教育部长巴里奥斯的《爸爸和妈妈》为例，认为茅盾的翻译语言生动活泼地再现了原作的喜剧风格，证明了文学风格翻译是可能的。"他能灵活运用译文语言，把握并体现出原作的风格，读茅盾的译作，是一种艺术享受，它们的水平达到了再创作的要求，为文学风格的可译性提供了实例。"[2]金燕玉认为茅盾翻译的丹麦安徒生的作品《雪球花》很好地再现了安徒生作品纯美的语言风格，翻译的苏联卡达耶夫的《团的儿子》比草婴的译本在语言上更能再现原作风格。金燕玉高度评价了茅盾的儿童文学翻译水平："茅盾善译谐谑，讲究语言之美，讲究文学之神韵，独树一帜，足以成为儿童文学翻译的范例。"[3]在金燕玉看来，茅盾的儿童文学翻译体现了他的主张：儿童文学的译文既要简洁平易又要生动活泼，要能启发儿童的想象力，还要能够让儿童学习到运用文字的技术。"茅盾于一九三五年在《关于儿童文学》一文中提出的要求，正是他二十年代的儿童文学译作的最好总结。茅盾的译文的确达到了这样的水平，是我们学习的楷模。"[4]由上可知，茅盾的儿童文学翻译为中国的儿童文学创作做出了重要贡献，"他的译作不仅充实了当时的儿童文学，而且为今天的儿童文学翻译工作提供了范例"[5]。

任晓晋主要评价了茅盾的翻译选材、翻译方法和翻译质量。任晓晋认为茅盾在"五四运动"时期翻译的科学小说给中国输入了新知识和新思想，"这在当时乌烟瘴气的译坛上的的确确算得上是一缕清风"[6]。在任晓晋看来，茅盾在"五四运动"时期的文言文翻译采用了译述方法，文笔虽然优美，但是在翻译时过于随意，只保留了原作大意。任晓晋以茅盾用白话文翻译的美国爱伦·坡的小说《心声》为例，指出除了有个别粗疏之处外，茅盾的译作体现了较高的翻译水平：

1　金燕玉：《茅盾的儿童文学翻译》，载《苏州大学学报》，1986年第1期，第82页。
2　同上。
3　金燕玉：《研究·批评·创造》，载吴福辉、李频编，《茅盾研究与我》，北京：华夏出版社，1997年，第212页。
4　金燕玉：《茅盾与儿童文学》，郑州：河南少年儿童出版社，1983年，第5页。
5　同上，第4页。
6　任晓晋：《茅盾翻译活动初探》，载《外语研究》，1988年第4期，第23页。

"茅盾的翻译在传达原文的内容、韵味和感情色彩上可说已接近惟妙惟肖的高度,其中的几个短句亦清晰地再现了原作的语言风格,即迅疾的节奏感。译文的笔触比较自如、流畅、淡雅。"[1]在任晓晋看来,茅盾在土地革命时期的翻译质量有了进一步飞跃,尤其是译文集《雪人》和《桃园》是翻译质量较高的译品;茅盾在抗日战争和解放战争时期的翻译质量又有了新的突破和提高。以茅盾翻译苏联杜甫辛科的小说《作战前的晚上》为例,任晓晋指出茅盾的译文实现了艺术创造性翻译:"在忠实于原作的同时,他的译作逐渐摆脱了翻译腔;他的译笔晓畅通达,具有文采,就象(像)许多中国优秀的文艺作品一样生动、美丽。"[2]随着翻译实践经验的逐渐丰富,茅盾的翻译质量在后期达到了更高的水平。新中国成立后,"教育部曾选过茅盾后期的几个译品作为语文教材,这足以证明他的翻译已经达到了炉火纯青的地步。他已跻身于我国五四运动以后译坛中最为杰出的翻译家之列"[3]。

朱毓芝指出,十月革命胜利后茅盾对俄苏文学的翻译选材具有切合性,"象(像)给久渴的中国人民献上了一杯甘泉,履行着'中国普罗文学者的重要任务"[4]。在王静宇看来,茅盾在黑暗的旧中国坚持对外国少年儿童文学的译介为中国现代儿童文学的发展做出了巨大贡献:"他的努力为二十年代生活在贫穷落后的旧中国的不被人重视的儿童打开了一扇扇认识世界的窗子,为饥肠辘辘、嗷嗷待哺的儿童们提供了精神食粮。"[5]林焕平充分肯定了茅盾的政论翻译贡献:"茅盾参加中国共产党的建党工作,他的英语很好,翻译了好些外国共产党的材料,供建党作参考。"[6]黎舟、阙国虬认为茅盾对外国文学的研究全面、深入、系统,具有宽广的视野和独特的眼光,"将翻译外国文学的选题置于科学的基础上,并

1　任晓晋:《茅盾翻译活动初探》,载《外语研究》,1988年第4期,第23页。
2　同上,第26页。
3　同上。
4　朱毓芝:《茅盾与翻译》,载《开封教育学院学报》,1989年第3期,第35页。
5　王静宇:《茅盾与中国现代儿童文学》,载《山西大学学报》,1993年第2期,第61页。
6　林焕平:《会当凌绝顶　一览众山小——为纪念茅盾同志诞辰100周年而作》,载吴福辉、李频编,《茅盾研究与我》,北京:华夏出版社,1997年,第1页。

有效地提高了翻译的质量"[1]。日本学者松井博光称赞茅盾对外国文学的翻译介绍独具特色，"其中被压迫民族和女作家占很大比重，这一倾向很明显。同时，在作家介绍中，苏联和分散居住在各国的犹太作家也占了很大篇幅，这一点是引人注目的"[2]。在美国学者陈苏珊看来，茅盾翻译选材中独特的主题是关于妇女和两性的问题，"茅盾翻译中最为庞大和独立的部分是关于妇女和两性关系的，这一主题渐渐成为他擅长的主题"[3]；她还认为茅盾早期的小说翻译和文学创作间有同构效应。捷克译者马利安·高利克认为茅盾译介外国文学作品时加入了主观创造性的因素，因此，"他的翻译往往比原作更具文学表现力"[4]。

可见，20世纪八九十年代的读者从茅盾的翻译目的、翻译选材、翻译语言、翻译态度、翻译质量、翻译贡献等方面充分肯定了他的翻译实践，茅盾在大量的翻译实践中总结了一定的翻译理论，并用这些翻译理论去指导更多的翻译实践，然后再对翻译理论进行提炼和升华，逐步提高自己的翻译质量。这说明译者翻译质量的提高不是一蹴而就的，而是在大量翻译实践的基础上结合理论反思而逐渐提高的。

三、21世纪读者对茅盾翻译实践的评价

21世纪读者也从茅盾的翻译选材、翻译方法、翻译语言、译文表达、翻译质量和翻译价值等几方面来评价他。其中，王友贵和陆志国对茅盾的翻译实践进行了比较详细的分析和评价。

王友贵评价了茅盾文学翻译的得与失。一方面，王友贵充分肯定了茅盾独

---

1 黎舟、阙国虬：《茅盾与外国文学》，厦门：厦门大学出版社，1991年，第37—38页。
2 [日本]松井博光著、高鹏译：《黎明的文学——中国现实主义作家茅盾》，杭州：浙江文艺出版社，1984年，第91页。
3 [美国]陈苏珊著、丰昀译：《翻译家茅盾》，载《茅盾与中外文化》编辑组编，《茅盾与中外文化——茅盾研究国际学术讨论会论文集》，南京：南京大学出版社，1993年，第288页。
4 [捷克]马利安·高利克著、周宁译：《诸神的使者：茅盾与外国神话在中国的介绍（1924—1930）》，载《茅盾与中外文化》编辑组编，《茅盾与中外文化——茅盾研究国际学术讨论会论文集》，南京：南京大学出版社，1993年，第264页。

特的翻译选材，认为茅盾的译作展现出了陌生而新奇的异域生活，并且引入了新的叙事话语和叙事技巧。另一方面，王友贵通过切片检查评价了茅盾译作的质量，指出茅盾的译文表达虽然流畅地道，但是也存在漏译、省译、增译等不足之处。

一方面，王友贵充分肯定了茅盾的翻译选材，"在中国新文学时期的翻译家中，沈雁冰文学翻译的选目方式最具特色，尤以中期为甚"[1]。在王友贵看来，茅盾对世界上被压迫民族和弱小民族文学的翻译选材独具特色，不仅给中国读者带来了奇特的异域生活色彩，为中国的新文学创作做出了积极贡献，而且还促进了中外文化之间的交流。茅盾翻译的外国短篇小说和戏剧非常精彩，"很多在中国20世纪翻译文学史上具有不可替代的文学价值与认知价值，而且内中不乏胜篇，还是可以留传下去的胜篇"[2]。王友贵称赞茅盾独特的翻译选材具有明显的拾漏补遗的特点，为中国翻译文学史做出了独特的贡献，并反拨了当时的"抢译"等不正之风："大部分篇目不仅未见重译与新译，更难得的是篇篇可读，其中不乏可供品鉴的佳构。更重要的是，它们在中国20世纪翻译文学史上填补了一块不小的空地，也是对20世纪翻译文学史抢译之风、盲目之风、争上'熟地'之风一个悄悄的反拨。"[3]

王友贵还称赞了茅盾翻译的作品为中国输入了新的叙事话语和叙事技巧。例如，瑞典斯特林堡的小说《人间世历史之一片》将主人公两年的丰富经历浓缩在半张纸片上，茅盾对这篇微型小说的翻译给中国读者带来了一种新颖的结构。荷兰包地·巴克尔的小说《改变》描写了面对婚姻变化和家庭重组时儿童的细腻心理，在叙事模式上颠覆了中国传统小说中的叙事模式。王友贵认为，美国爱伦·坡的小说《心声》在叙事视角和叙事方式上具有开拓意义，不仅影响了许多后世的作家，而且还极大地引发了茅盾的翻译兴趣。"茅盾译作在叙事手法、叙事模式、结构手法等小说技巧方面不无创新之作，它们在新文学之初的荒原上必

---

1 王友贵：《翻译西方与东方：中国六位翻译家》，成都：四川人民出版社，2004年，第236页。
2 同上，第249页。
3 同上，第246页。

然成为饥渴地吸收现代小说技巧的创作者的食粮。事实上这些小说在主题、技巧方面对茅盾本人早期的文学创作就发生过较大影响。"[1]茅盾通过翻译外国文学作品为中国引入了新颖的叙事模式,这对茅盾本人的文学创作和中国的新文学创作都具有十分重要的意义。

另一方面,王友贵通过分析茅盾翻译的爱尔兰格雷戈里夫人的戏剧《海青·赫佛》《市虎》《旅行人》《狱门》,从整体上评价了茅盾的翻译质量。在王友贵看来,茅盾的译文表达比较流畅地道:"茅盾的文学翻译,倘若单就译文来看,其文学性、可读性、文字的流畅程度以及表现力,都是相当高的。"[2]然而,王友贵也指出,茅盾在翻译格雷戈里夫人的戏剧时,译文中存在错译、漏译、猜译、补译、省译等问题。因此,"茅盾的文学书的翻译观、外国文学观与他个人的翻译实践有吻合亦有错误,对其进一步的探究可以为我们在这方面提供有益的启示"[3]。

陆志国从布迪厄社会学视角出发对茅盾的翻译实践进行了评价。陆志国主要讨论了茅盾的翻译选材、翻译语言和直译方法。首先,陆志国肯定了茅盾在弱小民族文学翻译选材上思想和实践的一致性,认为茅盾是"弱小民族文学译介最为积极的倡导者和践行者"[4]。茅盾不仅在自己的翻译实践中非常重视对弱小民族文学的译介,而且作为《小说月报》的主编他也十分注重刊登弱小民族文学的译作:"在茅盾主编《小说月报》期间,弱小民族文学的比重显著上升,1921年间的《小说月报》共发表弱小民族文学的译文60篇,约占总数的55%;1922年的《小说月报》发表此类译文57篇,约占总数的59%,可见他对弱小民族文学的重视。"[5]其次,陆志国认为茅盾的译文忠实流畅,较好地再现了原作的风格:"茅盾的译本基本上都很忠实于原文,当然,一些译本也偶有漏译,但原文的风格大

---

[1] 王友贵:《翻译西方与东方:中国六位翻译家》,成都:四川人民出版社,2004年,第263页。
[2] 同上,第256页。
[3] 同上,第264页。
[4] 陆志国:《弱小民族文学的译介和圣化——以五四时期茅盾的翻译选择为例》,载《外语教学理论与实践》,2013年第1期,第91页。
[5] 同上。

体上都能在译本中体现,原文信息也能基本保留。"[1]在陆志国看来,茅盾的白话文翻译水平较高,"译文读起来较为顺畅,从这方面能看到翻译名家伍光建的影子"[2]。第三,陆志国还充分肯定了茅盾在直译方法上的贡献,"在将直译推向圣化(Consecration)或合法化地位的过程中,茅盾功不可没"[3]。陆志国认为茅盾的直译不是字对字的翻译,而是在忠实于原文的基础上再现原作神韵的翻译。

唐丽君、舒奇志从接受理论视角出发,总结了茅盾外国儿童文学翻译的特点:注重儿童心理的发展需要,照顾儿童的欣赏情趣,追求思想性和艺术性的结合,再现了原作风格。"茅盾用童心去鉴赏原作,然后再用小读者喜闻乐见、简洁易懂以及优美的语言来翻译作品,既注重儿童情趣,又再现原著的思想内容、人物形象和艺术意境。"[4]李建梅认为,茅盾在新文化运动时期的翻译选材切合了中国民众和社会发展的需要:"茅盾的翻译选材则适应了当时的社会状况如物质基础薄弱、政权不断更迭、平民生活困顿等。与名家名著的训导策略相对,茅盾的翻译选材贴近和反映了当时国民的社会认知与感受。"[5]在李建梅看来,茅盾在白话文翻译中,译文的语言带有欧化、口语化和古文的特征:欧化有利于保留异域特色;口语化有利于让译文可读;古文有利于再现原作古雅的气息。可见,21世纪的读者主要肯定了茅盾独特的翻译选材和重要的翻译价值等,对茅盾在翻译实践中的一些不足之处也提出了批评。

---

1 陆志国:《茅盾五四伊始的翻译转向:布迪厄的视角》,载《解放军外国语学院学报》,2013年第2期,第90页。
2 同上。
3 陆志国:《翻译与小说创作的"同构性"——以茅盾译文〈他们的儿子〉和〈蚀〉中的女性描写为例》,载《外国语文》,2013年第1期,第115页。
4 唐丽君、舒奇志:《从接受理论视角论茅盾的外国儿童文学翻译》,载《长春大学学报》,2009年第5期,第51页。
5 李建梅:《翻译、民族与叙事——茅盾早期翻译文学研究》,载《文艺争鸣》,2015年第11期,第51页。

第二章
横向聚焦：茅盾翻译思想与翻译实践的互动

第七节 小结

　　本章从共时的角度横向聚焦于茅盾翻译思想与其翻译实践之间的互动关系，发现茅盾在小说翻译、戏剧翻译、诗歌翻译、散文翻译、文论翻译、政论翻译、科普翻译以及妇女问题作品的翻译实践中较好地体现了其翻译思想。具体而言，在翻译选材上，茅盾选择翻译的外国作家作品比较具有代表性，切合了中国读者和社会发展的需要，体现了其经济性和切要性的翻译选材主张。在翻译目的上，茅盾通过翻译为中国读者提供了新的思想和艺术技巧，促进中国的社会革新和新文学建设。在翻译批评上，茅盾不仅评价了其他译者的翻译，还对自己的翻译实践提出了批评，这与他倡导的批评与自我批评的观念比较一致。在翻译研究上，茅盾用撰写译作序跋、译者按语和译者加注的方式，向读者提供了相关的外国文学文化背景知识，帮助中国读者了解原作者和作品，这与他所提倡的译研结合观是吻合的。

　　在翻译方法上，茅盾主要采用直译的方法。然而，茅盾在尽量保留原作的思想内容和艺术风格的同时，在句法组织结构上存在对英文原文亦步亦趋的现象，译文中出现了一些过度欧化和生涩难懂的语句。此外，茅盾译文中还存在一些明显的省译、增译、改译、误译等现象。这和茅盾提倡的既要保留原作面目又要让译文明白易懂的直译方法有所差距。此外，从不同时代读者对茅盾翻译实践的评价来看，大多数读者都赞扬了茅盾独特的翻译选材、艺术创造性的翻译标准、流利晓畅的译文以及较高的翻译质量。但是，王友贵用切片检查的方式指出茅盾在翻译爱尔兰格雷戈里夫人的戏剧时，也存在错译、漏译、增译、省译等不足之处。

　　由此可见，茅盾虽然在理论上积极提倡忠实直译的主张，但是在翻译实践中可能受意识形态等因素的影响而产生一些偏移。这说明翻译的"应然"世界和"实然"世界之间有一定的距离。因此，译者只有把忠实再现原作的思想内容和艺术风格作为孜孜以求的目标，尽量做到对原作者和译文读者负责，才能更好地实现翻译思想和翻译实践之间的良性互动。

第三章
追根溯源：
茅盾翻译思想的形成原因

第三章
追根溯源：茅盾翻译思想的形成原因

茅盾1896年诞生于今浙江省桐乡市乌镇，1981年因病于北京逝世。茅盾的一生经历了20世纪的风云变幻，见证了中国波澜壮阔的社会变迁。"古今中外伟大人物的出现，无不与时代背景、社会环境和地理条件等有关。"[1]茅盾翻译思想的形成发展离不开社会因素、政治因素、文化因素和同时代其他译者因素的影响。就社会因素而言，茅盾的家庭环境、教育环境和工作环境对其影响深刻。就政治因素而言，"五四运动"时期"为人生"、土地革命时期"为阶级"、抗日战争和解放战争时期"为抗战和民主"、新中国成立后"为建设"的因素对茅盾翻译思想的形成和发展有重要的影响。在文化因素方面，茅盾受到了乌镇地域文化、中国传统文化以及外国文化的影响。此外，孙毓修、周作人、鲁迅、曹靖华、戈宝权这些同时代译者对茅盾的翻译思想也产生了积极的影响。因此，茅盾翻译思想的形成和发展离不开与他所处社会和时代的互动，茅盾的翻译目的观、翻译选材观、翻译方法观、翻译批评观和译研结合观等都受到了社会因素、政治因素、文化因素和同时代其他译者因素潜移默化的影响。

第一节　社会因素对茅盾翻译思想的影响

社会因素对茅盾翻译思想的影响主要来自他的家庭环境、教育环境和工作环境。在家庭环境中，对茅盾影响较深的有其母亲陈爱珠、父亲沈永锡和表叔卢鉴泉。就教育环境而言，茅盾在小学时代、中学时代和大学时代的经历对他的一生影响较大。此外，茅盾在商务印书馆、"左翼联盟"、抗战奔波岁月、新中国文化部的工作环境对其翻译思想的形成和发展也产生了重要的影响。

---

[1] 郑彭年：《文学巨匠茅盾》，北京：新华出版社，2001年，第1页。

一、家庭环境对茅盾翻译思想的影响

茅盾母亲陈爱珠、父亲沈永锡、表叔卢鉴泉在茅盾的家庭教育中至关重要。茅盾母亲"谨言慎行"的家规和对茅盾跨学科素养的培养有助于他形成认真负责的态度。茅盾父亲是个维新派,十分关心政治,酷爱自学和研究,在读书和就业方面主张经世致用,对茅盾的翻译目的观、译研结合观和翻译选材观的形成和发展影响较大。茅盾父亲逝世后,表叔卢鉴泉在茅盾的读书和就业上起到了非常重要的作用。卢鉴泉认真负责的态度、从不失信的原则以及取精用宏的观念对茅盾翻译思想的形成和发展也有积极影响。

(一)母亲陈爱珠对茅盾翻译思想的影响

茅盾的母亲陈爱珠自幼能写会算、知书达礼,读过《诗经》《唐诗三百首》《楚辞集注》《古文观止》《幼学琼林》《史鉴节要》《瀛环志略》等。陈爱珠的姨父是个秀才,他经常夸奖说如果朝廷开女科的话,陈爱珠一定能考取秀才。茅盾母亲经常阅读各种书籍报纸,喜欢议论国家大事,善于接受新思想,"这是乌镇一般女性所不及的"[1]。在茅盾看来,母亲是他的第一位启蒙老师,培养了他在"杂学"方面的修养和"谨言慎行"的态度,这对茅盾译研结合的观念和认真负责的翻译态度的形成影响深远。

茅盾五岁时,在家里跟着母亲学习新知识,教材是上海澄衷学堂的《字课图识》。茅盾母亲从《正蒙必读》里亲自抄写《天文歌略》和《地理歌略》来教茅盾,根据《史鉴节要》来编写历史读本。在母亲的影响下,茅盾从小就接触语言、天文、地理、历史等各个学科的知识。1917年,茅盾陪母亲送弟弟沈泽民去南京河海工程学校读书,当时茅盾母亲最大的兴趣就是到商务印书馆买书,她买了许多林纾翻译的小说,还买了《西洋通史》《西史纪要》《东洋史要》《清史讲义》等书籍。茅盾母亲把所买的历史书送给茅盾兄弟各一套,嘱咐他们一定要懂中国历史和世界历史。茅盾母亲对外国文学和对中外历史的热爱对茅盾影响至

---

1 钟桂松:《茅盾与故乡》,成都:四川文艺出版社,1991年,第20页。

深。正如茅盾所说,"我这些'杂'学,不尽来自学校,也来自家庭。"[1]因此,茅盾跨学科素养的形成与他的家庭教育息息相关,尤其和其母亲的教育紧密相关。

茅盾母亲不仅是他的第一个启蒙老师,还是他重要的人生导师。茅盾十岁丧父,母亲对他的管教尤其严格,希望他有志气,给弟弟做出好的表率。茅盾母亲要求他随时做到"谨言慎行",这对茅盾后来严肃认真的翻译态度有重要影响。茅盾母亲要求他每次放学后都要及时回家,稍微晚点就会追问原因。有一次,一个同学拉着茅盾玩,自己不小心摔了一跤,却跑到茅盾母亲处告状。茅盾母亲大怒,用硬木戒尺责罚茅盾,说如果再不听管教,就不要他这个儿子了。1911年,茅盾因反对学监的专制而被嘉兴中学除名,茅盾母亲十分生气,责问他在学校做了什么坏事,并请同在嘉兴中学读书的亲戚前来询问,直到弄清了事情原委后才不再生气。茅盾在母亲多年的严格管教下养成了谨言慎行的态度:"在二十五岁以前,我过的就是那样的在母亲'训政'下的平稳日子。"[2]即使在八十多岁高龄,茅盾依然清晰记得母亲多年以来对他的谆谆教诲,"幼年禀(秉)承慈训而养成之谨言慎行,至今未敢怠忽"[3]。茅盾在母亲的教导下,"谨言慎行"四个字已经深深扎根于心底,这对他以后严肃认真的翻译态度产生了深刻影响。

茅盾母亲的悉心培养成就了举世闻名的文学家茅盾。在茅盾心目中,母亲是神圣和伟大的,是自己最敬重的亲人。正如茅盾的儿子韦韬所说:"祖母在世时,他从不违拗祖母的意愿,是个出名的孝子;祖母去世后,他常常以崇敬的心情向我们讲述祖母的为人。"[4]在家庭教育中,茅盾母亲对茅盾的影响十分深刻,尤其是在培养其跨学科素养和"谨言慎行"的态度上功不可没,这对茅盾形成译研结合的观念和认真负责的翻译态度影响深远。

---

1 茅盾:《我走过的道路》(上),北京:人民文学出版社,1981年,第114页。
2 茅盾:《我的小传》,1932年6月10日《文学月报》第一卷第一号。茅盾,《茅盾全集》(第十九卷·中国文论二集),北京:人民文学出版社,1991年,第318页。
3 茅盾:《我走过的道路·序》(上),北京:人民文学出版社,1981年,第1页。
4 茅盾、韦韬:《茅盾回忆录》(下),北京:华文出版社,2013年,第243页。

（二）父亲沈永锡对茅盾翻译思想的影响

茅盾父亲沈永锡是个维新派，他要求茅盾从小学习新知识，接受新思想。茅盾父亲常常告诉他要以天下为己任，这对茅盾以后提出通过翻译来实现唤醒民众和拯救社会的政治目的有深远的影响。茅盾父亲酷爱阅读各种书籍，还喜欢探索和钻研。另外，茅盾父亲在读书和就业上非常注重实用性和功利性，为茅盾形成和发展经济切要的翻译选材观奠定了基础。

茅盾父亲十分关心政治，喜欢阅读革命进步报刊，经常在家里讨论天下大事。"父亲的维新思想，对新学的热衷，很自然地在茅盾幼小的心灵中注入了奋发求新、立志图强的新鲜血液，为茅盾的成长埋下了不断追求的种子。"[1]茅盾自幼在父亲的严格管教下学习新知识、接受新思想。茅盾十岁时，父亲告诉他不要误解自由和平等的意义。茅盾父亲指着谭嗣同的《仁学》告诉茅盾这是一本奇书，希望他反复阅读明白其中的道理。"父亲的引导，父亲的促进，使茅盾童年时代的思想得到了开发，为他奋发读书、接受新事物、培养爱国主义思想打下了一个良好的基础。"[2]茅盾父亲即使在重病期间，也常常在家里谈论日本如何成为世界强国，并多次勉励茅盾"大丈夫要以天下为己任"[3]。茅盾父亲的嘱托在茅盾心里种下了为国家民族担当的种子，而父亲的过早离世给茅盾的人生道路投下了阴影，"这阴影，对茅盾而言，既是苦痛，又是自励"[4]。

茅盾父亲酷爱读书，喜欢研究，这对茅盾成为"大杂家"并提出译研结合观有潜移默化的影响。茅盾父亲对数学最感兴趣，他从《古今图书集成》里自学了代数、几何和微积分等内容，还用竹片制作了一组算筹来辅助学习。茅盾父亲非常喜欢阅读中外文学名著，除了阅读《西游记》《三国演义》《封神榜》等中国小说外，还阅读了许多最新出版的外国文学名著译本。茅盾父亲还十分喜欢购买其他学科的书籍："他根据上海的《申报》广告，买了一些声、光、化、电的

1　李标晶：《茅盾传》，北京：团结出版社，1990年，第3页。
2　睢雪：《茅盾的青少年时代》，太原：山西人民出版社，1999年，第9页。
3　茅盾：《我走过的道路》（上），北京：人民文学出版社，1981年，第51页。
4　钟桂松：《茅盾：行走在理想和现实之间》，郑州：大象出版社，2011年，第9页。

第三章
追根溯源：茅盾翻译思想的形成原因

书，也买了一些介绍欧、美各国政治、经济制度的新书，还买了介绍欧洲西医西药的书。"[1]茅盾父亲对数学、文学、物理、化学、政治、经济、医学等跨学科知识的广泛涉猎和研究探索对幼年茅盾产生了深远影响。茅盾八岁时，父亲在生病期间仍然坚持阅读的精神给茅盾留下了深刻的印象："父亲每天还是挣扎着从床上起来，坐在房中窗前读书一、二小时，然后又卧。"[2]茅盾九岁时，父亲病情加重，茅盾母亲会拿着翻开的书籍，立在茅盾父亲的面前帮助他阅读。当母亲繁忙时，茅盾也会坐在床边，手里拿着书籍帮助父亲阅读。"父亲病成这样，依然孜孜不倦地读书，在茅盾幼小的心灵中留下很深很深的印象。"[3]茅盾父亲在重病期间仍然坚持读书的精神激励他通过广泛诵读和研究成为一名博古通今的"大杂家"。

茅盾父亲无论是在读书方面还是在谋生方面都十分注重实用性和功利性，这对茅盾以后形成经济切要的翻译选材观有一定的影响。一方面，茅盾父亲在读书方面十分注重实用性，认为茅盾母亲以前读的许多书籍都不太实用，于是就推荐了《史鉴节要》和《瀛环志略》两本书，认为它们有助于孩子深入了解历史知识和地理知识。茅盾母亲接受了他的建议，并把《史鉴节要》用浅近的文言文编成一本历史书来教茅盾。茅盾父亲在读书上重视实用性的特点不仅影响了茅盾母亲，还通过她影响了茅盾。另一方面，茅盾父亲在谋生方面也十分注重实用性。他在参加乡试失败后决定学医，理由是如果没有一技之长，将来难以在社会上有立足之地。茅盾父亲临终前立下遗嘱，希望茅盾兄弟将来能学习理工，凭借理工知识在社会上安身立命。"如果不愿在国内做亡国奴，有了理工这个本领，国外到处可以谋生。"[4]因此，茅盾父亲在读书就业上非常注重实用性和功利性，这给茅盾经济适用的翻译选材观带来了潜移默化的影响。

---

1 茅盾：《我走过的道路》（上），北京：人民文学出版社，1981年，第28-29页。
2 同上，第44页。
3 钟桂松：《茅盾的青少年时代》，杭州：浙江少年儿童出版社，1992年，第43页。
4 茅盾：《我走过的道路》（上），北京：人民文学出版社，1981年，第51页。

(三) 表叔卢鉴泉对茅盾翻译思想的影响

茅盾表叔卢鉴泉和茅盾父亲是好朋友。在茅盾成长的道路上，卢鉴泉起到了十分重要的作用："我后来念书，就业等，都和他有关系。"[1]尤其是茅盾父亲逝世后，表叔卢鉴泉对茅盾影响至深："在茅盾的文学道路上，家乡这位长辈是个不可忽视的人物。"[2]茅盾取精用宏的翻译目的观、博览深求的译研结合观和认真负责的翻译态度都与卢鉴泉的影响紧密相关。

卢鉴泉在乌镇很有威望，他善于在继承中国和借鉴外国经验的基础上，对乌镇的地方志实行创新，这对茅盾形成取精用宏的观念有所影响。浙江省乌青镇从宋代以来就有志，明朝和清朝时期对乌青镇的志都有增订。卢鉴泉借鉴外国的绘制方法，续修了乌青镇的志，新增了教育和工商等七个门类，绘图精美，在体例上有自己的特色，受到人们的称赞。在茅盾看来，卢鉴泉在中国传统地方志的基础上，通过积极引进西方的绘制技术，实现了古为今用、洋为中用的目的。卢鉴泉续修的乌青镇志借鉴中西方的优秀成果，"在地方志中，当时为创举"[3]。这对茅盾取精用宏翻译目的观的形成和发展也产生了积极影响。

卢鉴泉对茅盾形成译研结合的观念也有影响。在卢鉴泉担任乌镇立志小学的校长期间，茅盾参加卢鉴泉主持的乌镇童生会考，以《试论富国强兵之道》为题写一篇作文。茅盾结合国家大事议论一番后，以"大丈夫要以天下为己任"作为文章的结尾。卢鉴泉对此大加赞赏，批语为："十二岁小儿，能作此语，莫谓祖国无人也。"[4]卢鉴泉还专门把这篇作文给茅盾的母亲和其他亲人看，并夸奖茅盾的写作才能。"茅盾有这样一位识才爱才的表叔，犹如千里马喜遇伯乐。"[5]茅盾在北京大学预科读书期间，卢鉴泉邀请他周末和假期都到卢公馆去。茅盾向表叔借《史记》来看，卢鉴泉欣然同意，说如果有不懂的地方可以问他。茅盾听卢鉴

1　茅盾：《我走过的道路》（上），北京：人民文学出版社，1981年，第14页。
2　钟桂松：《吴越文化氛围中成长的茅盾》，载《茅盾与中外文化》编辑组编，《茅盾与中外文化——茅盾研究国际学术讨论会论文集》，南京：南京大学出版社，1993年，第134页。
3　茅盾：《我走过的道路》（上），北京：人民文学出版社，1981年，第3页。
4　同上，第68页。
5　钟桂松：《茅盾与故乡》，成都：四川文艺出版社，1991年，第45页。

泉说二十四史堪称中国的百科全书，于是，"每逢寒假，我就借卢表叔的二十四史来读"[1]，这对茅盾提升自己的历史修养和文学素养非常有益。茅盾大学毕业后，卢鉴泉推荐他到商务印书馆编译所工作，勉励茅盾全力研究学问，这对茅盾研究修养的提升有所助益。因此，茅盾文学素养、历史素养和研究素养的发展离不开表叔卢鉴泉的支持与鼓励。

卢鉴泉从不失信的工作态度和谦卑的处事原则为茅盾认真负责的翻译态度打下了基础。1915年，卢鉴泉邀请茅盾参加内国公债抽签还本的公开大会。卢鉴泉在大会上慷慨讲演，表明只要自己在职一天，就会竭尽全力抽签还本，维护所有投资者的利益。"卢表叔任公债司长时，确曾如他那天所说，到期还本，从不失信。"[2]卢鉴泉认真负责的工作态度和信守承诺的品质给茅盾留下了深刻的印象。卢鉴泉担任北京财政部公债司司长期间，虽然身居要职，却保持恭敬谦卑的原则。在一次新年团拜会上，卢鉴泉对长者沈钧儒十分恭敬，还要求他的儿子卢桂芳和茅盾给沈钧儒行叩头礼，茅盾在晚年时对此情景还记忆犹新。

由上可知，在家庭教育中，茅盾母亲陈爱珠、父亲沈永锡、表叔卢鉴泉对其影响十分深远。茅盾的家庭教育对他认真负责的翻译态度、取精用宏的翻译目的观、经济切合的翻译选材观以及博览深求的译研结合观的形成影响深远。

二、教育环境对茅盾翻译思想的影响

茅盾的翻译目的观、翻译选材观、翻译批评观以及译研结合观的形成和发展与他在学校所受的教育息息相关。

（一）小学时代对茅盾翻译思想的影响

茅盾先后在乌镇立志小学和植材高等小学读书。茅盾八岁时进入乌镇第一所初级小学立志小学读书，是该小学的第一批学生。立志小学的大门两旁刻有一幅大字对联"先立乎其大，有志者竟成"，这副对联中就蕴含着"立志"二字。茅盾从小就树立了为国家社会担当重任的远大志向，"他牢记'先立乎其大，有志

---

1 茅盾：《我走过的道路》（上），北京：人民文学出版社，1981年，第97页。
2 同上，第100页。

者竟成'的校训，养成了一种刻苦努力的勤学作风"[1]。国文老师沈听蕉要求学生每周写一篇史论，学校每个月有一次国文考试，作文写得好的同学可以得到奖励。茅盾的作文在学校出类拔萃，每次考试都能获得奖品。茅盾在植材高等小学读书时，老师多数是从上海进修和日本留学回来的高才生。国文老师对茅盾的作文高度赞赏，曾有"好笔力，好见地，读史有眼，立论有识，小子可造。其竭力用功，勉成大器！"[2]的批语。茅盾的史论文章多数都是写一些有所作为的历史英雄，这些英雄的事迹对茅盾产生了深刻影响，"同情、感慨、仿效，构成了少年茅盾内心世界的一种主旋律，形成了非同一般的奋发向上的力量"[3]。小学老师对少年茅盾的评价是："生于同班年最幼，而学能深造，前程远大，未可限量！"[4]因此，茅盾小学时代的经历体现出他从小就有为国为民的壮志情怀，这为其将来提出通过翻译介绍外国文学来促进社会革新和新文学建设的翻译目的观奠定了基础。

  国文老师赞扬茅盾作文的同时，也提出了相关建议。茅盾据此不断修改和完善，写作水平进一步提高。"认真负责的国文老师在审读茅盾作文时，还时时进行斧削、修改，从而使其百尺竿头更进一步。少年茅盾则对自己更加严格，见赞语而不骄，思不足而奋发，逐句逐字，斟酌删减。"[5]这样的经历对茅盾翻译批评观的形成和发展有积极的影响。茅盾11岁升入植材高等小学读书，乌镇的老秀才在讲《孟子》时，把"弃甲遗兵而走"里的"兵"解释为"士兵"。茅盾对此提出了不同意见，认为这里的"兵"指"兵器"。老秀才不接受这样的反对意见，茅盾就和同学们一起去找校长评理："我们觉得他讲错了，就向他提出疑问，他硬不认错，直闹到校长那里。"[6]校长为了照顾老秀才的颜面，解释说老师可能用的是一种古本的解释。可见，小学时代起茅盾就有一种求真精神，敢于就学习中的问题质疑老师，提出自己不同的意见，这对他翻译批评观的形成和发展有所助益。

---

1 钟桂松：《茅盾与故乡》，成都：四川文艺出版社，1991年，第92页。
2 钟桂松：《茅盾少年时代作文赏析》，郑州：文心出版社，1986年，第10页。
3 钟桂松：《茅盾正传》，南京：江苏文艺出版社，2010年，第11页。
4 钟桂松：《茅盾少年时代作文赏析》，郑州：文心出版社，1986年，第126页。
5 钟桂松：《茅盾与故乡》，成都：四川文艺出版社，1991年，第113-114页。
6 茅盾：《我走过的道路》（上），北京：人民文学出版社，1981年，第67页。

（二）中学时代对茅盾翻译思想的影响

茅盾先后在湖州中学、嘉兴中学和杭州安定中学度过了中学时代。茅盾有幸遇见了钱念劬、杨笏斋等老师，他们"在茅盾的学术基础和思想基础上，深深地打上了烙印"[1]。因此，中学时代的经历对茅盾的译研结合观、翻译批评观以及翻译选材观的形成和发展产生了潜移默化的影响。

湖州中学的校长钱念劬对茅盾翻译批评观的形成和发展有重要影响。茅盾在湖州中学读书时，钱念劬代理校长，他学贯中西，曾在俄、法、日等国做外交官，是湖州极有名望的人。钱念劬在代理校长期间，走进课堂听遍了所有教师的讲课，并且针对每位老师的授课进行评价："大部分教师都挨了批评，而对英文教师的批评是发音不准确。"[2]英文老师受到批评后开始罢课。钱念劬的儿子钱稻孙就代理英文课，认为英文老师虽发音不太准确，但对学生们的造句练习还是批改得不错的，所选择的英文教材《泰西三十佚事》也是公认的好书。在茅盾看来，钱老师对英文老师的批评比较公正，这在一定程度上影响了茅盾翻译批评观的形成和发展。

湖州中学的国文老师杨笏斋对茅盾的译研结合观影响较大。茅盾在湖州中学读书时，国文老师杨笏斋教《汉魏六朝百三家集》。杨老师只讲题词部分，对各集的具体内容则要求学生自己去"择尤钻研"[3]。茅盾通过广泛的阅读研究发现，除了《汉魏六朝百三家集》，还有《昭明文选》《楚辞》等十分精彩的内容。于是，一放寒假，茅盾就回家找《昭明文选》来品读。在湖州中学的国文学习中茅盾提升了文学修养，锻炼了课外阅读研究的能力。

安定中学的杨老师对中国文学史的系统讲授影响了茅盾的系统的翻译选材观。茅盾在杭州安定中学读书时，教国文课的杨老师梳理了中国文学史的发展变迁过程："从诗经、楚辞、汉赋、六朝骈文、唐诗、宋词、元杂剧、明前后七子

---

1 钟桂松：《茅盾传——坎坷与辉煌》，郑州：河南文艺出版社，1998年，第30页。
2 茅盾：《我走过的道路》（上），北京：人民文学出版社，1981年，第76页。
3 同上，第79页。

的复古运动、明传奇（昆曲），直到桐城派以及晚清的江西诗派之盛行"[1]。杨老师的国文课程系统地梳理了中国文学史的发展变迁过程，帮助茅盾更清晰地把握中国文学史的发展脉络，对他以后提出系统的翻译选材观产生了积极的影响。

（三）大学时代对茅盾翻译思想的影响

1913年，茅盾中学毕业后进入北京大学预科学习。三年大学生活对茅盾翻译思想的形成和发展产生了重要影响。

茅盾大学时代的经历对他取精用宏的翻译目的观的形成影响甚大。1913年，茅盾和谢砚谷结伴坐船去北京大学预科读书。二人在途中所看的书籍差异较大，茅盾看的是《汉魏六朝百三家集》，谢砚谷看的是明末晚清的书籍。茅盾认为他和同伴可以相互学习，取长补短："这三日三夜的海程，成就了我和谢互相补课的机会。"[2]茅盾北京大学的中国历史老师陈汉章认为，古文派和今文派的学说都有可取之处，建议学生要善于学习各派的精华，才能更好地为我所用："古文派和今文派不宜坚持家法，对古文派和今文派的学说，应择善而从。"[3]陈汉章老师辩证吸收各派精华的观点对茅盾取精用宏的翻译目的观影响较大。

其次，茅盾大学时代的经历对其博览深求的译研结合观影响深远。国文老师沈尹默上课时没有统一的教材，希望学生们在博览群书的基础上深入研究："他只指示研究学术的门径，如何博览，在我们自己。"[4]沈尹默老师只精选了庄子的《天下》篇、荀子的《非十二子》篇和韩非子的《显学》篇来教学生，认为精读了这三篇文章后就可以了解先秦诸子各家学说的精髓。此外，沈老师还要求学生们在课外广泛阅读其他书籍，包括魏文帝的《典论论文》、刘勰的《文心雕龙》、陆机的《文赋》、章石斋的《文史通义》、刘知几的《史通》等。"在沈先生的指导下，茅盾学会了从芜杂的文章典籍中辨析真伪，掌握了各种著名的古代文论的特色，弄清了以前不熟悉的许多文学流派。"[5]沈尹默老师既强调专一的

1　茅盾：《我走过的道路》（上），北京：人民文学出版社，1981年，第89页。
2　同上，第91页。
3　同上，第94页。
4　同上。
5　王芳：《茅盾与读书》，济南：明天出版社，1999年，第93页。

研究，又鼓励学生们进行广泛的诵读，这对茅盾形成博览深求的译研结合观产生了积极影响。"在国文课上，茅盾不仅学得了不少前所未闻的知识，而且在做学问的方法上也深受教益。"[1]茅盾在北京大学读书期间还接触到了很多外文老师，这使得他的文学视野更加广阔。

茅盾大学时代的经历有助于其翻译批评观的形成和发展。北京大学的历史老师陈汉章上课时讲，外国的声、光、化、电之学在中国先秦诸子的书籍中早已存在，茅盾不赞同此观点："我觉得这是牵强附会，曾于某次下课时说了'发思古之幽情，扬大汉之天声'。"[2]陈老师听到茅盾的批评后，专门在课后找茅盾谈话，说自己之所以提出这样的观点是想反对当时北京大学盛行的崇洋媚外之风。此外，茅盾还对中国地理的授课老师提出了批评，认为该老师根据大清一统志、各省府县的地方志以及《水经注》来自编讲义，可谓"用力甚勤，然而不切实用"[3]。茅盾在北京大学预科读书期间，敢于就老师们的教学内容和教学方式提出自己的意见，这对他以后翻译批评观的形成和发展产生了深远的影响。

综上所述，茅盾小学时代、中学时代的教育背景对他翻译思想的形成有重要的影响。茅盾取精用宏的翻译目的观、系统的翻译选材观、博览深求的译研结合观以及翻译批评观的形成和发展则与他大学时代的经历息息相关。

三、工作环境对茅盾翻译思想的影响

茅盾1916年从北京大学毕业后进入商务印书馆编译所工作，20世纪30年代成为"左联"领军人物之一，在抗日战争时期和解放战争时期征战祖国的大江南北，新中国成立后任第一届文化部部长。这些工作环境也深刻影响了茅盾的翻译目的观、翻译选材观、译研结合观以及翻译批评观的形成和发展。

1　李标晶：《茅盾传》，北京：团结出版社，1990年，第18页。
2　茅盾：《我走过的道路》（上），北京：人民文学出版社，1981年，第94页。
3　同上。

（一）商务印书馆的工作对茅盾翻译思想的影响

茅盾在商务印书馆工作期间，总经理张元济和主编朱元善、张东荪、王蕴章对茅盾影响颇大。此外，茅盾在商务印书馆的译作标注和对外国作家作品的评传工作也助推了他博览深求译研结合观的形成和发展。

商务印书馆总经理张元济的开拓创新精神和渊博的学识修养给茅盾留下了深刻的印象。"张菊生确实是开辟草莱的人。他不但是个有远见、有魄力的企业家，同时又是一个学贯中西、博古通今的人。……他于史学、文学都有高深的修养。"[1]茅盾在商务印书馆工作约一个月后，发现正在发行的《辞源》有问题。于是，他给总经理张元济写了一封信，赞扬商务印书馆的出版业开风气之先，然后指出《辞源》存在四大问题：第一，条目引文的出处有误；第二，条目引文中只有书名没有篇名，读者阅读不方便；第三，所收新词太少，跟不上时代的发展；第四，该书版权页上的英译是"百科辞典"，与汉语书名不符，希望修改完善成为一部真正的百科辞典。茅盾的这封信引起了张元济的高度重视，他请编译所所长立刻核对查办，并认为茅盾只批改学生试卷是大材小用，于是让茅盾和高级编译孙毓修合作译书。"他的英文水平为总经理张元济所赏识，被分配到编译所的英文部。不久，张元济又发现他有深厚的古文根底，又调他到国文部工作。"[2]茅盾在商务印书馆工作期间善于发现工作中的问题，积极提出自己的批评意见，得到了总经理张元济的充分肯定，这对他翻译批评观的形成和发展产生了积极影响。

主编朱元善也影响了茅盾的翻译选材观和翻译批评观。1917年，朱元善请茅盾协助编辑《学生杂志》，希望他翻译一些科学小说。"朱元善出了个题目，说《学生杂志》上没有登过小说，现在打算登点小说，学生最好看点科学小说，要我找材料。"[3]于是，茅盾从商务印书馆的涵芬楼里找了有关历史和科学知识的通俗读物，翻译了英国威尔斯的科幻小说《三百年后孵化之卵》，这是茅盾发表的

---

1 茅盾：《我走过的道路》（上），北京：人民文学出版社，1981年，第94页。
2 韦韬：《序言》，见茅盾著、韦韬编，《茅盾》，上海：文汇出版社，2001年，第2页。
3 茅盾：《我走过的道路》（上），北京：人民文学出版社，1981年，第123页。

第三章
追根溯源：茅盾翻译思想的形成原因

第一篇译作。后来，朱元善建议茅盾继续刊登科学译作，茅盾又翻译了美国洛赛尔彭特的科学小说《两月中之建筑谭》。主编朱元善不仅对茅盾的翻译选材观，而且对茅盾的翻译批评观也有影响。然而，茅盾对朱元善不尊重原作者的翻译态度、用华变夷的翻译方法、缺乏翻译研究常识以及导致翻译质量差的情况进行了严厉批评。茅盾批评朱元善不尊重原作者的态度："这篇东西，却有原作者姓名，但朱元善把它勾掉了。"[1]茅盾还批评朱元善在译文中添加一些原文没有的词语的做法。例如，茅盾和沈泽民合译的《两月中之建筑谭》正在排印时，主编朱元善在该译文中加入了一些中国色彩浓厚的词语，如"香炉""笔洗"和"砚"等。"印出来后我看了觉得啼笑皆非。但如此把美国学生汉化，只此一回，亦只此一段。我终于说服了朱元善，不在翻译中'用华变夷'。"[2]另外，茅盾批评了朱元善因缺乏相关研究而在改编译文时出现失误的情况。在茅盾看来，当时朱元善给译者的报酬不高，导致译者没有责任心、译作质量差："翻译者既不署名，译错了也不负责，译文之潦草，自不待言。"[3]

主编张东荪支持茅盾的翻译选材观，他主编的《时事新报·学灯》经常刊登茅盾翻译的被压迫民族和弱小民族的文学作品。1919年，茅盾翻译的第一篇白话文小说是俄国契诃夫的《在家里》，刊登在《时事新报·学灯》上。后来，茅盾还翻译了12篇译作，包括8篇小说、2篇戏剧、2篇诗歌，也得到了张东荪的积极支持，刊登在《时事新报·学灯》上。茅盾翻译的8篇小说包括瑞典斯特林堡的《他的仆》、法国莫泊桑的《一段弦线》、俄国契诃夫的《卖诽谤的》和《方卡》、俄国高尔基的《情人》、俄国萨尔蒂科夫的《一个农夫养两个官》、波兰热罗姆斯基的《诱惑》和《暮》。茅盾翻译的两篇戏剧为奥地利施尼茨勒的《界石》和爱尔兰格雷戈里夫人的《月方升》；两篇诗歌为伊丽莎白·J. 科茨沃斯（Elizabeth J. Coatsworth）的《夜》和伊夫林·韦尔斯（Evelyn Wells）的《日落》。此外，张东荪在主编《解放与改造》时，也请茅盾翻译介绍政论方面的稿件。"我在这上面介绍的第一篇是张东荪给我的材料，叫《罗塞尔〈到自由的几

---

[1] 茅盾：《我走过的道路》（上），北京：人民文学出版社，1981年，第124页。
[2] 同上，第129页。
[3] 同上，第124-125页。

条拟径〉》。"¹茅盾在《解放与改造》上共发表了7篇译作。其中,茅盾翻译的3篇政论为德国尼采的《新偶像、市场之蝇》、美国勃烈生顿的《I. W. W. 的研究》以及《广义派政府下的教育》;2篇小说为法国巴比塞的《名誉十字架》和《复仇》;1篇戏剧为比利时梅特林克的《丁泰琪的死》;1篇文论为英国罗素的《社会主义下的科学与艺术》。

主编王蕴章也影响了茅盾的翻译选材观。王蕴章在主编《妇女杂志》期间,邀请茅盾投递关于妇女问题和婚恋问题的译作。仅1920年,茅盾在《妇女杂志》上共发表了13篇译作,包括10篇妇女问题作品、2篇戏剧、1篇小说。其中,妇女问题作品有美国沃德的《历史上的妇人》、美国纪尔曼夫人的《家庭生活与男女社交的自由》、瑞典爱伦·凯的《爱情与结婚》、英国格迪斯和托姆森的《两性间的道德关系》、戴维斯女士的《现在妇女所要求的是什么?》、恩淑南的《欧洲妇女的结合》、米尔兰的《将来的育儿问题》、海尔夫人的《女子的觉悟》和《妇女运动的造成》、《英国女子在工业上的情形》。茅盾翻译的两篇戏剧包括奥地利施尼茨勒的《结婚日的早晨》和瑞典斯特林堡的《情敌》,一篇小说为瑞典斯特林堡的《强迫的婚姻》。茅盾选择翻译的这些作品对当时的社会产生了强烈的冲击:"这意味着有五年之久的提倡贤妻良母主义的《妇女杂志》,在时代洪流的冲击下,也不得不改弦易辙了。以后《妇女杂志》每期都有我写的或译的文章。"²茅盾能够在短短的一年时间内在《妇女杂志》上发表13篇妇女问题方面的译作,与主编王蕴章的大力支持密不可分。

另外,茅盾在商务印书馆所做的标注译作工作对其博览深求译研结合观的形成和发展影响深远。1924年,茅盾在标注林纾译的《撒克逊劫后英雄略》时,对司各特其人其作以及文学史都进行了广泛阅读和深入研究。茅盾阅读完司各特的全部作品,还分析了司各特的各种传记和评论,此外还大量涉猎相关的文学史书籍,包括《十九世纪文学史》《十九世纪文学主潮》《英国文学史》《比较文学史》等。茅盾在博览深求的基础上,写出了一篇十分详尽的《司各特评传》,

---

1 茅盾:《我走过的道路》(上),北京:人民文学出版社,1981年,第132-133页。

2 同上,第155页。

"达到了当时还没有人写过的详细的《司各特评传》这一预定的目标了"[1]。在该评传中，茅盾介绍了司各特的文学地位、生活经历、重要著作、司各特历史小说的特点以及批评家对司各特和作品的各种评价。

除了撰写《司各德评传》，茅盾还写了三个附录：《司各德重要著作解题》《司各德著作编年录》《司各德著作的版本》。在《司各德重要著作解题》中，茅盾介绍了司各特的25部重要作品，包括3首叙事诗和22部小说。在《司各德著作编年录》中，茅盾整理了司各特从25岁到60岁发表的译作和创作，并评析了其中一些作品。在《司各德著作的版本》中，茅盾介绍了《华弗莱小说集》的12种版本和《司各德全集》的各种版本。茅盾花了大量时间和精力撰写的三个附录为中国读者提供了关于司各特及其作品的详尽资料。

1925年，茅盾在校注伍光建翻译的法国大仲马的小说《侠隐记》时，写了一篇《大仲马评传》，介绍了大仲马的生平和评论界的各种观点。茅盾在写《大仲马评传》时，对原作者和作品也进行了相关研究："我是根据大仲马的《回忆录》、丹麦布兰兑斯的《十九世纪文学主潮》、法国著名文学史家法格（E. Faguet）的《法国文学史》来写这篇评传的。"[2]茅盾在商务印书馆对译作的标注工作和对外国作家的评传工作不仅有利于中国读者对原作者和作品的深入了解，还对茅盾博览深求的译研结合观的形成产生了深远影响。

（二）"左联"的工作经历对茅盾翻译思想的影响

1930年，茅盾结束了在日本的流亡生活，回到上海加入了中国左翼作家联盟，1931年担任"左联"的行政书记。此期工作对其翻译选材观、翻译目的观和翻译态度都产生了重要影响。

茅盾在"左联"工作期间，特别注重翻译被压迫民族和弱小民族的文学作品。仅在1934年，茅盾就翻译介绍了很多外国文学作家作品，尤其是弱小民族的短篇小说："我翻译了短篇小说十三篇，写了外国文学评介十二篇。翻译的小说

---

1 茅盾：《我走过的道路》（上），北京：人民文学出版社，1981年，第230页。
2 同上，第234页。

都是弱小民族作家的作品。"[1] 1935年，文化生活出版社出版了茅盾的译文集《桃园》："这一本《桃园》是我在三十年代翻译弱小民族文学的成果。"[2]

茅盾在"左联"工作时吸收丹麦勃兰兑斯的评论方法，在实践中收到了良好的效果。茅盾喜欢阅读丹麦文学评论家勃兰兑斯的《十九世纪文学主潮》，尤其喜欢作者用讲故事的方式来描绘文学史的发展、作家生平及其性格、作品的特点等。在阅读勃兰兑斯的作品时，茅盾体会到的是一种愉快的艺术享受，而不是枯燥的教条说教。因此，茅盾在接受《中学生》约稿时，也想学习此法以供己用。于是，茅盾选择了一些外国文学史各个时期的文学名著，用讲故事的形式向中国读者介绍了西方的文学思潮、文学流派、作家和作品，"描出了一幅西洋文学发展的简图"[3]。茅盾发表的文章《〈伊里亚特〉和〈奥德赛〉》受到广大读者的欢迎。于是，编辑又向茅盾约稿，希望能用该方法撰写新的文章。后来，茅盾发表的这些系列文章由开明书店出版，名为《世界文学名著讲话》。

茅盾在"左联"的工作经历对其认真的翻译态度影响至深。1935年，翻译和介绍外国文学是茅盾重要的文学活动。除了出版《世界文学名著讲话》，茅盾应亚细亚书局老板的邀请，写了一部同类性质的《汉译西洋文学名著》。《汉译西洋文学名著》主要介绍了32位外国著名作家的32篇代表作品。茅盾本着认真负责的态度撰写了《汉译西洋文学名著》，他认为对世界文学名著的分析不能离开以前的译本，"重复的译本也要找来，以便比较和选择"[4]。在茅盾看来，《世界文学名著讲话》中的各篇文章是花了许多精力和时间精雕细作而成，《汉译西洋文学名著》是在老板的硬邀下急急忙忙赶出来的。尽管如此，茅盾在撰写过程中依然不敢马虎，"看书的时间却三四倍于写作的时间，因为必须浏览一下所有的译文"[5]。

可见，茅盾的翻译选材观、翻译目的观和翻译态度的形成和发展与其"左联"的工作经历紧密相关。

1　茅盾：《我走过的道路》（上），北京：人民文学出版社，1981年，第267页。
2　同上。
3　同上，第268页。
4　同上，第273页。
5　同上。

（三）抗战岁月中的工作经历对茅盾翻译思想的影响

抗日战争爆发后，茅盾开始了在祖国各地奔波的忙碌生活。茅盾在新疆、延安和重庆的工作环境对其影响颇深。

1939年，茅盾在新疆落入盛世才的虎口，平常只能多观察、少说话、少动笔。为了纪念苏联十月革命，茅盾写了《诚恳的希望》和《二十年来的苏联文学》两篇文章。"当时在新疆宣传苏联还不犯忌，或者说还不易被捉住把柄，所以我能比较'痛快'地下笔。"[1]在《诚恳的希望》中，茅盾指出自己在"五四运动"时期对被压迫民族文学尤其是苏俄文学的译介是出于政治上的热心，是为了让中国人民从外国文学作品中获取斗争的经验，增添必胜的信心，从而实现唤醒民众和促进社会革新的翻译目的。在《二十年来的苏联文学》中，茅盾简要回顾了苏联文学所经历的三个重要阶段，为中国读者更好地了解苏联文学提供了相关背景知识。在茅盾看来，当时新疆的民族问题犹如随时可能爆发的火山，因此，顺利解决新疆的民族问题是解决新疆其他问题的关键。茅盾翻译了苏联阿斯拉诺伐的政论《民族问题解决了》，"趁纪念十月革命节之机，选择了这篇苏联如何解决民族问题的文章翻译出来，借他人之酒浇心中之块垒"[2]。茅盾通过翻译介绍苏联作品来解决当时新疆的民族问题危机，体现了其翻译的政治目的。

茅盾在延安的工作经历影响了其取精用宏的翻译目的观和博览深求的译研结合观。1940年，延安文艺界对民族形式问题的讨论十分热烈。毛泽东提出中国文化应有自己的民族形式，要剔除封建糟粕和吸收民主精华来提升中国文化。茅盾在《旧形式、民间形式与民族形式》中，指出需要继承中国古典文学艺术的优秀传统和吸收世界古典文学名著的精华，提炼出新鲜活泼的元素，创造具有中国特色的新文学。在《抗战期间中国文艺运动的发展》中，茅盾认为民族形式除了批判吸收中国古代的文学传统外，还要消化吸收世界文学名著的精华。此外，茅盾在延安期间定期参加三个学术研讨会：范文澜和吕振羽组织的中国历史讨论会、艾思奇主持的哲学座谈会和张闻天主持的政治学术会议。这样的跨学科研讨有利

---

[1] 茅盾：《我走过的道路》（下），北京：人民文学出版社，1988年，第165页。
[2] 同上，第167页。

于茅盾提升自己在历史、政治和哲学等方面的跨学科素养。1945年，茅盾编写了《现代翻译小说选》，约30万字，并撰写了1万字左右的序言——《近年来介绍的外国文学——国际反法西斯文学的轮廓》。在该序言中，茅盾介绍了中国抗战以来译介世界古典文学名著、苏联文学、英美反法西斯战争文学以及德、法、意大利等国家的反法西斯战争文学概况。"为了写这篇序，我阅读了大量的译文和资料，付出巨大的劳动，这件事至今仍深深地留在我的记忆中。"[1]茅盾在艰难的抗战岁月中仍然坚持大量阅读资料，为中国读者提供更多外国的背景知识，体现了他博览深求的译研结合观。

在重庆工作时，当重庆的文艺家在国民党严厉的审查制度下纷纷翻译介绍世界古典文学名著时，"茅盾适应当时政治形势需要，着重译介苏联卫国战争的文学作品"[2]。1943年到1945年，茅盾共翻译了13篇苏联小说，其中有10篇收入了1946年出版的《苏联爱国战争短篇小说译丛》，包括吉洪诺夫的《苹果树》《母亲》《新生命的降生》、索波列夫的《蓝围巾》《狙击兵》、西蒙诺夫的《共通的言语》、彼得罗夫的《审问及其他》、杜甫辛科的《作战前的晚上》、柯热夫尼科夫的《上尉什哈伏隆科夫》以及潘菲罗夫的《我们落手越来越重了》。茅盾翻译的另外3篇苏联卫国战争小说译作为巴甫连科的《复仇的火焰》、索波列夫的《他的意中人》以及格罗斯曼的《人民是不朽的》。茅盾在重庆艰难的抗战环境中，选择翻译这些苏联的卫国战争小说，目的在于反抗国民党的文化"围剿"，增强中国人民抗战必胜的信心和勇气。

（四）新中国文化部的工作经历对茅盾翻译思想的影响

新中国成立后茅盾任第一届文化部部长、全国文协主席、全国文联副主席、《人民文学》和《译文》的主编。

新中国的工作经历对茅盾的翻译选材观有十分重要的影响。1949年，茅盾在《〈人民文学〉发刊词》中指出，新中国需要学习和借鉴世界各国的优秀文学遗

---

1 茅盾：《我走过的道路》（下），北京：人民文学出版社，1988年，第335页。
2 黎舟：《茅盾的译介外国文学历程》，载《齐鲁学刊》，1984年第1期，第115页。

第三章
追根溯源：茅盾翻译思想的形成原因

产："要求给我们译文。在这一项，我们的最大的要求是苏联和新民主主义国家的文艺理论，群众性文艺运动的宝贵经验，以及卓越的短篇作品；其次是资本主义国家的革命的进步的作品和文艺批评以及欧美古典文学的批判的现实主义的作品。"[1]1953年，茅盾在《〈译文〉发刊词》中指出，新中国除了翻译介绍苏联和其他人民民主国家的优秀社会主义现实主义文学作品外，还要借鉴外国古典文学名著，此外还要借鉴资本主义国家和殖民地半殖民地国家的进步文学作品。1954年，茅盾作为新中国第一任文化部部长，在全国文学翻译工作会议上提出要广泛翻译介绍古今中外的优秀文学作品来促进中国的政治、文学、文化等方面的建设。

> 从古代到现代，从东方到西方，从荷马的史诗到苏联最新的文学成果，从印度的《摩诃婆罗多》、《罗摩衍》到今天的法国的阿拉贡，美国的法斯特，一切世界文学的最高成就和优秀作品，它的数量是无限浩瀚的，它的内容是无限丰富的，而这一切，都为今天中国人民所需要，都必须成为我国人民文化生活中不可缺少的精神食粮，必须成为培养和灌溉我们正在创造中的社会主义文学艺术的养料。[2]

在茅盾看来，在新中国成立以前，文学翻译工作中的无组织无计划的状态不可避免，但是新中国成立以后如果这种状态继续存在，就说明相关机构部门的领导没有尽到责任。作为新中国文学翻译工作的领导者和组织者，茅盾提出要加强翻译印度、阿拉伯、日本等国家的古典文学名著，翻译欧洲最重要的作家作品，翻译苏联的优秀文学作品和其他人民民主国家的现代文学作品。"文学翻译必须

---

[1] 茅盾：《〈人民文学〉发刊词》，载1949年10月25日《人民文学》创刊号。见茅盾，《茅盾全集》（第二十四卷·中国文论七集），北京：人民文学出版社，1996年，第90页。

[2] 茅盾：《为发展文学翻译事业和提高翻译质量而奋斗——一九五四年八月十九日在全国文学翻译工作会议上的报告》，载1954年10月1日《译文》十月号。见茅盾，《茅盾全集》（第二十四卷·中国文论七集），北京：人民文学出版社，1996年，第303-304页。

在党和政府的领导下由主管机关和各有关方面，统一拟订计划，组织力量，有方法、有步骤的（地）来进行。"[1] 在茅盾看来，新中国进入社会主义建设时期后，翻译选材不能无组织无计划，必须在相关机构部门的领导下有计划有组织地进行。

新中国成立后，茅盾认为当时的翻译界缺乏浓厚的翻译批评与自我批评的氛围，强调加强翻译批评与自我批评工作的重要性。在茅盾看来，当时的翻译批评工作有三个不足：第一，对轻率的翻译态度和粗制滥造的译本缺乏应有的、及时的批评；第二，对优秀的译本缺乏应有的表扬与推荐；第三，对译文没有大错，但却和原作不太相称的译本很少批评或简直没有批评。因此，茅盾强调必须加强翻译批评和自我批评工作，从辩证的角度提出"要不容情地批评有些译者把翻译当作最方便的名利双收事业的资产阶级思想。同时也要赞扬态度严肃、对读者负责的译者反复修改自己的译稿，或把已出版的译本收回停印，重新加以修订或改译，这样的自我批评的精神"[2]。在茅盾看来，过去的翻译批评侧重于指出译本字句的误译，因此新中国的翻译批评要对译本做本质和全面的批评。茅盾认为，通过对原作的理解表达、译本语言的应用、译者的态度修养等进行全面深入的批评，译界才能树立严肃认真的翻译风气，进而逐步提高翻译质量。

另外，茅盾强调要把新中国的文学翻译工作提高到艺术创造性的水平，以提高文学翻译的质量。茅盾把翻译标准分为一般翻译的标准和文学翻译的标准：一般翻译最低限度的标准就是用明白晓畅的译文忠实传达出原作的思想内容；而文学翻译则需要有更高的标准，因为文学的翻译是用另外一种语言传达原作的艺术意境，让译文读者在阅读译文时获得和原文读者阅读原文时一样的启发和感动。在茅盾看来，这样的翻译过程需要译者深刻理解原作者的思想，并用适当的文学语言表达原作的艺术风格，艺术创造性的翻译是必要的和可能的。

新中国成立后，茅盾站在民族的高度，在翻译选材上提出要学习借鉴古今中

---

1 茅盾：《为发展文学翻译事业和提高翻译质量而奋斗——一九五四年八月十九日在全国文学翻译工作会议上的报告》，载1954年10月1日《译文》十月号。见茅盾，《茅盾全集》（第二十四卷·中国文论七集），北京：人民文学出版社，1996年，第307页。

2 同上，第316页。

外一切优秀文学成果,在翻译标准上提出艺术创造性的翻译,在翻译批评上强调要加强批评与自我批评工作。作为新中国第一任文化部部长,茅盾就是要领导全国的文学翻译工作。他深深意识到了提高文学翻译质量的重要性,并在工作中努力奋斗,推动中国翻译事业的发展。

第二节　政治因素对茅盾翻译思想的影响

中国各个历史时期的政治因素对茅盾翻译思想的形成和发展具有重要影响。"五四运动"时期的"为人生"、土地革命时期的"为阶级"、抗日战争和解放战争时期的"为抗战和民主"、新中国成立后"为建设"的政治因素影响了茅盾的翻译目的观、翻译选材观和翻译批评观。

一、"为人生":"五四运动"时期政治因素对茅盾翻译思想的影响

"五四运动"时期"为人生"的政治因素对茅盾的翻译思想影响很深。

《新青年》杂志对茅盾的翻译目的观有重要影响。根据胡愈之的回忆,每当新的一期《新青年》杂志发行时,他都会去群益书局购买,几乎每次他都会在那里碰见茅盾。"五四前后茅盾常从《新青年》中获得灵感或启发,《新青年》已成为引导他行为的一个坐标。"[1]1917年,《新青年》刊登了胡适的《文学改良刍议》和陈独秀的《文学革命论》,这个刊物影响了一大批知识分子。茅盾为了响应《新青年》的号召,发表了《学生与社会》和《一九一八年之学生》两篇文章:"那时对我思想影响最大,促使我写出这两篇文章的,还是《新青年》。"[2]在第一篇社论《学生与社会》中,茅盾提出学生要慎重、乐观、谦虚、自主,通过努力奋斗来建设新事业,要为民族和社会贡献自己的力量。茅盾在《一九一八年之学生》中提出"革新思想"、"创造文明"和"奋斗主义",表达了爱国主义和民主主义的思想。"《新青年》成为对青年时期的茅盾思想影响最大的一种

1　陆志国:《茅盾五四伊始的翻译转向:布迪厄的视角》,载《解放军外国语学院学报》,2013年第2期,第92页。
2　茅盾:《我走过的道路》(上),北京:人民文学出版社,1981年,第128页。

刊物"[1]，对他以后提出通过翻译实现解放民众和促进社会革新的政治目的有积极影响。

《新青年》杂志还对茅盾的翻译选材观有所影响。"受《新青年》的影响，茅盾从故纸堆中抬起头来，把目光投向社会，投向世界，尤其注意'十月革命'后的苏俄。他如饥似渴地寻觅着苏俄材料，包括各类文学杂志。"[2]1919年，茅盾发表了第一篇关于俄国文学的评论文章《托尔斯泰与今日之俄罗斯》，介绍了俄国文学特色、托尔斯泰生平及著作、托尔斯泰对俄国文学和世界文学的影响。"从一九一九年起，我开始注意俄国文学，搜求这方面的书。这也是读了《新青年》给我的启示。"[3]接着，茅盾还发表了很多介绍俄国文学作家作品的文章。茅盾在《文学家的托尔斯泰》中，介绍了托尔斯泰的人道主义、无抵抗主义、非战主义和简朴主义。在《托尔思泰的文学》中，茅盾介绍了托尔斯泰著作的风格和特色。在《陀思妥以夫斯基带了些什么东西给俄国？》中，茅盾指出陀思妥耶夫斯基带给俄国的礼物是永久真实的人性，其动人的文学作品有翻译介绍到中国的价值。茅盾在《陀思妥以夫斯基的思想》中，介绍了陀思妥耶夫斯基性善论的思想，在《陀思妥以夫斯基在俄国文学史上的地位》中认为陀思妥耶夫斯基博大深厚的同情和细腻的描写手法使他成为世界一流作家。除了撰写有关俄国文学的文章外，茅盾还翻译了俄国的文学作品。1919年茅盾共翻译了5篇俄国小说：契诃夫的《在家里》《卖诽谤的》《方卡》、高尔基的《情人》和萨尔蒂科夫的《一个农夫养两个官》。茅盾翻译的这些小说反映了婚姻和人性解放等问题，与《新青年》所倡导的社会革新思潮比较一致。

其次，"五四运动"对茅盾的翻译目的观和翻译选材观产生了重要影响。1919年"五四运动"爆发后，茅盾专门去聆听北京学生联合会代表在上海的讲演。随着"五四运动"的深入开展，茅盾也投身中国政治运动的洪流中。当时中国的许多有识之士纷纷把目光转向西方，希望通过学习和借鉴外国的先进文学文化促进中国的发展。茅盾也不例外，希望通过翻译介绍外国文学来借鉴西方的现

1　王芳：《茅盾与读书》，济南：明天出版社，1999年，第95页。
2　钟桂松：《茅盾正传》，南京：江苏文艺出版社，2010年，第20页。
3　茅盾：《我走过的道路》（上），北京：人民文学出版社，1981年，第131页。

第三章
追根溯源：茅盾翻译思想的形成原因

代思想和文学技术，以实现促进中国社会发展和新文学建设的目的。"我认为如此才能取精用宏，吸取他人的精萃（粹）化为自己的血肉；这样才能创造划时代的新文学。"[1]此外，由于受到"五四运动"反帝反封建思想的影响，茅盾在翻译选材上倾向于"为人生的艺术"，翻译了许多被压迫民族和弱小民族的文学作品，尤其是俄国的文学作品。"'五四'运动爆发了，在它的影响和推动下，我开始专注于文学，翻译和介绍了大量的外国文学作品。"[2]1919年茅盾在"五四运动"后的几个月里翻译了8篇小说，包括俄国契诃夫的《在家里》《卖诽谤的》《方卡》，俄国高尔基的《情人》、俄国萨尔蒂科夫的《一个农夫养两个官》、法国莫泊桑的《一段弦线》、瑞典斯特林堡的《他的仆》、波兰热罗姆斯基的《诱惑》。此外，茅盾还翻译了3个剧本，分别是奥地利施尼茨勒的《界石》、爱尔兰格雷戈里夫人的《月方升》和比利时梅特林克的《丁泰琪的死》。

中国共产党组织对茅盾的翻译选材观和翻译批评观产生了积极影响。1920年，茅盾加入上海共产党小组："李达任主编，我一参加共产党小组，他就约我写文章。"[3]于是，茅盾在《共产党》刊物上共发表了4篇译文：《共产主义是什么意思》《美国共产党党纲》《美国共产党宣言》《共产党国际联盟对美国I. W. W.的恳请》。在翻译这些文章的过程中，茅盾加强了对共产党组织、马克思主义和无产阶级革命的认识。茅盾选择翻译的这些文章对中国共产党早期的理论建设做出了重要贡献："对中国共产党初期党的建设和中国共产党人面对新的一页历史，具有很高的借鉴参考价值，是极宝贵的中共建创文献史料。"[4]此外，中国共产党组织还影响了茅盾的翻译批评观。1924年，对于印度诗人泰戈尔访华，中国大致有两派不同的意见：一派欢迎追随光明、帮助农民革命的泰戈尔，另一派欢迎逃入虚空、陶醉在诗的灵园的泰戈尔。泰戈尔的访华引起了知识分子的讨论，也引起了中国共产党组织的关注。"中央认为，需要在报刊上写文章，表明我们

---

[1] 茅盾：《我走过的道路》（上），北京：人民文学出版社，1981年，第134页。
[2] 同上，第132页。
[3] 同上，第175页。
[4] 钟桂松：《悠悠岁月——茅盾与共和国领袖交往实录》，北京：人民出版社，2009年，第5页。

对泰戈尔这次访华的态度和希望。我的这两篇文章，就是根据这个精神写的。"[1] 茅盾在文章《对于泰戈尔的希望》中指出，我们敬重泰戈尔是一个怜悯弱者、帮助农民反抗帝国主义的诗人，因此欢迎实行农民运动、追随光明的泰戈尔。在《泰戈尔与东方文化》一文里，茅盾批评了泰戈尔所谓东方文明的实质。在中国共产党组织的影响下，茅盾对泰戈尔的访华采取了一分为二的态度。

二、"为阶级"：土地革命时期政治因素对茅盾翻译思想的影响

土地革命时期，国民党对革命文学实行文化"围剿"，审查十分严格，进步书刊常被查禁，革命文学家甚至有生命危险。茅盾在如此艰难的环境中，把译介外国文学作为反抗国民党"文化围剿"的一种斗争方式。

"为阶级"的政治因素影响了茅盾的翻译目的观。1934年，国民党大规模查禁"左翼"作家的革命进步书刊。于是，茅盾和鲁迅等一起商量创办《译文》，希望通过积极译介外国文学来反抗国民党的"文化围剿"实现其政治目标："通过介绍苏联及其他国家的革命的和进步的文学作品的方法，来反抗国民党反动政府的压迫，突破国民党反动派在文艺战线上的包围和封锁。"[2] 茅盾和鲁迅还希望《译文》能实现一定的文学目标，通过翻译介绍苏联和其他国家的革命进步文学作品，"来推动当时作家们对于现实主义创作方法的学习"[3]。可见，"为阶级"的政治因素对茅盾的翻译目的观产生了深刻的影响。

此外，"为阶级"的政治因素影响了茅盾的翻译选材观。1934年，国民党对上海的大型文艺刊物《文学》进行严格审查，茅盾等编委决定变被动为主动，对国民党的文化"围剿"进行"反围剿"："一期为翻译专号，一期为创作专号，一期为弱小民族文学专号，一期为中国文学研究专号。"[4] 茅盾和傅东华负责主编翻译专号和弱小民族文学专号。1934年，《文学》翻译专号刊登了英、美、俄、

---

1 茅盾：《我走过的道路》（上），北京：人民文学出版社，1981年，第245页。
2 茅盾：《〈译文〉发刊词》，载1953年7月1日《译文》创刊号。见茅盾，《茅盾全集》（第二十四卷·中国文论七集），北京：人民文学出版社，1996年，第251页。
3 同上。
4 茅盾：《我走过的道路》（中），北京：人民文学出版社，1984年，第222页。

法、德、挪威、丹麦等12个国家的小说、散文、戏剧、诗歌等译作21篇。茅盾翻译了荷兰茵娜·包地·巴克尔的小说《改变》。茅盾在《文学》弱小民族文学专号上发表了《英文的弱小民族文学史之类》，介绍了波兰等弱小民族的文学史和新犹太的戏曲发展概况。另外，茅盾还发表了6篇弱小民族的小说译作，包括波兰泰特马耶尔的《耶稣和强盗》、斯洛文尼亚斯罗伐尼的《门的内哥罗之寡妇》、罗马尼亚萨多维亚努的《春》等。《文学》的四期专号通过了国民党的审查，茅盾等革命文学家对国民党的文化"围剿"进行了"反围剿"。

为了反抗国民党的文化"围剿"，积极传播进步文化，茅盾1934年至1935年在《译文》上共发表了12篇译作，其中小说和文论各6篇。茅盾翻译的6篇小说包括希腊德罗西尼斯的《教父》、A. 蔼夫达利哇谛斯的《安琪吕珈》、克罗地亚雅尔斯基的《娜耶》、N. 奥格列曹维支的《两个教堂》、匈牙利米克沙特的《皇帝的衣服》、美国欧·亨利的《最后的一张叶子》。茅盾翻译的6篇文论有5篇都是苏联作品，包括勃拉戈伊的《莱蒙托夫》《蒲留梭夫——时代的镜子》、A. 亚尼克斯德的《普式庚是我辈中间的一个》、卢纳察尔斯基的《关于萧伯讷》、A. 泰洛夫的《怎样排演古典剧》，另外一篇文论为荷兰J. 哈恩铁斯的《现代荷兰文学》。茅盾在《译文》上发表的12篇译作中，译自苏联的作品最多。"在国民党反动统治的白色恐怖之下，翻译和传播革命文艺理论和苏联的社会主义现实主义文学的工作，有它极其巨大的政治意义。"[1]因此，在"为阶级"的政治因素影响下，茅盾和其他革命文学家一起，努力译介世界各国进步文学，不仅突破了国民党反动统治的文化封锁，还积极传播革命进步文化，促进了中国文学的发展。

1　茅盾：《联系实际，学习鲁迅——在鲁迅先生诞生八十周年纪念大会上的报告》，载1961年《文艺报》第九期。见茅盾，《茅盾全集》（第二十六卷·中国文论九集），北京：人民文学出版社，1996年，第231页。

三、"为抗战民主":抗日战争和解放战争时期政治因素对茅盾翻译思想的影响

抗日战争和解放战争为中国文学翻译事业的发展开辟了新的道路。"茅盾开始将注意力转向苏联文学的翻译介绍"[1]上,抗日战争时期"为抗战"和解放战争时期"为民主"的政治因素对茅盾的翻译选材观和翻译目的观产生了一定影响。

抗日战争时期"为抗战"的政治因素影响了茅盾的翻译选材观和翻译目的观。抗战开始后,茅盾认为任何工作都应和抗战联系起来,当时最迫切的任务是鼓舞中国民众参与抗战。"戏剧歌咏等都是发动民众的工具,小说自然也是许多工具当中的一种。"[2]于是,茅盾致力翻译苏联作品,尤其是关于苏联卫国战争的小说。1939年至1945年茅盾共翻译了苏联作品16篇,包括小说13篇、散文2篇、政论1篇。其中,茅盾共有10篇小说译作收入了1946年永祥印书馆出版的《苏联爱国战争短篇小说译丛》,这令茅盾感到非常欣慰:"译介苏联卫国战争文学的工作,在我的文学生涯中,依然值得记上一笔。"[3]茅盾在《苏联爱国战争短篇小说译丛》的后记里提出当时选择翻译这些苏联卫国战争小说的原因在于苏联红军经常获得胜利,中国战场却常常是敌进我退;但是,这些消息却被国民党封锁,而诋毁苏联红军的文章却可发表。在这样的政治背景下,茅盾选择翻译了许多苏联的卫国战争文学作品。"翻译的用意,无非想让读者看看:同样在战争中,人家是怎样的。因为是这样打算的,所以选材之时,范围务求其广,曾经努力搜求凡能表现战时苏联人民生活各方面的作品,企图作一个比较全盘的介绍"[4]。因此,在"为抗战"的政治因素影响下,茅盾选择翻译苏联作品就是为了让中国人民了解苏联人民如何通过抗争获得最后的胜利,从而增强中国人民抗战必胜的信心。

---

1 甘露:《"疗救灵魂的贫乏,修补人性的缺陷"——茅盾文学翻译思想的文化解读》,载《湖北民族学院学报》(哲学社会科学版),2008年第6期,第126页。
2 茅盾:《文艺大众化问题——二月十四日在汉口量才图书馆的讲演》,载1938年3月《救亡日报》。见茅盾,《茅盾全集》(第二十一卷·中国文论四集),北京:人民文学出版社,1991年,第354页。
3 茅盾:《我走过的道路》(下),北京:人民文学出版社,1988年,第335页。
4 同上,第334-335页。

解放战争时期"为民主"的政治因素对茅盾的翻译选材观和翻译目的观有所影响。1945年，周恩来提议重庆文化界为茅盾举行50岁祝寿活动："这是进步文艺界的一件大事，是文艺界的朋友荟萃一堂向国民党的一次示威，对于当前的民主运动也是一个推动。"[1]在文化界的鞭策和鼓励下，茅盾增强了为民主奋战到底的信心："我一定要看见民主的中国的实现，否则我就是死也不会瞑目的！"[2]茅盾在解放战争时期翻译了3篇苏联小说，包括契诃夫的《这女人是谁》、西蒙诺夫的《蜡烛》和卡泰耶夫的《团的儿子》。此外，茅盾还翻译了苏联西蒙诺夫的戏剧《俄罗斯问题》，介绍俄罗斯民主政治来影射当时的政治腐败问题，并呼吁中国人民起来抗争以得自由和解放。1946年底，茅盾夫妇应邀访问苏联。1947年访苏结束，茅盾回到上海大力宣传苏联的民主生活，并发表了《苏联见闻录》和《杂谈苏联》，对苏联的政治、经济、文化等情况进行了详尽的介绍。"这对于正在进行解放战争的中国人民是极大的鼓舞，对国民党的法西斯独裁也是一种鞭挞。"[3]在茅盾看来，当时中国还有很多人对苏联不了解，甚至感到恐慌，这反映出他们对即将建立的新中国的疑虑，因此，"把苏联的真相介绍给广大的读者，也许能在某种程度上消除这些疑虑而为新中国的到来作（做）些思想上的准备"[4]。可见，解放战争时期"为民主"的政治因素影响了茅盾的翻译选材观和翻译目的观。

四、"为建设"：新中国成立后政治因素对茅盾翻译思想的影响

新中国成立后，茅盾任新中国第一任文化部部长，"为建设"的政治因素对茅盾的翻译思想产生了深刻影响。"作为一个大国的文化部部长，作为处在政治第一线的领导，又处在最为敏感的文化战线，对政治运动自然首当其冲。"[5]毛泽东的重要讲话精神和周恩来对外国文学作品翻译的具体指示对茅盾的翻译思想产

---

[1] 茅盾：《我走过的道路》（下），北京：人民文学出版社，1988年，第367页。
[2] 同上，第372-373页。
[3] 李标晶：《茅盾传》，北京：团结出版社，1990年，第224页。
[4] 茅盾：《我走过的道路》（下），北京：人民文学出版社，1988年，第456页。
[5] 钟桂松：《茅盾传——坎坷与辉煌》，郑州：河南文艺出版社，1998年，第300页。

生了深远影响。

受毛泽东重要讲话精神影响，茅盾认为文艺要为工农兵服务和为无产阶级政治服务，毛泽东的延安讲话精神指示了文艺如何服务大众的方向。"毛主席的光辉著作《在延安文艺座谈会上的讲话》就是教导我们如何为工农兵服务，为无产阶级政治服务的万宝全书。"[1]在茅盾看来，自己每次学习毛泽东的延安文艺座谈会上的重要讲话后，都会有一种醍醐灌顶的感觉，"真像是在又疲倦又热又渴的时候喝了甘洌的泉水一样，读完这本书后全身感到愉快，心情舒畅，精神陡然振作起来"[2]。茅盾认为，在新中国社会主义建设时期，文艺工作者们应该以毛泽东在延安的重要讲话为指导，在学习借鉴外国文学的同时，还要善于从中国传统文学中剔除糟粕、吸收精华，才能更好地促进社会主义文学事业的发展。在茅盾看来，党的领导和政治挂帅是一切文化艺术工作的灵魂，在翻译介绍世界各国文学时，必须通过认真学习来深刻理解毛泽东讲话中的精髓。"毛主席的《在延安文艺座谈会上的讲话》是马列主义文艺理论的总结和发展。掌握了这个强大的思想武器，才能使介绍世界文学的工作，真能为我国的社会主义革命和社会主义建设的宏伟事业尽其运输精神食粮的任务。"[3]因此，毛泽东的重要讲话精神对茅盾提倡通过翻译介绍世界文学来实现取精用宏的翻译目的观产生了不可估量的影响。

周恩来在新中国文学翻译工作中的重要指示对茅盾的翻译选材观也有重大影响。作为新中国第一任文化部部长，茅盾提出文学翻译工作要注意计划性和组织性，并召集相关专业人士讨论研究外国文学的翻译选题。大家反复讨论后拟订了世界文学名著一千部的翻译计划，并把该计划方案上报给周恩来总理。周恩来看了该翻译计划后专门找了茅盾等几位专家谈话，首先询问该翻译目录是如何产生

---

[1] 茅盾：《毛主席的文艺路线万古长青》，载1977年9月20日《人民文学》第九期。见茅盾，《茅盾全集》（第二十七卷·中国文论十集），北京：人民文学出版社，1996年，第210页。

[2] 钟桂松：《悠悠岁月——茅盾与共和国领袖交往实录》，北京：人民出版社，2009年，第46页。

[3] 茅盾：《向鲁迅学习》，1981年《世界文学》第4期。见茅盾，《茅盾全集》（第二十七卷·中国文论十集），北京：人民文学出版社，1996年，第224页。

的，茅盾等人回答是为了借鉴外国文学而拟定的。周恩来认为对外国文学的借鉴不是笼统的借鉴，而是要通过翻译介绍外国文学来适应中国无产阶级革命和社会发展的需要。周恩来对茅盾等人上报的翻译选材计划提出了批评，认为这是根据欧洲资产阶级名著的标准来进行选择的，不符合中国无产阶级革命事业的发展需要。然后，周恩来对外国文学的翻译选材提出了指示："希腊、罗马的古典作品可以暂缓翻译，十九世纪末期的欧洲的批判现实主义作品应当择其最富有现实意义的，尽先翻译。"[1]由此可知，茅盾在宏观指导中国文学翻译事业的建设过程中，周恩来总理起了重要作用。

综上所述，"五四运动"时期"为人生"、土地革命时期"为阶级"、抗日战争和解放战争时期"为抗战和民主"、新中国成立后"为建设"的政治因素对茅盾的翻译目的观和翻译选材观产生了深远影响。

第三节　文化因素对茅盾翻译思想的影响

文化因素对茅盾翻译思想的影响主要包括茅盾故乡乌镇地域文化、中国传统文化和外国文化的影响。这些文化因素对茅盾的翻译目的观、译研结合观和翻译批评观都产生了重要影响。

一、乌镇地域文化对茅盾翻译思想的影响

茅盾出生于今浙江省嘉兴市桐乡市乌镇，他在那里度过了童年和少年时代。后来，茅盾走遍了大半个中国，对故乡乌镇一直无限依恋："漫长的岁月和迢迢千里的远隔，从未遮断过我的乡思。"[2]乌镇的一草一木都给茅盾留下了深刻印象。

乌镇的地域文化对茅盾翻译目的观的形成发展产生了一定的影响。乌镇以前

---

[1] 茅盾：《敬爱的周总理给予我的教诲的片段回忆》。见茅盾，《茅盾全集》（第二十七卷·中国文论十集），北京：人民文学出版社，1996年，第203页。
[2] 茅盾：《可爱的故乡》，载1980年5月25日《浙江日报》。

是两省、三府、七县交界的重镇¹，地处水陆交通要道，是往来商贩的必经之地。当时乌镇的商业和手工业都很发达，被誉为"鱼米之乡"和"丝绸之府"。乌镇有一棵千年以上的银杏树，"古树名木是地域文化的组成部分"²。关于这棵银杏树的来历有一个传说：唐代的乌赞将军为了平息叛乱，在战略要地乌镇英勇杀敌，不幸落入叛军陷阱而牺牲。人们在厚葬了乌赞将军和他的战马青龙驹后，发现坟上长出了一棵银杏树。于是，为了纪念这位爱国将军，人们特在墓旁修建了乌将军庙，刻上"大树属将军"五个字。"这个传说在茅盾幼小的心灵里留下了深刻的印象，也产生了很大的影响。茅盾钦佩乌将军的爱国情怀和英雄壮举。"³

乌镇的地域文化影响了茅盾译研结合的观念。梁昭明太子曾在乌镇建造了东、西两座宝塔。当时，梁昭明太子在西塔中刻苦读书，仔细钻研，完成了中国文学史上著名的《昭明文选》。幼年茅盾经常听说昭明太子在塔中终日诵读完成《昭明文选》的故事。"茅盾十分敬佩昭明太子，希望自己也像他那样发愤读书，博学多闻。"⁴他在晚年时对这个名胜古迹依然记忆犹新。"宝塔是乌镇历史文化的组成部分之一，也是乌镇地方文化的历史积淀物，它不仅是乌镇历史的见证，也是启迪后人思索，激励后人勤学的一条祖鞭。"⁵可见，乌镇的历史文化在潜移默化中培养了茅盾广泛诵读和潜心钻研的习惯。

二、中国传统文化对茅盾翻译思想的影响

茅盾受中国传统文化的浸润，广泛阅读中国的古典名著。此外，中国文化名人屈原和唐朝的盛世文化对茅盾影响颇大。

茅盾在青年时期"经史子集无所不读。在古典文学方面，任何流派我都感

1　两省指江苏和浙江，三府指湖州、苏州、嘉兴，七县指乌程、归安、石门、桐乡、秀水、吴江、震泽。
2　钟桂松：《茅盾与故乡》，成都：四川文艺出版社，1991年，第61页。
3　王芳：《茅盾与读书》，济南：明天出版社，1999年，第20页。
4　同上，第21页。
5　钟桂松：《茅盾与故乡》，成都：四川文艺出版社，1991年，第66页。

兴趣"¹。茅盾在商务印书馆工作时把自己称为"杂家",他在中学时代和大学时代,"涉猎所及有十三经注疏,先秦诸子,四史(即《史记》、《汉书》、《后汉书》、《三国志》),《汉魏六朝百三家集》、《昭明文选》、《资治通鉴》、《昭明文选》曾诵读两遍"²。除此之外,茅盾还阅读了大量的中国古典文学作品,"至于中国的旧小说,我几乎全都读过"³。茅盾非常喜欢阅读的中国古典文学作品有《水浒传》《西游记》《三国演义》《红楼梦》《儒林外史》《聊斋志异》等。另外,茅盾还大量阅读许多揭露中国社会现实的作品,"清明的'谴责小说',当代鲁迅先生以至各作家的作品,不及列举"⁴。可见,茅盾对中国文学文化的广泛涉猎对他译研结合观的形成和发展奠定了基础。

在茅盾取精用宏的翻译目的观的形成中,中国传统文化因素的作用不可低估。茅盾认为,中国伟大诗人屈原在中国古代文学史上十分重要,"屈原对中国文学的伟大贡献,在于他是第一个善于吸收当时民间文艺的优秀传统而进一步加以发展,制造出新的体裁"⁵的人。在茅盾看来,中国的唐朝出现贞观之治的盛世文化,其主要原因是它在弘扬汉族文化时,敢于大胆吸收其他各民族文化的精华,这种取精用宏的精神值得学习。除了从中国文化名人屈原和唐朝盛世文化中学习取精用宏的思想外,茅盾还广泛阅读著名作家和新兴作家的作品,学习其长处为其所用。"即使是描写失败之处,也因其能使我们借鉴而预防,故亦有益。"⁶

1　茅盾:《我阅读的中外文学作品》,载1981年《福建文学》第8期。见茅盾,《茅盾全集》(第二十六卷·中国文论九集),北京:人民文学出版社,1996年,第425页。
2　茅盾:《我走过的道路》(上),北京:人民文学出版社,1981年,第114页。
3　茅盾:《我阅读的中外文学作品》,载1981年《福建文学》第8期。见茅盾,《茅盾全集》(第二十六卷·中国文论九集),北京:人民文学出版社,1996年,第425页。
4　茅盾:《"爱读的书"》,见茅盾,《茅盾全集》(第二十二卷·中国文论五集),北京:人民文学出版社,1993年,第448页。
5　茅盾:《纪念我国伟大的诗人屈原》,载1953年9月28日《人民日报》。见茅盾,《茅盾全集》(第二十四卷·中国文论七集),北京:人民文学出版社,1996年,第290页。
6　茅盾:《"爱读的书"》,见茅盾,《茅盾全集》(第二十二卷·中国文论五集),北京:人民文学出版社,1993年,第448页。

三、外国文化对茅盾翻译思想的影响

除了中国传统文化外，外国文化对茅盾翻译思想的形成发展也产生了积极的影响，主要体现在译研结合观、翻译目的观以及翻译批评观方面。

首先，外国文化对茅盾译研结合观的形成和发展有所影响。茅盾认为翻译和介绍外国文学需要系统地把握外国文学史的发展变迁脉络，"既要借鉴于西洋，就必须穷本溯源"[1]。茅盾在中学时代就明白研究中国文学史要注意系统性。"五四运动"后，茅盾从对中国文学的研究转向了对欧洲文学的研究，但他依然强调系统研究的重要性。"现在既把线装书束之高阁了，转而借鉴于欧洲，自当从希腊、罗马开始，横贯十九世纪，直到'世纪末'。"[2]在茅盾看来，当时欧洲的最新文艺思潮还没有传播到中国，于是，这给了他一个机会"对十九世纪以前的欧洲文学作（做）一番系统的研究"[3]。

其次，外国文化还影响了茅盾翻译目的观的形成和发展。茅盾的文学创作就是在博览外国文学名著基础上实现取精用宏的："我开始写小说时的凭借还是以前读过的一些外国小说。"[4]茅盾广泛阅读外国作家的作品，包括法国大仲马、莫泊桑、左拉的作品，英国狄更斯和司各特的作品，俄国托尔斯泰和契诃夫的作品，以及一些弱小民族作家的作品。茅盾仔细研读世界上的优秀文学著作，消化吸收其精华化为自己的血肉，促进自己的文学创作。茅盾在阅读西方文学名著时，常常会发现自己的作品中还有许多不足之处。于是，他学习借鉴外国文学作品提升自己的文学创作水平。此外，茅盾还阅读了英国的萧伯纳、法国的巴比塞和俄国的高尔基等人的作品。

第三，外国文化对茅盾的翻译批评观的形成和发展产生了潜移默化的影响。茅盾认为德国的尼采是世界上伟大的哲学家和大文豪，其大胆质疑和批判传统的思想值得学习。"我那时之所以对尼采有兴趣，是因为尼采用猛烈的笔触攻击传

---

1 茅盾：《我走过的道路》（上），北京：人民文学出版社，1981年，第134页。
2 同上。
3 同上。
4 茅盾：《谈我的研究》，载1936年1月《中学生》第六十一期。见茅盾，《茅盾全集》（第二十一卷·中国文论四集），北京：人民文学出版社，1991年，第62页。

第三章
追根溯源：茅盾翻译思想的形成原因

统思想。"[1]"五四运动"时期的中国正处于革新传统和思想解放的时代，茅盾所在的商务印书馆编译所也有很严重的市侩作风。当时茅盾很喜欢尼采的批判思想，"对尼采思想作（做）了较为全面介绍的，在现代中国文化史上，茅盾是第一人。"[2]在茅盾看来，阅读尼采的著作要持一种批判态度，才能辩证地吸收尼采思想上的精华。茅盾强调尼采思想的卓绝之处在于对过去的学说保持一种怀疑和批评的态度，这种质疑精神对茅盾的批判精神产生了一定的影响。在茅盾看来，盲目跟着尼采走的人是完全错了，但是那些完全回避尼采思想的人也不一定全对。因此，"茅盾对尼采学说是既肯定又批评、既接纳又扬弃的"[3]。茅盾认为在吸收尼采道德论中的长处时，也要尽量避免尼采道德论中的短处；在称赞尼采为人类呼吁和重新估量一切价值的精神时，也要批评尼采反民主社会主义的倾向。因此，"我们无论对于那种学说，该有公平的眼光去看他"[4]。在茅盾看来，学习和借鉴外国文学文化要持一分为二的态度，通过吸收其精华，剔除其糟粕，才能更好地为我所用。茅盾对尼采学说的分析"体现了辩证法的观点，这在当时，是十分难能可贵的"[5]。此外，茅盾的翻译批评观受到了法国丹纳批评理论核心中的"种族、时代、环境"三决定论的影响。茅盾"开拓了现代文学翻译批评的新天地，他以敏锐的批评眼光、专业的批评素养借鉴了丹纳的批评理论"[6]。在丹纳批评理论的影响下，茅盾提出文学翻译家也应该是创作家，文学翻译和文学创作同样重要甚至更为重要，文学翻译要跟上时代潮流的观点。

综上所述，茅盾作为中国一位伟大的文化人物，其翻译思想在形成和发展的

---

1. 茅盾：《我走过的道路》（上），北京：人民文学出版社，1981年，第133-134页。
2. 邵伯周：《为了中国文化的现代化——茅盾的文化取向论纲》，载中国茅盾文学研究会编，《茅盾与二十世纪》，北京：华夏出版社，1997年，第10页。
3. 徐越化：《心有所得——漫步在茅盾艺苑里》，载吴福辉、李频编，《茅盾研究与我》，北京：华夏出版社，1997年，第116页。
4. 雁冰：《尼采的学说》，载1920年1月《学生杂志》第七卷第一号。见茅盾，《茅盾全集》（第三十二卷·外国文论四集），北京：人民文学出版社，2001年，第104页。
5. 邵伯周：《为了中国文化的现代化——茅盾的文化取向论纲》，载中国茅盾文学研究会编，《茅盾与二十世纪》，北京：华夏出版社，1997年，第10页。
6. 罗建周：《茅盾与现代文学翻译批评》，载《西安建筑科技大学学报》，2008年第1期，第68页。

过程中离不开文化因素的深远影响。具体而言，茅盾故乡乌镇的地域文化影响了茅盾的翻译目的观和译研结合观。中国传统文化帮助茅盾形成和发展其取精用宏的翻译目的观和博览深求的译研结合观。此外，外国文化对茅盾的译研结合观、翻译目的观以及翻译批评观的形成和发展都产生了积极的影响。

第四节　同时代译者对茅盾翻译思想的影响

茅盾翻译思想的形成和发展离不开同时代译者的相互影响。这些译者主要是孙毓修、周作人、鲁迅、曹靖华和戈宝权这五位翻译家。

一、孙毓修对茅盾翻译思想的影响

1916年，茅盾在商务印书馆和高级编译孙毓修合作翻译美国卡本脱的科普读物《衣食住》，从此开启了自己的翻译生涯。孙毓修对茅盾的翻译选材观、翻译方法观以及翻译批评观产生了重要影响。

首先，孙毓修对茅盾的翻译选材观有所影响。当孙毓修提出合作译书时，茅盾以为是要翻译英国莎士比亚的戏剧，没想到是合译美国卡本脱的科普读物《衣食住》。茅盾对当时孙毓修在通俗读物上的翻译选材评价不高："孙已出版的《欧洲游记》和译了几章搁起来的《人如何得衣》不过是通俗读物，原作者根本不是文学家，……料想是不过几年就会被人遗忘了。"[1]茅盾认为《衣食住》只是通俗读物，不是什么名家名作，译作上可以只署孙毓修一个人的名字。与孙毓修合作译完《衣食住》后，茅盾在1918年至1920年又单独翻译了5篇科普作品，即《二十世纪后之南极》《小儿心病治疗法》《时间空间的新概念》《关于生命现象本质的新理论》《火山——地球上的火山月球上的火山和实验室里的火山》。

其次，孙毓修还影响了茅盾的翻译方法观。孙毓修在翻译《衣食住》时主要采用译述法。茅盾在续译《衣食住》时，为了保持译作前后风格的统一，也模仿了孙毓修的译述法。孙毓修对茅盾的译文大加赞赏，认为两人前后的译作风格非

1　茅盾：《我走过的道路》（上），北京：人民文学出版社，1981年，第111-112页。

常接近,"骤看时仿佛出于一人手笔"¹。以下是茅盾和孙毓修二人合译的美国卡本脱《衣食住》里《衣》的开头部分的译文:

> 人生斯世。衣食住三者并重。洪荒之民。智识未开。穴居而野处。茹毛而饮血。寝皮而衣叶。圣人者出。为之茅茨土阶。以蔽风雨。为之烹饪燔炙。以资火化。为之上衣下履。以御寒暑。文明日进。踵事增华。居则饰崇楼杰阁之观。食则罗山珍海错之奇。衣则侈黼黻文章之美。²

上面这段文言文翻译带有强烈的骈体文色彩。译文中有许多四字词组,如"人生斯世、洪荒之民、智识未开、文明日进"等。译文还使用了一些六字句,如"为之茅茨土阶""为之烹饪燔炙""为之上衣下履"。译文十分讲究对仗的工整和韵律的铿锵,如"穴居而野处。茹毛而饮血。寝皮而衣叶",连续使用了三个"……而……"的句式。再如,"为之茅茨土阶。以蔽风雨。为之烹饪燔炙。以资火化。为之上衣下履。以御寒暑"连续使用了三个"为之……以……"的句型。再比如,"居则饰崇楼杰阁之观。食则罗山珍海错之奇。衣则侈黼黻文章之美"重复使用了三个"则……之……"的句型。这段译文在句法组织结构上十分工整,读起来铿锵有力,让读者体会到语言的美感。

第三,孙毓修对茅盾的翻译批评观有所影响。茅盾把孙毓修翻译《衣食住》的译文和原文仔细对照后,发现孙毓修的翻译质量不如林纾的翻译:"林译较好者至少有百分之六十不失原文的面目,而孙译则不能这样说。"³此外,茅盾对孙毓修不重视校对译文的做法也提出了批评。茅盾翻译完一章《衣食住》后,去找孙毓修帮忙校对。然而,孙毓修一般都不看茅盾送来的译文,还说商务印书馆从来都不根据原文校对译文,只要译作的中文表达好就可出版发行。"这真使我

---

1 茅盾:《我走过的道路》(上),北京:人民文学出版社,1981年,第112页。
2 [美国]卡本脱著、桐乡沈德鸿编:《衣食住》,北京:商务印书馆,1918年。见韦韬主编,《茅盾译文全集》(第十卷·科普),北京:知识产权出版社,2013年,第4页。
3 茅盾:《我走过的道路》(上),北京:人民文学出版社,1981年,第111页。

大吃一惊。后来知道,这是因为当时编译所中并没人做这项校勘译文的工作,虽然所中懂外文的人并不缺乏,但谁也不愿意做这种吃力不讨好而且难免会得罪人(如果指出译笔有错误)的事。"[1]茅盾对孙毓修在翻译中忽视校对工作重要性的做法提出了批评意见。

二、周作人对茅盾翻译思想的影响

茅盾和周作人同为文学研究会的主要发起人,他们在翻译介绍外国文学方面有许多探讨和交流。"茅盾早期翻译暗中受周作人的影响"[2],尤其是在翻译选材观和翻译方法观这两方面。

在主编《小说月报》期间,茅盾经常就翻译介绍外国文学的问题向周作人请教。茅盾在《小说月报》中想介绍犹太文学、芬兰文学和塞尔维亚文学的概貌,恳请周作人的支持,"拟请先生择一为之"[3]。关于《小说月报》的自然主义专号,茅盾也希望得到周作人的帮助:"请先生发表一些意见;自然主义小史最好能有一篇,别人都不敢动手,不知先生有空闲做否?"[4]茅盾准备翻译介绍6位外国作家,包括泰戈尔、陀思妥耶夫斯基、哈代、安得列夫、罗曼·罗兰、博耶尔:"以上拟定的六位妥否,请指教。"[5]此外,当茅盾对《小说月报》的翻译选材感到迷茫时,他也迫切希望得到周作人的指点:"我没了主意。请先生开示一些意见!……译件自然不可无,我以为译剧或者不妨少些。一切都盼先生尽情指教。"[6]另外,茅盾在小说翻译选材上也希望得到周作人的帮助,如芬兰小说、波兰小说、希腊小说等,"拟择短者译之,今附上目录"[7]。除此之外,茅盾在自己

---

1 茅盾:《我走过的道路》(上),北京:人民文学出版社,1981年,第112页。
2 王友贵:《翻译西方与东方:中国六位翻译家》,成都:四川人民出版社,2004年,第231页。
3 沈雁冰:《致周作人》,1921年7月20日。见茅盾,《茅盾全集》(第三十六卷·书信一集),北京:人民文学出版社,1997年,第22页。
4 雁冰:《致周作人》,1921年10月15日。见茅盾,《茅盾全集》(第三十六卷·书信一集),北京:人民文学出版社,1997年,第35页。
5 同上,第36页。
6 同上,第34页。
7 沈雁冰:《致周作人》,1921年8月3日。见茅盾,《茅盾全集》(第三十六卷·书信一集),北京:人民文学出版社,1997年,第26页。

的翻译选材方面也希望得到周作人的支持:"我想译Wedekind的《春醒》,但此书没有,不知先生有否? 想和你一借。再此剧稍嫌其长,先生想得起有其他短篇可译,尚望指示。"[1]《小说月报》主编茅盾虚心求教的态度可见一斑。

  茅盾系统、经济、切要的翻译选材观的形成和发展也受周作人的影响。茅盾十分赞赏周作人在翻译选材上的系统性,"周作人翻译日本现代小说真是有系统的介绍"[2]。在茅盾看来,周作人把日本现代小说的文学家翻译介绍到中国,凸显了文学流派的发展变迁脉络体系。其次,周作人对茅盾经济的翻译选材观的形成发展也有影响。周作人写信告诉茅盾要缓译古典作品,多译近代作品,才是经济的做法:"古典东西可以缓译;……倘若先生放下了现在所做最适当的事业,去译《神曲》或《失乐园》,那实在是中国文学界的大损失了。"[3]茅盾十分赞同周作人提出缓译古典文学作品的主张,认为在人力物力非常缺乏的情况下,确实应该多译一些外国近代文学作品:"先生论翻译古典文学的话,我很赞同。"[4]第三,周作人对茅盾切要的翻译选材观的形成和发展也有所影响。周作人认为世界文学作品可以分成两类:不可不读的作品和供研究的作品。茅盾对此非常赞同,认为不可不读的外国文学作品要少选讽刺体和主观色彩浓厚的作品,而要多选全面表现和普通呼吁的近现代文学作品:"周作人君在《小说月报》二号内通信里所论,千真万确。"[5]

  此外,周作人也影响了茅盾的标准译名翻译方法观。茅盾在翻译实践中感觉外国人名和地名的翻译十分困难:一是因为自己对这些外国陌生的专有名词不熟

---

1 雁冰:《致周作人》,1921年10月12日。见茅盾,《茅盾全集》(第三十六卷·书信一集),北京:人民文学出版社,1997年,第34页。
2 玄珠:《文学界消息》,载1921年5月10日《时事新报·文学旬刊》第一期。见茅盾,《茅盾全集》(第十八卷·中国文论一集),北京:人民文学出版社,1989年,第101页。
3 沈雁冰:《翻译文学书的讨论——复周作人》,载1921年2月10日《小说月报》第十二卷第二号。见茅盾,《茅盾全集》(第十八卷·中国文论一集),北京:人民文学出版社,1989年,第76页。
4 同上,第73页。
5 冯虚:《〈对于介绍外国文学的我见〉底我的批评》,载1921年10月9日《民国日报·觉悟》。见茅盾,《茅盾全集》(第十八卷·中国文论一集),北京:人民文学出版社,1989年,第143页。

悉，二是因为茅盾不知如何读有些外国专有名词，更不知道该如何译。于是，茅盾在专有名词的翻译方法上请教周作人："译外国人地名，我最怕，……不知可有什么方法，也请先生便示。"¹周作人主张可以采用注音字母的方法来翻译外国人名地名，茅盾对此表示赞同："先生对于人、地名译音主用注音字母，我也以为注音字母比汉字好。"²在茅盾看来，虽然当时的注音字母尚未普及，但是经过大家的共同努力后可以逐步统一标准译名。

三、鲁迅对茅盾翻译思想的影响

茅盾在主编《小说月报》期间得到了鲁迅的支持。"在茅盾主持改革《小说月报》的1921年，从4月份开始，茅盾和鲁迅直接通信，到年底，两人书信往来五十余次，平均五天就通一次信！"³后来，鲁迅和茅盾成为"左联"的主要领军人物，并一起创办了《译文》。他们在文学生涯和革命生涯中共同战斗，建立了深厚的友谊。鲁迅逝世后，茅盾号召大家要学习鲁迅的精神，继承鲁迅未完成的事业。"茅盾始终不忘与鲁迅的深厚友谊，撰写十余万字的纪念文章，这在鲁迅同辈作家中是不多见的。"⁴鲁迅对茅盾翻译思想的影响主要体现在翻译目的观、翻译选材观、翻译方法方式观以及翻译态度方面。

首先，鲁迅对茅盾取精用宏的翻译目的观有深远影响。茅盾指出鲁迅的文学创作得益于他之前看过的一百多篇外国作品，所以要通过消化吸收外国文学精华来为我所用。"我们批判地看人家的东西，把它好的东西拿过来，这就是'拿来主义'。"⁵茅盾认为鲁迅的拿来主义有利于促进中国文学文化的向前发展，"凡是有益于我的东西，无论古今中外，都应该学习，都应该吸收使成为自己的

1　沈雁冰：《致周作人》，1921年7月20日。见茅盾，《茅盾全集》（第三十六卷·书信一集），北京：人民文学出版社，1997年，第23页。
2　同上，第22页。
3　钟桂松：《茅盾正传》，南京：江苏文艺出版社，2010年，第11页。
4　钟桂松：《人间茅盾——茅盾和他同时代的人》，郑州：河南人民出版社，1993年，第24页。
5　茅盾：《在一九七八年全国优秀短篇小说评选发奖大会上的讲话》，载1979年4月20日《人民文学》第四期。见茅盾，《茅盾全集》（第二十七卷·中国文论十集），北京：人民文学出版社，1996年，第327页。

血肉"¹。在茅盾看来，我们在翻译和介绍外国文学时需要学习鲁迅那种剔除糟粕、取其精华的态度，"学习外国，不是生吞活剥，不是舍己从人，而是要溶化吸收，来丰富自己，提高自己"²。鲁迅从辩证的角度来对待世界上的一切优秀文学遗产，"他主张吸取其精华，化为自己的血肉，主张借鉴，古为今用，洋为中用"³。

其次，鲁迅影响了茅盾的翻译选材观。茅盾充分肯定了《域外小说集》在对被压迫民族和弱小民族文学译介上的开创性："这是第一次把反映被压迫的人民和被奴役的民族的叛逆和反抗的作品，介绍到中国。"⁴茅盾在"五四运动"时期和土地革命时期致力翻译被压迫民族和弱小民族文学，出版了《雪人》和《桃园》两个译文集。"鲁迅所开创的弱小民族文学翻译风潮引起了同时代人的诸多关注，赞成者紧随其后，使弱小民族文学在中国发扬光大。"⁵此外，茅盾还赞扬鲁迅的翻译选材切合了中国政治革命的需要。在茅盾看来，鲁迅翻译的《摩罗诗力说》犹如普罗米修斯偷运天火给人类，为中国人民带来了丰富的精神食粮。茅盾认为鲁迅翻译俄国普列汉诺夫的《艺术论》和卢那察尔斯基的《文艺与批评》是第一次把马克思主义文艺理论著作介绍到中国，有助于解决当时中国革命文艺内部的争论，推动中国革命文艺的健康发展。茅盾认为鲁迅翻译的苏联小说如法捷耶夫的《毁灭》鼓舞了中国革命群众的士气，坚定了读者对革命必胜的信心；鲁迅翻译的高尔基、契诃夫和果戈理等批判现实主义作家的作品有利于鼓舞中国民众为了自由解放而英勇斗争的勇气。在茅盾看来，"鲁迅的翻译、介绍工作，

1　茅盾：《鲁迅——从革命民主主义到共产主义——鲁迅逝世二十周年纪念大会上的报告》，载1956年10月《文艺报》第二十期附册。见茅盾，《茅盾全集》（第二十四卷·中国文论七集），北京：人民文学出版社，1996年，第504页。
2　茅盾：《研究鲁迅，学习鲁迅——鲁迅逝世二十周年纪念报告会开幕词》，载1956年9月22日《人民日报》。见茅盾，《茅盾全集》（第二十四卷·中国文论七集），北京：人民文学出版社，1996年，第480页。
3　茅盾：《向鲁迅学习》，载1977年10月《世界文学》第一期。在《茅盾全集》中标题改为《学习鲁迅翻译介绍外国文学的精神》。见茅盾，《茅盾全集》（第二十七卷·中国文论十集），北京：人民文学出版社，1996年，第222页。
4　同上，第215-216页。
5　冯玉文：《鲁迅翻译思想研究》，北京：中国社会科学出版社，2015年，第56页。

是紧密地配合了各个时期中国革命的需要的"[1]。由此可见，鲁迅对茅盾经济切要的翻译选材观影响之大。

第三，鲁迅对茅盾的直译观和复译观也有重要影响。茅盾认为鲁迅坚持直译不只是翻译方法的问题，而是他站在无产阶级立场进行阶级斗争的表现："鲁迅不把翻译方法看作单纯的技术问题，而是提高到政治斗争的原则问题来处理的。"[2]在茅盾看来，鲁迅不仅坚持直译的主张，而且还在直译的实践中做出了表率："鲁迅就是积极主张'直译'的，并且自己做出了榜样。"[3]茅盾在翻译方式上积极支持鲁迅的复译观点，认为当时粗制滥造的译作充斥商品市场，"复译的必要性也就提到阶级斗争的高度，而不仅是个忠于原文的问题了"[4]。在茅盾看来，对世界文学名著的复译是必要的，因为比较不同的复译本可提高翻译的质量。茅盾在《汉译西洋文学名著》的每篇作品介绍后面专门提供了该作品已有的中文译本信息，除了想告诉中国读者可以寻找相关的译本来阅读比较外，还想通过事实来证明复译可行的主张："中国移译、绍介外国文学名著，就是经过了多次的复译，然后渐趋完美的。"[5]所以，茅盾的翻译方法观受到了鲁迅的深刻影响。

此外，鲁迅对茅盾认真负责的翻译态度有积极影响。茅盾认为鲁迅一丝不苟的态度值得学习："他对于翻译的工作，也是非常谨严，碰到不明白的字，有怀疑的字，一定不肯含糊过去，要认真研究，查各种字典，查各种书籍，有时查两

---

1. 茅盾：《向鲁迅学习》，载1977年10月《世界文学》第一期。在《茅盾全集》中标题改为《学习鲁迅翻译介绍外国文学的精神》。见茅盾，《茅盾全集》（第二十七卷·中国文论十集），北京：人民文学出版社，1996年，第221页。
2. 同上。
3. 茅盾：《〈茅盾译文选集〉序》，上海：上海译文出版社，1981年。见茅盾，《茅盾全集》（第二十七卷·中国文论十集），北京：人民文学出版社，1996年，第429-430页。
4. 茅盾：《向鲁迅学习》，载1977年10月《世界文学》第一期。在《茅盾全集》中标题改为《学习鲁迅翻译介绍外国文学的精神》。见茅盾，《茅盾全集》（第二十七卷·中国文论十集），北京：人民文学出版社，1996年，第222页。
5. 茅盾：《我走过的道路》（中），北京：人民文学出版社，1984年，第274页。

三天,全不稀奇,有些字,查字典也查不到,就问专门家。"[1]例如,鲁迅在翻译中碰到一个困难的德语词,首先自己去查询字典,如果没有弄明白就找上海的专家咨询,如果还是没弄清楚就托人写信求助德国的一个博士。茅盾高度赞赏了鲁迅在翻译专有名词时这种一丝不苟的严谨态度:"为了一种植物的译名,鲁迅先生肯费几天的功(工)夫去查许多的书;要查的一本书手头没有,近处也借不到,他就写信给远地的朋友请他代查。他是这么'认真'!"[2]茅盾不仅提倡要有严谨的翻译态度,而且还在翻译实践中严格要求自己,希望译文对得起原文作者和译文读者。

四、曹靖华对茅盾翻译思想的影响

曹靖华在抗日战争时期和解放战争时期对茅盾的翻译思想产生了重要影响。曹靖华对茅盾的影响主要体现在翻译选材观、翻译方式观和集体互助观上。

在苏联卫国战争的小说翻译选材上,茅盾受曹靖华的影响较大,"最早怂恿我翻译苏联小说的是曹靖华"[3]。曹靖华当时在中苏文化协会主编《苏联文学丛书》,常常收到来自苏联的小说英文版本。于是,曹靖华邀请茅盾翻译苏联巴甫连科的卫国战争小说《复仇的火焰》和苏联格罗斯曼的长篇小说《人民是不朽的》。格罗斯曼在苏联十分有名,该小说在苏联广为人知,因此曹靖华希望茅盾把这本具有不朽价值的苏联小说翻译出来,"极望兄能分神译出,以不朽之笔,译不朽之文,写《不朽之人》,则巧成三不朽矣"[4]。于是,从1943年至1945年,茅盾共翻译了13部苏联卫国战争小说。

茅盾转译苏联卫国战争小说的翻译方式离不开曹靖华的影响。在20世纪40年代,中国已有译者可以从俄文直接翻译成汉语,因此茅盾对自己从英文转译苏联巴甫连科的小说《复仇的火焰》没有信心。"曹靖华却认为译品的好坏主要决定

---

1 茅盾:《学习鲁迅》,载1938年10月《大众日报·大众堡垒》。见茅盾,《茅盾全集》(第二十一卷·中国文论四集),北京:人民文学出版社,1991年,第521页。
2 同上,第527页。
3 茅盾:《我走过的道路》(下),北京:人民文学出版社,1988年,第333页。
4 同上。

于译者的中外文修养和对作品风格的理解,而不在于是否转译。"[1]曹靖华鼓励茅盾转译,还特地举了鲁迅转译《死魂灵》和《毁灭》取得成功的例子,说明转译也可以产生高质量的译本。为了鼓励茅盾转译,曹靖华还告诉他这些观点是从茅盾早期的翻译理论文章中学来的。于是,在曹靖华的鼓励下,茅盾从英译本转译了苏联小说《复仇的火焰》。"既然有这位苏联文学研究权威的撑腰,我也就大胆地翻译起来。"[2]从1943年至1945年,茅盾还转译了14篇苏联作品,包括西蒙诺夫的《共通的言语》、彼得罗夫的《审问及其他》、索波列夫的《他的意中人》《蓝巾》《狙击兵》、吉洪诺夫的《苹果树》《母亲》《新生命的降生》、杜甫辛科的《作战前的晚上》、柯热夫尼科夫的《上尉什哈伏隆科夫》、潘菲罗夫的《我们落手越来越重了》、格罗斯曼的《人民是不朽的》、托尔斯泰的《刽子手的卑劣》、罗斯金的《高尔基的流浪生涯》。

为保证译文质量,曹靖华帮忙校对。茅盾在翻译完苏联巴甫连科的小说《复仇的火焰》后,感觉自己在某些字句的翻译上还不太有把握,于是请曹靖华帮忙对照俄文原文进行修改,希望保证译文的质量。茅盾认为校对译文的最好办法是他和曹靖华一起当面讨论,对照俄文原本对译文进行修改完善:"当场就疑问部分翻检对核,当场修改。"[3]此外,茅盾在编选高尔基的著作选集时,热情邀请曹靖华帮忙负责校勘工作,目的在于帮助提高丛书的翻译质量:"译来之稿,有须校勘者,兄为校勘一二,时间上不致占耗太多,而对于丛书之助力,已非浅鲜。"[4]这是译者和校对者共同合作提高翻译质量的范例,茅盾深受影响,从而发展出集体互助观念。

1　茅盾:《我走过的道路》(下),北京:人民文学出版社,1988年,第333页。
2　同上。
3　沈雁冰:《致曹靖华》,1943年5月30日。见茅盾,《茅盾全集》(第三十六卷·书信一集),北京:人民文学出版社,1997年,第201页。
4　雁冰:《致曹靖华》,1941年1月23日。见茅盾,《茅盾全集》(第三十六卷·书信一集),北京:人民文学出版社,1997年,第197页。

五、戈宝权对茅盾翻译思想的影响

戈宝权在抗日战争时期和解放战争时期对茅盾的翻译思想也有深远的影响。戈宝权对茅盾的影响主要体现在翻译批评观、翻译方式观和集体互助观上。

戈宝权对茅盾强调批评与自我批评的翻译观产生了重要影响。1937年3月14日，茅盾写信给戈宝权，感谢他指出自己在翻译俄国丹青科的小说《文凭》时所附的原作者小传有误，并希望能够在译作再版时加以改正："拙译《文凭》之附录——原作者小传，中有错误，高谊厚爱，铭感无已。……要有印行，弟若事先得知，定当遵示改正。"[1]1937年3月28日，距离上封信还不到半个月时间，茅盾再次写信给戈宝权，感谢他指出自己在俄译《文凭》时的失误，批评自己因粗心大意而产生错误，希望有机会加以纠正："《文凭》原作者之小传，弟弄一大错，幸承指示，甚感。……《文凭》之出版书店倘印重版时，弟必加以更正。"[2]茅盾在短短的时间内连续两次写信给戈宝权，感谢他指出自己在翻译《文凭》时出现的失误，希望在译作再版时加以改正。可见，茅盾在翻译工作中不仅能虚心接受戈宝权的批评，还对自己因粗心产生的失误进行自我批评。

戈宝权对茅盾转译的翻译方式观有所影响。对于是否要转译苏联格罗斯曼的长篇小说《人民是不朽的》，茅盾写信征求戈宝权的意见："靖华希望我译此书，我亦想一试，但如英译本除删节外尚有与原文不同之处甚多，则我以为应从原文译，省得校补，反倒费事，望兄为我决之。"[3]在茅盾看来，《人民是不朽的》的英译本如果删节很多，不如从俄文直接翻译。然而，戈宝权鼓励茅盾从英文转译，并愿意帮助他提高翻译质量："他回信支持我转译，并且愿意帮助我从俄文进行校勘。"[4]正是戈宝权的支持与鼓励，才让茅盾决定从英译本转译苏联杰出的小说《人民是不朽的》。

1　沈雁冰：《致戈宝权》，1937年3月14日。见茅盾，《茅盾全集》（第三十六卷·书信一集），北京：人民文学出版社，1997年，第145页。
2　雁冰：《致戈宝权》，1937年3月28日。见茅盾，《茅盾全集》（第三十六卷·书信一集），北京：人民文学出版社，1997年，第148页。
3　玄白：《致戈宝权》，1943年11月5日。见茅盾，《茅盾全集》（第三十六卷·书信一集），北京：人民文学出版社，1997年，第206页。
4　茅盾：《我走过的道路》（下），北京：人民文学出版社，1988年，第334页。

戈宝权对茅盾集体互助观念的形成和发展也有一定的影响。茅盾在翻译《人民是不朽的》时得到了戈宝权的鼎力相助。茅盾感谢戈宝权愿意帮忙校对译文，还给译作撰写序言："《不朽的人民》弟当努力试译之。承兄允代写序，并为校勘，尤为感谢。"[1]茅盾在翻译《不朽的人民》的过程中，发现英译本有语义模糊之处时会请戈宝权帮忙查看俄文原文："俄文原本究作何语？因英译本此句语意殊觉模棱也。费神代查见告为荷。"[2]戈宝权的校对工作帮助茅盾从正确理解原文和表达译文上提高翻译质量："《人民是不朽的》我当尽力译得流畅，并力求正确，这是非兄帮忙不可的。"[3]

茅盾请戈宝权对《人民是不朽的》译作风格、对话译文，以及存疑之处把关。首先，茅盾希望自己的译文能够在明白晓畅的基础上再现原作的风格，但由于茅盾是基于英文译本的转译，所以他请戈宝权帮助分析原作的风格："原文风格或者是近于峭拔一类的罢？这要请教兄了。"[4]茅盾认为小说《人民是不朽的》对话部分的翻译十分困难，希望戈宝权能在百忙之中抽空帮忙校勘该部分的翻译："拣其中对话部分校订亦拜赐不浅矣。"[5]茅盾通过对比《人民是不朽的》英文译本和姜椿芳据俄文本翻译的中文译本后，发现两个译本的差别较大，于是在纸上列出了16条存疑之处，希望戈宝权据俄文原文帮忙校对。后来，茅盾还就《人民是不朽的》译文提出了27个存疑之处，希望戈宝权帮助校订："拟请即照弟译稿上所附之质疑表抽校一过。"[6]茅盾希望戈宝权校对完《人民是不朽的》译作后，二人可以一起商讨修改，"有些地方该怎么改，亦可当面商量也"[7]。

---

1 雁冰：《致戈宝权》，1943年11月11日。见茅盾，《茅盾全集》（第三十六卷·书信一集），北京：人民文学出版社，1997年，第206页。

2 雁冰：《致戈宝权》，1944年6月16日。见茅盾，《茅盾全集》（第三十六卷·书信一集），北京：人民文学出版社，1997年，第210-211页。

3 雁冰：《致戈宝权》，1944年7月1日。见茅盾，《茅盾全集》（第三十六卷·书信一集），北京：人民文学出版社，1997年，第212页。

4 雁冰：《致戈宝权》，1944年8月13日。见茅盾，《茅盾全集》（第三十六卷·书信一集），北京：人民文学出版社，1997年，第213页。

5 同上，第214页。

6 雁冰：《致戈宝权》，1944年12月14日。见茅盾，《茅盾全集》（第三十六卷·书信一集），北京：人民文学出版社，1997年，第226页。

7 雁冰：《致戈宝权》，1944年10月18日。见茅盾，《茅盾全集》（第三十六卷·书信一集），北京：人民文学出版社，1997年，第220页。

第三章
追根溯源：茅盾翻译思想的形成原因

在茅盾看来，经戈宝权的校对自己的译文更忠实于原文："《人民是不朽的》承兄允为校订，一定可以比较已出两译本为忠实于原作。"[1]茅盾对自己音译该小说中的人名、地名不太满意，戈宝权的校订工作使该小说中人名、地名的翻译得到了统一，茅盾对此表示十分感谢。正是因为戈宝权的鼎力相助，茅盾转译的《人民是不朽的》在翻译风格、对话翻译、标准译名方面不断完善，译文质量也得到了提高。"《人民是不朽的》的译文，我还是满意的，因为这个译本得到戈宝权对照俄文本逐字逐句的校正，达到了极准确的程度。"[2]另外，茅盾还请戈宝权据俄文本帮忙校正苏联西蒙诺夫的戏剧译作《俄罗斯问题》："《俄国问题》之第一幕第一场译文，请兄对原文看一遍，费神至感。"[3]茅盾在翻译杜甫辛科的小说《作战前的晚上》时，非常感谢戈宝权帮忙对照俄文进行校对，才避免了一些错误。在抗日战争和解放战争时期戈宝权大力支持茅盾的翻译工作，影响了茅盾提高翻译质量的集体互助观念。

综上所述，茅盾作为一名译者，其翻译思想的形成和发展离不开同时代其他译者对他产生的重要影响。具体而言，茅盾在商务印书馆工作期间，孙毓修对他的翻译选材观、翻译方法观和翻译批评观的形成和发展产生了潜移默化的影响。周作人作为文学研究会的主要发起人之一，对茅盾的翻译选材观以及翻译方法观产生了重大的影响。作为"左联"的主要领军人物，鲁迅对茅盾的翻译目的观、翻译选材观、翻译方法方式观、翻译批评观和翻译态度也产生了深远影响。在抗日战争和解放战争时期，曹靖华和戈宝权对茅盾的翻译选材观、翻译方式观以及集体互助观都产生了重要影响。

---

1 雁冰：《致戈宝权》，1944年8月23日。见茅盾，《茅盾全集》（第三十六卷·书信一集），北京：人民文学出版社，1997年，第218页。
2 茅盾：《我走过的道路》（下），北京：人民文学出版社，1988年，第334页。
3 雁冰：《致戈宝权》，1947年6月15日。见茅盾，《茅盾全集》（第三十六卷·书信一集），北京：人民文学出版社，1997年，第257页。

第五节 小结

社会是人的集合，人与社会之间存在着相互依存和制约的关系。一方面，个体对社会有能动的作用，个人的创造活动推动着社会的发展；另一方面，社会对个体有影响作用，社会环境制约着个人的生存和发展。茅盾30多年的翻译实践活动和60余年的翻译理论建树对中国的翻译事业贡献巨大。同时，茅盾作为一个伟大的政治人物和文化人物，其翻译思想在形成发展的过程中，也会受相关因素的影响。本章从社会学视角出发，追溯了茅盾翻译思想形成和发展的原因，发现社会因素、政治因素、文化因素和同时代其他译者因素对茅盾翻译思想的形成和发展的影响不可忽视。

首先，社会因素对茅盾翻译思想的影响主要包括茅盾的家庭环境、教育环境和工作环境的影响。在家庭环境中，茅盾母亲陈爱珠、父亲沈永锡、表叔卢鉴泉对茅盾翻译目的观、翻译选材观和译研结合观的形成和发展打下了基础。在教育环境方面，茅盾的小学时代、中学时代和大学时代的经历有助于茅盾形成和发展取精用宏的翻译目的观、系统经济的翻译选材观、博览深求的译研结合观、批评与自我批评的翻译观。此外，茅盾在商务印书馆、"左翼联盟"、新中国文化部的工作环境对其翻译目的观、翻译选材观和翻译批评观的形成和发展产生了深远的影响。

其次，政治因素对茅盾翻译思想的形成和发展的影响不可忽视。具体而言，"五四运动"时期"为人生"的政治因素影响了茅盾的翻译目的观、翻译选材观和翻译批评观。土地革命时期茅盾作为"左联"的主要领导之一，"为阶级"的政治因素影响了茅盾的翻译目的观和翻译选材观。在抗日战争和解放战争时期，茅盾开始了征战祖国大江南北的奔波岁月，"为抗战和民主"的政治因素影响了其翻译目的观和翻译选材观。茅盾担任新中国第一任文化部部长后，"为建设"的政治因素影响了其翻译目的观和翻译选材观。

第三，文化因素包括乌镇地域文化、中国传统文化和外国文化对茅盾翻译思想有潜移默化的影响。故乡乌镇的地域文化有助于培养茅盾的爱国主义精神，这对他提出通过翻译介绍外国文学来引进西方现代思想以促进中国社会革新的政治目的有积极作用。乌镇历史文化古迹中的励志故事有利于茅盾形成和发展博览深求的译研结合观。茅盾从小就浸润中国传统文化中，青少年时期广泛阅读中国的经史子集和古典文学名著，这对他形成和发展取精用宏的翻译目的观和博览深求的译研结合观影响深远。茅盾还广泛涉猎大量的外国作家和作品，通过学习和借鉴外国文学的优秀成果来推动中国新文学的创作和发展，这对其翻译目的观和译研结合观也产生了重要影响。

此外，茅盾翻译思想的形成和发展离不开同时代其他译者的相互影响。其中，孙毓修、周作人、鲁迅、曹靖华和戈宝权五位译者对茅盾的翻译思想有不可估量的影响。商务印书馆高级编译孙毓修是第一个和茅盾合作翻译科普读物的译者，他对茅盾有潜移默化的影响。周作人和茅盾都是文学研究会的主要发起人，周作人对茅盾的翻译选材观和翻译方法观影响较大。作为"左翼联盟"的领军人物，鲁迅对茅盾的翻译目的观、翻译选材观、翻译方法方式观和翻译态度影响深远。在抗日战争时期和解放战争时期，茅盾的翻译思想受到曹靖华和戈宝权的重要影响，主要体现在翻译选材观、翻译方式观和集体互助观方面。

综上所述，茅盾翻译思想的形成和发展不是在真空中进行的，而是受到社会因素、政治因素、文化因素以及同时代其他译者因素的重要影响。译者作为一个鲜活的个体，不是孤立于时代和社会，而是会受到相关因素的影响和制约，译者与所处的社会和时代之间存在一种互动的关系。

第四章

反思探讨：
茅盾翻译思想的现实启示

第四章
反思探讨：茅盾翻译思想的现实启示

茅盾一生的翻译思想不仅具有重要的历史价值，而且还具有深刻的现实启示意义。研究翻译史的目的不仅是指向过去，"还在于通过探讨尽量解决我们现实生活中的一些问题"[1]。本章从文化研究视角出发，考察茅盾翻译思想与西方译论的契合之处，发现茅盾翻译思想与西方文艺学派、语言学派、文化学派的翻译理论有相通之处，这对中西方译论之间的交流具有一定的借鉴意义。本章探讨茅盾对中国文学文化对外传播的推动作用，发现茅盾的翻译思想在译介主体、译介内容、译介渠道、译介受众和译介效果上对当今的中国文学文化"走出去"具有一定的现实启示意义。最后，本章针对当下的翻译质量危机，归纳总结茅盾的翻译思想，提出七个方面的解决途径。

第一节 东方与西方：茅盾翻译思想与西方翻译理论的契合

茅盾翻译思想与西方文艺学派、语言学派、文化学派的翻译理论有契合之处。具体而言，茅盾翻译思想与文艺学派"现实主义翻译"理论和"文学翻译的创造性原则"有相似之处，与语言学派的"诗歌翻译的创造性转换"和"动态对等"翻译理论有相通之处，与文化学派"多元系统理论"和"跨学科合作"理论有共通之处。这些契合为中西方译论之间的对话交流提供了可能。"千百年来中外文化交流的总趋势是互相影响，互相促进，总的成果是共同提高。一个国家，一个民族，只有与外界交流，从各方面吸取营养，以丰富充实自己，才能在政治、经济、文化各方面辉煌发展。"[2]因此，考察茅盾翻译思想与西方翻译理论的

---

[1] Anthony Pym, *Method in Translation History*. Beijing: Foreign Language Teaching and Research Press, 2007, p.xxiv.
[2] 周一良：《中外文化交流史》，郑州：河南人民出版社，1987年，第1页。

契合之处,可以为中西方译论的交流带来重要的现实启示意义。

一、茅盾翻译思想与文艺学派翻译理论的契合

茅盾翻译思想与苏联卡什金的（Kashkin,1899—1963）的"现实主义翻译"理论有相通之处,二者都强调译者要对原作者和译语读者负责,要尽量再现原作的思想内容和艺术风格。茅盾的翻译思想还与苏联加切奇拉泽（Gachechiladze,1914—1974）的"文学翻译的创造性原则"有相似之处,二者都认为文学翻译的过程是译者进行艺术创造性翻译的过程。

（一）现实主义翻译：茅盾翻译思想与卡什金译论的契合

在茅盾看来,翻译一方面要尽量再现原文的思想内容和艺术风格,另一方面还要对得起译文的读者。1922年,茅盾从深浅两个层次分析了直译："直译的意义若就浅处说,只是'不妄改原文的字句';就深处说,还求'能保留原文的情调与风格'。"[1]茅盾指出翻译诗歌要保留原作的神韵,"要合乎原诗的风格;原诗是悲壮的,焉能把他译为清丽"[2]。1934年,茅盾进一步指出,直译的意义是要忠实再现原作的思想内容和艺术风格,"'直译'的意义就是'不要歪曲了原作的面目'"[3]。在茅盾看来,歪译指对原作思想内容和艺术风格的歪曲,其中对艺术风格的歪曲尤其值得注意。"原作的文字是朴素的,译文却译成了浓艳,原作的文字是生硬的,译文却成了流利;要是有了这种情形,即使译得并没有错误,

---

1 雁冰：《"直译"与"死译"》,载1922年8月10日《小说月报》第十三卷第八号。见茅盾,《茅盾全集》（第十八卷·中国文论一集）,北京：人民文学出版社,1989年,第255页。
2 玄珠：《译诗的一些意见》,载1922年10月10日《时事新报·文学旬刊》第五十二期。见茅盾,《茅盾全集》（第十八卷·中国文论一集）,北京：人民文学出版社,1989年,第294页。
3 明：《直译·顺译·歪译》,载1934年3月1日《文学》第二卷第三号。见茅盾,《茅盾全集》（第二十卷·中国文论三集）,北京：人民文学出版社,1990年,第41页。

第四章
反思探讨：茅盾翻译思想的现实启示

人人看得懂，可是实际上总也是歪曲了原作。"[1]1935年，茅盾再次强调译者在翻译过程中除了忠实传达原作者的意图外，还要再现原文的风格："抛开了自己的作风，追随着原作者的风格，这也是译事的一个重要原则。"[2]所以，茅盾坚持认为译者要忠实于原作者的意图，再现原作的风格。

此外，茅盾提出译者在忠实于原作者的同时，还要对得起译文读者。1932年，茅盾批评了"宁错也要顺"的翻译既不忠实于原文作者，又欺骗了译语读者："主张但求读时顺口而不恤割弃或扭曲甚至于涂抹原文真实意义的办法，不但是对于原文不忠实，对于读者欺骗，而且是恶意的。"[3]在茅盾看来，译者在翻译之前需要仔细阅读原作，要对原作者的意图心领神会后再进行翻译。"我在翻译之时虽然不敢轻忽，不敢不再三读了原文直到自己读懂了读出了兴味然后下笔翻译，可是我不敢说我的译文确能不愧于原作者而又不欺骗了读者。那是我的能力问题，我相信我这翻译态度是对得住人的。"[4]1935年，茅盾批评了那种肆意修改原作意思和字句的翻译，认为"'自由主义'的译者却强奸了原作，又欺骗了读者了"[5]。由上可知，茅盾所提倡的翻译是一种再现了原作的思想内容和艺术风格，并对得起原文作者和译文读者的翻译。

卡什金是苏联现实主义翻译学派的创始人。1936年，卡什金提出了著名的"现实主义翻译理论"，强调用现实主义的方法来忠实传达原作的思想内容和艺术风格。"所谓现实主义翻译，在一定意义上说，是指力求忠实于原文、接近原

---

[1] 明：《直译·顺译·歪译》，载1934年3月1日《文学》第二卷第三号。见茅盾，《茅盾全集》（第二十卷·中国文论三集），北京：人民文学出版社，1990年，第42页。
[2] 惕若：《读〈小妇人〉——关于翻译方法的商榷》，载1935年9月1日《文学》第五卷第三号。见茅盾，《茅盾全集》（第二十卷·中国文论三集），北京：人民文学出版社，1990年，第537页。
[3] 茅盾：《谈谈翻译——〈文凭〉译后记》，载1932年9月1日上海现代书局出版的《文凭》一书。见茅盾，《茅盾全集》（第十九卷·中国文论二集），北京：人民文学出版社，1991年，第337页。
[4] 同上，第338-339页。
[5] 惕若：《读〈小妇人〉——关于翻译方法的商榷》，载1935年9月1日《文学》第五卷第三号。见茅盾，《茅盾全集》（第二十卷·中国文论三集），北京：人民文学出版社，1990年，第530页。

文、运用母语的种种手段再现原作反映现实的手法。"[1]在文学翻译过程中,译者需要尽量忠实原作者的意图,并用适合原作风格的语言再现原作的艺术意境。"为了忠实地传达原作的思想内容,创造性地再现原作的艺术特点和民族特点,就必须采用现实主义的翻译方法。"[2]卡什金的现实主义翻译理论除了要求译者尽量再现原作的思想内容和艺术风格外,还要求译者具有认真负责的翻译态度:"现实主义的翻译要求忠实于原著,忠实于现实,忠实于读者。"[3]茅盾和卡什金都认为译者在文学翻译过程中要尽量再现原作的思想内容和艺术风格,要同时对原作者和译入语读者负责,因此二人的翻译理论具有契合之处。

(二)文学翻译创造性原则:茅盾翻译思想与加切奇拉泽译论的契合

茅盾认为文学翻译的过程是一种艺术创造性的过程,需要译者充分发挥自己的艺术创造力,尽量再现原作的思想内容和艺术风格。1954年,茅盾提出文学翻译要用另一种语言传达原作的思想内容和艺术意境,让译文读者在读译文时能够获得和原文读者在读原文时类似的感动。在茅盾看来,这样的翻译过程不只是单纯语言形式的转换,而是"译者通过原作的语言外形,深刻地体会了原作者的艺术创造的过程,把握住原作的精神,在自己的思想、感情、生活体验中找到最适合的印证,然后运用适合于原作风格的文学语言,把原作的内容与形式正确无疑地再现出来"[4]。

在茅盾看来,要提高翻译质量,必须把文学翻译工作提高到艺术创造性的水平,虽然这样的工作十分困难,但是艺术创造性的翻译不仅是必要的,而且是可能的。"文学翻译的主要任务,既然在于把原作的精神、面貌忠实地复制出来,那么,这种艺术创造性的翻译就完全是必要的。世界文学翻译中的许多卓越的范

---

1 蔡毅:《现实主义翻译论:И.卡什金的翻译理论简介》,载《中国翻译》,1983年第10期,第41页。
2 蔡毅、段京华:《苏联翻译理论》,武汉:湖北教育出版社,1999年,第185页。
3 同上,第186页。
4 茅盾:《为发展文学翻译事业和提高翻译质量而奋斗——一九五四年八月十九日在全国文学翻译工作会议上的报告》,载1954年10月1日《译文》十月号。见茅盾,《茅盾全集》(第二十四卷·中国文论七集),北京:人民文学出版社,1996年,第311页。

例，就证明了这是可能的。"[1]1981年，茅盾提出文学翻译的最高要求就是艺术创造性的翻译，"这样的翻译既需要译者的创造性，而又要完全忠实于原作的面貌。这是对文学翻译的最高的要求"[2]。因此，茅盾十分强调译者在文学翻译的过程中进行艺术创造性的翻译。

吉维·加切奇拉泽是苏联著名的翻译理论家和文艺学派的重要代表人物。1972年，加切奇拉泽在著名的《文艺翻译与文学交流》一书中提出文艺翻译属于艺术创作的范畴，文学翻译应该贯彻创造性的原则，译者需要通过另一种语言来传达原作的思想内容和艺术价值。"翻译中改变原作的语言决不等于把液体从一种形式的容器注入到另一种形式的容器中。这种改变要求译者的思想在接近认识对象即原作形式和内容的统一整体过程中采取一种新的创造性态度……"[3]在加切奇拉泽看来，翻译是一种文学交流形式，文艺翻译是一种创作活动，因此译者应该发挥创造性的原则，让译文尽量保留原作的思想内容和艺术风格。"译者应'再现'原作形式与内容的统一体，再创作一个与原作类似的艺术整体。根据这一观点，翻译中最重要的乃是译作在美学上与原作相符。"[4]所以，加切奇拉泽强调，译者在文学翻译过程中要充分发挥自己的主观能动性才能实现艺术创造性的翻译，"不带译者创作个性印迹的译作、复制本式的翻译……是没有美学价值的"[5]。可见，茅盾和加切奇拉泽都认为文学翻译是一个艺术创造性的过程，译者需要充分发挥主观能动性，才能尽量再现原作的内容和风格。

---

1. 茅盾：《为发展文学翻译事业和提高翻译质量而奋斗——一九五四年八月十九日在全国文学翻译工作会议上的报告》，载1954年10月1日《译文》十月号。见茅盾，《茅盾全集》（第二十四卷·中国文论七集），北京：人民文学出版社，1996年，第311-312页。
2. 茅盾：《〈茅盾译文选集〉序》，见1981年2月文化艺术出版社出版的《茅盾文艺评论集》一书，后收入1981年9月上海译文出版社出版的《茅盾译文选集》一书。见茅盾，《茅盾全集》（第二十七卷·中国文论十集），北京：人民文学出版社，1996年，第430页。
3. [苏联]加切奇拉泽著，蔡毅、虞杰编译：《文艺翻译与文学交流》，北京：中国对外翻译出版公司，1987年，第73页。
4. 同上，第43页。
5. 同上，第62页。

二、茅盾翻译思想与语言学派翻译理论的契合

茅盾翻译思想与西方语言学派的翻译理论有契合之处。茅盾的翻译思想与美国罗曼·雅科布逊（Roman Jakobson，1896—1982）的"诗歌翻译的创造性转换"有相似之处，二者都认为诗歌翻译比较困难，译者需要进行适当的变通和创造性转换。此外，茅盾翻译思想与美国尤金·奈达（Eugene Nida，1914—2011）的"动态对等"翻译理论也有相通之处，他们都强调译者在文学翻译中，要尽量让译文读者在读译文时能获得和原文读者在读原文时类似的感受。

（一）诗歌翻译的创造性转换：茅盾翻译思想与雅科布逊译论的契合

茅盾认为诗歌翻译十分困难，译者需要充分发挥自己的艺术创造力，才能尽量保留原作的神韵。1922年，茅盾提出诗歌翻译不是一件容易的事情，"翻译古诗，我觉得不甚可行，虽然我们也在翻译外国人的诗，但翻译诗，本是极勉强的事"[1]。在茅盾看来，有的诗歌可以翻译，有的诗歌不能翻译，"翻译外国诗是不得已的，聊胜于无的办法"[2]。茅盾认为诗歌翻译会失掉原诗的很多好处，尤其是原诗的格律形式难以完全在译文中保留。因此，茅盾主张诗歌翻译最好采用保留原诗神韵的意译，而让格律形式等不妨存在差异，"神韵的保留是可能的，韵律的保留却是不可能的"[3]。在茅盾看来，苏曼殊和马君武翻译拜伦的《哀希腊》在格律形式上受到了限制，因而译文存在弊端："苏、马二人用了中国固有的诗体来翻译拜伦，未免有削足就履之病。"[4]相对而言，茅盾更喜欢新西兰译者路易·艾黎（Rewi Alley，1897—1987）在翻译白居易诗歌时进行的创造性转换，认

---

1 雁冰：《致徐雏》，载1922年6月10日《小说月报》第十三卷第六号。见茅盾，《茅盾全集》（第三十六卷·书信一集），北京：人民文学出版社，1997年，第68页。

2 玄珠：《译诗的一些意见》，载1922年10月10日《时事新报·文学旬刊》第五十二期。见茅盾，《茅盾全集》（第十八卷·中国文论一集），北京：人民文学出版社，1989年，第289页。

3 同上，第291页。

4 茅盾：《白居易及其同时代的诗人——为路易·艾黎英译〈白居易诗选〉而作》，载1979年1月25日《收获》第1期。见茅盾，《茅盾全集》（第二十七卷·中国文论十集），北京：人民文学出版社，1996年，第314页。

为译者采用了自己独创的诗体，译文很好地再现了白居易诗歌的神韵。"他的译作可以说是'再创造'而又不失原作的神韵，十分难能可贵。"[1]可见，茅盾在诗歌翻译中主张译者要通过创造性转换来再现原诗的神韵。

美国罗曼·雅科布逊是布拉格学派的创始人之一，也是语言学派的重要翻译理论家。在雅科布逊看来，语言的对仗是构成诗歌的一个重要原则，句法范畴、形态范畴、词根、词缀、音素以及它们的组成部分会产生对立、并置或相邻关系，这些句法范畴和形态范畴同时承载了各自的意义。雅科布逊认为诗歌的翻译非常困难，译者需要进行语内、语际或者符际之间的创造性转换。"诗歌就定义来看是很难翻译的，只有创造性转换是可能的：或者是语内创造性转换——从一种诗歌形式到另一种诗歌形式的转换，或者是语际创造性转换——从一种语言到另一种语言的转换，或者是符际创造性转换——从一种符号系统到另一种符号系统的转换。"[2]在雅科布逊看来，诗歌翻译非常不易，译者需要充分发挥自己的艺术创造力，实现从一种诗歌形式到另一种诗歌形式的语内创造性转换，从一种语言到另一种语言的语际创造性转换，从一种符号到另一种符号的符际创造性转换，才能更好地再现原诗神韵。因此，茅盾和雅科布逊在诗歌翻译上有共同主张：二者都认为诗歌翻译非常困难，译者在翻译过程中都需要进行创造性的转换。

（二）动态对等：茅盾翻译思想与奈达译论的契合

茅盾强调译者在文学翻译中要尽量让译文读者获得和原文读者类似的反应。1921年，茅盾希望中国读者在读鲁迅译的俄国阿尔绥夫的长篇小说《工人绥惠略夫》时，能够获得和俄国读者一样的反应。"阿尔绥夫的作品从肉的享乐里喊出现代人烦闷的呼声和对于新理想之坚信，曾赚了俄国青年无量眼泪的，现在译成

---

[1] 茅盾：《白居易及其同时代的诗人——为路易·艾黎英译〈白居易诗选〉而作》，载1979年1月25日《收获》第1期。见茅盾，《茅盾全集》（第二十七卷·中国文论十集），北京：人民文学出版社，1996年，第314页。

[2] Roman Jakobson, "On Linguistic Aspects of Translation". In Lawrence Venuti, ed., *The Translation Studies Reader*. London and New York: Routledge, 2000, pp.117-118.

中文来赚我们的眼泪了。"[1]在茅盾看来,该小说曾在俄国令读者感动下泪,所以希望鲁迅的译作也能让中国的读者感动下泪。此外,茅盾还提出合格的译本是让译文读者在读译文时能获得和原文读者在读原文时类似的感动:"译本有力,读者能感动,如读原本时一样的感动;能推想,如读原本后一样的推想,那这译本便尽了责任了。"[2]1954年,茅盾重申,文学翻译要传达出原作的艺术意境,使译文读者获得和原文读者相同的感受:"文学的翻译是用另一种语言,把原作的艺术意境传达出来,使读者在读译文的时候能够像读原作时一样得到启发、感动和美的感受。"[3]在茅盾看来,文学翻译的过程不是一种简单的语言转换,而是一种译者深刻领会原作者精神后,用适合于原作风格的语言再现原作内容和形式的过程。

美国尤金·奈达是西方语言学派的重要代表人物,认为动态对等关注的重点不在于译入语信息和源语信息的完全相配,而在于一种动态的关系,"译语读者和信息之间的关系应该和源语读者和信息之间的关系大致相同"[4]。动态对等所关注的是译文读者,强调译文读者在读译文时能获得和原文读者在读原文时类似的感受。"所有的翻译,不管是诗歌还是散文,都必须关注接受者的反应;因此,就对预期读者的影响而言,翻译是否实现了最终目的,这是衡量所有译本的基本因素。"[5]在奈达看来,好的翻译是指在译入语读者中实现的最终目的和在源语读者中实现的最终目的大致相同的翻译。奈达在《跨语际交际的社会语言学》(*The Sociolinguistics of Interlingual Communication*)中,提出了最低层次的对等和最高层次的对等概念:最低层次的对等指"译文能达到充分的对等,使目的语的听众

---

1 未署名:《最后一页》。见茅盾,《茅盾全集》(第十八卷·中国文论一集),北京:人民文学出版社,1989年,第326页。
2 沈雁冰:《致周作人》,1921年7月30日。见茅盾,《茅盾全集》(第三十六卷·书信一集),北京:人民文学出版社,1997年,第25页。
3 茅盾:《为发展文学翻译事业和提高翻译质量而奋斗——一九五四年八月十九日在全国文学翻译工作会议上的报告》,载1954年10月1日《译文》十月号。见茅盾,《茅盾全集》(第二十四卷·中国文论七集),北京:人民文学出版社,1996年,第311页。
4 Eugene Nida, "Principles of Correspondence". In Lawrence Venuti, ed., *The Translation Studies Reader*. London and New York: Routledge, 2000, p.129.
5 同上,第131页。

第四章
反思探讨：茅盾翻译思想的现实启示

或读者能理解和欣赏原文听众或读者对原文的理解和欣赏"[1]；最高层次的对等是指"译文达到高度的对等，使目的语听众或读者在理解和欣赏译文时所作出的反应，与原文听众或读者对原文的理解和欣赏所作出的反应基本上一致"[2]。相对而言，最高层次的对等是一种十分理想的对等，也是译者孜孜以求的目标。由此可见，茅盾和奈达都强调译者在文学翻译中要尽量传达出原文的思想内容和艺术风格，从而让译文读者在读译文时能够获得和原文读者在读原文时类似的启发和感动。

三、茅盾翻译思想与文化学派翻译理论的契合

茅盾翻译思想与西方文化学派的翻译理论有契合之处。茅盾翻译思想与德国玛丽·斯奈尔–霍恩比（Mary Snell-Hornby，1940—）的"跨学科合作"理论有相似之处，二者都认为翻译研究具有跨学科性质，因此需要提升译者的跨学科素养和加强不同学科之间的合作。此外，茅盾的翻译思想还与以色列伊塔玛·埃文–佐哈（Itamar Even-Zohar，1939—）的"多元系统"理论有相似之处，他们都认为，翻译外国文学作品可以促进本国文学的发展，尤其是对新兴民族而言，外国文学译本的输入对译入语国家具有重大意义。

（一）跨学科合作：茅盾翻译思想与斯奈尔–霍恩比译论的契合

茅盾十分强调译者的跨学科素养，认为译者在翻译时的跨学科研究有利于再现原作的思想内容和艺术风格。1920年，茅盾认为新旧文学家的不同之处在于是否具备跨学科素养："旧文学家是有了文学上的研究就可以动动笔的，新文学家却非研究过伦理学、心理学（社会心理学）、社会学的不办。"[3]茅盾认为，译者需要具备跨学科知识，才能更加忠实地把外国作家和作品翻译介绍到中国："在介绍之前，自己先得研究他们的思想史，他们的文艺史，也要研究到社会学人生

---

[1] 郭建中：《当代美国翻译理论》，武汉：湖北教育出版社，1999年，第69页。
[2] 同上。
[3] 佩韦：《现在文学家的责任是什么？》，载1920年1月10日《东方杂志》第十七卷第一号。见茅盾，《茅盾全集》（第十八卷·中国文论一集），北京：人民文学出版社，1989年，第9页。

哲学,更欲晓得各大名家的身世和主义。"[1]1934年,茅盾强调译者在翻译古典文学作品时,需要具备跨学科素养。例如,翻译法国巴尔扎克的《滑稽故事集》就要求译者具备各方面的综合素养:"要翻译这本书,必须兼懂历史,古代法国方言,乃至考古学等等,而且要懂的程度高。"[2]在茅盾看来,翻译牵涉不同学科之间的联系,译者只有不断提升自己的跨学科素养,才能更好地胜任翻译工作。

德国玛丽·斯奈尔-霍恩比是西方翻译文化学派在德语世界的重要代表人物,1988年出版了专著《翻译研究:综合法》(Translation Studies: An Integrated Approach)。她倡导采用翻译研究综合法,广泛吸收哲学、语言学和比较文学等相关学科的研究成果,促进翻译研究的发展。在玛丽·斯内尔-霍恩比看来,翻译研究不隶属于其他学科,却与其他学科紧密相关,因此要不断加强跨学科之间的合作,进而促进语言和文化的交流。"翻译研究不应该仅仅被认为是其他学科或者亚学科的一个分支(不管是应用语言学还是比较文学):译者和翻译理论家更关心的是不同学科、不同语言,以及不同文化之间的世界。"[3]1994年,玛丽·斯奈尔-霍恩比合作出版了论文集《跨学科的翻译研究:翻译研究学术会议论文选》(Translation Studies — An Interdiscipline: Selected Papers from the Translation Studies Congress),强调翻译研究是一门综合性学科,需要广泛借鉴语言学、比较文学、哲学和心理学等相关学科的优秀成果,才能更快地实现信息之间的交流。"跨学科研究打破了学科之间的壁垒,反映了知识在日益全球化和丰富信息社会中的快速交流。"[4]可见,茅盾和斯奈尔-霍恩比的翻译理论有相通之处:二者都强调要加强学科之间的合作来促进翻译研究的不断发展。

---

1 佩韦:《现在文学家的责任是什么?》,载1920年1月10日《东方杂志》第十七卷第一号。见茅盾,《茅盾全集》(第十八卷·中国文论一集),北京:人民文学出版社,1989年,第10—11页。
2 丙生:《"媒婆"与"处女"》,载1934年3月1日《文学》第二卷第三号。见茅盾,《茅盾全集》(第二十卷·中国文论三集),北京:人民文学出版社,1990年,第37页。
3 Mary Snell-Hornby. *Translation Studies: An Integrated Approach*. Shanghai: Shanghai Foreign Language Education Press, 2001, p.35.
4 Jeremy Munday. *Introducing Translation Studies: Theories and Applications*. Shanghai: Shanghai Foreign Language Education Press, 2010, p.182.

（二）多元系统理论：茅盾翻译思想与埃文-佐哈译论的契合

茅盾认为，翻译外国文学作品可以促进译入语国家文学的发展。1922年，茅盾提出，翻译外国诗歌，对于一个即将产生新兴文艺的民族而言意义尤其重大。"译本的传入是本国文学史上一个新运动的导线；翻译诗的传入，至少在诗坛方面，要有这等的影响发生。据这一点看来，译诗对于本国文坛含有重大的意义；对于将有新兴文艺崛起的民族，含有更重大的意义。"[1]在茅盾看来，世界上很多国家通过翻译介绍外国文学作品促进了本国文学的发展，因此，中国通过翻译介绍外国文学作品也将对新文学建设大有裨益。"不独译诗为然，一切文学作品的译本对于新的民族文学的崛起，都是有间接的助力的；俄国、捷克、波兰等国的近代文学史都或多或少的证明了这个例。在我国，也已露了端倪。"[2]可见，茅盾在20世纪初期就清晰地意识到了译本的独立价值，认为翻译外国文学对于一个新兴民族文学的发展有较大的推动作用。

以色列伊塔玛·埃文-佐哈是文化学派的重要代表人物，1976年在卢汶会议上提交了论文《翻译文学在文学多元系统中的地位》（*The Position of Translated Literature Within the Literary Polysystem*）。佐哈在该论文中提出的多元系统理论为翻译研究文化学派的发展起到了重要的理论奠基作用。佐哈认为翻译文学不仅是文学多元系统中不可分割的一个部分，而且是其中非常活跃的一个部分。"翻译文学在文学多元系统中处于中心地位，就意味着翻译文学积极参与了多元系统中心的形成过程。在这样的情况下，翻译文学基本上成了创新力量不可分割的一个部分。"[3]在佐哈看来，当翻译文学处于文学多元系统的中心位置时，许多创作家成了翻译家，他们通过翻译介绍外国文学作品，把一些新颖的写作手法和艺术技巧引入到本国文学中，从而丰富了本国的语言表达。翻译家们产生的优秀译作

1　玄珠：《译诗的一些意见》，载1922年10月10日《时事新报·文学旬刊》第五十二期。见茅盾，《茅盾全集》（第十八卷·中国文论一集），北京：人民文学出版社，1989年，第290页。

2　同上。

3　Itamar Even-Zohar. "The Position of Translated Literature Within the Literary Polysystem". In Lawrence Venuti, ed., *The Translation Studies Reader*. London and New York: Routledge, 2000, p.193.

会成为一股创新力量，不断丰富译入语系统，这样一来，"新的文学模式正在出现，翻译有可能成为建立新库的一种方式"[1]。当译入语文学系统缺乏某种文学体裁，或者是旧有的文学模式已经不能再适应文学系统的发展时，翻译文学就成为文学多元系统的中心。这时就需要学习借鉴外国文学的相关经验和模式来促进本国文学的革新。因此，茅盾和佐哈都认为译本的输入对译入语国家有重要意义，尤其是对新兴民族有着更为重要的意义。

综上所述，茅盾的翻译思想与西方文艺学派、语言学派、文化学派的翻译理论都有契合之处。此外，茅盾在翻译理论的提出时间上比西方学者更早，有的甚至早了半个多世纪。这对我们当下的翻译研究具有重要的现实启示意义。

第二节 问题与反思：茅盾翻译思想对中国文学文化"走出去"的现实启示

茅盾一生致力对外国文学的翻译和介绍，但是在其翻译思想中也不乏对中国文学文化对外传播的真知灼见。"拿来主义者在自觉地创造自己的文学的同时，也给世界文学添加了有价值的成果，可以起到送去的作用。知道如何拿来的人，最清楚什么能够送出去。……拿来和送去是相辅相成的，拿来的高手也最有资格走向世界。"[2]

哈罗德·拉斯韦尔（Harold Dwight Lasswell，1902—1978）是美国著名的传播学家，1948年在《社会传播的结构与功能》中首次提出5W传播模式：谁（who），说什么（says what），通过什么渠道（in which channel），对谁（to whom），产生什么效果（with what effect）。"研究'谁'的学者，探讨的是激发和引导传播行为的诸因素，我们称这一研究分支为'控制分析'；集中研究'说什么'的专家则进行'内容分析'；主要探究广播、报刊、电影及其他传播

---

1 Itamar Even-Zohar. "The Position of Translated Literature Within the Literary Polysystem". In Lawrence Venuti, ed., *The Translation Studies Reader*. London and New York: Routledge, 2000, p.193.
2 何辉斌、方凡、邹爱芳等：《20世纪浙江外国文学研究史》，杭州：浙江大学出版社，2009年，第12页。

第四章
反思探讨：茅盾翻译思想的现实启示

渠道，是从事'媒介分析'；如果主要研究的是大众媒介的传播对象，我们称之为'受众分析'；如果研究的是对受众的影响，那么就是'效果分析'。"[1]拉斯韦尔首创的传播模式包括控制分析、内容分析、媒介分析、受众分析和效果分析五个方面，这不仅为传播学的发展奠定了坚实的基础，还为深入研究传播现象开辟了广阔的道路。

因此，我们在讨论中国文学文化"走出去"时，也可借鉴拉斯韦尔的传播学模式，把译介过程分为五个部分——译介主体、译介内容、译介途径、译介受众、译介效果。"加强对译介主体、内容、途径、受众和效果的研究、探索中国文化'走出去'最佳译介模式是重要的研究课题和任务，在国家大力寻求文化'走出去'提高我国文化软实力的今天，完成该任务显得尤为紧迫。"[2]通过深入考察茅盾对中国文学文化对外传播的积极推动过程，我们发现茅盾的翻译思想对当今的中国文学文化"走出去"在译介主体、译介内容、译介途径、译介受众和译介效果方面都具有重要的现实启示意义。

一、与汉学家鼎力合作：茅盾翻译思想对译介主体的现实启示

在译介主体上，茅盾充分肯定了海外汉学家把中国文学文化传播到国外的重要性。茅盾高度赞扬了美国记者艾格尼丝·史沫特莱（Agnes Smedley，1892—1950）、新西兰译者路易·艾黎（Rewi Alley，1897—1987）和斯洛伐克译者高利克（Marián Gálik，1958—）对中国文学文化的对外传播工作。此外，茅盾还强调，在翻译中国文学作品时中国译者要加强同海外汉学家的合作，提高翻译质量。

首先，茅盾十分赞赏史沫特莱对中国革命作品的对外传播。在茅盾看来，史沫特莱作为一名无产阶级战士，她对中国劳苦大众的感受是真切的，她对中国革命斗争生活的介绍是中国现实生活的真实反映。"她的'Chinese Destinieso'和'Red Army Marches'实在是把斗争中的中国的真正面目介绍给西方读者的两部

---

[1] 张国良：《20世纪传播学经典文本》，上海：复旦大学出版社，2003年，第199页。
[2] 鲍晓英：《中国文化"走出去"之译介模式探索——中国外文局副局长兼总编辑黄友义访谈录》，载《中国翻译》，2013年第5期，第62页。

罕有的好书。就目前而论,我还没有读到过比这两部书更正确更透澈(彻)的用英文写的介绍中国情形的作品。"[1]在茅盾看来,对中国劳苦大众表示真切同情的人才更可能关注中国民众生活的真相,才更可能把这种真相不辞辛劳地介绍给西方的被压迫民众。出于对中国劳苦大众和民族解放运动的同情,史沫特莱对中国革命作品的翻译介绍如实反映中国民众为争取自由和解放而斗争的生活,让西方被压迫民众了解真实的中国。

其次,茅盾高度赞赏了路易·艾黎对白居易诗歌的翻译。在茅盾看来,路易·艾黎对白居易诗歌的翻译没有受到英文固有诗体格律形式的羁绊,而采用自己独创的诗体,译文很好地再现了白居易诗歌的神韵。"路易·艾黎的翻译方法是不拘形似,而注力于神似。"[2]茅盾认为路易·艾黎在中国生活了许多年,并亲自走访了很多地方,把中国当成了自己的第二故乡,对中国有十分深厚的感情,所以在翻译白居易的诗歌时可以较好地再现原作的面目。"路易·艾黎同志对于中国的历史,中国大河上下、大江南北的风俗、习惯,有深刻的知识和亲身的经验,这对于他选译白居易的作品是个十分有利的条件,从而保证了他的译作能把原作的精神充分地、准确地表现出来。"[3]因此,海外汉学家不仅要有高超的翻译能力,而且还要有深厚的中国文化修养,才能推动中国文学文化更加有效地"走出去"。

第三,茅盾还称赞了高利克把茅盾本人的小说翻译介绍到国外的工作。译者高利克把茅盾的《林家铺子》等短篇小说介绍给了捷克斯洛伐克读者,茅盾对此表示十分感谢。在茅盾看来,《林家铺子》等短篇小说中洋溢着浓郁的中国地方色彩,可能会给译者的翻译带来困难;但是高利克在中国生活过,而且还亲自访问过这些作品的背景地,应该能够胜任这样的工作。"他在中国的时期不但访问过这些短篇小说的背景的所在地,而且还住过一个时期。……高利克同志的亲身

---

[1] 茅盾:《给西方的被压迫大众》,1935年9月20日。见茅盾,《茅盾全集》(第二十卷·中国文论三集),北京:人民文学出版社,1990年,第553页。
[2] 茅盾:《白居易及其同时代的诗人——为路易·艾黎英译〈白居易诗选〉而作》,载1979年1月25日《收获》第1期。见茅盾,《茅盾全集》(第二十七卷·中国文论十集),北京:人民文学出版社,1996年,第314页。
[3] 同上,第312页。

第四章
反思探讨：茅盾翻译思想的现实启示

访问对他的翻译工作将有所帮助。"[1]因此，海外汉学家不仅要有深厚的中国文学文化素养，而且如果能够有机会到作品所描述的地方去进行实地考察，将更加有利于理解原作者的意图和原文的风格，从而更有效地促进中国文学文化"走出去"。

此外，茅盾还强调，中国译者在传播中国文学文化时要和海外汉学家通力合作才能进一步提高译本的翻译质量。茅盾以《子夜》的英译本和法译本为例，指出中国译者在翻译时由于缺乏和国外译者的有效合作，译文的翻译质量还有待提高。"解放后我们自己搞了个英译和法译。但在一九六〇年前我在国外遇见英、美、法人士，他们说他们国家研究汉文的，都以中文《子夜》为读本，至于我国之英、法译本，他们认为从译文上说，尚有可讨论处。"[2]1955年，茅盾在给戈宝权的信中谈到了《子夜》的俄文译本有很多错误，于是提出中国文学作品在翻译成俄文时可以考虑中俄译者合作的问题。"（嵇直，留俄多年，今已归国）来找我，谓曾校译俄文的《茅盾选集》中的《子夜》，发见（现）俄译错误甚多，因此他担心苏方今后将翻译的鲁迅集、郭沫若集，难免有错误，应谋补救之道；他建议我方可主动提出合译。"[3]在茅盾看来，许多东欧民主国家如果要翻译中国文学作品，一般都是从俄文译本转译，所以中俄译者的合译有利于提高俄文译本的准确性。"考虑到东欧各人民民主国家常据俄文转译，所以俄文译本的准确性关系相当大，既然嵇提出了这个问题，似不能不研究也。"[4]可见，在中国文学文化对外传播的过程中，茅盾充分肯定了海外汉学家的重要地位，认为他们不仅可以主动把中国文学文化翻译介绍出去，而且还可以和中国译者一起合作翻译。

茅盾翻译思想对当今中国文学文化"走出去"在译介主体上的启示总结如下：海外汉学家为重要的译介主体，他们除了主动翻译介绍中国文学文化外，还

---

1 茅盾：《〈斯洛伐克文版林家铺子及其他短篇小说〉序言》，1960年7月8日。见茅盾，《茅盾全集》（第二十六卷·中国文论九集），北京：人民文学出版社，1996年，第38-39页。

2 沈雁冰：《致叶子铭》，1977年2月9日。见茅盾，《茅盾全集》（第三十八卷·书信三集），北京：人民文学出版社，1997年，第114页。

3 雁冰：《致戈宝权》，1955年8月10日。见茅盾，《茅盾全集》（第三十六卷·书信一集），北京：人民文学出版社，1997年，第324页。

4 同上，第325页。

可以和中国译者一起合作提高翻译质量。谢天振从译介学的角度，指出海外译者对中国文学文化的翻译介绍是一种主动需求，符合主动输入的译介规律。"世界上绝大多数的国家和民族接受外来文学和文化主要是通过本国和本民族翻译家的翻译来实现的，这是文学、文化跨语言、跨国界译介的一条基本规律。"[1] 相对而言，海外汉学家更了解外国读者的阅读习惯和审美心理，他们在译文的表达上可能更加地道，所以中国文学文化的对外传播必须强调海外汉学家的重要作用。此外，中国译者要和海外汉学家加强合作，才能更有效地提高中国文学作品外译的翻译质量。目前，我国翻译人才十分短缺，尤其是高端译者更是凤毛麟角，这已经成了我国文学文化对外传播的瓶颈。"业内人士估计，能够胜任中译外定稿水平的高级中译外专家在全国也超不过一两百人。"[2]

我国许多学者对中外译者的合作模式表示赞同。袁锦翔充分肯定中外合译在理解原文、表达译文和译文接受方面的优势："中外人士合译可以取长补短，加深对原文的理解，减少翻译的错漏。合译还可使译文地道流畅，满足读者的审美要求，从而更易被他们接受。"[3] 杨宪益结合自身翻译的经验，提出翻译中国文学作品时可以采取中外译者合作的形式："我认为目前一个比较可行的办法就是和国外汉学家通力合作，制定出一套翻译中国文学作品的方案。"[4] 黄友义也赞同中国文学作品的外译最好由中外译者合作："根据我个人从事翻译得到的一条重要启示，就是最好组成一个包括本国人和外国人的翻译搭档。"[5] 胡安江、胡晨飞以寒山诗在英语世界的传播为例，认为中国文学作品的外译最好采取中国译者和西方汉学家的合译模式，在翻译选材、翻译理解、翻译表达、编辑出版、流通传播等环节实现中外双方最大限度的合作，"这种'中西合译模式'不失为当前多元

---

1 谢天振：《中国文学走出去：问题与实质》，载《中国比较文学》，2014年第1期，第4页。
2 黄友义：《中国特色中译外及其面临的挑战与对策建议——在第二届中译外高层论坛上的主旨发言》，载《中国翻译》，2011年第6期，第5页。
3 袁锦翔：《论中外人士合译——兼谈文献中译外》，载《外语教学与研究》，1989年第3期，第55页。
4 叶稚珊：《对外文化交流与翻译工作》，载《群言》，1990年第7期，第5页。
5 黄友义：《汉学家和中国文学的翻译——中外文化沟通的桥梁》，载《中国翻译》，2010年第6期，第17页。

文化语境下中国文学'走出去'的最佳译者模式"[1]。

黄友义认为翻译不仅牵涉两种语言，还牵涉两种文化，"中译外绝对不能一个人译，一定要有中外合作"[2]。中国文学文化的对外传播需要中外译者一起合作才会更加有效。"在中国文学文化走出去这件事情上，全靠我们中国人固然不行，但是全靠外国人也是不行的，需要中外译者一起合作才能完成。"[3]王宁提出，中外合作方式有助于中国文学文化更好地对外传播："采取中外合作的方式，才能有效地将中国文学译介出去。"[4]鲍川运也认为中外合译的方式有利于翻译质量的提高："合作翻译实际上是比较理想的一种方式，可以解决翻译中的许多问题，提高翻译质量。"[5]马会娟提出，在中国文学外译过程中，中国译者和外国译者都有各自的优势，最理想的模式是中外译者合作的模式："目前中国文学外译最为有效的模式应是中外译者的联手合作，这在汉学家人数少、中国译者英语语言能力不够理想的情况下可以说是一种既能保证翻译质量又能保证翻译数量的权宜之计。"[6]因此，当今的中国文学文化要成功有效地"走出去"，就必须认识到海外汉学家是重要的译介主体，他们除了主动译介中国文学作品外，还可以和中国译者一起合作共同提高翻译质量。

---

1 胡安江、胡晨飞：《再论中国文学"走出去"之译者模式及翻译策略：以寒山诗在英语世界的传播为例》，载《外语教学理论与实践》，2012年第4期，第57页。
2 鲍晓英：《中国文化"走出去"之译介模式探索——中国外文局副局长兼总编辑黄友义访谈录》，载《中国翻译》，2013年第5期，第63页。
3 王志勤、谢天振：《中国文学文化走出去：问题与反思》，载《学术月刊》，2013年第2期，第26页。
4 刘贵珍：《如何有效地推进中国现当代文学走向世界——王宁教授访谈录》，载《山东外语教学》，2013年第1期，第7页。
5 鲍川运：《对外传播理念的更新及中译外人才的普及化》，载《中国翻译》，2014年第5期，第17页。
6 马会娟：《解读〈国际文学翻译形势报告〉——兼谈中国文学走出去》，载《西安外国语大学学报》，2014年第2期，第115页。

二、避免一厢情愿推销：茅盾翻译思想对译介内容的现实启示

译介内容对中国文学文化在海外的传播至关重要，"选择翻译、推介什么样的作品是成功'走出去'的第一步"[1]。在译介内容上，茅盾自己一厢情愿式的硬性推销并不能取得预期的译介效果。

茅盾和鲁迅曾竭力帮助美国记者伊罗生（Harold Robert Isaacs，1910—1986）选编中国的现代短篇小说选《草鞋脚》，但是并没有取得预期的译介效果。在茅盾看来，把中国的进步作家作品集中翻译介绍到国外是非常有意义的，尤其是在当时国外读者还不了解"左联"青年作家的优秀作品的时候，这样的翻译和介绍工作更有意义。"因此，伊罗生要我们帮助选编一本这样内容的小说集，我和鲁迅都是很热心的。"[2] 1934年4月，茅盾和鲁迅应美国记者伊罗生的邀请，合作拟订了中国现代短篇小说集《草鞋脚》的初选篇目，其中有23位作家的26篇作品[3]，题材涉及农村生活、工人生活、义勇军生活和苏区生活等。1934年7月，茅盾和鲁迅就《草鞋脚》的翻译选材提出了如下意见：第一，不要选择蒋光慈的《短裤党》，建议选择蒋光慈的其他短篇小说。第二，选择龚冰庐的《炭矿夫》不如选择楼适夷的《盐场》。第三，可以多选择一些左翼新作家的文学作品，例如何谷天的《雪地》。第四，希望能保留茅盾和鲁迅已推荐的沙汀、欧阳山、草明女士、张天翼等人的作品。第五，希望去掉茅盾的《秋收》，只保留《春蚕》和

1　吴赟：《困境与出路：中国当代文学译介探讨》，载《中国外语》，2012年第5期，第94页。

2　茅盾：《关于选编〈草鞋脚〉的一点说明》，载1980年4月《中国现代文艺资料丛刊》第五辑。见茅盾，《茅盾全集》（第二十七卷·中国文论十集），北京：人民文学出版社，1996年，第410页。

3　《草鞋脚》的初选篇目如下：鲁迅的《风波》和《伤逝》、茅盾的《春蚕》和《大泽乡》、丁玲的《莎菲女士的日记》《水》、叶绍钧的《多收了三五斗》、王统照的《五十元》、巴金的《将军》、郁达夫的《迟桂花》、沙汀的《老人》、适夷的《死》、冰心的《冬儿姑娘》、征农的《禾场上》、吴组缃的《一千八百担》、欧阳山的《水棚里的清道侠》、草明女士的《倾跌》、张天翼的《一件寻常事》、葛琴女士的《总退却》、张瓴的《骚动》、艾芜的《咆哮的许家屯》、东平的《通讯员》、丁九的《金宝塔银宝塔》、涟清的《我们在地狱》、何谷天的《雪地》、魏金枝的《制服》。载茅盾、鲁迅，《〈草鞋脚〉初选篇目》，1934年4月17日。见茅盾，《茅盾全集》（第二十卷·中国文论三集），北京：人民文学出版社，1990年，第84-85页。

第四章
反思探讨：茅盾翻译思想的现实启示

《喜剧》。茅盾和鲁迅作为"左联"的领军人物，在《草鞋脚》的译介内容上竭力向伊罗生推荐了"左翼"作家作品，尤其是一些新作家的作品。然而，茅盾和鲁迅向伊罗生推荐的这些作家作品1974年在美国出版时却发生了很大的变化。

> 我曾看过这本书的目录，内容与鲁迅和我推荐的有了很大的不同。原来我们推荐的而一九七四年美国版未收的有吴组缃的《一千八百担》，欧阳山的《水棚里的清道夫》，草明的《倾跌》，张天翼的《一件寻常事》，葛琴的《总退却》，张瓴的《骚动》，艾芜的《咆哮的许家屯》，沙汀的《老人》，涟清的《我们在地狱》，冰心的《冬儿姑娘》，巴金的《将军》，魏金枝的《制服》，丁玲的《水》等。伊罗生自己选收的有鲁迅的《狂人日记》、《药》、《孔乙己》，郭沫若的《卓文君》（三幕剧，节本），郁达夫的《春风沉醉的晚上》，叶圣陶的《潘先生在难中》，蒋光慈的《黑森》，丁玲的《某夜》，茅盾的《秋收》，殷夫的诗《血字》等。伊罗生好象（像）把《草鞋脚》的内容着重于"五四"运动后的老作家，而对于年青的新作家却不照顾，而且原来是短篇小说集也变成了剧本和诗都收了。[1]

20世纪70年代《草鞋脚》的译介内容在美国出版时与茅盾和鲁迅20世纪30年代所推荐的书目存在较大差异，主要表现在以下三个方面。第一，所选的作家有所变化：茅盾和鲁迅推荐的新老作家大约各占一半；但是伊罗生在翻译选材上却偏爱中国的老作家，添加了郭沫若、殷夫等著名作家。第二，所选的作品有所变化：《草鞋脚》中原来选择的鲁迅、茅盾、郁达夫、叶圣陶、丁玲的作品，在出版时几乎完全发生了变化。第三，所选的体裁有所变化：鲁迅和茅盾当初只选择了短篇小说，而《草鞋脚》在国外出版时还增加了剧本和诗歌。因此，这两份前后不同的《草鞋脚》翻译选目说明了中西方在译介内容选择上的差异：茅盾和鲁

---

[1] 茅盾：《关于选编〈草鞋脚〉的一点说明》，载1980年4月《中国现代文艺资料丛刊》第五辑。见茅盾，《茅盾全集》（第二十七卷·中国文论十集），北京：人民文学出版社，1996年，第410-411页。

迅大力推荐中国"左翼"作家的作品,尤其是新兴作家的小说;然而,伊罗生却有不同的译介内容喜好,他比较喜欢中国著名的作者如郭沫若等的作品。可见,茅盾和鲁迅当时站在无产阶级政治立场上对《草鞋脚》译介内容的推荐,并没有在实际中取得期望的效果。这说明在中国文学文化对外传播时,我们要避免一厢情愿式的硬性推销,要充分尊重国外译者在译介内容上的主动选择,才能保证中国文学文化更好地"走出去"。

其次,当国外译者在翻译介绍茅盾的作品时,茅盾十分尊重外国译者在译介内容上的主动选择。1954年,茅盾对捷克译者赫德利奇卡夫妇提出的译介内容表示赞同:"关于我的短篇小说选,我对于你们拟定要选译的那几篇,没有什么意见。"[1] 1957年,茅盾充分尊重越南译者在译介内容上的喜好:"读者是最公正的评选者,您作为越南的我的作品的读者,您的选择将较我自己的选择更适合于越南读者的兴趣。所以还是请您来挑选。"[2]当国外译者不知道具体要翻译茅盾的什么作品时,茅盾也会提出一些建议。苏联译者费德林想翻译茅盾的中篇小说,但是不太确定究竟应该翻译哪篇,这时茅盾建议他翻译自己的中篇小说《动摇》,因为该小说反映了中国大革命时代的一些本质特征:"如果要翻译我的一个中篇,那么,我建议翻译《动摇》。"[3]越南译者陶武想要翻译茅盾的短篇小说,希望茅盾提出一些建议,于是,茅盾就推荐了自己喜欢的《茅盾短篇小说选集》:"我较满意的一些短篇都收在我国人民出版社出版的《茅盾短篇小说选集》中,您可以从中挑选。"[4]可见,茅盾在自己作品外译的过程中,充分尊重外国译者在译介内容上的选择。同时,当外国译者需要帮助时,茅盾也会提供一些帮助和建议。因此,茅盾在作品译介内容上对外国译者的尊重更有利于中国文学文化成功地"走出去"。

---

1 沈雁冰:《致赫德利奇卡、赫德利奇卡娃》,1955年4月4日。见茅盾,《茅盾全集》(第三十六卷·书信一集),北京:人民文学出版社,1997年,第313页。
2 茅盾:《致陶武》,1957年11月27日。见茅盾,《茅盾全集》(第三十六卷·书信一集),北京:人民文学出版社,1997年,第414-415页。
3 茅盾:《致费德林》,1955年4月22日。见茅盾,《茅盾全集》(第三十六卷·书信一集),北京:人民文学出版社,1997年,第317页。
4 茅盾:《致陶武》,1957年11月27日。见茅盾,《茅盾全集》(第三十六卷·书信一集),北京:人民文学出版社,1997年,第414-415页。

第四章
反思探讨：茅盾翻译思想的现实启示

第三，茅盾在译介内容上认为《鲁迅全集》《红楼梦》和白居易诗歌等都有翻译介绍到国外的价值。在茅盾看来，鲁迅作品精湛精深，耐人寻味，不仅可以为中国读者提供精神食粮，还可以为日本读者提供精神财富："《鲁迅全集》在日本翻译出版，是一九三七年东亚文化界的一大喜事。"[1]茅盾认为中国四大文学名著之一的《红楼梦》在世界文学史上具有积极的开创意义，有翻译和介绍到国外的价值。"《红楼梦》很早就介绍到国外，引起广泛的注意，这也不是偶然的。从世界文学史看来，在批判现实主义的巨著中，《红楼梦》是出世最早的，它比欧洲的批判现实主义整整早了一百多年。"[2]茅盾指出唐代诗人白居易的诗歌在内容上暴露了统治阶级的残酷专制和平民百姓的悲惨命运，在形式上表现手法新颖，值得翻译介绍到国外："当时临近各国也竞相遣使以重金求白诗。白居易的作品在当时流传之广，为前此任何诗人所不及。"[3]所以，中国文学文化在外译时要选择有翻译价值的作品，才有利于促进中国文学文化更加成功有效地"走出去"。

因此，茅盾翻译思想在译介内容上对中国文学文化"走出去"的第一点启示在于：中国在译介内容上一厢情愿的硬性推销并不能取得良好效果，"'走出去'不是硬性推销，不能急于求成"[4]。除了伊罗生在《草鞋脚》的译介内容上体现了一种主动选择外，美国记者斯诺（Edgar Snow，1905—1972）在中国文学文化对外传播上也表现出了在译介内容上的主动需求。斯诺在茅盾和鲁迅推荐的中

1　茅盾：《精神食粮》，最初由增田涉译成日文发表在1937年3月日本《改造》第十九卷第三号；后由钱青译成中文，刊登于1981年9月23日《解放日报》上。见茅盾，《茅盾全集》（第二十一卷·中国文论四集），北京：人民文学出版社，1991年，第281页。
2　茅盾：《关于曹雪芹——纪念曹雪芹逝世二百周年》，载1963年12月《文艺报》第十二期。见茅盾，《茅盾全集》（第二十七卷·中国文论十集），北京：人民文学出版社，1996年，第101页。
3　茅盾：《白居易及其同时代的诗人——为路易·艾黎英译〈白居易诗选〉而作》，载1979年1月25日《收获》第1期。见茅盾，《茅盾全集》（第二十七卷·中国文论十集），北京：人民文学出版社，1996年，第302页。
4　吴赟：《困境与出路：中国当代文学译介探讨》，载《中国外语》，2012年第5期，第93页。

国短篇小说的基础上,"自己加进了他喜欢的几篇"¹。因此,中国文学文化的对外译介需要外国译者的主动输入,而不只是我们单方面的硬性输出。"译介的一般规律都是从强势文化走向弱势文化,是输入国有强烈的翻译需要,而不是输出国一厢情愿的行为。"²吴赟指出,中国当代文学对外译介的困境在于我们对译介内容一厢情愿的硬性推销,并不能在海外取得很好的接受效果:"命题式推销,在文学复兴的压力与渴望之下,难以真正地进入海外的传播体制,使得中国当代文学始终伴随着难被接受的焦虑。"³所以,我们在中国文学文化"走出去"时,在译介内容上不应单方面强行推出,而是要考虑到国外的翻译需求,充分尊重国外译者的主动选择,更加有效地推动中国文学文化"走出去"。

茅盾翻译思想在译介内容上对中国文学文化"走出去"的第二点启示在于:我们要选择有价值的作品翻译介绍到国外。李景端认为译介内容在中国文学文化对外传播过程中至关重要:"当前制约图书走出去的不是'资金支持',而是选题、内容的不对路以及对外翻译困境。"⁴在李景端看来,我国文学文化在国外出版的情况并不理想:"漫步外国的书店和超市书架,能看到中国图书的实在难得。即便是主销中文图书的书店,占大头的也是港台版的中文繁体书。在世界性或地区性有影响的图书评奖中,更是少见有中国图书入选。"⁵李景端指出我国的中国文学文化"走出去"不差钱,差的是内容和翻译。许方、许钧认为对外翻译在某种程度上主要体现在文化价值观的影响上,我们在中国文学文化对外传播时要选择最有价值的部分进行译介。"我们的对外译介首先要形成一种中华文化价值观,这是一个非常重要的问题。……面对中华民族五千年的历史,我们应该把

---

1 茅盾:《关于选编〈草鞋脚〉的一点说明》,载1980年4月《中国现代文艺资料丛刊》第五辑。见茅盾,《茅盾全集》(第二十七卷·中国文论十集),北京:人民文学出版社,1996年,第411页。
2 王志勤、谢天振:《中国文学文化走出去:问题与反思》,载《学术月刊》,2013年第2期,第25页。
3 吴赟:《困境与出路:中国当代文学译介探讨》,载《中国外语》,2012年第5期,第90页。
4 李景端:《走出去不差钱,那到底差什么?》,载《编辑学刊》,2012年第5期,第6页。
5 李景端:《"走出去"不差钱,差的是内容与翻译》,载《中国版权》,2012年第5期,第5页。

最本质、最优秀、历史最精华的部分译介出去。"[1]王宁也提出，译者要把中国文学文化的精髓部分翻译介绍到国外，"将中国文学的优秀作品以及中国文化的精神译介出去，让不懂中文的读者也能像我们一样品尝到中国文学和文化的丰盛大餐。"[2]因此，在当今的中国文学文化"走出去"的过程中，我们在译介内容上不要一厢情愿式地硬性推销，而是要和国外译者进行相关商讨和交流，选择最有价值的作品进行对外传播。

三、重视国外出版机构：茅盾翻译思想对译介途径的现实启示

在译介途径上，茅盾强调了国外出版机构对中国文学文化"走出去"的重要作用。茅盾认为：美国记者埃德加·斯诺选编的现代中国短篇小说集《活的中国》（*Living China*）的英译本能够快速在海外发行，与国外出版机构的大力支持密不可分；史沫特莱对《子夜》的译介缺乏国外出版机构的支持，因而未能在海外出版；伊罗生选编的《草鞋脚》的英译本大约推迟了40年才在海外发行，主要是因为缺乏国外出版机构的及时相助。

茅盾认为，斯诺选编的《活的中国》是中外集体互助的结果，该英译本1936年在海外的快速发行离不开国外出版机构的大力支持。"斯诺把这本短篇小说集译为英文，后来在美国出版。"[3]在茅盾看来，《活的中国》英译本能够被伦敦乔治·G. 哈拉普公司迅速出版，可能和国外出版商的支持密切相关："斯诺编译的中国短篇小说集很早就出版了，……大概因为斯诺和美国的出版商关系比较密切之故吧？"[4]因此，当今的中国文学文化要成功有效地"走出去"，需要充分重视国外出版机构，才能促进中国文学作品在海外的出版发行。

---

1 许方、许钧：《关于加强中译外研究的几点思考——许钧教授访谈录》，载《中国翻译》，2014年第1期，第72页。
2 王宁：《翻译与跨文化阐释》，载《中国翻译》，2014年第2期，第11页。
3 茅盾：《我和鲁迅的接触》，载1976年10月《鲁迅研究资料》第一辑。见茅盾，《茅盾全集》（第二十七卷·中国文论十集），北京：人民文学出版社，1996年，第194页。
4 茅盾：《关于选编〈草鞋脚〉的一点说明》，载1980年4月《中国现代文艺资料丛刊》第五辑。见茅盾，《茅盾全集》（第二十七卷·中国文论十集），北京：人民文学出版社，1996年，第411页。

其次，茅盾认为史沫特莱对中国革命文学作品的译介离不开国外出版机构的支持。20世纪30年代，在中国国民党反动派的白色恐怖下，"左翼"进步作家不断遭到残酷迫害，他们随时面临作品被查禁的危险。因此，对那些国民党利用严密书报检查制度来横加封锁的"左翼"文学，茅盾希望可以通过国际友人史沫特莱的帮助在国外销售出版，从而扩大"左翼"文学在国际上的影响。"本书内所译的，大部也还是漏过了'检查员'手爪的一些作品。……然而一个西方的读者从此已可看见中国的民众的真实生活情形以及真正的迫切的要求是什么了。"[1]可是，史沫特莱英译的《子夜》未能在海外出版，茅盾认为这主要是因为她没有得到国外出版商的有力支持："史沫特莱搞了《子夜》英译……此英译本未出版，……当时史还没有在英或美找到愿出此书之出版商也。"[2]所以，中国文学文化的对外传播除了外国译者的帮助外，还离不开外国出版机构的大力支持。

茅盾认为《草鞋脚》也是中外集体互助的结果，但是由于该英译本当时缺乏国外出版机构的及时帮助，推迟了大约40年才得以在海外出版发行。20世纪30年代，茅盾和鲁迅应伊罗生的要求选编《草鞋脚》，但是该选集直到20世纪70年代才在海外得以出版，"想来是伊罗生同美国的出版社没甚交情"[3]。但是，斯诺在20世纪30年代选编的《活的中国》英译本在1936年就在美国出版了，这是因为斯诺当时在国外找到了合适的出版商。可见，中国文学文化的对外传播离不开国外出版机构的鼎力相助。

综上所述，茅盾翻译思想在译介渠道上对当今的中国文学文化"走出去"的启示在于：中国文学文化"走出去"时，必须充分重视国外出版机构的关键作用。即便是在译介主体和译介内容的环节做好了，如果缺乏国外出版机构的有效帮助，中国文学文化的外译也会遭遇挫折。我国很多学者强调要和国外出版机构紧密合作，才能拓展中国文学文化的对外传播途径。杨宪益认为，中国的文学作

---

1 茅盾：《给西方的被压迫大众》，1935年9月20日。见茅盾，《茅盾全集》（第二十卷·中国文论三集），北京：人民文学出版社，1990年，第557页。
2 沈雁冰：《致姜德明》，1977年7月28日。见茅盾，《茅盾全集》（第三十八卷·书信三集），北京：人民文学出版社，1997年，第173页。
3 沈雁冰：《致单演义》，1977年9月18日。见茅盾，《茅盾全集》（第三十八卷·书信三集），北京：人民文学出版社，1997年，第192页。

品要成功外译就必须重视国外出版环节,"和国外大的出版商合作,打开发行渠道"[1]。李景端提出中外出版机构的全程合作可以最有效地促进中国文学文化成功"走出去","由中外出版机构,从选题、版权、翻译、出版、(,)到营销进行全过程合作,是'走出去'效率最高、收效最好的办法"[2]。黄友义认为,在译介途径中,中外出版社合作的方式非常实用,"最好的传播方法就是中外合作。国内出版社可以采取联合出版、版权转让等形式与国外出版社合作"[3]。所以,中国文学文化要成功有效地"走出去",必须借助外国出版机构才能取得更好的效果,"仅靠中国单方面的翻译出版,要想向世界译介中国的文学文化而取得理想的效果,这是不可能的"[4]。王建开也强调与国外出版社合作是目前中国文学文化对外传播比较理想的模式,"若与国外出版社合作,无疑可以加快推出的时间,缩短产品到达读者手里的周期。国外出版社全球发行渠道的优势,有利于中国文学作品英译本扩大影响,吸引更多的读者"[5]。因此,在译介途径上,我们必须充分重视国外出版机构的重要作用,才能更有效地推动中国文学文化的对外传播。

四、照顾国外读者水平:茅盾翻译思想对译介受众的现实启示

在译介受众上,茅盾认为需要照顾国外读者的理解程度和接受水平,才能让译文读者理解和接受中国的文学作品。在茅盾看来,中国的文学语言很难翻译,尤其是对话部分的翻译十分困难,译者在翻译富含中国文化内涵的词语时,可以采用加注的方式让国外读者更加详细地了解中国的文学文化。

茅盾认为中国文学作品里的民族形式很难翻译,国外读者难以完全体会到中国语言独特的韵味。在茅盾看来,文学作品的民族形式的主要因素在于其中的文

---

[1] 叶稚珊:《对外文化交流与翻译工作》,载《群言》,1990年第7期,第5页。
[2] 李景端:《"走出去"不差钱,差的是内容与翻译》,载《中国版权》,2012年第5期,第12页。
[3] 鲍晓英:《中国文化"走出去"之译介模式探索——中国外文局副局长兼总编辑黄友义访谈录》,载《中国翻译》,2013年第5期,第64页。
[4] 王志勤、谢天振:《中国文学文化走出去:问题与反思》,载《学术月刊》,2013年第2期,第26页。
[5] 王建开:《走出去战略与出版意图的契合:以英译作品的当代转向为例》,载《上海翻译》,2014年第4期,第5页。

学语言,中国文学作品里民族语言的韵味很难在别的语言中表达出来。例如,"鲁迅的作品即使是形式上最和外国小说接近的,也依然有它自己的民族形式。这就是他的文学语言。也就是这个民族形式构成了鲁迅作品的个人风格。正是这个人风格在翻译中常常会丧失"[1]。此外,茅盾还以《红楼梦》的翻译为例,指出原作的语言风格容易丧失,尤其是对话部分的翻译十分困难。"人物对话各按其人身份性格,口吻不同,译为外文,必然大为减色。此非过虑。该刊去年译《红楼梦》若干章,其对话部分最失败。"[2]因此,译者在中译外时,要尽量让国外读者了解中国文学作品的思想内容和艺术形式,"一部好译本既可以使读者理解原作的思想内容,也可以使读者欣赏原作的艺术形式"[3]。

在茅盾看来,译者可以通过加注的形式来帮助外国读者更好地理解中国文学作品。1934年,茅盾在介绍《草鞋脚》的作家作品时,认为吴组缃的短篇小说《一千八百担》里有许多关于中国文化内涵的词语,建议译者用加注的形式帮助国外读者理解:"注意:此篇翻译时应加进许多notes,说明什么叫做'大宗祠'等等。"[4]1963年,茅盾认为在《红楼梦》的众多外文译本中,两个日文译本采用了非常详尽的注释:"松枝译本每册都附注释。……伊藤译本每回有注释。在《红楼梦》外文译本中,当以日文译本最为认真准确。"[5]1979年,茅盾指出自己的作品《小巫》里有许多中国文化特色的词语,译者可以用加注的方式来翻译,帮助外国读者更好地理解中国文化:"南湖菱是嘉兴南湖出产的菱,很有名,原

---

1 茅盾:《漫谈文学的民族形式》,载1959年2月24日《人民日报》。见茅盾,《茅盾全集》(第二十五卷·中国文论八集),北京:人民文学出版社,1996年,第434页。

2 沈雁冰:《致姚雪垠》,1978年2月10日。见茅盾,《茅盾全集》(第三十八卷·书信三集),北京:人民文学出版社,1997年,第239-240页。

3 茅盾:《漫谈文学的民族形式》,载1959年2月24日《人民日报》。见茅盾,《茅盾全集》(第二十五卷·中国文论八集),北京:人民文学出版社,1996年,第434页。

4 茅盾、鲁迅:《〈草鞋脚〉部分作家作品简介》,1934年4月17日。见茅盾,《茅盾全集》(第二十卷·中国文论三集),北京:人民文学出版社,1990年,第87页。

5 茅盾:《关于曹雪芹——纪念曹雪芹逝世二百周年》,载1963年12月《文艺报》第十二期。见茅盾,《茅盾全集》(第二十七卷·中国文论十集),北京:人民文学出版社,1996年,第112页。

第四章
反思探讨：茅盾翻译思想的现实启示

文用这个'南湖菱'三字表示故事发生在嘉兴地区而不在本篇中提及故事发生的地点。所以译文如在'菱'上加'南湖'而用脚注说明之则更好了。"[1]

综上所述，茅盾翻译思想在译介受众上对当今中国文学文化"走出去"的启示之一在于：我们要充分照顾到国外译介受众的理解程度和接受水平，要选择具有可译性的中文作品来对外译介。在谢天振看来，文学作品的可译性指原作中的风格、创作特征以及文学特色等具有的一种可传递性，它们在翻译之后还能在译作中得以保存，并被译介受众理解和接受。所以，"在对外译介中国文学作品、文化典籍时，应挑选具有可译性的，也就是在译入语环境里容易接受的作品首先进行译介"[2]。莫言的作品《蛙》获得诺贝尔文学奖，其中一个重要原因在于其可译性。王宁认为莫言文学作品中的可译性不仅为译者的跨文化阐释提供了基础，还有利于国外读者的理解和接受："他的作品在创作之初就已经具有了这种'可译性'，因为他所探讨的是整个人类所共同面对和关注的问题。"[3]胡安江、胡晨飞指出，我们在中译外的最初阶段，可以倾向于选择一些"语言相对通俗、内容相对简单、中国意象相对较少或易懂的文学文本，以保障译介过程中文字与文化信息传递的相对准确度，以及译入语世界大众读者的可接受性"[4]。

茅盾翻译思想在译介受众上对当今中国文学文化"走出去"的启示之二在于：要对富含中国文化内涵的词语添加注释，才能帮助外国读者更好地理解和接受。黄友义认为中译外的目标是实现有效的交流，译者要在翻译中进行适当变通，对相关文化背景知识进行必要解释，才能让外国读者更加容易理解和接受。"不加任何背景解释，直接翻译成外文，而不注意外国读者能否理解，就达不到交流的目的了。"[5]谢天振强调，中国文学文化要成功有效地"走出去"，不能

---

[1] 沈雁冰：《致外文出版社编辑部》，见茅盾，《茅盾全集》（第三十八卷·书信三集），北京：人民文学出版社，1997年，第360页。

[2] 谢天振：《中国文学走出去：问题与实质》，载《中国比较文学》，2014年第1期，第5页。

[3] 王宁：《翻译与跨文化阐释》，载《中国翻译》，2014年第2期，第10页。

[4] 胡安江、胡晨飞：《再论中国文学"走出去"之译者模式及翻译策略》，载《外语教学理论与实践》，2012年第4期，第58页。

[5] 鲍晓英：《中国文化"走出去"之译介模式探索——中国外文局副局长兼总编辑黄友义访谈录》，载《中国翻译》，2013年第5期，第64页。

忽视时间差和语言差这两个重要因素。在谢天振看来,时间差指的是中国认识和了解西方已经超过了一百多年,而西方对中国的关注和了解也就是最近几十年的事,当代西方读者对中国文学文化的接受程度还比较低。所以,"时间差这个事实提醒我们,在积极推进中国文学、文化走出去时,现阶段不宜贪大求全"[1]。谢天振还指出,语言差指的是中国读者在学习接受英语及文化方面比西方读者学习理解汉语及文化要更容易。语言差的事实提醒我们目前西方国家阅读中国文学文化典籍的读者数量还比较有限,能够胜任中国文学文化对外译介的译者也很缺乏。因此,"我们在推动中国文学、文化走出去的同时,还必须关注如何在西方国家培育中国文学、文化的接受群体的问题"[2]。在马会娟看来,中国文学文化"走出去"是一个细水长流的过程,"既需要国家长期的、稳定的政策上和资金上的支持,也需要考虑到译入语国家的接受问题"[3]。因此,我们在中国文学文化对外传播时,必须考虑国外译介受众的时间差和语言差问题,帮助他们更好地理解和接受中国的文学文化。

五、促进中外文化交流:茅盾翻译思想对译介效果的现实启示

为了让中国文学文化在国外取得更好的译介效果,茅盾十分重视给外文译本撰写序言,感谢国外译者和出版社的努力工作使中国的作品与海外读者见面,促进了中外文化之间的交流。

外国译者把茅盾的作品翻译介绍到国外时,茅盾经常会亲自给这些外文译本作序。"茅盾的著作已被翻译成世界上二十多个国家的文字出版,其中翻译得最多的是长篇小说《子夜》、《虹》、《腐蚀》、三部曲《蚀》,短篇小说《林家铺子》和农村三部曲《春蚕》、《秋收》、《残冬》等。特别要提到的,不少译本前都印有茅盾亲自撰写的自序。"[4]1955年,苏联译者费德林希望茅盾给他翻译

---

1 谢天振:《中国文学走出去:问题与实质》,载《中国比较文学》,2014年第1期,第9页。
2 同上,第9-10页。
3 马会娟:《解读〈国际文学翻译形势报告〉——兼谈中国文学走出去》,载《西安外国语大学学报》,2014年第2期,第115页。
4 李岫:《茅盾研究在国外》,长沙:湖南人民出版社,1984年,第17页。

第四章
反思探讨：茅盾翻译思想的现实启示

的作品写一篇序言，茅盾表示十分愿意。1957年，越南译者陶武翻译了茅盾的短篇小说，茅盾为该译作写了一篇序言，"我很愿意为我第一本和越南读者见面的作品写一篇序言"[1]。蒙古译者拉·古尔巴扎尔把《子夜》翻译成了蒙古文，茅盾对此十分感谢，并为该译作写了序言："《子夜》蒙您翻译，能与蒙古人民见面，甚感光荣。现在写了短短的几句话，作为《子夜》蒙文译本的序文。"[2]1958年，茅盾的小说《腐蚀》在翻译成俄文后，他也为该译本写序，"我也愿意为这本小说的俄文译本写一篇序文"[3]。1959年，茅盾打算为《虹》的乌克兰译本写序言，但后来由于事务繁忙忘记了，一年后在翻阅信件时才突然想起这篇译作序言还没有写，于是立刻补写了一篇译序，"我不知道这本书是否已经出版，所以还是把序言寄上"[4]。此外，茅盾还写信给苏联《涅瓦》编辑部，特地补上了《腐蚀》的俄译本序言，"奉上贵刊要我为我的旧作《腐蚀》俄译本写的序言一篇"[5]。

1980年，茅盾为《路》的译文写了一篇序言，介绍了该篇小说的写作意图和创作背景，"您已译完《路》，并希望我写一篇序，我现在写好寄上"[6]。1981年，茅盾为外文版的《茅盾选集》写序，介绍了自己的四卷作品：第一卷是《蚀》和《虹》，第二卷是《子夜》，第三卷是《腐蚀》和《清明前后》，第四卷是短篇小说集。茅盾为这个外文选集写序的目的在于为外国读者提供相关的背景材料："特写此序，意在对国外读者提供一点参考资料；如果我的愿望真能有

1　茅盾：《致陶武》，1957年11月27日。见茅盾，《茅盾全集》（第三十六卷·书信一集），北京：人民文学出版社，1997年，第414页。
2　茅盾：《致拉·古尔巴扎克》，1957年6月20日。见茅盾，《茅盾全集》（第三十六卷·书信一集），北京：人民文学出版社，1997年，第407-408页。
3　茅盾：《致特米脱莱夫斯基》，1958年11月25日。见茅盾，《茅盾全集》（第三十六卷·书信一集），北京：人民文学出版社，1997年，第439页。
4　茅盾：《致班都拉》，1959年2月16日。见茅盾，《茅盾全集》（第三十七卷·书信二集），北京：人民文学出版社，1997年，第3页。
5　茅盾：《致特米脱莱夫斯基》，1959年2月27日。见茅盾，《茅盾全集》（第三十七卷·书信二集），北京：人民文学出版社，1997年，第4页。
6　沈雁冰：《致黄育顺》，1980年9月15日。见茅盾，《茅盾全集》（第三十八卷·书信三集），北京：人民文学出版社，1997年，第404页。

助于国外读者,则不胜荣幸之至。"[1]可见,茅盾非常注重给外文译本撰写序言这一方式,并以此推动中国作品"走出去"。

此外,茅盾还对外国译者的辛苦劳动表示肯定和感谢。1934年,茅盾称赞了伊罗生对中国作品的翻译和介绍:"您翻译的鲁迅序文,还有您自己做的引言,我们都看过了,很好。"[2]茅盾还感谢伊罗生选编了中国短篇小说集《草鞋脚》,希望他能够继续翻译介绍更多的中国文学作品:"您说以后打算再译些中国作品,这是我们很喜欢听的消息。……中国的革命文学青年对于您这有意义的工作,一定是很感谢的。我们同样感谢您费心力把我们的脆弱的作品译出去。"[3]1936年,茅盾充分肯定了日本译者增田涉翻译鲁迅作品的能力:"以先生的能力,必能胜任愉快。我希望由于先生的努力将使贵国民众更能了解中国民众的代言人——鲁迅先生的思想和艺术。"[4]1955年,茅盾感谢了苏联译者费德林对自己作品的翻译介绍:"请接受我对于您在介绍中国文学所作(做)的努力表示崇高的敬意和由衷的感谢。"[5]茅盾在《俄译本〈茅盾文集〉自序》中,很欣喜自己的作品能在苏联出版,并对编辑和译者们表示了感谢:"我深为高兴的,就是苏联的读者能读到我的作品。我借此机会,向编辑和译者们对他们为了出版我的作品而作的宝贵的努力表示衷心的感谢!"[6]

1957年,对于越南的译者陶武翻译和介绍的中国文学作品,茅盾表示十分称赞:"请允许我藉(借)这个机会对您为介绍中国文学作品所作(做)的努力表

---

1 茅盾:《外文版〈茅盾选集〉序》,载1981年4月7日《光明日报》。见茅盾,《茅盾全集》(第二十七卷·中国文论十集),北京:人民文学出版社,1996年,第441页。
2 茅盾、鲁迅:《致伊罗生》,1934年8月22日。见茅盾,《茅盾全集》(第三十六卷·书信一集),北京:人民文学出版社,1997年,第113页。
3 同上,第114页。
4 茅盾:《致增田涉》,1936年12月20日。见茅盾,《茅盾全集》(第三十六卷·书信一集),北京:人民文学出版社,1997年,第134页。
5 茅盾:《致费德林》,1955年4月22日。见茅盾,《茅盾全集》(第三十六卷·书信一集),北京:人民文学出版社,1997年,第318页。
6 茅盾:《俄译本〈茅盾文集〉自序》,1955年10月20日。见茅盾,《茅盾全集》(第二十四卷·中国文论七集),北京:人民文学出版社,1996年,第386页。

示衷心的敬意。"[1] 1958年，对于译者把《春蚕》翻译介绍到匈牙利，茅盾表示真挚的感谢。1959年，茅盾感谢译者把《子夜》翻译介绍到苏联："我以我的作品能和别洛露西亚读者见面而感到荣幸。我对您和特克·瓦西里同志在介绍中国文学方面所作（做）的宝贵努力深表敬意和谢忱。"[2] 茅盾还对《腐蚀》在捷克斯洛伐克的翻译和出版表示了谢意。可见，茅盾充分肯定外国译者的辛勤劳动，并表达了真诚的谢意，这对中国文学文化在海外取得良好的译介效果有一定的促进作用。

茅盾称赞外国译者，他们对中国文学作品的翻译促进了中外文化间的交流。茅盾感谢捷克译者普实克："您为介绍中国文学所作（做）的努力，对中捷文化交流有巨大的贡献，我谨趁此机会对您的宝贵工作表示崇高的敬意。"[3] 茅盾在《俄译本〈茅盾文集〉自序》中认为，苏联对中国文学的翻译介绍促进了中苏之间的文化交流："在苏联也愈来愈多地翻译中国的古典的和现代的文学作品。……对中华人民共和国和苏联之间的文化交流发展的事业作（做）出了宝贵的贡献。"[4] 茅盾对译者玛雅促进中国和印度尼西亚的文化交流表示谢意："对于您为中国和印度尼西亚文化交流所作（做）的努力，表示我的感谢和敬意。"[5]

在茅盾看来，苏联出版的《人民中国的文学艺术问题》有利于促进中苏文化交流："我相信这本文集的出版将使苏联的广大读者对中国文艺界在中国共产党领导之下如何进行斗争有进一步的了解。我愿藉（借）此机会对贵社在中苏文化交流工作上所作（做）的努力表示衷心的敬意。"[6] 茅盾非常高兴《春蚕》翻译

1　茅盾：《致陶武》，1957年11月27日。见茅盾，《茅盾全集》（第三十六卷·书信一集），北京：人民文学出版社，1997年，第415页。
2　茅盾：《致扬卡·卡则卡》，1959年10月24日。见茅盾，《茅盾全集》（第三十七卷·书信二集），北京：人民文学出版社，1997年，第16-17页。
3　茅盾：《致普实克》，1959年10月25日。见茅盾，《茅盾全集》（第三十七卷·书信二集），北京：人民文学出版社，1997年，第17页。
4　茅盾：《俄译本〈茅盾文集〉自序》，1955年10月20日。见茅盾，《茅盾全集》（第二十四卷·中国文论七集），北京：人民文学出版社，1996年，第386页。
5　茅盾：《致玛雅》，1959年1月10日。见茅盾，《茅盾全集》（第三十七卷·书信二集），北京：人民文学出版社，1997年，第2页。
6　茅盾：《致巴维尔·楚维可夫》，1959年2月23日。见茅盾，《茅盾全集》（第三十七卷·书信二集），北京：人民文学出版社，1997年，第3页。

成了越南文字，认为译者的工作可以促进中越文化交流。茅盾盛赞新西兰译者路易·艾黎对白居易诗歌的译介："他在繁忙的工作中，在八十高龄，又把《白居易选集》献给西方的读者，这是将要永远记载在中西文化交流史上的。"[1]因此，在译介效果上，我们要充分重视外文译本序言的作用。

综上所述，从拉斯韦尔的传播学模式出发，回顾茅盾对中国文学文化对外传播大力推动的事迹，可以发现茅盾翻译思想对当今的中国文学文化"走出去"在译介主体、译介内容、译介途径、译介受众和译介效果上有以下现实启示：首先，在译介主体上，海外汉学家是重要的译介主体，他们除了主动翻译和介绍中国的文学文化外，还可以和中国译者合作翻译，提高翻译质量。其次，在译介内容上，我们不应一厢情愿地硬性推销，要和国外译者商讨合作，充分尊重他们在译介内容上的主动选择，把中国最有价值的作品翻译介绍出去。第三，在译介渠道上，我们要重视国外出版机构，只有加强同国外出版商的合作，才能更加有效地促进中国文学文化"走出去"。此外，在译介受众上，我们要充分关注国外读者的理解程度和接受水平，在最初阶段选择一些相对简单易懂的作品，通过加注等方式帮助译介受众理解和接受中国的文学文化。另外，在译介效果上，我们要重视给外文译作撰写序言，在序中肯定和感谢外国译者和出版机构对中国文学文化外译的鼎力支持，补充介绍相关文学文化背景，以更好地促进中外文化交流。

第三节 危机与途径：
茅盾翻译思想对当下翻译质量危机的现实启示

翻译质量危机问题是翻译界颇为关注的问题，如何提高翻译质量值得研究。早在1954年8月19日，茅盾作为新中国第一任文化部部长就在全国文学翻译工作会议上，做了一个《为发展文学翻译事业和提高翻译质量而奋斗》的专题报告，强调了提高中国翻译质量的重要性。虽然距今已经过去半个多世纪，但是这个报告

---

1 茅盾：《白居易及其同时代的诗人——为路易·艾黎英译〈白居易诗选〉而作》，载1979年1月25日《收获》第1期。见茅盾，《茅盾全集》（第二十七卷·中国文论十集），北京：人民文学出版社，1996年，第314-315页。

第四章
反思探讨：茅盾翻译思想的现实启示

对解决当下的翻译质量危机问题仍然有不容忽视的现实意义。有鉴于此，本书归纳总结茅盾的翻译思想，拟为解决当下的翻译危机问题提出一些建议。

1994年，季羡林发表了《翻译的危机》一文，指出译者不负责的翻译态度和低下的外语水平造成了严重的翻译危机，从而引起了人们对翻译质量的关注。1995年，王秉金以中国1990年和1991年对苏联东欧国家经贸洽谈会的会刊为例，指出来自全国29个省、市、自治区的知名企业的广告译文质量低下："质量合格的占22%，质量差的占37%，质量粗劣的占41%。"[1]1998年，季羡林认为，中国的翻译事业虽然取得了进步，但是翻译质量问题依然存在："中国当前的翻译质量却不能不令人忧心忡忡。"[2]在季羡林看来，造成中国翻译质量低下的原因包括译者轻率的翻译态度、译者的外语水平不高、编辑未尽自己的责任、缺乏必要的监督机制等，"可惜这种危机现象还并没有能引起社会上，尤其是文艺界和学术界的普遍关注"[3]。1999年，孙致礼指出中国改革开放以来翻译事业取得了令人瞩目的成绩，但还存在很多问题，其中严重的问题是"翻译水平参差不齐，既涌现了一大批新的佳译，也冒出了为数不少的低劣译品，甚至出现了剽窃、'抄译'的恶劣行径，已到了令人忍无可忍、非纠不可的地步"[4]。

2000年，李景端指出中国存在不良的翻译风气和严重的翻译质量危机，如粗制滥造、剽窃抄袭、盗取他人译作成果等："仅1997年中国版协外国文学出版研究会收到的举报投诉材料，可以认定是抄袭、剽窃的外国文学名著，就多达22起。"[5]这些假冒伪劣的译作和抢译乱译的现象已经引起了广大读者的不满。孙梅指出，改革开放后中国的翻译作品在大量出版的同时，也存在严重的翻译质量危机，原因主要包括译者急功近利的态度、译者素质普遍低下、缺乏必要的监督机制、翻译队伍青黄不接等，"译文质量也愈益地成为制约作品传播和读者接受的

1　王秉金：《谈我国经贸中译英的质量》，载《上海科技翻译》，1995年第2期，第7页。
2　季羡林：《翻译的危机》，载《语文建设》1998年第10期，第45页。
3　同上。
4　孙致礼：《谈新时期的翻译批评》，载《中国翻译》，1999年第3期，第2页。
5　李景端：《当前翻译工作的问题和呼吁》，载《中国翻译》，2000年第5期，第3页。

一个令人堪（担）忧的问题"¹。2001年，任东来、杨玉圣号召大家要努力提高翻译质量，"应对目前严重存在的翻译质量问题给予关注，并愿在此呼吁切实重视翻译质量"²。邹长虹指出翻译事业在蓬勃发展的同时也出现了翻译质量的危机，"翻译界出现了为数不少的低劣译品，甚至出现了'抄译''剽窃'等现象。使翻译产生了危机"³。

2002年，李景端指出翻译出版数量在迅速增长的同时，翻译质量并没有得到相应提高，尤其在文学翻译领域，出现了胡乱跳译猜译、缺乏查证考据、无视语境望文生义、隔行翻译造成误译、添油加醋篡改原文、剽窃抄袭、粗制滥造的现象。"1998年外国文学出版研究会，仅向6家出版社核查，就查出可以确认是抄袭剽窃的'译作'就有23种。"⁴翻译质量的危机不仅损害了原作者和译文读者的利益，还给图书出版市场的秩序带来了破坏。"翻译读物的质量问题，已经到了非抓不可的地步了。"⁵季羡林、杨宪益、李赋宁等12位学者联名发表《关于恪守译德，提高翻译质量的倡议和呼吁》一文，提出我国的翻译出版事业虽然发展迅速，但是由于忽视职业道德和疏于管理等原因，"在翻译质量上也暴露出许多问题"⁶。2004年，何娅指出在翻译版权贸易繁荣的背后，翻译的总体质量却每况愈下：误译、漏译、粗制滥造的现象随处可见，有些译作甚至令人匪夷所思，"业内人士对此早已忧心忡忡，却苦于找不出疗治的良方"⁷。胡德香指出翻译枪手的出现令中国的翻译质量十分堪忧："有位翻译'枪手'一周完成10部外国文学名著的翻译，获取高额报酬；某些出版单位居然'创造'出3个月内翻译100部'世

1　孙梅：《试论翻译的危机与出版者的责任》，载《编辑学刊》，2000年第6期，第18页。
2　任东来、杨玉圣：《切实重视翻译质量》，载《世界历史》，2001年第5期，第116页。
3　邹长虹：《呼唤翻译批评——试论翻译的危机》，载《广西大学学报》，2001年第S1期，第175页。
4　李景端：《翻译"坏象"六种》，载《出版广角》，2002年第3期，第31页。
5　同上。
6　季美林、叶水夫、冯亦代等：《关于恪守译德，提高翻译质量的倡议和呼吁》，载《出版发行研究》，2002年第4期，第42页。
7　何娅：《版权贸易喜人　译著质量堪忧》，载《编辑学刊》，2004年第1期，第57页。

界名著'的'记录'。"[1]

2005年，许钧指出中国翻译事业在繁荣昌盛的背后潜藏着严重的翻译危机，主要包括翻译质量多重失控，版权盲目引进，译风普遍浮躁，翻译人才青黄不接等方面。"翻译的质量在许多出版社基本上处于失控的状态，得不到保证。"[2]在许钧看来，缺乏严密科学的监控机制导致了翻译质量的普遍下降，这会对原作者和读者的利益以及文化交流产生危害。赵国繁指出，中国翻译作品在数量上迅猛发展，在质量上却没有得到相应提高："许多质量低劣的译品明目张胆地充斥着翻译市场，污染着神圣的翻译事业，使翻译面临着严重的危机。"[3]例如翻译态度不认真，译者水平不高，忽视把控质量关，缺乏专门的翻译质量监控机制。在季羡林看来，导致翻译质量下降的原因主要有"译者基本功问题，翻译职业道德问题，翻译批评缺位问题，以及出版社疏于把关等等"[4]。

2006年，许建平、张瑾指出，我国从上而下普遍存在严重的翻译质量危机，"翻译质量参差不齐。很多文学作品翻译粗制滥造，抄袭、拼凑现象屡见不鲜。与文学翻译质量低下的问题相比，日常生活中的翻译差错现象更为严重。"[5]2007年，李景端指出我国图书在翻译出版上存在着危机，包括翻译选题盲目，翻译结构失衡；翻译质量下滑，重复出版严重；抄袭屡禁不止，盗版仍然猖獗；翻译评论缺失，导向声音微弱；出版缺乏监管，竞争缺乏诚信。译者和出版商为了抢占市场而粗制滥造，在外国文学名著的翻译出版上产生了大量低水平的重复浪费，因而无法保证翻译的质量。"法国圣埃克絮佩里的《小王子》，中译本有25种之多，其中仅在2000至2005年五年内就出现了20种，平均一年冒出4种新译本，成为

---

[1] 胡德香：《文化语境下的翻译批评：现状与反思》，载《解放军外国语学院学报》，2004年第6期，第59页。
[2] 许钧：《翻译的危机与批评的缺席》，载《中国图书评论》，2005年第9期，第13页。
[3] 赵国繁：《试谈翻译危机》，载《闽西职业大学学报》，2005年第3期，第108页。
[4] 李景端：《季羡林纵论翻译》，载《文化交流》，2005年第2期，第31页。
[5] 许建平、张瑾：《从翻译人才市场的需求看我国外语教学的人才培养》，载《甘肃社会科学》，2006年第2期，第49页。

我国翻译出版史上的'奇迹'。"¹ 因此，有的出版社在短短的时间内就发行了大量的世界文学名著译本，这样的翻译质量不禁令人担忧。

2009年，黄斌兰采用问卷调查和访谈的方法对第二届中国东盟博览会的翻译质量进行了调查分析，发现博览会的外语翻译服务和资料翻译质量的主要问题有："（1）拼写错误多，占10%～11%；（2）语言翻译不够规范或口、笔译人员语言能力不够好，占67%～77%；（3）跨文化方面产生误解或口、笔译人员跨文化交际能力不够好，占70%～83%。"² 邵张旻子、陈科芳通过对义乌国际小商品市场的翻译质量现状进行调查和分析，发现译者的翻译质量不太令人满意，"71.4%的用人单位表示对现在从译人员翻译质量的满意度为一般，表示满意的只有23.8%，非常满意的则更少，仅占4.8%"³。在调查用人单位因译者素养低而导致的损失时，发现"高达71.5%的用人单位选择偶尔遭受过损失，19.0%的用人单位选择有时遭受损失，而选择从不遭受损失的仅仅为9.5%"⁴。

2010年，国际译联把"国际翻译日"的主题定为"多样化的语言高质量的翻译"，强调了在多样化的时代到来之际，译者把控翻译质量的重要性，"在确保译入语准确无误、严把质量的同时还要不失原语的细小微妙之处"⁵。2012年，魏清光、魏家海指出严重的翻译质量危机会产生极大的危害，"我国学术翻译质量低下、劣质译著频现，不仅不利于知识的引进和传播，而且会贻害学术研究"⁶。2013年，孙晓青、车忱以中信出版集团发行的美国畅销书《史蒂夫·乔布斯传》（*Steve Jobs*）的中文译本为个案，认为畅销书的翻译质量令人担忧，由于"该项

---

1 李景端：《引进版图书呼唤理性与管理》，载《中国图书评论》，2007年第10期，第101页。
2 黄斌兰：《第二届中国—东盟博览会翻译质量调查研究》，载《广西民族大学学报》，2006年第6期，第81页。
3 邵张旻子、陈科芳：《市场翻译需求和翻译质量调查——以中国义乌国际小商品市场为例》，载《浙江师范大学学报》，2009年第6期，第90页。
4 同上。
5 吕东译，黄长奇审定：《2010年国际翻译日主题：多样化的语言 高质量的翻译》，载《中国翻译》，2010年第4期，第19页。
6 魏清光、魏家海：《我国学术翻译译德失范的原因及解决之道》，载《东北师大学报》，2012年第6期，第128页。

第四章
反思探讨：茅盾翻译思想的现实启示

目时间紧（30天）、任务重（50万字）"[1]，因而产生了译文与原文信息不一致、译文不能再现原文的美感等问题。2014年，李彬指出只顾图书翻译出版的进度和数量而忽视了对译者的遴选，造成了严重的翻译质量危机，"译文质量低下已经成为当前困扰我国引进类图书市场健康发展的一个主要症结"[2]。

20世纪50年代，文化部部长茅盾强调提高文学翻译工作质量，我国翻译事业出现了欣欣向荣的景象："真正繁荣的也就是五十年代。……由于组织领导比较得力，狠抓了计划译书和提高翻译质量两个环节，因而译文质量普遍较高，涌现出一大批名著名译。"[3]针对当下的翻译质量危机问题，本节归纳总结茅盾的翻译思想，发现以下七条途径有助于提高翻译质量：端正翻译态度、提升译者素养、注重翻译选材、提倡艺术创造性翻译、鼓励翻译中的集体互助、加强翻译批评与自我批评、培养翻译力量。

一、端正翻译态度

端正翻译态度是保证翻译质量的重要前提。1998年，曹明伦指出译作数量在急剧增长的同时，在质量上也潜伏着危机。"从现象上看，这种危机在于当今误译之多之荒谬比以往任何时候都有过之而无不及，从实质上讲，这种危机在于翻译家的责任感和良心比以往任何时候都更加淡漠。"[4]2001年，国际译联把"翻译职业道德"定为"国际翻译日"的主题。2007年，许钧认为译者不负责任的态度导致了译风普遍浮躁和翻译质量低下的现象："不少译者没有明白就翻译，见到难点避着走，人名地名顺手翻，附录索引随意删。加上责任编辑与出版社领导的放任或同谋，译风就这样一步步在浮躁中败坏下去，而译风普遍浮躁的结果，便是译书质量的普遍粗糙。"[5]2012年，魏清光、魏家海指出译者责任心的缺乏导

---

1. 孙晓青、车忱：《畅销书翻译质量堪忧》，载《编辑之友》，2013年第5期，第90页。
2. 李彬：《编辑眼中优秀译者应该具备的素质》，载《出版科学》，2014年第4期，第37页。
3. 孙致礼：《谈新时期的翻译批评》，载《中国翻译》，1999年第3期，第2页。
4. 曹明伦：《误译·无意·故意——有感于当今之中国译坛》，载《中国翻译》，1988年第6期，第35页。
5. 许钧：《生命之轻与翻译之重》，北京：文化艺术出版社，2007年，第82页。

致了严重的翻译质量问题:"有的粗制滥造,质量之拙劣,令人触目惊心。这些翻译质量问题,绝大多数都不是译者的翻译能力欠佳造成的,而是译者责任心不强,译德失范所致。"[1]

早在1934年,茅盾就警醒译者要有一种认真负责的翻译态度,"从事翻译的人时时刻刻警惕着:莫做说谎的媒婆"[2]。1954年,茅盾在全国文学翻译工作会议上,指出佛经翻译中严谨的翻译态度值得后辈好好学习:"我们的先辈在翻译佛经方面所树立的谨严的科学的翻译方法,及其所达成的卓越成就,值得我们引以为骄傲,并且奉为典范。"[3]茅盾还赞扬了鲁迅认真负责的译介态度:"从严格的思想与艺术的评价出发,对近代外国文学作了严肃与认真的介绍的,则开始于我国新文学运动的先驱者和导师——鲁迅。"[4]茅盾认为译者翻译态度的不端正容易造成翻译质量的低下:"有些人把翻译工作单纯看做(作)技术性的工作,有些人用很轻率的态度对待翻译,……因此也产生了许多质量不高,甚至质量很低劣的翻译。"[5]在茅盾看来,翻译质量低下的译作既对不起原作者又欺骗了译文读者:一方面,质量不高的译作虽然对介绍外国文学有一点用处,但是与优秀的原作相差甚远;另一方面,有些质量低劣的译作不仅歪曲了原作者的意图和原作的风格,还阻碍了译文读者对原作者及其作品的正确理解,因而丧失了翻译介绍外国文学的意义。1981年,茅盾通过对比林纾前后不同的翻译态度,认为林纾晚年不负责任的翻译态度造成了他的翻译质量大幅度下降:"林的早期译作,信虽未

---

[1] 魏清光、魏家海:《我国学术翻译译德失范的原因及解决之道》,载《东北师大学报》,2012年第6期,第128页。

[2] 丙生:《"媒婆"与"处女"》,载1934年3月1日《文学》第二卷第三号。见茅盾,《茅盾全集》(第二十卷·中国文论三集),北京:人民文学出版社,1990年,第38页。

[3] 茅盾:《为发展文学翻译事业和提高翻译质量而奋斗——一九五四年八月十九日在全国文学翻译工作会议上的报告》,载1954年10月1日《译文》十月号。见茅盾,《茅盾全集》(第二十四卷·中国文论七集),北京:人民文学出版社,1996年,第299页。

[4] 同上,第300页。

[5] 同上,第310页。

必,雅、达则有之;至其后期译作,则信、达、雅三者都没有了。"[1]

茅盾除在理论上主张要端正翻译态度,还在自己的翻译实践中尽量做到对原作者和译文读者负责。1921年,茅盾在转译列宁的政论《国家与革命》时,感觉自己对马克思主义的理解还不够透彻,因此没有再勉强翻译下去。"我只译了第一章,便感到,对于马克思主义的经典著作没有读过多少的我,当时要翻译并译好《国家与革命》,是很困难的。于是也就知难而退,没有继续翻译下去。"[2]茅盾在没有彻底理解原作的情况下,没有轻率贸然继续翻译,这体现了茅盾在翻译中认真负责的翻译态度。"翻译是有限度的,一个有责任的译者,应该清楚地认识到这一点。"[3]译者要清晰地意识到自己是否能够胜任翻译,如果能力不足就不要随便乱译,要"勇于谢绝自己不能胜任的翻译任务"[4]。1930年,茅盾在翻译苏联丹青科的小说《文凭》时,为了既对得起原文作者又对得起中国读者,茅盾在翻译之前不敢轻易下笔,而是反复阅读原文直到自己读懂了并读出了原文的韵味后才敢下笔翻译,"我相信我这翻译态度是对得住人的"[5]。在戈宝权看来,茅盾1945年转译苏联格罗斯曼的小说《人民是不朽的》时,在翻译研究、翻译理解、翻译表达、译文校对等各个环节都体现出了认真负责的翻译态度:"他首先研究了原著的风格,……在译文上,茅盾同志也是一丝不苟的。……茅盾同志除请我校阅后,还就译文提了一些质疑……茅盾同志在向我质疑后都一一作(做)了改正,从此也就可以看出茅盾同志在翻译时的认真而又严肃的翻译态度了。"[6]

茅盾不仅积极倡导要端正翻译态度,而且在自己的翻译实践中也认真负责,

---

1 茅盾:《〈茅盾译文选集〉序》,1981年2月文化艺术出版社出版的《茅盾文艺评论集》一书,后收入1981年9月上海译文出版社出版的《茅盾译文选集》一书。见茅盾,《茅盾全集》(第二十七卷·中国文论十集),北京:人民文学出版社,1996年,第429页。
2 茅盾:《我走过的道路》(上),北京:人民文学出版社,1981年,第176页。
3 许钧:《生命之轻与翻译之重》,北京:文化艺术出版社,2007年,第16页。
4 季羡林、叶水夫、冯亦代等:《关于恪守译德,提高翻译质量的倡议和呼吁》,载《出版发行研究》,2002年第4期,第42页。
5 茅盾:《谈谈翻译——〈文凭〉译后记》,1932年9月1日上海现代书局出版的《文凭》一书。见茅盾,《茅盾全集》(第十九卷·中国文论二集),北京:人民文学出版社,1991年,第338-339页。
6 戈宝权:《忆和茅盾同志相处的日子(三)——抗战期间从桂林到重庆》,载《新文学史料》,1982年第1期,第68-69页。

尽量做到既对得起原作者，又不欺骗译文读者。因此，译者在翻译过程中要秉持认真谨严的翻译态度："力戒急功近利，务求一丝不苟，反复推敲。遇有疑难，宁可勘查词典多请教，切忌瞎译欺己又误人。"[1]恪守职业道德，坚持认真负责的翻译态度，译者才能让自己的译文对得起原文作者和译文读者。

二、提升译者素养

译者素养影响着翻译的质量。季羡林认为："今天翻译之所以有危机，最根本的原因就是，有一些译者有意或无意地认为学习外语很容易。我们必须下定决心，力矫这种弊端，然后我们外语界才有希望。"[2]党金学指出对翻译人才素养重视不够造成了中国翻译质量有明显下降的趋势："译文质量令人堪（担）忧。……译文中漏译、错译、死译、乱译的现象屡见不鲜。"[3]2010年，国际翻译日的主题为"多样化的语言　高质量的翻译"，强调译者要不断提升自己的语言、专业、文化、信息等各方面的素养，才有利于提高翻译质量。"对译员素质的全面要求是保证翻译质量，促进当今世界各民族与文化间顺畅交流的题中之义。"[4]李瑞林认为译者素养是译者素质和能力综合发展的结果，"译者素养应是翻译人才培养的终极目标指向"[5]。江建利、徐德荣强调译者的素养对翻译质量起着至关重要的作用："译者素养是译者形成专家能力和可持续发展能力的主要标志，是翻译作品质量高低的决定性要素。"[6]

早在1921年，茅盾就提出文学翻译家需要具备以下三个方面的素养："（1）翻译文学书的人一定要他就是研究文学的人。（2）翻译文学书的人一定

---

[1] 季羡林、叶水夫、冯亦代等：《关于恪守译德，提高翻译质量的倡议和呼吁》，载《出版发行研究》，2002年第4期，第42页。

[2] 季羡林：《翻译的危机》，载《语文建设》1998年第10期，第46页。

[3] 党金学：《新世纪呼唤新型中译外翻译人才》，载《外语教学》，2002年第3期，第82页。

[4] 吕东译，黄长奇审定：《2010年国际翻译日主题：多样化的语言　高质量的翻译》，载《中国翻译》，2010年第4期，第19页。

[5] 李瑞林：《从翻译能力到译者素养：翻译教学的目标转向》，载《中国翻译》，2011年第1期，第46页。

[6] 江建利、徐德荣：《论儿童文学译者必备之素养》，载《当代外语研究》，2014年第8期，第53页。

要他就是了解新思想的人。（3）翻译文学书的人一定要他就是有些创作天才的人。"[1]在茅盾看来，翻译家和创作家的地位同样重要，译者素养的高低决定了译作质量的优劣，"要晓得翻译的本子真能好的，也不是毫无经验的译手所能办到的"[2]。茅盾强调译者要具备跨学科素养，在翻译之前研究相关的思想史、文学史、社会学和哲学等领域，才有助于提高译文的翻译质量；否则，"贸然翻译出来，译时先欲变原本的颜色，译成后读的人读了一遍又要变颜色，那是最可怕的"[3]！

1954年，茅盾提出文学翻译者需要具备语言、文学、生活和研究素养，才能实现艺术创造性的翻译，进而提高翻译质量。"文学作品的翻译者，则除了精通语文而外，还须具备一定的文学修养。而要做到艺术创造性的翻译，则除了上述种种而外，还必须具有广博丰富的生活经验，以及对于被翻译的作者及其作品之全面的研究和深刻的理解。"[4]茅盾认为语言素养是译者的基本素养，是从事一切翻译工作的前提条件。对文学翻译工作者而言，文学素养和研究素养必不可少，只有在翻译前对外国文学进行相关的研究，译者才能更准确地理解原作者的意图和原文的风格。在茅盾看来，译者应提升综合素养。"我们文学翻译工作者加强政治理论学习，提高文学艺术和中外语文的修养，树立正确的劳动态度和严肃的工作作风，只有这样才能担负起这个艰巨的任务。"[5]新世纪的译者更要不断提升自己的跨学科素养，才能促进翻译质量的不断提高。

---

[1] 雁冰：《译文学书方法的讨论》，载1921年4月10日《小说月报》第十二卷第四号。见茅盾，《茅盾全集》（第十八卷·中国文论一集），北京：人民文学出版社，1989年，第93页。

[2] 同上。

[3] 佩韦：《现在文学家的责任是什么？》，载1920年1月10日《东方杂志》第十七卷第一号。见茅盾，《茅盾全集》（第十八卷·中国文论一集），北京：人民文学出版社，1989年，第11页。

[4] 茅盾：《为发展文学翻译事业和提高翻译质量而奋斗——一九五四年八月十九日在全国文学翻译工作会议上的报告》，载1954年10月1日《译文》十月号。见茅盾，《茅盾全集》（第二十四卷·中国文论七集），北京：人民文学出版社，1996年，第312页。

[5] 同上，第318页。

三、注重翻译选材

翻译选材的好坏对翻译质量的优劣会产生一定影响。在许钧看来,翻译选材比翻译方法更重要,"较之于如何译,译什么的问题便显得更为重要"[1]。刘云虹对此表示赞同,认为译者首要关注翻译选材的问题:"选择什么样的原著进行翻译是翻译界和翻译批评界首要关注的问题。"[2]然而,我国在翻译选材上的实际状况却不容乐观:"从我国目前翻译出版界的现状看,在引进版权上,存在着很大的盲目性,主要表现在跟风、重复和轻率。"[3]有的出版社根据外国畅销书排行榜来盲目跟风引进;有的在经济效益好的翻译选题上存在大量的浪费;还有的出版社由于缺乏鉴别能力而轻率翻译出版,导致翻译的作品没有什么价值。可见,翻译选材上的跟风、重复和轻率现象对翻译质量产生了严重影响。茅盾在翻译选材上主张经济性和切要性,对我们当今的翻译选材有一定的现实启示意义。

茅盾在"五四运动"时期强调翻译选材要注重经济性和切要性。一方面,茅盾认为要翻译西方的代表作家和重要作品,才能节约译者和读者的时间、精力和财力,实现经济性的原则。在茅盾看来,外国文学流派众多,译者由于时间精力等的限制,翻译有代表性的作家和作品才是经济性的办法,"写实派、自然派、表象派、神秘派都要拣要译出"[4]。1920年,茅盾提出外国文学中有很多杰出作品还没有翻译和介绍到中国,"我们现在应选最要紧最切用的先译,才是时间上人力上的经济办法"[5]。1921年,茅盾认为英美文学中第一流的作家作品值得译介:"美国最大的文学家如Mark Twain,如Howells,如Henry James,英国的如Hardy,如Galsworthy,如Gilbut Caunon,如Morgan,如Stevenson,曾无人说

---

[1] 许钧:《生命之轻与翻译之重》,北京:文化艺术出版社,2007年,第80-81页。

[2] 刘云虹:《论翻译批评精神的树立》,载《外语与外语教学》,2009年第9期,第65页。

[3] 许钧:《生命之轻与翻译之重》,北京:文化艺术出版社,2007年,第81页。

[4] 沈雁冰:《致郭虞裳》,载1919年11月18日《时事新报·学灯》。见茅盾,《茅盾全集》(第三十六卷·书信一集),北京:人民文学出版社,1997年,第4-5页。

[5] 沈雁冰:《对于系统的经济的介绍西洋文学底意见》,载1920年2月4日《时事新报·学灯》。见茅盾,《茅盾全集》(第十八卷·中国文论一集),北京:人民文学出版社,1989年,第21页。

第四章
反思探讨：茅盾翻译思想的现实启示

起，这是极可惜的事；此后《小说月报》自当极力把真的介绍过来。"[1]茅盾指出漫无分别地翻译和介绍外国文学是很不经济的，因此，"介绍时的选择是第一应得注意的"[2]。另一方面，茅盾提倡翻译选材要注意切要性，要适合社会发展需要，"还有一个合于我们社会与否的问题，也很重要"[3]。在茅盾看来，译萧伯纳的《华伦夫人之职业》不如译《鳏夫的房产》，因为母亲开妓院、女儿上大学的现象在中国几乎不存在，但是盖低价房屋来剥削穷人的却很多；译挪威易卜生的《群鬼》不如译《少年团》，因为中国当时存在老一代思想和新一代思想的激烈冲突；译王尔德《温德米尔夫人的扇子》不如译莫特的《长别离》，因为后者"对于我们研究结婚问题贞操问题——女性独立问题，有多少的助力"[4]。

茅盾在土地革命战争时期和新中国成立后重申翻译选材要注意经济性和切要性。1935年，茅盾强调在翻译选材上要十分慎重，要先翻译那些最急需、最切要的作品，不重要的作品完全可以不用翻译："重要的先译，次要的后译。读者们的能力和金钱都很有限。如果给他们以不重要的东西，是常常会引起他们的反感的；而且对于译者也是一种浪费。不重要的东西，大可不必译。"[5]茅盾认为要把有价值的作品翻译出来，才能对得起译文读者，"盲目的翻译足以减少了许多读者们的信仰。故慎重的选择是必要的"[6]。新中国成立后，茅盾批评了翻译选材缺乏经济性和切要性的现象："翻译作品的选择，常常是凭个人主观的好恶来决定，而往往很少考虑所翻译的作品，是否值得翻译，是否于读者有益，为读者所

---

1 沈雁冰：《致李石岑》，载1921年2月3日《时事新报·学灯》。见茅盾，《茅盾全集》（第三十六卷·书信一集），北京：人民文学出版社，1997年，第15页。

2 郎损：《新文学研究者的责任与努力》，载1921年2月10日《小说月报》第十二卷第二号。见茅盾，《茅盾全集》（第十八卷·中国文论一集），北京：人民文学出版社，1989年，第68页。

3 沈雁冰：《对于系统的经济的介绍西洋文学底意见》，载1920年2月4日《时事新报·学灯》。见茅盾，《茅盾全集》（第十八卷·中国文论一集），北京：人民文学出版社，1989年，第22-23页。

4 同上，第23页。

5 顺：《对于"翻译年"的希望》，载1935年2月1日《文学》第四卷第二号。见茅盾，《茅盾全集》（第二十卷·中国文论三集），北京：人民文学出版社，1990年，第385页。

6 同上，第387页。

迫切需要。"[1]因此，茅盾对那些该译的作品没译、不该译的作品却译了的现象提出了批评："一方面应该翻译的作品没有翻译出来，甚至今天读者所迫切需要的苏联的许多重要作品，也没有完善的译本；而另一方面，次要的，不必要的，甚至有害的文学翻译出版物，则充斥于市场。"[2]在茅盾看来，不加辨别就翻译对不起原作者和译文读者。

茅盾除了提倡翻译选材要注意经济性与切要性外，还提倡为提高翻译质量进行重译。1921年，茅盾提出"重译不妨，只要译得好"[3]。1954年，茅盾提出同一种世界文学名著同时有好几种译本，可以让读者通过比较更好地理解和欣赏原文，这样的重复翻译是允许的。茅盾还提出如果原来译作质量不高，那么为了提高翻译质量对原作进行重复翻译，也是十分必要的。1981年，茅盾结合自己对伍光建和李霁野翻译的《简爱》两个译本的翻译批评，认为外国文学名著的重复翻译有利于提高翻译质量。"真正的名著应该提倡重译。要是两个译本都好，我们可以比较研究他们的翻译方法，对于提高翻译质量很有好处。"[4]

但是，茅盾对那些没有意义的重复翻译行为提出了批评。茅盾批评有些译者明明知道已有别人的译本，自己又不能翻译得更好还是去进行没有意义的重复翻译，这样不仅浪费了大量的人力、物力和财力，而且还产生了许多质量低下的译本。茅盾还批评有的译者在别人译作成果的基础上改换书名蒙骗读者。此外，茅盾还严厉批评了有的译者和出版社为了追逐经济利益，用粗制滥造的方式抢占翻

---

1 茅盾：《为发展文学翻译事业和提高翻译质量而奋斗——一九五四年八月十九日在全国文学翻译工作会议上的报告》，载1954年10月1日《译文》十月号。见茅盾，《茅盾全集》（第二十四卷·中国文论七集），北京：人民文学出版社，1996年，第304页。

2 同上，第305页。

3 沈雁冰：《致周作人》，1921年7月30日。见茅盾，《茅盾全集》（第三十六卷·书信一集），北京：人民文学出版社，1997年，第25页。

4 茅盾：《〈茅盾译文选集〉序》，1981年2月文化艺术出版社出版的《茅盾文艺评论集》一书，后收入1981年9月上海译文出版社出版的《茅盾译文选集》一书。见茅盾，《茅盾全集》（第二十七卷·中国文论十集），北京：人民文学出版社，1996年，第432页。

译市场。在茅盾看来，上述"这些错误的恶劣的现象都是不能容许的"[1]。茅盾对有些译者和出版社为了自身的利益而进行无意义的重译、抢译、乱译等现象提出了严厉的批评，认为这种各自为政、不相为谋的分散自流状态造成了极大的重复浪费，严重影响了翻译质量。因此，我们在翻译选材上要注重经济性，要选择那些代表作家作品才有利于节约译者和读者的时间、精力和财力。此外，我们在翻译选材上还要注意切合性，选择适合社会发展的作品来翻译才能凸显介绍的价值。"茅盾有关翻译选材必须适合社会需要这一主张无论过去、现在或将来都是适用的。"[2]另外，我们还要鼓励对外国文学名著进行有意识的重译，提高翻译质量。"茅盾主张名著重译和比较译文，目的是为了繁荣和促进我国的翻译事业及提高名著的译文水平。"[3]因此，我们只有在翻译选材上杜绝盲目跟风、抢译和乱译现象，才能避免浪费，提高翻译质量。

四、提倡艺术创造性翻译

茅盾在全国文学翻译工作会议上提出，艺术创造性的翻译不仅是必要的，而且是可能的。在茅盾看来，要实现艺术创造性的翻译，译者必须具备跨学科素养、注意翻译语言的使用、选择合适的翻译方法等。译者艺术创造性的翻译活动，可进一步提高翻译质量。

首先，茅盾强调了艺术创造性翻译的必要性和可能性。茅盾提出文学翻译要用另一种语言传达出原作的艺术意境，让译文读者获得和原文读者类似的启发和感动；这样的翻译过程不是一种简单语言外形的转换，而是译者深刻把握原作者的精神后，用适合原作风格的语言再现原作的内容和形式。在茅盾看来，这样的文学翻译过程既要求译者充分发挥自己的艺术创造性，又要完全忠实于原作者的

---

[1] 茅盾：《为发展文学翻译事业和提高翻译质量而奋斗——一九五四年八月十九日在全国文学翻译工作会议上的报告》，载1954年10月1日《译文》十月号。见茅盾，《茅盾全集》（第二十四卷·中国文论七集），北京：人民文学出版社，1996年，第307页。

[2] 金芳：《茅盾和我国的文学翻译事业》，载《中国翻译》，1993年第1期，第13页。

[3] 杨郁：《茅盾的翻译观——学习〈茅盾译文选集·序〉》，载《中国翻译》，1983年第11期，第5页。

意图。这种艺术创造性的翻译不仅是必要的,还是可能的。

其次,茅盾认为要实现艺术创造性的翻译,译者必须具备基本的语言修养、文学修养、生活修养以及研究素养。在语言修养上,译者必须熟悉自己的本国语言和源语国家的语言。在文学修养上,译者必须具备一般的文学阅读鉴赏能力。在生活素养上,译者必须对现实生活有直接或者间接的经历和体验,才能更好地理解原作者和其作品。在研究素养上,译者在翻译之前必须对所翻译的作家和作品有全面的研究和深入的了解。译者应不断提升各方面的素养,为实现艺术创造性的翻译打下坚实的基础,进而提高翻译质量。

第三,茅盾认为要实现艺术创造性的翻译,译者还必须注意翻译语言的运用。在茅盾看来,每种语言都有自己的语法结构和词汇使用习惯,因此在翻译时不能对原文亦步亦趋,那种对原作进行逐字逐句的机械式翻译既不能准确表达原作的思想内容,更不能用地道的本国语言来表达。"这种译文在一般翻译中已经不应该有,在文学翻译中,自然更不能允许。"[1]在茅盾看来,好的翻译工作者一边在阅读外国的文字,一边在用自己本国语言思考,只有这样,才能让自己的译文摆脱原文句法组织结构形式的束缚,让译文忠实传达出原作的内容和风格。

此外,茅盾认为要实现艺术创造性的翻译,还必须运用恰当的翻译方法。在茅盾看来,我们既要反对逐字逐句的机械硬译,也要反对破坏原文句法组织结构和词汇用法的自由翻译。茅盾认为直译是一种既保留了原作面目,又让译文读者看懂的方法:一方面,直译紧扣原文的句法组织结构,可再现原作的思想内容和艺术风格;另一方面,直译要求尊重本国语言的表达习惯,译文读者明白易懂。"适当地照顾到原文的形式上的特殊性,同时又尽可能使译文是纯粹的中国语言,——这两者的结合是完全可能的,而且是必要的。'五四'以来的优秀翻译证明了这一点。"[2]

另外,茅盾认为要实现艺术创造性的翻译,还可以不断发掘和借鉴新的语

---

[1] 茅盾:《为发展文学翻译事业和提高翻译质量而奋斗——一九五四年八月十九日在全国文学翻译工作会议上的报告》,载1954年10月1日《译文》十月号。见茅盾,《茅盾全集》(第二十四卷·中国文论七集),北京:人民文学出版社,1996年,第313页。

[2] 同上。

汇。在茅盾看来，中国的语汇并不贫乏，译者要像作家，不断发现那些新出现的语汇，丰富自己的翻译语言，"从生活中去发掘适合的语汇，或者提炼出新的语汇。这也是翻译艺术的创造性的一个方面"[1]。此外，译者还可从外国文学作品中学习借鉴一些新的语汇和表现方法。

尽管在翻译过程中，要实现艺术创造性的翻译很难，但是译者也要把它作为孜孜以求的目标。"翻译家所做的不是一种简单的技术性的语言转换工作，而是一种赋予一种艺术以另一种面貌，让艺术作品在跨越了时代、语言、民族的界限之后继续保持艺术的魅力，让产生于某一民族和国家的艺术能为其他民族和国家，甚至能为世界各国人民所共享的创造性工作。"[2]如果译者把艺术创造性的翻译作为自己的最高标准，那么翻译质量的提高指日可待。

五、鼓励翻译中的集体互助

茅盾认为翻译工作中的集体互助主要包括三种形式：译者之间的合作、译者和校订者的合作、译者和编辑的合作。在合译、校订和编辑工作上的集体互助对我们提高翻译质量大有裨益。

首先，茅盾提出译者之间的集体互助有利于提高翻译质量。茅盾认为译者的合译有两种情况。第一种情况是先由几个译者在一起研究探讨，取得一致意见后，再由其中一个译者进行翻译，其他译者对执笔的译者提供各种帮助，"这样的集体翻译却是可能而且有益的"[3]。第二种情况是一书分译，即把一本书分给几个译者来翻译："一书分译的办法，有时也可试行，如果合译者的能力相等，对作品的思想、风格有共同一致的认识，而在翻译过程中，彼此又进行互校，最后

---

1 茅盾：《为发展文学翻译事业和提高翻译质量而奋斗——一九五四年八月十九日在全国文学翻译工作会议上的报告》，载1954年10月1日《译文》十月号。见茅盾，《茅盾全集》（第二十四卷·中国文论七集），北京：人民文学出版社，1996年，第314页。
2 谢天振：《译介学》（增订本），南京：译林出版社，2013年，第19页。
3 茅盾：《为发展文学翻译事业和提高翻译质量而奋斗——一九五四年八月十九日在全国文学翻译工作会议上的报告》，载1954年10月1日《译文》十月号。见茅盾，《茅盾全集》（第二十四卷·中国文论七集），北京：人民文学出版社，1996年，第316页。

由一人负责总校,这样也可以完成风格统一、质量较好的翻译。"[1]可见,译者之间的合作有利于减轻压力,通过相互讨论有利于更好地理解原作者的思想意图和原作的艺术风格,从而有助于提高翻译质量。

其次,茅盾认为译者和校订者之间的集体互助对提高翻译质量有很大助益,因此,"介绍外国文学,必须看做(作)不是译者个人的事业而是译者与校订者共同的事业"[2]。在茅盾看来,校订工作是翻译工作中重要的一环,校订者一方面要尊重译者对原作的理解,不任意改变译者的风格;另一方面也要对译文中存在的问题提出质疑,并提出相关建议。对校订者的努力工作,译者应该表示感谢,虚心听取校订者提出的意见,逐步修订和完善译文,提高翻译质量。所以,校订工作是提高翻译质量不可缺少的一环,需要更多的校订者来做这个重要的工作。"现在不但需要组织更多的翻译力量,同时也需要有更多的校订力量;特别是现有的许多名著的译本,有的可以经过修订而更臻完善,因此迫切期望有经验的翻译工作者同时也做校订的工作。"[3]因此,译者和校订者的合作有利于提高翻译质量。

第三,茅盾认为译者和编辑之间的集体互助可以促进翻译质量的提高。茅盾认为翻译的最后一个环节是出版社的编辑工作,编辑在确保译文的质量方面起着举足轻重的作用。"编辑负有对译稿进行最后一次校订的责任,他一方面对读者负责,另一方面对译者负责,他是翻译质量的最后的保证人。"[4]在茅盾看来,与译者和校订者的工作相比,编辑的工作更加困难,更应引起人们的重视和尊敬,因为编辑既要考虑译者和校订者的辛苦工作成果,又要尽量发现译文中的理解失误和表达不当的地方。所以,编辑认真负责的态度和兢兢业业的工作有助于产生

---

1 茅盾:《为发展文学翻译事业和提高翻译质量而奋斗——一九五四年八月十九日在全国文学翻译工作会议上的报告》,载1954年10月1日《译文》十月号。见茅盾,《茅盾全集》(第二十四卷·中国文论七集),北京:人民文学出版社,1996年,第316页。
2 同上,第317页。
3 同上。
4 同上。

高质量的译本，"编辑与译者应紧密合作，才能搞好译校工作"[1]。

由此可见，翻译活动不仅是译者一个人的行为，而是多人合作的集体行为。译者不是直接把译文翻译出来就可以了，还需要充分发扬集体互助的精神，通过译者与译者的合作、译者与校对者的合作、译者与编辑的合作，来共同提高翻译质量。

六、加强翻译批评与自我批评

翻译批评工作对翻译质量的提高和翻译事业的发展至关重要。鲁迅早在1933年就强调了加强翻译批评工作的重要性。"翻译的不行，大半的责任固然该在翻译家，但读书界和出版界，尤其是批评家，也应该分负若干的责任。要救治这颓运，必须有正确的批评，指出坏的，奖励好的，倘没有，则较好的也可以。"[2]孙致礼也提出翻译事业的繁荣和发展，"永远离不开翻译批评的鞭策和推动"[3]。郑海凌强调了翻译批评在提高翻译质量中的关键作用，"翻译质量的参差不齐，都需要翻译批评的介入和干预"[4]。邹长虹认为翻译批评工作有助于提高翻译的质量，"翻译批评对提高文学翻译作品的质量至关重要"[5]。陈凌赞同翻译质量的提高与翻译批评息息相关，"鼓励批评和反批评，是营造自由与充满活力的学术气氛、提高翻译质量所必不可少的"[6]。可见，翻译质量的提高和翻译事业的发展离不开翻译批评工作。

刘云虹和许钧认为翻译批评在翻译中的建构力量不容置疑，每一个翻译批评工作者要尽量捍卫批评的尊严，践行批评的职责，体现批评的价值。"翻译危机的凸显、翻译质量的失控等客观现实仍不断提醒我们，在促进翻译事业健康发展

1　孙梅：《试论翻译的危机与出版者的责任》，载《编辑学刊》，2000年第6期，第20页。
2　鲁迅：《为翻译辩护》，载1933年8月14日《准风月谈》。见罗新璋、陈应年编，《翻译论集》（修订本），北京：商务印书馆，2009年，第364页。
3　孙致礼：《谈新时期的翻译批评》，载《中国翻译》，1999年第3期，第6页。
4　郑海凌：《谈翻译批评的基本理论问题》，载《中国翻译》，2000年第2期，第22页。
5　邹长虹：《呼唤翻译批评——试论翻译的危机》，载《广西大学学报》，2001年第S1期，第175页。
6　陈凌：《重视翻译批评》，载《编辑学刊》，2002年第6期，第60页。

的道路上，翻译批评任重而道远。"¹蓝红军提出，翻译批评作为翻译研究的重要组成部分，对翻译事业的发展和社会文化的交流具有较大促进作用："翻译批评通过检视翻译产品、监督译事、匡谬正误、褒优贬劣，起到规范翻译行为、扩大译作影响、促进翻译事业繁荣、保障翻译行业健康发展、推动翻译理论建设的作用。"²张景华认为我们在翻译实践中存在很多乱译、错译、误译等现象，在翻译理论中也面临着一些理论创新的难题，因此我们迫切需要翻译批评的介入来促进翻译事业的健康发展，"翻译批评本身就肩负着反思和引导翻译实践的重任以及反思和推动翻译学研究的重任"³。可见，翻译批评工作对提高翻译质量和促进翻译事业的发展至关重要。

　　近年来，中国的翻译界存在许多不良现象，如抄译、抢译、乱译等。然而，这些不良现象还没有引起批评界的足够重视。"在国内翻译研究的专业刊物或外语研究刊物有关翻译的栏目上，却几乎看不到对这类不良现象的任何反应，更谈不上对产生这类现象的根源的深度分析和如何根治这类问题的理论探讨与建设性批评了。"⁴王恩冕以《中国翻译》1989年至1998年间刊登的文章为例说明中国缺乏应有的翻译批评："在《中国翻译》发表的千余篇文章中，有关翻译批评的总共不到20篇，按百分比计算，还不到2%，即使加上其他相关栏目中的评论文章，也超不过10%，在数量上形不成规模。"⁵黄琼英对1991年到2002年中国外语类核心期刊上的翻译批评文章统计后，发现在8000多篇论文中，登载的翻译批评方面的论文只有382篇，还不到总数的3%。可见，"作为翻译研究有机组成部分的翻译批评长期以来却仍不被人们充分重视"⁶。

1　刘云虹、许钧：《从批评个案看翻译批评的建构力量》，载《外国语》，2011年第6期，第71页。
2　蓝红军：《翻译批评的现状、问题与发展》，载《中国翻译》，2012年第4期，第15页。
3　张景华：《全国首届翻译批评学术研讨会综述》，载《外语研究》，2011年第2期，第111页。
4　许钧：《生命之轻与翻译之重》，北京：文化艺术出版社，2007年，第84页。
5　王恩冕：《论我国的翻译批评——回顾与展望》，载《中国翻译》，1999年第4期，第8页。
6　司显柱：《翻译批评：概念甄别与研究评述》，载《外语与外语教学》，2009年第11期，第47页。

第四章
反思探讨：茅盾翻译思想的现实启示

翻译批评的缺失导致了翻译质量的下降，阻碍了翻译事业的发展。在孙致礼看来，缺乏积极有效的翻译批评引起了翻译质量的下降："多年以来，翻译界未能开展积极的翻译批评，致使某些译者、某些出版单位得以有恃无恐地制造伪劣译品。"[1]刘云虹、许钧指出中国翻译质量的低劣失控与翻译批评的缺席和失语紧密相关："低劣的翻译质量、浮躁的翻译风气、沉沦的翻译道德、青黄不接的翻译人才以及不健全的翻译出版机制，这一切仿佛令翻译的繁荣背负了无法挣脱的'虚假'之名，不断遭受媒体和读者的质疑与拷问。对于翻译危机的出现，翻译批评恐怕是难辞其咎的。"[2]许钧认为，中国繁荣的翻译事业背后隐藏着危机，翻译批评的缺席和失语不利于翻译质量的提高和翻译事业的发展："翻译批评界对重大的现实问题缺乏应有的警觉，对译界不良风气少有批判，对翻译图书质量问题几乎不闻不问，从理论的高度上说，这是对翻译事业不负责任的表现。翻译批评的失语与缺席，对于翻译事业的健康发展无疑是不利的。"[3]

茅盾从"五四运动"时期到20世纪50年代后都非常强调翻译批评的重要性，并进行了相关的翻译批评实践。1920年，茅盾发表了《译书的批评》，提出了翻译批评的三条原则：第一，在不能指出意译有误的情况下，不能以直译文驳倒意译文；第二，排印错误不用入评；第三，要根据原文进行翻译批评，根据转译文进行批评不太可靠。茅盾提出的三条原则奠定了翻译批评的基础，"茅盾是最早也最明确地提倡文学翻译批评的人，成为现代文学翻译批评的开拓者之一"[4]。茅盾在"五四运动"时期除了提出翻译批评的原则外，还进行了翻译批评实践。一方面，茅盾主要评价了潘家洵的《华伦夫人之职业》译本和郑振铎的《灰色马》译本。另一方面，茅盾还对自己翻译的戏剧译本和小说译本进行了自我批评。可见，茅盾在"五四运动"时期提出的翻译批评原则和从事的翻译批评实践对翻译质量的提高有所帮助。

---

1 孙致礼：《谈新时期的翻译批评》，载《中国翻译》，1999年第3期，第2页。
2 刘云虹、许钧：《从批评个案看翻译批评的建构力量》，载《外国语》，2011年第6期，第64页。
3 许钧：《生命之轻与翻译之重》，北京：文化艺术出版社，2007年，第84页。
4 罗建周：《茅盾与现代文学翻译批评》，载《西安建筑科技大学学报》，2008年第1期，第64页。

土地革命时期茅盾开展了翻译批评与自我批评活动。首先，茅盾批评了当时的翻译选材缺乏计划性，还批评了当时人们鄙薄翻译的态度。其次，茅盾对其他著名译者的代表译本进行了翻译批评，包括郭沫若译的《战争与和平》，伍光建译的《侠隐记》和《浮华世界》，董绍明夫妇合译的《士敏土》，郑晓沧译的《小妇人》，伍光建和李霁野翻译的两个《简爱》译本。此外，茅盾还对自己的两个小说译文集《雪人》和《桃园》进行了自我批评。"为了使中国的文学翻译水平再提高一个层次，不应回避以高水平的译家、译品为批评的对象。相反，应该有那么一些有心人，除了总结他们的成功经验之外，也应着重指出尚可改进之处，并且最好能有较深入细致的分析。"[1]茅盾的翻译批评主要以名家名译为对象，通过肯定其成绩和指出其不足，以更好地提高翻译质量。

抗日战争和解放战争时期茅盾对他人的译作进行过翻译批评。茅盾评价的译作包括田汉译的《罗密欧与朱丽叶》、曹靖华译的《我是劳动人民的儿子》、葛一虹译的《生命在呼喊》、耿济之译的《兄弟们》等。茅盾在推荐这些著名译者的译作时，也对其中的一些不足之处提出了建议，这种一分为二的辩证分析有利于提高翻译质量。"翻译批评应该以具有一定水平和一定影响的译本为主要对象……一定要坚持'一分为二'的原则，既肯定成绩又指出不足，这是对译者的真正爱护，也是对翻译事业真正负责的表现。"[2]此外，茅盾还对自己在翻译《文凭》中出现的失误进行了批评，希望能在该译作再版时进行更正。

20世纪50年代，茅盾仍然认为加强翻译工作中的批评与自我批评有利于翻译质量的提高。在茅盾看来，翻译批评不仅仅是指摘字句误译的批评，还包括对译本做本质的和全面的批评，具体包括对原作的理解、译文的表达、译者的态度和修养等提出批评。唯有如此，"才可以逐渐地树立起严肃、认真、刻苦钻研的作

---

1 李文俊：《也谈文学翻译批评》，载《中国翻译》，1992年第2期，第12页。
2 孙致礼：《谈新时期的翻译批评》，载《中国翻译》，1999年第3期，第4-5页。

风,达到逐渐提高翻译质量的目的"[1]。茅盾作为新中国的文化部部长,着重强调对译本做本质的和全面的批评,"这个主张,为我们今天的翻译批评指出了正确的途径"[2]。茅盾在20世纪50年代提出的对译本做本质和全面的批评观点对翻译工作具有深远的指导意义,"这段话虽然说于1954年,但至今仍然是一个需要大家努力攀登的目标"[3]。1981年,茅盾重申翻译批评工作有助于提高翻译的质量,"善意地交换意见,互相帮助、探讨、批评,是完全应该的,而且是提高翻译质量的重要方法"[4]。茅盾认为,文学研究会和创造社的翻译论争客观上激励大家努力学习去提高翻译质量,"刺激了大家去学好外文,去努力提高译品的质量等。我及商务编译所的几个同事,就因此而发愤自学日、德、法三种外文"[5]。

总而言之,茅盾不仅评价了许多译者及译作,还对自己的翻译实践提出了批评,"这些批评,不仅充实了我国的翻译文学理论,而且对促进翻译事业的发展起了良好的作用"[6]。"积极的批评和自我批评确实可以提高我们的翻译水平。五十年代,我国有不少名著中译本,初版时还存在这样那样的问题,后来译者虚心地听取了评家和读者的意见,经过悉心修订,才不断改善,成为名著名译的。"[7]我们在新世纪更要加强翻译的批评与自我批评工作,促进翻译质量的提高和翻译事业的发展。

七、培养翻译力量

翻译力量的培养是提高翻译质量的人才保障。李景端指出,中国翻译专业人才的缺乏是导致翻译质量危机的重要因素。"不少文学译作翻译水平更呈现下降

---

1 茅盾:《为发展文学翻译事业和提高翻译质量而奋斗——一九五四年八月十九日在全国文学翻译工作会议上的报告》,载1954年10月1日《译文》十月号。见茅盾,《茅盾全集》(第二十四卷·中国文论七集),北京:人民文学出版社,1996年,第315-316页。
2 任晓晋:《茅盾翻译理论评介》,载《南外学报》,1986第2期,第56页。
3 李文俊:《也谈文学翻译批评》,载《中国翻译》,1992年第2期,第12页。
4 茅盾:《我走过的道路》(上),北京:人民文学出版社,1981年,第215页。
5 同上,第217-218页。
6 孟昭毅、李载道:《中国翻译文学史》,北京:北京大学出版社,2005年,第154页。
7 孙致礼:《谈新时期的翻译批评》,载《中国翻译》,1999年第3期,第4页。

之势。……造成上述现象的一个重要原因，就是翻译人员的素质不高，而这一点，又是同我国长期以来在翻译人才培养机制中的缺陷分不开的。"[1]在季羡林看来，我国翻译队伍的建设要克服两个缺陷："一是培养翻译专业队伍重视不够，二是翻译的专业训练还嫌薄弱。"[2]许钧指出，中华民族的发展和与世界文化的交流迫切需要大量翻译人才，但是我国却面临翻译人才缺乏以及青黄不接的危机："'翻译人才匮乏'、'翻译人才断层'，势必会影响到国家的对外交流与文化建设，这一潜藏的危机理应引起国家有关主管部门、教育部门和全社会的足够重视。"[3]许建平、张瑾也认为我国严重缺乏翻译的专业人才，翻译质量整体较差，"中国虽号称是'翻译大国'，但却远远称不上'翻译强国'——其翻译的总体水平不高，翻译专业人员严重匮乏"[4]。

唐闻生指出我国高端翻译人才在数量上严重缺乏："据中国译协估计，能够承担审定稿任务的各语种高端人才全国恐怕不足万人，其中中译外高端人才或许不足千人。"[5]党金学呼吁新世纪迫切需要培养大量的优秀翻译人才，"培养一大批高素质、有创新能力的翻译工作者不仅是翻译事业发展的需要，而且是我国对外开放、实现中华民族复兴的需要"[6]。"我国高端翻译人才的聚集、培养和提高，以及如何让有限的资源，通过合理的组合，发挥更大的作用，无疑是题中应有之意。"[7]可见，培养专业翻译人才和建设翻译队伍对我国翻译质量的提高至关重要。

早在1954年，茅盾就提出要通过培养翻译力量来提高翻译质量，促进翻译事

---

1 李景端：《当前翻译工作的问题和呼吁》，载《中国翻译》，2000年第5期，第2页。
2 李景端：《季羡林纵论翻译》，载《文化交流》，2005年第2期，第32页。
3 许钧：《生命之轻与翻译之重》，北京：文化艺术出版社，2007年，第82页。
4 许建平、张瑾：《从翻译人才市场的需求看我国外语教学的人才培养》，载《甘肃社会科学》，2006年第2期，第49页。
5 唐闻生：《我国高端翻译人才队伍现状与对策建议》，载《中国翻译》，2014年第5期，第7页。
6 党金学：《新世纪呼唤新型中译外翻译人才》，载《外语教学》，2002年第3期，第84页。
7 唐闻生：《我国高端翻译人才队伍现状与对策建议》，载《中国翻译》，2014年第5期，第8页。

业的发展。在茅盾看来，文学翻译工作必须在党和政府的正确领导下由相关的机构部门组织翻译力量来有步骤地进行。尤其是在翻译任务艰巨、翻译力量薄弱的情况下，我们"必须使每一个文学翻译工作者的每一滴力量，都能充分发挥其应有的效果"[1]。茅盾认为全国文学翻译工作者的队伍可以分为三种情况：一是有些译者正在进行翻译而且能够胜任翻译；二是有些译者过去做过翻译但是现在很久没有翻译；三是还有数量相当多的青年译者初步掌握了外语，但是语言素养和文学修养还比较欠缺。所以，在茅盾看来，新中国在专业译者数量较少的情况下，需要组织全国的翻译力量来提高译作的质量，促进中国翻译事业的顺利发展：一是要让那些正在翻译的译者来继续担任翻译，并请他们担任更多的翻译工作；二是要让那些过去做过翻译但是已经好久没有做翻译的人重新加入翻译队伍；三是要注意对新生翻译力量的培养。"对于那些有志做，开始在做，而能力还不强的人，应当由有经验有修养的专家给予帮助和培养，使他们的工作水平逐渐提高。这样，我们的队伍今天虽不十分强大，但是它必然会日益壮大起来。"[2]

在茅盾看来，中国的文学翻译队伍中既有经验丰富、翻译能力强的译者，也有大量初步具备语言文学修养、翻译能力比较欠缺的年轻译者，因此要特别注意对新生翻译力量的培养。茅盾提出可以让经验丰富、翻译能力强的优秀译者来帮助数量众多的年轻译者提高业务水平，让他们成长为重要的新生翻译力量，"今天从事业余翻译的极（绝）大多数人是青年，他们的业务水平一般还不高，但他们是有前途的，他们是翻译的新生力量"[3]。在茅盾看来，中国对新生翻译力量的培养，除了国家出版社和各刊物编辑部给青年译者们提供大力支持外，还需要有经验有能力的优秀译者来带领这些新生翻译力量不断成长，从而"使得培养新生

---

1 茅盾：《为发展文学翻译事业和提高翻译质量而奋斗——一九五四年八月十九日在全国文学翻译工作会议上的报告》，载1954年10月1日《译文》十月号。见茅盾，《茅盾全集》（第二十四卷·中国文论七集），北京：人民文学出版社，1996年，第307页。
2 同上，第309页。
3 同上，第317页。

力量这一迫切而重要的工作能够有计划地、主动地进行"[1]。在国家有关机构部门的大力支持和优秀译者的积极帮助下，青年译者才能不断成长，壮大翻译力量，提高翻译质量。

第四节 小结

本章反思探讨茅盾翻译思想的现实启示，发现茅盾翻译思想不仅与西方翻译理论有契合之处，而且在提出的时间上甚至比西方更早。这个发现对中西方译论的交流有一定的借鉴意义。此外，茅盾的翻译思想还为当今的中国文学文化"走出去"以及当下的翻译质量危机问题带来重要的现实启示。

首先，本章从文化交流的视角出发，比较茅盾翻译思想与西方翻译理论的契合之处，发现茅盾的翻译思想与西方的文艺学派、语言学派、文化学派的翻译理论有相通之处。此外，茅盾提出的翻译理论比西方学者更早，有的甚至早了半个多世纪，这说明我们不仅要借鉴外国的先进翻译理论，还要珍视中国优秀的传统翻译理论。我们在积极引进西方翻译理论的同时，也要努力在世界上发出自己的声音，通过翻译理论话语的"请进来"与"走出去"的双向互动，更好地促进中西方译论的对话和交流。

其次，本章从传播学的视角出发，探讨了茅盾翻译思想对当今中国文学文化"走出去"的现实启示，包括译介主体、译介内容、译介渠道、译介受众、译介效果五个方面。具体而言，我们在译介主体上要争取与国外的汉学家合作，在译介内容上要避免一厢情愿的硬性推销，在译介渠道上要重视加强与国外出版机构的合作，在译介受众上要充分照顾国外读者的理解程度和接受水平，在译介效果上要运用译作序跋和译者注等方式。

第三，本章还针对中国翻译界多年以来颇为关注的翻译质量危机问题，通过

---

[1] 茅盾：《为发展文学翻译事业和提高翻译质量而奋斗——一九五四年八月十九日在全国文学翻译工作会议上的报告》，载1954年10月1日《译文》十月号。见茅盾，《茅盾全集》（第二十四卷·中国文论七集），北京：人民文学出版社，1996年，第318页。

第四章
反思探讨：茅盾翻译思想的现实启示

梳理茅盾的翻译思想，总结以下提高翻译质量的七条途径：端正翻译态度、提升译者素养、注重翻译选材、提倡艺术创造性翻译、鼓励翻译中的集体互助、加强翻译批评与自我批评、培养翻译力量。

综上所述，茅盾翻译思想不仅具有重要的历史价值，还具有深刻的现实意义。本章从跨学科视角，认为茅盾翻译思想对中西方译论的对话、当今的中国文学文化"走出去"和当下的翻译质量危机问题都具有重要的现实启示意义。

参考文献

鲍川运,2014. 对外传播理念的更新及中译外人才的普及化[J]. 中国翻译(5): 16-17.

鲍晓英,2013. 中国文化"走出去"之译介模式探索——中国外文局副局长兼总编辑黄友义访谈录[J]. 中国翻译(5): 62-65.

本社,1982. 忆茅公[M]. 北京:文化艺术出版社.

蔡毅,1983. 现实主义翻译论:И. 卡什金的翻译理论简介[J]. 中国翻译(10): 39-42.

蔡毅,段京华,1999. 苏联翻译理论[M]. 武汉:湖北教育出版社.

曹明伦,1988. 误译·无意·故意——有感于当今之中国译坛[J]. 中国翻译(6): 35-37,40.

曹明伦,2013. 翻译之道:理论与实践[M]. 上海:上海外语教育出版社.

陈凌,2002. 重视翻译批评[J]. 编辑学刊(6): 59-60.

党金学,2002. 新世纪呼唤新型中译外翻译人才[J]. 外语教学(3): 81-84.

冯玉文,2015. 鲁迅翻译思想研究[M]. 北京:中国社会科学出版社.

甘露,2008. "疗救灵魂的贫乏,修补人性的缺陷"——茅盾文学翻译思想的文化解读[J]. 湖北民族学院学报(6): 125-128.

戈宝权,1982. 忆和茅盾同志相处的日子(三)——抗战期间从桂林到重庆[J]. 新文学史料(1): 65-73.

郭建中,1999. 当代美国翻译理论[M]. 武汉:湖北教育出版社.

韩波,2010. 普希金与茅盾翻译思想之比较[J]. 牡丹江教育学院学报(2): 24-25.

何辉斌，方凡，等，2009. 20世纪浙江外国文学研究史[M]. 杭州：浙江大学出版社.

何娅，2004. 版权贸易喜人　译著质量堪忧[J]. 编辑学刊（1）：57-60.

胡安江，胡晨飞，2012. 再论中国文学"走出去"之译者模式及翻译策略：以寒山诗在英语世界的传播为例[J]. 外语教学理论与实践（4）：55-61.

胡德香，2004. 文化语境下的翻译批评：现状与反思[J]. 解放军外国语学院学报（6）：59-63.

黄斌兰，2006. 第二届中国—东盟博览会翻译质量调查研究[J]. 广西民族大学学报（6）：80-82.

黄友义，2010. 汉学家和中国文学的翻译——中外文化沟通的桥梁[J]. 中国翻译（6）：16-17.

黄友义，2011. 中国特色中译外及其面临的挑战与对策建议——在第二届中译外高层论坛上的主旨发言[J]. 中国翻译（6）：5-6.

季羡林，1998. 翻译的危机[J]. 语文建设（10）：45-46.

季羡林，叶水夫，冯亦代，等，2002. 关于恪守译德，提高翻译质量的倡议和呼吁[J]. 出版发行研究（4）：42-44.

加切奇拉泽，1987. 文艺翻译与文学交流[M]. 蔡毅，虞杰，编译. 北京：中国对外翻译出版公司.

贾植芳，等，2010. 文学研究会资料（下）[M]. 北京：知识产权出版社.

江建利，徐德荣，2014. 论儿童文学译者必备之素养[J]. 当代外语研究（8）：53-58.

金芳，1993. 茅盾和我国的文学翻译事业[J]. 中国翻译（1）：12-16.

金燕玉，1983. 茅盾与儿童文学[M]. 郑州：河南少年儿童出版社.

金燕玉，1986. 茅盾的儿童文学翻译[J]. 苏州大学学报（1）：79-82.

蓝红军，2012. 翻译批评的现状、问题与发展[J]. 中国翻译（4）：15.

黎舟，1984. 茅盾的译介外国文学历程[J]. 齐鲁学刊（1）：111-116.

黎舟，1985. 茅盾译介外国文学的历史经验[J]. 福建师范大学学报（4）：61-67.

黎舟，阙国虬，1991. 茅盾与外国文学[M]. 厦门：厦门大学出版社.

李标晶, 1990. 茅盾传[M]. 北京: 团结出版社.

李彬, 2014. 编辑眼中优秀译者应该具备的素质[J]. 出版科学（4）: 37-39.

李建梅, 2015. 翻译、民族与叙事——茅盾早期翻译文学研究[J]. 文艺争鸣（11）: 49-56.

李景端, 2000. 当前翻译工作的问题和呼吁[J]. 中国翻译（5）: 2-3.

李景端, 2002. 翻译"坏象"六种[J]. 出版广角（3）: 30-31.

李景端, 2005. 季羡林纵论翻译[J]. 文化交流（2）: 31-32.

李景端, 2007. 引进版图书呼唤理性与管理[J]. 中国图书评论（10）: 100-103.

李景端, 2012. "走出去"不差钱, 差的是内容与翻译[J]. 中国版权（5）: 5-7, 12.

李景端, 2012. 走出去不差钱, 那到底差什么? [J]. 编辑学刊（5）: 6-10.

李瑞林, 2011. 从翻译能力到译者素养: 翻译教学的目标转向[J]. 中国翻译（1）: 46-51.

李文俊, 1992. 也谈文学翻译批评[J]. 中国翻译（2）: 11-12, 20.

李岫, 1984. 茅盾研究在国外[M]. 长沙: 湖南人民出版社.

廉亚健, 2015. 茅盾翻译思想与实践概述[J]. 中国出版（6）: 59-61.

刘贵珍, 2013. 如何有效地推进中国现当代文学走向世界——王宁教授访谈录[J]. 山东外语教学（1）: 3-7.

刘云虹, 2009. 论翻译批评精神的树立[J]. 外语与外语教学（9）: 62-65.

刘云虹, 许钧, 2011. 从批评个案看翻译批评的建构力量[J]. 外国语（6）: 64-71.

陆志国, 2013. 茅盾五四伊始的翻译转向: 布迪厄的视角[J]. 解放军外国语学院学报（2）: 89-94.

陆志国, 2013. 翻译与小说创作的"同构性"——以茅盾译文《他们的儿子》和《蚀》中的女性描写为例[J]. 外国语文（1）: 114-118.

陆志国, 2013. 弱小民族文学的译介和圣化——以五四时期茅盾的翻译选择为例[J]. 外语教学理论与实践（1）: 91-95, 78.

陆志国, 2014. 审查、场域与译者行为: 茅盾30年代的弱小民族文学译介[J]. 外国语文（4）: 108-113.

罗建周，2008. 茅盾与现代文学翻译批评[J]. 西安建筑科技大学学报（1）：63-68.

罗新璋，陈应年，2009. 翻译论集[M]. 北京：商务印书馆.

马会娟，2014. 解读《国际文学翻译形势报告》——兼谈中国文学走出去[J]. 西安外国语大学学报（2）：112-115.

茅盾，1980. 可爱的故乡[N]. 浙江日报.

茅盾，1981. 我走过的道路（上）[M]. 北京：人民文学出版社.

茅盾，1984. 我走过的道路（中）[M]. 北京：人民文学出版社.

茅盾，1988. 我走过的道路（下）[M]. 北京：人民文学出版社.

茅盾，1989. 茅盾全集（第十八卷·中国文论一集）[M]. 北京：人民文学出版社.

茅盾，1990. 茅盾全集（第二十卷·中国文论三集）[M]. 北京：人民文学出版社.

茅盾，1991. 茅盾全集（第十九卷·中国文论二集）[M]. 北京：人民文学出版社.

茅盾，1991. 茅盾全集（第二十一卷·中国文论四集）[M]. 北京：人民文学出版社.

茅盾，1993. 茅盾全集（第二十二卷·中国文论五集）[M]. 北京：人民文学出版社.

茅盾，1996. 茅盾全集（第二十三卷·中国文论六集）[M]. 北京：人民文学出版社.

茅盾，1996. 茅盾全集（第二十四卷·中国文论七集）[M]. 北京：人民文学出版社.

茅盾，1996. 茅盾全集（第二十五卷·中国文论八集）[M]. 北京：人民文学出版社.

茅盾，1996. 茅盾全集（第二十六卷·中国文论九集）[M]. 北京：人民文学出版社.

茅盾，1996. 茅盾全集（第二十七卷·中国文论十集）[M]. 北京：人民文学出版社.

茅盾，1997. 茅盾全集（第三十六卷·书信一集）[M]. 北京：人民文学出版社.

茅盾，1997. 茅盾全集（第三十七卷·书信二集）[M]. 北京：人民文学出版社.

茅盾，1997. 茅盾全集（第三十八卷·书信三集）[M]. 北京：人民文学出版社.

茅盾，2001. 茅盾全集（第三十二卷·外国文论四集）[M]. 北京：人民文学出版社.

茅盾，2001. 茅盾全集（第三十三卷·外国文论五集）[M]. 北京：人民文学出版社.

茅盾，韦韬，2013. 茅盾回忆录（下）[M]. 北京：华文出版社.

《茅盾研究》编辑部，1984. 茅盾研究[M]. 北京：文化艺术出版社.

《茅盾与中外文化》编辑组，1993. 茅盾与中外文化——茅盾研究国际学术讨论会论文集[C]. 南京：南京大学出版社.

孟昭毅，李载道，2005. 中国翻译文学史[M]. 北京：北京大学出版社.

钱振纲，2011. 茅盾评说八十年[M]. 北京：文化艺术出版社.

任东来，杨玉圣，2001. 切实重视翻译质量[J]. 世界历史（5）：116-117.

任晓晋，1986. 茅盾翻译理论评介[J]. 南外学报（2）：47-56，61.

任晓晋，1988. 茅盾翻译活动初探[J]. 外语研究（4）：22-26.

邵张旻子，陈科芳，2009. 市场翻译需求和翻译质量调查——以中国义乌国际小商品市场为例[J]. 浙江师范大学学报（6）：89-93.

松井博光，1984. 黎明的文学——中国现实主义作家茅盾[M]. 高鹏，译. 杭州：浙江文艺出版社.

睢雪，1999. 茅盾的青少年时代[M]. 太原：山西人民出版社.

孙梅，2000. 试论翻译的危机与出版者的责任[J]. 编辑学刊（6）：18-20.

孙晓青，车忱，2013. 畅销书翻译质量堪忧[J]. 编辑之友（5）：88-90.

孙致礼，1999. 谈新时期的翻译批评[J]. 中国翻译（3）：2-6.

唐丽君，舒奇志，2009. 从接受理论视角论茅盾的外国儿童文学翻译[J]. 长春大学学报（5）：51-52，60.

唐闻生，2014. 我国高端翻译人才队伍现状与对策建议[J]. 中国翻译（5）：7-8.

王秉钦，1995. 谈我国经贸中译英的质量[J]. 上海科技翻译（2）：6-9.

王恩冕，1999. 论我国的翻译批评——回顾与展望[J]. 中国翻译（4）：7-10.

王芳，1999. 茅盾与读书[M]. 济南：明天出版社.

王建开，2014. 走出去战略与出版意图的契合：以英译作品的当代转向为例[J]. 上海翻译（4）：1-7.

王静宇，1993. 茅盾与中国现代儿童文学[J]. 山西大学学报（2）：59-64.

王宁，2014. 翻译与跨文化阐释[J]. 中国翻译（2）：5-13，127.

王卫平，1985. 略论茅盾的文学翻译理论[J]. 锦州师院学报（4）：89-94.

王友贵，2004. 翻译西方与东方：中国六位翻译家[M]. 成都：四川人民出版社.

王志勤，谢天振，2013. 中国文学文化走出去：问题与反思[J]. 学术月刊（2）：21-27.

韦韬，2013. 茅盾译文全集[M]. 北京：知识产权出版社.

魏清光，魏家海，2012. 我国学术翻译译德失范的原因及解决之道[J]. 东北师大学报（6）：128-131.

吴福辉，李频，1997. 茅盾研究与我[M]. 北京：华夏出版社.

吴赟，2012. 困境与出路：中国当代文学译介探讨[J]. 中国外语（5）：90-95.

萧伯纳，2001. 圣女贞德[M]. 杨宪益，申慧辉，等译. 桂林：漓江出版社.

谢天振，2013. 译介学[M]. 南京：译林出版社.

谢天振，2014. 隐身与现身：从传统译论到现代译论[M]. 北京：北京大学出版社.

谢天振，2014. 中国文学走出去：问题与实质[J]. 中国比较文学（1）：1-10.

谢天振，查明建，2004. 中国现代翻译文学史（1898—1949）[M]. 上海：上海外语教育出版社.

许方，许钧，2014. 关于加强中译外研究的几点思考——许钧教授访谈录[J]. 中国翻译（1）：71-75.

许建平，张瑾，2006. 从翻译人才市场的需求看我国外语教学的人才培养[J]. 甘肃社会科学（2）：49-52.

许钧，2005. 翻译的危机与批评的缺席[J]. 中国图书评论（9）：12-15.

许钧，2007. 生命之轻与翻译之重[M]. 北京：文化艺术出版社.

杨晓荣，2001. 翻译批评标准的传统思路和现代视野[J]. 中国翻译（6）：11-15.

杨郁，1983. 茅盾的翻译观——学习《茅盾译文选集·序》[J]. 中国翻译（11）：2-5.

叶稚珊，1990. 对外文化交流与翻译工作[J]. 群言（7）：4-10.

袁锦翔，1989. 论中外人士合译——兼谈文献中译外[J]. 外语教学与研究（3）：53-59.

翟德耀，1984. 论茅盾早期介绍外国文学的特点[J]. 齐鲁学刊（1）：117-122.

张国良，2003. 20世纪传播学经典文本[M]. 上海：复旦大学出版社.

张景华，2011. 全国首届翻译批评学术研讨会综述[J]. 外语研究（2）：110-111.

赵国繁，2005. 试谈翻译危机[J]. 闽西职业大学学报（3）：108-110.

赵景深，1948. 文坛忆旧[M]. 上海：上海书店出版社.

郑海凌，2000. 谈翻译批评的基本理论问题[J]. 中国翻译（2）：19-22.

郑彭年，2001. 文学巨匠茅盾[M]. 北京：新华出版社.

中国茅盾文学研究会，1997. 茅盾与二十世纪[M]. 北京：华夏出版社.

钟桂松，1986. 茅盾少年时代作文赏析[M]. 郑州：文心出版社.

钟桂松，1991. 茅盾与故乡[M]. 成都：四川文艺出版社.

钟桂松，1992. 茅盾的青少年时代[M]. 杭州：浙江少年儿童出版社.

钟桂松，1993. 人间茅盾——茅盾和他同时代的人[M]. 郑州：河南人民出版社.

钟桂松，1998. 茅盾传——坎坷与辉煌[M]. 郑州：河南文艺出版社.

钟桂松，1998. 永远的茅盾[M]. 杭州：浙江文艺出版社.

钟桂松，2009. 悠悠岁月——茅盾与共和国领袖交往实录[M]. 北京：人民出版社.

钟桂松，2010. 茅盾正传[M]. 南京：江苏文艺出版社.

钟桂松，2011. 茅盾：行走在理想和现实之间[M]. 郑州：大象出版社.

周一良，1987. 中外文化交流史[M]. 郑州：河南人民出版社.

朱军，2011. 论茅盾翻译的政治维度[J]. 安徽工业大学学报（6）：85，88.

朱毓芝，1989. 茅盾与翻译[J]. 开封教育学院学报（3）：35-38.

庄钟庆，1986. 茅盾纪实[M]. 成都：四川文艺出版社.

邹长虹，2001. 呼唤翻译批评——试论翻译的危机[J]. 广西大学学报（S1）：175-177.

CHEKHOV, A, 1916. The duel and other stories[M]. Toronto: The Macmillan Co. of Canada, Ltd.

EVEN-ZOHAR, I, 2000. The position of translated literature within the literary polysystem [M] // LAWRENCE V, ed. The translation studies reader. London and New York: Routledge.

GREGORY, G, L, 1983. Hyacinth halvey [M] // GERRARDS G, C, ed. Selected plays of lady Gregory. Buckinghamshire: Colin Smythe Limited.

GREGORY, G, L. 1983. The rising of the moon [M] // GERRARDS G, C, ed. Selected plays of lady Gregory. Buckinghamshire: Colin Smythe Limited.

JAKOBSON, R. 2000. On linguistic aspects of translation [M] // LAWRENCE V, ed. The translation studies reader. London and New York: Routledge.

MUNDAY, J. 2010. Introducing translation studies: theories and applications[M].

Shanghai: Shanghai Foreign Language Education Press.

NIDA, E. 2000. Principles of correspondence [M] // LAWRENCE V, ed. The translation studies reader. London and New York: Routledge.

PALAMAS, K. 1920. A man's death [M] // VAKA, D, PHOUTRIDES, A. trans. Modern Greek stories. New York: Duffield and Company.

PINSKI, D, 1920. The beautiful nun [M] // Ten plays. GOLDBERG, I. trans. New York: B. W. HUEBSCH.

PYM, A, 2007. Method in translation history[M]. Beijing: Foreign Language Teaching and Research Press.

RUSSELL, B, 2016. Bakunin and anarchism[OL] // Proposed roads to freedom: Socialism, anarchism and syndicalism. [2016-06-06] http://www.goodreads.com/ebooks/download/2487399?doc=5157.

SNELL-HORNBY, M, 2001. Translation studies: an integrated approach[M]. Shanghai: Shanghai Foreign Language Education Press.

YEATS, W, B, 1994. The hour-glass manuscript materials[M]. Ithaca and London: Cornell University Press.

附　录

附录一　茅盾年谱（1896—1981）[1]

1896年（出生）

7月4日亥时，出生于今浙江省桐乡市乌镇河东侧观前街老屋（现茅盾故居）。小名燕昌，大名德鸿。父亲沈永锡思想维新，酷爱数学，读过一些自然科学和欧美各国政治经济制度的新书。母亲陈爱珠读过四书五经、《古文观止》、《楚辞集注》、《唐诗三百首》、《史鉴节要》、《幼学琼林》和一些古典小说，同时也接受新学和新思想，是茅盾的第一位启蒙老师。

1897年（1岁）

随父母住在外祖父家，父亲跟外祖父学医。曾祖父告老还乡时，回到观前街老屋居住。

1898年（2岁）

外祖父生病去世，随母亲去外祖母家居住。

1899年（3岁）

随母亲回到观前街老屋居住。

1900年（4岁）

弟弟沈泽民出生。曾祖父去世。祖父分得泰兴昌纸店和观前街老屋。

---

[1] 本年谱是根据茅盾的《我走过的道路》（上、中、下），《茅盾全集》（附集），以及万树玉的《茅盾年谱》汇编而成。

1901年（5岁）

开始在家跟母亲学习新知识，教材是上海澄衷学堂的《字课图识》以及母亲从《正蒙必读》里抄下来的《天文歌略》和《地理歌略》，还有一本用浅近文言编写的《史鉴节要》。

1902年（6岁）

父亲到杭州参加乡试，因病未完成考试。曾祖母去世。进家塾跟父亲学新学。父亲病重后，茅盾转入亲戚王彦臣的私塾学习四书五经。

1903年（7岁）

进入乌镇的第一所初级小学立志小学读书，成为该校第一班学生。校长是其表叔卢鉴泉。立志小学校门口有"先立乎其大，有志者竟成"的大字对联。茅盾父亲的好友沈听蕉教国文、修身和历史。国文课本用《速通虚字法》和《论说入门》，修身课本用《论语》，历史课本用沈老师的自编教材。茅盾的作文在学校出了名，每月的作文考试都能获得奖品。

1904年（8岁）

父亲病重，茅盾继续在立志小学读书。依祖母之嘱，在城隍庙会为父亲祈福。

1905年（9岁）

父亲患"骨痨"去世，留下遗嘱要茅盾和弟弟学习理工，将来可到国外谋生，叮嘱茅盾不要误解自由和平等的意义。父亲生前天天议论国家大事，勉励茅盾"大丈夫要以天下为己任"。母亲叮嘱茅盾做个有志气的人，为弟弟做个好榜样。

1906年（10岁）

从立志小学毕业，转入植材高等小学读书。

1907年（11岁）

继续在植材高等小学学习。国文成绩优异，在全校都很有名。教师张立琴说："你将来是个了不得的文学家呢！"

1908年（12岁）

参加童生会考，题目是《试论富国强兵之道》，以"大丈夫要以天下为己任"结尾。卢鉴泉表叔对茅盾作文的批语是："十二岁小儿，能作此语，莫谓祖国无人也。"

1909年（13岁）

从植材高等小学毕业，考上湖州中学，校长沈谱琴是同盟会秘密会员。

1910年（14岁）

湖州中学的杨笏斋老师教茅盾古诗十九首、《庄子》、《墨子》、《荀子》、《韩非子》、《正气歌》、《汉魏六朝百三家集》，提出"书不读秦汉以下，文章以骈体为正宗"。杨老师称赞茅盾写的骈体文《记梦》构思新颖，文字不俗。钱念劬代理湖州中学校长时，对茅盾《志在鸿鹄》的作文批语为："是将来能为文者。"课余时间学会了篆刻，与湖州中学的老师和同学们去南京参观南洋劝业会，大开眼界，感叹中国地大物博，发展工业前途无限。

1911年（15岁）

从湖州中学转入嘉兴中学，校长方青箱和多数教员都是同盟会革命党。辛亥革命爆发，武昌起义的消息轰动全校。反对学监陈凤章的专制，被嘉兴中学除名后，考取了杭州私立安定中学。

1912年（16岁）

到杭州私立安定中学读书。国文老师是杭州才子张献之，他教学生们写诗、填词、作对子。另一位国文老师杨先生讲中国文学的发展变迁史。

1913年（17岁）

从杭州私立安定中学毕业，考取北京大学预科第一类。北京大学校长胡仁源和预科主任沈步洲都是留美归国人士。外国文学教材是司各特的《艾凡赫》和笛福的《鲁宾逊漂流记》。美籍教师教莎士比亚戏剧，沈尹默教庄子的《天下》篇、荀子的《非十二子》篇、韩非子的《显学》篇、魏文帝的《典论·论文》、刘勰的《文心雕龙》、陆机的《文赋》、章石斋的《文史通义》以及刘知几的《史通》等，沈坚士教《说文》。向表叔卢鉴泉借阅二十四史，精读前面四史，泛读其余各史。

1914年（18岁）

继续在北京大学预科读书。

1915年（19岁）

关注国内外大事，向卢鉴泉请教日本提出"二十一条"后中日有无交战的可能，明白了袁世凯的诡计。应邀参加国内公债抽签还本的公开大会，现场聆听了卢鉴泉的演讲。

1916年（20岁）

到浙江会馆参加新年团拜，第一次与沈钧儒见面。从北京大学预科毕业，卢鉴泉推荐他到上海商务印书馆编译所英文部工作，负责批改学生寄来的课卷。就《辞源》存在的问题，写信给商务印书馆总经理张元济，深得张元济赏识，并调到国文部和高级编译孙毓修合作翻译美国卡本脱的科普读物《衣食住》，从此走上了翻译的道路。

1917年（21岁）

用文言翻译英国威尔斯的科幻小说《三百年后孵化之卵》，是其公开发表的第一篇译文。和母亲一起送弟弟沈泽民到南京河海工程专门学校读书。帮助孙毓修编写《中国寓言初编》，协助朱元善审阅《学生杂志》稿件。发表了第一篇论文《学生与社会》，抨击封建主义的治学思想。

1918年（22岁）

发表论文《一九一八年之学生》，提倡革新思想、创造文明和奋斗主义。与沈泽民合译美国洛赛尔彭特的小说《两月中之建筑谭》。回乌镇与孔德沚结婚。根据英美刊物编写传记《履人传》和《缝工传》。编写第一篇童话《大槐国》，还编写了《千匹绢》《负骨报恩》《狮骡访猪》《蜂蜗之争》等童话。创作童话《寻快乐》。第一次用中英文对照形式翻译警世新剧《求幸福》。

1919年（23岁）

翻译英国萧伯纳的戏剧《地狱中之对谭》，第一次发表译作序言《〈地狱中之对谭〉前言》，第一次发表评论外国文学家的文章《萧伯讷》。发表第一篇关于俄国文学的论文《托尔斯泰与今日之俄罗斯》，讨论了俄国革命的动力和对社会的影响。"五四运动"爆发后，去听北京学生联合会代表在上海的演讲。发表英、美、德国家34位剧作家传略《近代戏剧家传》。与孙毓修到南京江南图书馆考据《四部丛刊》资料。第一次用白话翻译俄国契诃夫的短篇小说《在家里》，第一次翻译了伊丽莎白·J. 科茨沃斯（Elizabeth J. Coatsworth）的诗歌《夜》。应主编王莼农邀请，主持《小说月报》的"小说新潮"栏目。评论了萧伯纳的《华伦夫人之职业》。翻译德国尼采的政论《新偶像、市场之蝇》，这是茅盾的第一篇政论译作。翻译英国罗素的文论《社会主义下的科学与艺术》，这是茅盾的第一篇文论译作。《时事新报》主编张东荪请其代理两三个星期《时事新报》的主笔。与沈泽民等发起了进步团体"桐乡青年社"，这是茅盾领导的第一个进步团体。出版了刊物《新乡人》，宣传新思想和新文化，反对封建主义。

1920年（24岁）

受邀到陈独秀住处，与陈望道、李汉俊等商讨在上海出版《新青年》。正式接编《小说月报·小说新潮》栏目。由李汉俊介绍加入上海共产主义小组。应编译所所长高梦旦邀请，答应主编《小说月报》。受郑振铎邀请，参加文学研究会。应李达之邀，为《共产党》刊物翻译政论文章。翻译美国沃德《历史上的妇人》，是其第一篇关于妇女问题作品的译作。

1921年（25岁）

主编并彻底革新《小说月报》，发表《〈小说月报〉改革宣言》，编辑"海外文坛消息"。编辑《小说月报·俄国文学研究》专号，这是该刊物全面革新后中国现代文学史上第一本集体译介俄国文学的专集。与周作人通过多封书信讨论翻译问题，并开始与鲁迅建立书信联系。邀请郭沫若参加文学研究会被拒。与郑振铎创办《文学旬刊》。与汪仲贤等成立"民众戏剧社"，创办第一个专门讨论"新戏"运动的《戏剧》月刊。以编辑《小说月报》做掩护，任直属中央的联络员。每周在陈独秀处参加一次党支部会议。在党创办的平民女校义务教英文。接母亲和妻子到上海居住，女儿沈霞出生。翻译挪威博耶尔的散文《一队骑马的人》，这是茅盾的第一篇散文译作。

1922年（26岁）

发表《〈创造〉给我的印象》，反驳创造社对文学研究会的批评。发表《自然主义与中国现代小说》，对鸳鸯蝴蝶派进行批评。编译所所长王云五要求茅盾向《礼拜六》道歉，茅盾提出辞去《小说月报》主编职务，商务印书馆同意由郑振铎接替。陈独秀建议茅盾留在商务印书馆工作，以便于中央联络工作。发表《"写实小说之流弊"》反驳学衡派。到松江县私立景贤女子中学演讲《文学与人生》。继续为《小说月报》编写"海外文坛消息"。

1923年（27岁）

辞去《小说月报》主编职务，仍留在商务印书馆编译所工作。负责标点注释林纾翻译的英国司各特的《撒克逊劫后英雄略》，写了《司各特评传》，并附录《司各特重要著作解题》《司各特著作编年录》《司各特著作的版本》。标点注释伍光建翻译的法国大仲马的《侠隐记》和《续侠隐记》，写了《大仲马评传》。编选《庄子》《淮南子》《楚辞》，并为每本书写序言。担任中共上海地方兼区执行委员会国民运动委员。第一次见到毛泽东。在中共上海地方兼区执行委员会改组会上，被选为秘书兼会计，负责妇女运动。在党办的上海大学教小说研究和希腊神话。到松江发表演讲《什么是文学——我对于现文坛的感想》。

在政治活动和社会活动间隙发表文章。继续为《小说月报》撰写"海外文坛消息"。儿子沈霜出生。

1924年（28岁）

在中共上海地方兼区执行委员会的改组会上，被选为执行委员之一，兼任秘书兼会计。与郑振铎合撰《现代世界文学者传略》。应邵力子邀请，编写《民国日报》副刊《社会写真》，经常写文章抨击劣政、针砭时弊，向上海地方兼区执行委员会提出辞职获批准。发表《对于泰戈尔的希望》和《泰戈尔与东方文化》，公开表明共产党人对泰戈尔访华的态度。应上海戏剧协社邀请，观看洪深翻译导演的话剧《少奶奶的扇子》。不再编写"海外文坛消息"。发表《答郭沫若》，结束了与创造社的论争。迁居到闸北顺泰里十一号，与瞿秋白成为邻居，两人常常谈论时政。商务印书馆的党支部会议常在茅盾家召开，瞿秋白代表党中央出席会议。

1925年（29岁）

应邀到艺术师范学校以无产阶级艺术为主题进行演讲，发表《论无产阶级艺术》。参加上海反帝爱国游行。编辑《公理日报》，揭露"五卅"惨案真相。与杨贤江等发起上海教职员救国同志会筹备会并发表宣言。负责商务印书馆罢工委员会临时党团。为商务印书馆选编注释《楚辞》。商务印书馆罢工，被推选为劳方代表，与资方代表谈判。组建两党合作的国民党上海特别市党部执行委员会，任宣传部部长。被选派到广州出席国民党第二次全国代表大会。

1926年（30岁）

到广州参加国民党的第二次代表大会，担任国民党中央宣传部秘书，毛泽东代理宣传部部长。受毛泽东之托，编写《政治周报》。毛泽东为广州政治讲习班讲农民运动，茅盾讲革命文学。与恽代英等发起中国济难会，发表《中国济难会宣言》。代理毛泽东在宣传部的事务，成为妇女运动讲习所的审查员并兼课。和毛泽东商讨"中山舰事件"及对策。从商务印书馆辞职。出席国民党上海特别市代表大会，传达国民党第二次全国代表大会情况。白天忙于政治活动，夜间阅读希腊和北欧神话等书籍。代理上海特别市党部的主任委员和国民党上海交通局局长。通过郑振铎第一次见到鲁迅。被毛泽东任命为驻沪编纂干事，负责编辑"国民运动丛书"，为宣传和教育之用。

1927年（31岁）

赴中央军事政治学校武汉分校任政治教官，主讲帝国主义、封建主义、妇女运动。主编共产党创办的第一份大型日报《汉口民国日报》，连续登载湖南农民运动和长沙事件。接到党的通知，携带支票去九江找党组织，从牯岭回上海后被国民党政府通缉，过上了卖文为生的隐居生活。创作第一部中篇小说《幻灭》，从此走上了文学创作的生涯，叶圣陶建议他使用"茅盾"作为笔名。与孙伏园、傅东华等组织"上游社"，创办《上游》周刊。鲁迅搬到景云里居住，与其成为邻居。

1928年（32岁）

发表第一部短篇小说《创造》，出版小说译文集《雪人》。东渡日本，发表《从牯岭到东京》，以及《希腊神话与北欧神话》《小说研究ABC》等。

1929年（33岁）

创作长篇小说《虹》。出版第一部短篇小说集《野蔷薇》。出版《中国神话研究ABC》《骑士文学ABC》《神话杂论》《近代文学面面观》《六个欧洲文学家》等。

1930年（34岁）

从日本回到上海。经冯乃超介绍加入"左联"。徐志摩带A.史沫特莱看望茅盾。出版《汉译西洋文学名著》。为减少开支，母亲准备回乌镇居住。患有眼疾、胃病、神经衰弱等疾病，医生建议他多休息。瞿秋白夫妇从莫斯科回到上海，向茅盾介绍了革命形势，支持他写小说。经常去卢鉴泉公馆找同乡聊天，开始写《子夜》大纲。

1931年（35岁）

与鲁迅主编"左联"机关刊物《前哨》，纪念柔石等五烈士。发表《中国左翼作家联盟为国民党屠杀大批革命作家宣言》，经史沫特莱译成英文后，引起了国外进步作家的同情和对国民党暴行的控诉。担任"左联"行政书记。鲁迅赞同茅盾从杂务中解脱出来专心写小说。瞿秋白在茅盾家避难期间，经常谈论《子夜》的创作。国际革命作家联盟刊物《国际文学》请茅盾担任特约撰稿人。请瞿秋白协助恢复党组织关系，但是没有得到党组织领导的答复。

1932年（36岁）

与鲁迅等发表《上海文化界告全世界》和《为抗议日军进攻上海屠杀民众宣言》。参与文艺大众化问题的讨论。发表第一部描写乡镇的短篇小说《林家铺子》。与鲁迅等联名电贺高尔基从事创作四十周年，签署《中国著名作家为中苏复交致苏联电》。完成《子夜》创作。

1933年（37岁）

赠送鲁迅刚出版的《子夜》，鲁迅请茅盾签名留念。搬往大陆新村与鲁迅成为邻居，其间与鲁迅交往密切。担任上海进步刊物《文学》编委。与鲁迅等发表《欢迎反战大会国际代表宣言》。瞿秋白告知茅盾沈泽民在中央苏区病故的消息。

1934年（38岁）

为伊罗生选编的中国现代短篇小说集《草鞋脚》拟定选目草稿、介绍左翼文艺期刊并写作者介绍。应邀为国际革命作家联盟写《答国际文学社问》，交鲁迅转往苏联时，鲁迅担心茅盾没留底稿，亲自誊写了一份。大部分文学作品被国民党查禁。担任《译文》主要负责人之一，推荐黄源任《译文》编辑。支持陈望道等创办的《太白》刊物。应赵家璧之约，编选《中国新文学大系·小说一集》。与傅东华负责编辑《文学》的翻译专号、创作专号和弱小民族文学专号，对国民党的"文化围剿"进行"反围剿"。

1935年（39岁）

与鲁迅、郑振铎商讨筹办《世界文库》事宜。协助鲁迅出版瞿秋白的译著《海上述林》。发表与鲁迅合写的《〈译文〉终刊号前记》。应史沫特莱邀请，撰写《给西方的被压迫大众》。与鲁迅和史沫特莱出席苏联驻上海领事馆庆祝十月革命节酒会。发表《世界文学名著讲话》里的系列文章。出版弱小民族文学译作集《桃园》。

1936年（40岁）

应史沫特莱邀请，为《子夜》英译本写了《茅盾小传》，这是茅盾所有自传中最详细的一篇。请史沫特莱把鲁迅的《写于深夜里》译成英文，和史沫特莱一起校对英译。出版了《世界文学名著讲话》和散文译文集《回忆·书简·杂记》。主编的《中国的一日》出版，自称是对高尔基主编《世界的一日》的"学步"。为《现代翻译小说选》撰写了序言《近年来介绍的外国文学》。得知鲁迅逝世，发表《写于悲痛中》《学习鲁迅先生》《研究和学习鲁迅》等纪念文章。

1937年（41岁）

应日本增田涉编辑《大鲁迅全集》之约，撰写《精神食粮》。发表短篇小说《水藻行》，后来由日本译者山上正义翻译成日文在日本发表，这是茅盾唯一一篇先在国外发表的小说。全面抗战爆发，担任上海市文化界救亡协会负责人之一。担任《呐喊》主编、《救亡日报》编委和《烽火》编辑。上海沦陷后，被迫离开上海。

1938年（42岁）

应邀到广州知用中学演讲。参加长沙文艺界的欢迎会并演讲。在武汉筹办《文艺阵地》，在汉口量才图书馆演讲《文艺大众化问题》。出席广东文学会第一次文学座谈会，当选中华全国文艺界抗敌协会理事，起草《告世界文艺作者书》。在香港编辑《立报》副刊《言林》。到香港中华业余学校义务讲文学课程。任《抗战文艺》编辑委员。协助鲁迅先生纪念委员会编辑出版《鲁迅全集》。发表《"宽容"之道》《谨严第一》《韧性万岁》《关于"鲁迅研究"的一点意见》《以实践"鲁迅精神"来纪念鲁迅先生》等文章。应杜重远邀请，离开香港前往新疆。

1939年（43岁）

应邀到甘肃学院发表演讲《抗战与文艺》《谈华南文化运动的概况》。担任新疆学院教育系主任，负责教中国通史、中国学术思想概论、西洋史等课程。担任新疆文化协会的委员长，负责文化工作。在女子中学发表演讲《中国新文学运动》。为文化协会的文化干部训练班讲课，讲授毛泽东的《论持久战》。推动新疆的冬学运动，负责扫盲工作。翻译苏联阿斯拉诺伐的政论《民族问题解决了》。

1940年（44岁）

因母亲去世离开新疆，前往延安。毛泽东赠送《新民主主义论》，建议茅盾作为鲁艺的旗帜。应毛泽东邀请到杨家岭长谈，讨论30年代上海文坛斗争和抗战文艺运动。在延安每周参加三个定期学术讨论会，并在鲁艺讲课。在奔赴重庆前，通过张闻天请求党中央恢复其党籍，党中央研究决定茅盾以党外人士身份更有利于其在重庆开展工作。

1941年（45岁）

周恩来约见茅盾，经周恩来介绍了解"皖南事变"的前因后果和党中央的立场。周恩来建议茅盾夫妇去香港。在香港参与发起中国文艺通讯社，成为中华全国文艺界抗敌协会香港分会理事，主编《笔谈》。史沫特莱回美国前向茅盾辞行。电贺郭沫若诞辰50周年。与郭沫若等联名发表《致苏联人民书》。太平洋战争爆发，香港沦陷，中国共产党组织茅盾等撤回内地。

1942年（46岁）

离开日寇控制下的香港，前往桂林。参加中国文协桂林分会的"保障作家权益"座谈会。与郭沫若等发表《中国文艺界为苏联抗战周年致斯大林先生及全体苏联战士书》《致苏联科学院会员书》《向苏联文化界致书》。出席洪深50寿辰茶会，发表《祝洪深先生》。

1943年（47岁）

出席中华全国文艺界抗敌协会第五届年会，当选为理事。出席苏联大使馆庆祝十月革命节的茶话会。出席陪都各界祝贺沈钧儒70寿辰茶话会。翻译苏联小说《苹果树》《复仇的火焰》《共通的言语》《审问及其他》等。主编发表新作家作品的《新绿丛辑》。

1944年（48岁）

翻译苏联杜甫辛科的小说《作战前的晚上》、柯热夫尼科夫的《上尉什哈伏隆科夫》等。与郭沫若等联名致电广西文化界，响应保卫西南的呼吁。频繁参加各种政治集会，讨论彻底结束国民党一党专政、实行民主政治。联名电贺苏联科学院院长柯马洛夫75寿辰。主持重庆文化界纪念鲁迅逝世八周年大会。发表《祝圣陶五十寿》。

1945年（49岁）

与郭沫若等联名发表《文化界对时局进言》宣言，提出民主政治的六条主张。在中华全国文艺界抗敌协会第七届年会上被选为理事。筹备成立中外文化联络社。参加郭沫若访苏欢送会和访苏归来茶话会。出席重庆文化界为茅盾举行的50诞辰、创作25周年祝寿活动。翻译苏联格罗斯曼的小说《人民是不朽的》等。创作话剧《清明前后》。应邀出席中苏文化协会庆祝中苏友好同盟条约宴会，会见毛泽东。得知女儿沈霞去世，悲痛万分。

1946年（50岁）

与郭沫若等发表《重庆文化界慰唁昆明教授学生电》，要求结束一党专政，实行民主政治。在广州文协、剧联和作协三个文艺团体欢迎会上演讲《和平·民主·建设阶段的文艺工作》。到中山大学演讲《民主运动与文艺运动》。在广州青年会上演讲《人民的文艺》。在香港文化界欢迎会上讲《现阶段文化运动诸问题》。与郭沫若等联名发表《为李闻血案致联合国人权委员会书》。与周恩来等出席鲁迅逝世十周年纪念大会。与沈钧儒等联名发表《我们要求政府切实保障言论自由》。与夫人一起受邀访问苏联，参观列宁图书馆、高尔基博物馆、高尔基世界文学研究所、红十月工厂、《儿童真理报》编辑部等地，会见吉洪诺夫、列昂诺夫等苏联作家。

1947年（51岁）

会见法捷耶夫、马尔夏克、西蒙诺夫、吉洪诺夫、卡达耶夫等苏联作家。参观斯大林博物馆、斯大林故乡戈里、斯大林地下印刷所、马恩列斯学院格鲁吉亚分院、格鲁吉亚国立大学、格鲁吉亚科学院、儿童宫等，会见格鲁吉亚对外文化协会邀请的当地文艺家。参观亚美尼亚文学研究所，参加亚美尼亚对外文化协会组织的座谈会，会见当地文学家和艺术家。撰写《游苏日记》。参观乌兹别克和阿塞拜疆，会见当地作家。结束对苏联的访问，返回中国。出席郭沫若主持的欢迎会。到上海各大学演说，参加各文艺团体的座谈会，出席上海文艺界庆祝大会，宣传介绍苏联。国民党的白色恐怖加剧，离开上海前往香港。

1948年（52岁）

出席中华全国文艺协会香港分会团聚会。在中华全国文艺协会港粤分会上讲《苏联青年的文化生活》。出版《苏联见闻录》。与郭沫若等联名发表《纪念"五四"致国内文化界同人书》。应邀出席香港文化界庆祝第四届文艺节纪念大会。与香港各界人士签名呼吁团结，促成新政协早日召开。担任《小说》月刊编委，起草《发刊词》。被聘为香港新文字学会名誉理事。担任《文汇报》副刊《文艺周刊》编委。出席鲁迅先生逝世12周年大会。与郭沫若等联名电贺苏联人民的十月革命节。应邀到北京参加新政协筹备会议。

1949年（53岁）

发表《迎接新年，迎接新中国》。与洪深等联名发表《我们对于时局的意见》。出席东北各界欢迎民主人士大会，发表《打到海南岛》的讲话。与郭沫若等到达北京，受到中共中央领导人董必武、叶剑英等的欢迎。商讨召开全国文艺工作者大会的筹备工作，任副主任。与郭沫若等联名电贺第三野战军解放上海。在第一次全国文代会上做报告。当选为全国文联副主席和全国文学工作者协会主席。与郭沫若等收到毛泽东来信，商议如何进行文字改革。出席第一届全国政协会议，当选为政协常委和中央人民政府委员。出席中华人民共和国开国大典。出席中国保卫世界和平大会，当选为主席团成员。担任中央人民政府文化部部长。出席中国文字改革协会会议，当选为常务理事。担任《人民文学》主编。

1950年（54岁）

当选为中国保卫世界和平大会委员会副主席。出席全国文联第四次扩大常委会并担任主席。出席中苏友好协会总会第一届理事会第一次会议。与郭沫若等发表《中华全国文学艺术界联合会为响应展开和平签名运动的号召》。出席中央人民政府委员会第八次会议，听取周恩来报告国际形势。与丁玲等联名发表《在京文学工作者宣言》，响应抗美援朝的号召。

1951年（55岁）

出席《中苏友好同盟互助条约》签订一周年庆祝会。在全国文工团工作会议开幕式上做报告。出席中国共产党成立30周年纪念会。出席在维也纳召开的世界和平理事会。被全国文联指定为北京文艺界整风学习委员会委员。出席中罗文化合作协定签字仪式。

1952年（56岁）

与郭沫若等联名抗议香港当局拘捕进步文化人士的暴行。出席中波文化合作会议。与郭沫若联名致电苏联果戈理逝世100周年纪念会。出席中捷文化合作协定签字仪式。与宋庆龄等联名发表《亚洲及太平洋区域和平会议发起书》。出席并主持中国文学工作者协会召开的关于文艺整风的学习座谈会。出席中国人民保卫世界和平委员会会议。出席在北京召开的亚洲及太平洋区域和平会议。随同毛泽东接见吉洪诺夫等苏联文化工作者。参加周总理主持的庆祝苏联十月社会主义革命节。主持文化部召开的欢迎吉洪诺夫等苏联文化工作者酒会。出席中苏两国文艺工作者座谈会。参加维也纳世界人民和平大会。

1953年（57岁）

率中国代表团访问波兰。在布拉格参加保卫世界和平理事会。担任全国文协代表大会筹委会主任兼委员。出席在瑞典斯德哥尔摩举办的世界和平理事会常务委员会会议。出席在布达佩斯召开的世界和平理事会会议。担任《译文》主编，辞去《人民文学》主编职务。陪同毛泽东观看印度艺术家演出晚会。出席四位世界文化名人纪念大会并演讲。出席中华全国文学艺术工作者联合会第二次全国代表大会开幕式。当选为全国文联副主席和全国作协主席。出席第二次全国文代会闭幕式并致闭幕词。出席全国作协第一次理事会。出席全国文联第一次理事会。任世界和平理事会中国代表团团长，在维也纳参加世界和平理事会。出席中国人民保卫世界和平委员会常务委员会会议。出席政务院全体会议并报告文化工作。

1954年（58岁）

出席中华全国文学艺术界联合会主席团第二次扩大会议。出席中华全国文学艺术界联合会主席团第三次扩大会议。出席全国文化教育会议开幕式。主持中国、朝鲜两国文艺工作者座谈会。出席中华人民共和国宪法起草委员会第一次会议。出席首都各界庆祝世界和平运动五周年大会。出席柏林召开的世界和平大会特别会议。出席斯大林国际和平奖金仪式。出席斯德哥尔摩召开的缓和局势国际会议。主持人民团体纪念契诃夫逝世50周年大会。主持中国作家协会主席团第七次扩大会议。出席全国文学翻译工作会议，并作大会报告《为发展文学翻译事业和提高翻译质量而奋斗》。当选为全国人大代表，被任命为文化部部长。出席中华人民共和国国庆阅兵式和游行大会。出席全国文联和作协主席团会议。出席全国政协常务委员会会议，听取周恩来报告。出席中国阿尔巴尼亚文化合作协定签字仪式。出席国务院第一次全体会议。主持文化部举行的欢迎莫斯科音乐剧院全体人员宴会。出席中国人民保卫世界和平委员会等单位纪念世界四大文化名人大会。出席中国人民政治协商会议第一届全国委员会常委会。出席全国文联和作协主席团扩大联席会议，并发表讲话。出席中国人民政治协商会议第二届全国委员会第一次全体会议。出席中苏友好协会第二次全国代表会议。主持吴敬梓逝世200周年纪念会。

1955年（59岁）

参加国务院团拜活动。给周恩来写信，请求不再担任世界和平理事会中国方面的常委，减少出国任务，能有创作假。周恩来同意给茅盾创作假。出席中国作

家协会主席团第十三次扩大会议。出席中国人民反对使用原子武器签名运动委员会成立会议。出席中苏友好同盟互助条约签订五周年纪念大会。出席中国科学院和中华全国文学艺术界联合会举办的胡适思想批判讨论会。出席首都文艺界举行的反对使用原子武器签名大会。出席中国作家协会主席团常务办公会第七次和第八次会议。出席中国作家协会主席团常务办公会第九次会议。出席中华全国文学艺术界联合会主席团扩大会议。出席亚洲国家会议中国筹备会成立会,当选为委员。出席首都文艺界纪念梅兰芳等50周年庆祝会。出席中国文联、对外文协等单位举办的纪念世界文化名人大会并做报告。出席中国科学院学部成立大会,任哲学社会科学学部常务委员会委员。作为中国代表团团长,出席在赫尔辛基召开的世界和平大会,当选为常务委员并做报告。当选为中华人民共和国参加各国议会联盟执行委员会委员。出席中华全国文学艺术界联合会主席团。出席中国作家协会主席团第十四次扩大会议。主持首都纪念《草叶集》出版100周年大会并致开幕词。

1956年(60岁)

出席中捷文化合作协定签字仪式。出席毛泽东召集的最高国务会议。出席中国人民政治协商会议第二届全国委员会第二次会议。出席中国亚洲团结委员会成立大会,当选为副主席。出席周恩来招待外宾的宴会。出席中国作家协会理事会。受到毛泽东、刘少奇等国家领导人接见。听取陈毅关于发展文艺问题的报告。主持招待11个国家的戏剧家和艺术家宴会。出席全国扫除文盲协会成立大会,当选为协会委员。听取周恩来关于全国青年文学创作者的报告。给中国作家协会创作委员写信,请求帮助克服工作繁忙而未能完成长篇小说的困难。主持文化部举行的招待各国戏剧家宴会并致欢迎辞。出席全国文化先进工作者会议并致开幕词。与全国文化先进工作者会议代表一起,受到毛泽东等国家领导人的接见。出席世界文化名人纪念大会。出席北京中国儿童艺术剧院成立大会并发言。在第一届全国人民代表大会第三次会议上发言。招待日本亚洲团结委员会代表团及电影界代表。出席首都各界纪念莫扎特诞辰200周年大会并致开幕词。陪同周恩来接见阿富汗文化代表团。出席中国文联举行的萧伯纳诞辰100周年、易卜生逝世

50周年纪念会并致开幕词。出席中国人民对外文化协会欢送梅兰芳出国宴会并致辞。出席授予齐白石世界和平理事会国际和平奖金仪式并致辞。参加国庆庆典。出席首都各界人民支援埃及反抗英法侵略大会并讲话。出席首都纪念孙中山诞辰90周年大会。出席中华全国文学艺术界联合会主席团和中国作家协会主席团联席扩大会议。出席文化部召集的全国文化局长会议。以中国代表团团长身份出席在印度新德里召开的亚洲作家会议。中国作家协会书记处改组,任第一书记。

1957年（61岁）

出席中国人民政治协商会议全国委员会常务委员会第三十三次会议。出席毛泽东召集的最高国务会议,听取毛泽东的报告《关于正确处理人民内部的矛盾》。出席中国人民政治协商会议全国委员会常务委员会会议。听取周恩来关于访问亚洲和欧洲的报告。出席中国人民政治协商会议第二届全国委员会第三次会议。随同毛泽东、周恩来、刘少奇等接送外宾。参加统战部召开的民主党派与无民主党派人士座谈会。出席第一届全国人民代表大会第四次会议,听取周恩来《政府工作报告》。出席文艺界人士座谈会,听取周恩来讲话。出席中国作家协会党组扩大会议并发言。应周恩来邀请,与文艺界老同志座谈党的知识分子政策。出席中国作协党组扩大会议并发言。出席中叙友好协会成立大会。出席国庆庆典。出席中国作家协会召开的批判会。当选为以毛泽东为团长的中国访苏代表团团员。致电苏联科学院院士巴尔星,祝贺苏联人造卫星上天。随同毛泽东等到莫斯科参加十月革命40周年庆典,拜会苏联领导并访问苏联。出席中波文化合作协定签字仪式。

1958年（62岁）

出席国务院第六十八次全体会议。出席第一届全国人民代表大会第五次会议。出席中国作家协会书记处会议。出席中国人民政治协商会议全国委员会常务委员会会议。复中国作家协会办公室信,希望帮助他解除文化部部长职位,取消出国任务,解除主编兼职。出席中国作家协会召开的文学评论工作会议。听取省文化局及作协分会负责人汇报工作。出席第十五次最高国务会议。出席中国文联主席团扩大会议。担任中波友好协会会长。出席国庆庆典。率领中国作家代表团出席在苏联召开的亚非会议。出席中国文联主席团扩大会议。出席悼念郑振铎大会。出席中宣部报告会。因工作繁忙，兼职太多，辞去《译文》主编职务。

1959年（63岁）

出席文教会负责人座谈会。出席首都各界庆祝中苏友好同盟互助条约签订九周年大会。出席作协的文学创作座谈会。出席中宣部的宣传工作会议。出席毛泽东主持的最高国务会议。当选为文化部部长。担任中国与亚非作家常设事务局联络委员会主席。出席乔·弗·亨德尔逝世200周年纪念会并致开幕词。出席中苏友好第三次全国代表大会，当选为副会长。出席中国文联主席团扩大会议。出席周恩来召集的文化宣传工作座谈会。出席"五四运动"40周年纪念大会。出席国务院第九十一次全体会议。出席毛泽东主持的座谈会。出席国务院第九十二次全体会议。出席中国人民政治协商会议全国委员会的报告会。出席国庆十周年活动。出席纪念德国席勒诞生200周年大会。出席庆祝阿尔巴尼亚解放15周年大会。出席中宣部召开的全国文化工作会议。

1960年（64岁）

出席中国作家协会党组会议，听取周恩来报告。出席全国文化工作会议。出席世界文化名人契诃夫诞辰100周年纪念会并做报告。出席世界文化名人肖邦诞生150周年纪念会。出席中国作家协会书记处举行的庆祝"左联"成立30周年座谈会。出席庆祝"三八"国际劳动妇女节50周年大会。出席支援拉丁美洲人民暨庆祝中国拉丁美洲友协成立大会。出席匈牙利解放15周年大会。出席列宁诞生90周年大会。出席"五一"劳动节庆祝活动。出席全国文教群英会。出席欢迎日本文学家代表团宴会。出席反对美国侵略政策大会。出席第三次全国文代会并做报告。听取周恩来对第三次文代会的报告。当选为全国文联副主席和作协主席。在波兰拜会波兰文化部长以及党和政府领导人，与波兰作家和艺术家见面。出席中缅边界条约胜利签字仪式。出席世界文化名人托尔斯泰逝世50周年纪念大会并做报告。

1961年（65岁）

出席古巴驻华使馆庆祝古巴革命两周年招待会。出席苏联驻华使馆庆祝中苏发展文化合作的宴会。出席中苏友好同盟互助条约签订11周年大会。出席纪念泰戈尔诞生100周年筹委会成立会，当选为筹备委员。出席亚非作家会议中国联络委员会会议。出席乌克兰谢甫琴柯逝世100周年大会。出席《文艺报》编辑部组织的"批判地继承古代文艺理论遗产"座谈会。出席泰戈尔诞辰100周年纪念大会并致辞。出席高尔基逝世25周年纪念会并致辞。出席庆祝中国共产党成立四十周年大会。出席中宣部组织的全国文艺工作座谈会。出席波兰国庆17周年的宴会。出席中国人民政治协商会议全国委员会第二十一次常务委员会。出席首都纪念辛亥革命50周年大会。出席中尼边界条约签字仪式。出席庆祝十月革命节44周年大会。听取周恩来关于苏共二十二大的报告。

1962年（66岁）

参观访问海南岛。主持首都文艺界谴责美国政府迫害进步人士罪行的大会并发言。率领中国作家代表团出席开罗举行的第二届亚非作家会议并发言。拜会阿联总统等领导人。听取周恩来关于知识分子政策的报告。出席中国作家协会书记处和亚非作家会议中国联络委员会的联席会议，报告第二届亚非作家会议的经过与成果。出席文艺界人士座谈会。出席杜甫诞生1250周年纪念大会。出席《中国文学》（英文版）编辑部召开的座谈会。参加文化部部务会议。出席首都文化界纪念赫尔岑诞生150周年大会。主持纪念《在延安文艺座谈会上的讲话》发表20周年座谈会。聆听周恩来对出席莫斯科世界裁军大会中国代表团的谈话。出席争取普遍裁军与世界和平大会并发言。拜访苏联文化部部长。出席国庆大典。出席文艺工作者座谈会。听周恩来关于中印问题报告。出席全国文联主席团扩大会议。

1963年（67岁）

出席文化部举办的文艺界联欢晚会。出席《世界文学》编辑部座谈会。出席首都纪念万隆会议八周年大会。出席中国文联第三届全国委员会第二次扩大会议，听取周恩来讲话，并讨论发言。出席文化部召开的文化局长会议并发言。与周恩来等参加"五一"联欢晚会。出席中国与马里文化合作协定签字仪式。随聂荣臻接见科技出版工作会议代表。聆听周恩来关于国内外形势的报告。出席首都人民支持越南人民和平统一祖国的斗争大会。出席庆祝波兰国庆招待宴会。出席中共中央统战部召开的通报会。出席首都各界欢迎亚非各国作家大会并讲话。出席首都支持美国黑人反对种族歧视的斗争大会。出席越南驻华使馆招待会。出席国庆大典。随周恩来、朱德、郭沫若等接见外宾代表团。出席首都各界庆祝苏联十月社会主义革命节大会。出席第二届全国人民代表大会第四次会议。出席中国文联各协会负责人会议。出席古巴解放五周年庆祝活动。

1964年（68岁）

出席中宣部召开的文艺座谈会。出席首都人民反对美国侵略巴拿马大会。出席中外作家联欢会并致辞。出席文艺工作者春节联合会并致辞。参加中国文联各协会的文艺整风会。陪同李先念接见到北京演出现代戏的剧团。欢迎日本作家代表团。出席首都各界人民支持南非人民反对法西斯迫害、争取民族解放大会并讲话。出席首都各界人民支持日本人民要求撤除美国军事基地、归还冲绳大会并讲话。出席首都各界人民支持朝鲜人民要求美国侵略军撤出南朝鲜和统一祖国斗争大会并讲话。出席首都纪念玄奘逝世1300周年大会并致辞。出席中国文联各协会负责人会议。出席首都支持越南人民反对美国武装侵略大会。出席文化部举办的宴会和招待会。出席国庆庆祝活动。出席中国人民政治协商会议第四届全国委员会。出席苏联驻华使馆庆祝苏联十月社会主义革命节宴会。出席文化部整风会。

1965年（69岁）

出席全国人民代表大会，被免去文化部部长职务。出席全国政协会议主席团会议，当选为中国人民政治协商会议全国委员会副主席。出席全国政协闭幕式。随毛泽东、周恩来等在天安门参加首都各界人民支援越南反对美帝国主义武装侵略大会。出席中国人民政治协商会议第四届全国委员会第一次常委会。出席"五一"庆祝会。出席首都人民热烈庆祝反法西斯战争胜利20周年大会。听取周恩来关于国内外形势报告。出席中国作家协会书记处会议。担任中国人民保卫世界和平委员会和中国亚非团结委员会两个机构的常务委员。出席周恩来和刘少奇组织的各种宴会。出席首都庆祝越南国庆20周年大会。出席首都庆祝抗日战争胜利20周年大会。出席第二届全国运动会。出席周恩来主持的国庆招待会。出席国庆大典。出席全国青年业余文学创作积极分子大会。出席纪念孙中山诞辰100周年筹备委员会,并任筹备委员会副主任。出席芬兰驻华使馆国庆宴会。出席中国作家协会主席团扩大会议。

1966年（70岁）

出席庆祝缅甸独立18周年招待会。出席周恩来为亚非作家紧急会议胜利闭幕举行的宴会。到天安门城楼出席首都人民庆祝"文化大革命"大会,目睹毛泽东第一次接见红卫兵场面。出席周恩来举行的庆祝中华人民共和国成立17周年招待会。在天安门参与革命群众游行检阅活动。为我国导弹核弹头试验成功而十分振奋。在天安门随毛泽东检阅和接见外地红卫兵。出席孙中山诞辰100周年纪念大会。

1967年（71岁）

参加元旦、"五一"节和国庆节活动。接待外调人员四十多批次。

1969年（73岁）

参加"五一"节庆祝活动。到越南驻华使馆吊唁胡志明主席。

1970年（74岁）

夫人孔德沚病逝。赋闲在家。

1971年（75岁）

赋闲在家。

1972年（76岁）

赋闲在家。

1973年（77岁）

补选为第四届全国人大代表。出席孙中山逝世48周年纪念会，是其赋闲在家几年后第一次公开露面。

1974年（78岁）

参加国庆大典。在北京郊外参观工厂、人民公社等。迁居到后圆恩寺胡同十三号。

1975年（79岁）

出席第四届全国人民代表大会预备会议。出席鲁迅生平座谈会。参加国庆节游园活动。

1976年（80岁）

出席周恩来追悼会。开始口述回忆录。作旧体诗《八十自述》。出席毛泽东追悼会。出席首都各界爱国人士庆祝粉碎"四人帮"座谈会。主持北京市举行的孙中山诞辰110周年纪念会。参加毛主席纪念堂奠基仪式。

1977年（81岁）

出席北京工人体育馆举行的《周总理永远活在我们心中》诗歌朗诵演唱会。主持政协全国委员会春节联欢会。出席毛泽东逝世一周年纪念活动。出席《人民文学》编辑部举行的批判"四人帮"文艺黑线座谈会，希望能尽快恢复全国文联和各个协会的工作。

1978年（82岁）

出席中国人民政治协商会议第五届全国委员会第一次会议，当选主席团常务主席。出席第五届全国人民代表大会第一次会议。被选为第五届全国政协副主席。随同党和国家领导人接见人大代表和政协委员。出席五届政协常委会举行的第一次会议。出席中国文联第三届全国委员会第三次会议。出席中国文联第三届全国委员会第三次会议闭幕式。会见法国和瑞典友好人士代表团。参加郭沫若追悼大会。庆祝中日和平友好条约签订。

附 录

1979年（83岁）

出席《文汇报》在北京举办的招待会。成为鲁迅研究学会的筹备小组成员。担任《红楼梦学刊》顾问。出席第四次全国文代大会并致开幕词。出席中国文学艺术工作者第四次代表大会及中国作家协会第三次会员代表大会并讲话。当选为文联名誉主席和中国作协主席。

1980年（84岁）

出版《世界文学名著杂谈》。被聘请为《中国当代文学研究资料》丛书顾问。

1981年（85岁）

口述两封遗书：一封给中共中央，请求恢复中国共产党党籍；一封给中国作家协会，表示愿意捐献25万元稿费设立中国长篇小说文艺基金。

致 中共中央

耀邦同志暨中共中央：

  亲爱的同志们，我自知病将不起，在这最后的时刻，我的心向着你们。为了共产主义的理想我追求和奋斗了一生，我请求中央在我死后，以党员的标准严格审查我一生的所作所为，功过是非。如蒙追认为光荣的中国共产党员，这将是我一生的最大荣耀。[1]

            沈雁冰　一九八一年三月十四日

致 中国作家协会书记处

中国作家协会书记处：

  亲爱的同志们，为了繁荣长篇小说的创作，我将我的稿费二十五万

---

[1] 沈雁冰，《致中共中央》，1981年3月14日。见茅盾，《茅盾全集》（第三十八卷·书信三集），北京：人民文学出版社，1997年，第416页。

元捐献给作协,作为设立一个长篇小说文艺奖金的基金,以奖励每年最优秀的长篇小说。我自知病将不起,我衷心的(地)祝愿我国社会主义文学事业繁荣昌盛。[1]

　　致最崇高的敬礼!

茅盾　一九八一年三月十四日

3月27日在北京逝世。3月31日,中共中央决定恢复茅盾中国共产党党籍,党龄从1921年算起。邓小平主持追悼会,胡耀邦致悼词,评价了茅盾的一生。

---

[1] 茅盾,《致中国作家协会书记处》,1981年3月14日。见茅盾,《茅盾全集》(第三十八卷·书信三集),北京:人民文学出版社,1997年,第417-418页。

附录二 茅盾翻译理论时间表（1919—1981）[1]

序号	时间	标题	署名	出处
1	1919年2月5日	《地狱中之对谭》前言	四珍	《学生杂志》
2	1919年7月—12月	近代戏剧家传	雁冰	《学生杂志》
3	1919年9月18日	《他的仆》译后记	冰	《时事新报·学灯》
4	1919年10月7日—11日	《一段弦线》前言	冰	《时事新报·学灯》
5	1919年11月18日	致郭虞裳	沈雁冰	《时事新报·学灯》
6	1919年11月24日	萧伯讷的《华伦夫人之职业》	雁冰	《时事新报·学灯》
7	1919年12月18日	《诱惑》译后记	雁冰	《时事新报·学灯》
8	1919年12月25日	"小说新潮"栏预告	未署名	《小说月报》
9	1920年1月1日	我对于介绍西洋文学的意见	冰	《时事新报·学灯》
10	1920年1月5日	《历史上的妇人》译者注	雁冰	《妇女杂志》
11	1920年1月10日	现在文学家的责任是什么？	佩韦	《东方杂志》
12	1920年1月10日、25日	《巴苦宁和无强权主义》前记	雁冰	《东方杂志》
13	1920年1月25日	"小说新潮"栏宣言	未署名	《小说月报》

[1] 此表是笔者根据人民文学出版社1984年开始出版的《茅盾全集》的中国文论（第18—27卷）、外国文论（第29—33卷）、书信（第36—38卷）、补遗（上下册）内容，以及知识产权出版社2013年出版的《茅盾译文全集》（第1—10卷）的译作序跋汇编而成的。此表中所列标题包括茅盾专论翻译（或论及翻译）的文章、书信、译作序跋、海外文坛消息、书评等共350篇。

续表

序号	时间	标题	署名	出处
14	1920年1月25日	致傅东华	沈雁冰	《时事新报·学灯》
15	1920年2月4日	对于系统的经济的介绍西洋文学底意见	沈雁冰	《时事新报·学灯》
16	1920年2月5日	《结婚日的早晨》前言	冰	《妇女杂志》
17	1920年2月5日	《欧洲妇女的结合》译者记	雁冰	《妇女杂志》
18	1920年2月10日	《圣诞节的客人》前言	雁冰	《东方杂志》
19	1920年3月5日	《爱情与结婚》译者识	四珍	《妇女杂志》
20	1920年3月25日	《沙漏》译者注	雁冰	《东方杂志》
21	1920年4月5日	《情敌》前记	雁冰	《妇女杂志》
22	1920年4月25日	答黄君厚生《读〈小说新潮宣言〉的感想》	冰	《小说月报》
23	1920年4月30日	致宗白华	沈雁冰	《解放与改造》
24	1920年5月1日	《I.W.W.的研究》译者附注	雁冰	《东方杂志》
25	1920年5月25日	《安得列夫》附注	雁冰	《东方杂志》
26	1920年6月25日	《为母的》前记	雁冰	《解放与改造》
27	1920年7月1日	巴比塞的小说《名誉十字架》译者识	佩韦	《妇女杂志》
28	1920年7月5日	《两性间的道德关系》译者识	雁冰	《学艺》
29	1920年7月30日	《错》附识	雁冰	《东方杂志》
30	1920年9月10日	《市虎》前记	雁冰	《东方杂志》

续表

序号	时间	标题	署名	出处
31	1920年9月25日	《心声》译者志	雁冰	《东方杂志》
32	1920年10月1日	《游俄之感想》译前记	雁冰	《新青年》
33	1920年10月5日	《家庭生活与男女社交的自由》译者记	P.生	《妇女杂志》
34	1920年11月10日	译书的批评	冰	《时事新报·学灯》
35	1921年1月10日	《小说月报》改革宣言	未署名	《小说月报》
36	1921年1月10日	《新结婚的一对》前记	冬芬	《小说月报》
37	1921年1月10日	研究批太新文学的三种新出英译本	沈雁冰	《小说月报》
38	1921年2月3日	致季名芬	沈雁冰	《时事新报·学灯》
39	1921年2月5日	近代美美文坛的一个明星——虎尔思	沈雁冰	《学生杂志》
40	1921年2月10日	新文学研究者的责任与努力	郎损	《小说月报》
41	1921年2月10日	翻译文学书的讨论——复周作人	沈雁冰	《小说月报》
42	1921年2月10日	《名节保全了》附识	雁冰	《小说月报》
43	1921年3月10日	《一个英雄的死》译后注	冰	《小说月报》
44	1921年3月10日	西班牙写实主义代表伊本纳兹	沈雁冰	《小说月报》
45	1921年3月10日	再志瑞士诗人斯彭尔	沈雁冰	《小说月报》
46	1921年3月10日	丹麦作家奈苏的一本英译	沈雁冰	《小说月报》
47	1921年4月10日	《人间世历史之一片》译后注	雁冰	《小说月报》

续表

序号	时间	标题	署名	出处
48	1921年4月10日	《代替者》附句	芬	《小说月报》
49	1921年4月10日	译文书方法的讨论	雁冰	《小说月报》
50	1921年4月10日	西班牙诗选	沈雁冰	《小说月报》
51	1921年5月1日	哈姆生和斯劈脱尔——新的诺贝尔文学奖金的两文豪	雁冰	《新青年》
52	1921年5月10日	文学界消息	玄珠	《时事新报·文学旬刊》
53	1921年6月10日	《现代的斯干底那亚文学》按语、注和再志	雁冰	《小说月报》
54	1921年6月10日	《审定文学上名词的提议》附注	沈雁冰	《小说月报》
55	1921年6月10日	语体文欧化之我观	雁冰	《小说月报》
56	1921年6月10日	捷克斯拉夫短篇小说集	沈雁冰	《小说月报》
57	1921年6月10日	西班牙诗与散文	沈雁冰	《小说月报》
58	1921年7月5日	最后一页	未署名	《小说月报》
59	1921年7月10日	致周作人	沈雁冰	《茅盾全集》（书信一集）
60	1921年7月10日	"语体文欧化"答冻花君	沈雁冰	《时事新报·文学旬刊》
61	1921年7月10日	《禁食节》译后记	沈雁冰	《小说月报》
62	1921年7月10日	《印第安墨水画》译后记	雁冰	《小说月报》
63	1921年7月10日	最后一页	未署名	《小说月报》
64	1921年7月20日	致周作人	雁冰	《茅盾全集》（书信一集）

续表

序号	时间	标题	署名	出处
65	1921年7月30日	致周作人	沈雁冰	《茅盾全集》（书信一集）
66	1921年8月3日	致周作人	沈雁冰	《茅盾全集》（书信一集）
67	1921年8月10日	《美尼》附记	雁冰	《小说月报》
68	1921年9月1日	《海青赫佛》译后记	未署名	《新青年》
69	1921年9月4日	《海里的一口钟》译后记	未署名	《民国日报·觉悟》
70	1921年9月10日	《旅行到别一世界》译后记	未署名	《小说月报》
71	1921年9月10日	几本斯干的那维亚的英译	沈雁冰	《小说月报》
72	1921年9月10日	匈牙利剧剧家莫奈尔的新作	沈雁冰	《小说月报》
73	1921年9月	《赤俄小说三篇》前记	记者	《小说月报》
74	1921年9月	近代俄国文学家三十人合传	沈雁冰	《小说月报》
75	1921年10月9日	《对于介绍外国文学我见》底我的批评	冯虚	《民国日报·觉悟》
76	1921年10月10日	《芬兰的文学》译后记	未署名	《小说月报》
77	1921年10月10日	杂译小民族诗	译者	《小说月报》
78	1921年10月12日	致周作人	雁冰	《茅盾全集》（书信一集）
79	1921年10月15日	致周作人	雁冰	《茅盾全集》（书信一集）
80	1921年11月10日	《女王玛劲的面网》附识	雁冰	《小说月报》
81	1921年12月10日	一年来的感想与明年的计划	记者	《小说月报》

续表

序号	时间	标题	署名	出处
82	1921年12月10日	纪念佛罗贝尔的百年生日	沈雁冰	《小说月报》
83	1921年12月10日	致胡天月	记者	《小说月报》
84	1921年12月10日	致王砥之	记者	《小说月报》
85	1921年12月10日	从未没有卖译本的易卜生的三篇戏曲	沈雁冰	《小说月报》
86	1922年1月10日	《拉比阿契巴的诱惑》译后记	译者	《小说月报》
87	1922年1月10日	《永久》《季候鸟》《辞别我的七弦竖琴》译后记	未署名	《小说月报》
88	1922年1月10日	致陈静观	雁冰	《小说月报》
89	1922年1月10日	致朱湘	雁冰	《小说月报》
90	1922年2月10日	致葱蒳	雁冰	《小说月报》
91	1922年2月10日	《东方的梦》《什么东西的眼泪》《在上帝的手里》附注	雁冰	《小说月报》
92	1922年2月10日	致吕冕韶	雁冰	《小说月报》
93	1922年2月10日	保加利亚大诗人跋佐夫逝世消息	沈雁冰	《小说月报》
94	1922年5月1日	杂谈——文学与常识	玄	《时事新报·文学旬刊》
95	1922年6月10日	《王错鸣和谢六逸的通信》附志	雁冰	《小说月报》
96	1922年6月10日	自然主义的怀疑与解答——复吕芾南	雁冰	《小说月报》
97	1922年6月10日	致陈德征	雁冰	《小说月报》
98	1922年6月10日	致徐雉	雁冰	《小说月报》

续表

序号	时间	标题	署名	出处
99	1922年6月10日	捷克文坛最近状况	沈雁冰	《小说月报》
100	1922年6月10日	最后一页	未署名	《小说月报》
101	1922年7月10日	《盛楚》译者附记	译者	《小说月报》
102	1922年7月10日	致万良濬	雁冰	《小说月报》
103	1922年7月10日	致阅者	雁冰	《小说月报》
104	1922年7月10日	最后一页	未署名	《小说月报》
105	1922年8月1日	介绍外国文学作品的目的——兼答郭沫若君	雁冰	《时事新报·文学旬刊》
106	1922年8月10日	"直译"与"死译"	雁冰	《小说月报》
107	1922年8月10日	《路意斯》译者记	译者	《小说月报》
108	1922年8月10日	致王桂荣	雁冰	《小说月报》
109	1922年9月10日	《波兰一一九年》译者附志	译者	《小说月报》
110	1922年10月10日	译诗的一些意见	玄珠	《时事新报·文学旬刊》
111	1922年10月10日	偶然记下来的	玄珠	《时事新报·文学旬刊》
112	1922年10月10日	致冯瑾	雁冰	《小说月报》
113	1922年10月10日	致汤逸庐	雁冰	《小说月报》
114	1922年11月8日	《狱门》译后记	未署名	《民国日报·妇女评论》
115	1922年11月10日	《赤俄的诗坛》译后记	译者	《小说月报》

续表

序号	时间	标题	署名	出处
116	1922年11月10日	致黄绍衡	雁冰	《小说月报》
117	1922年11月10日	致马鸿轩	雁冰	《小说月报》
118	1922年11月10日	致姚天章	雁冰	《小说月报》
119	1922年11月19日	介绍西洋文艺思潮的重要	未署名	《民国日报·觉悟》
120	1923年2月1日	《他来了么》译后记	未署名	《妇女杂志》
121	1923年2月10日	标准译名问题	沈雁冰	《小说月报》
122	1923年4月10日	爱尔兰文学的新机运	雁冰	《小说月报》
123	1923年5月10日	《最后一幕》译后记	未署名	《小说月报》
124	1923年6月22日	最近的出产——《华伦夫人之职业》（剧本）	雁冰	《时事新报·文学旬刊》
125	1923年9月10日	希腊文坛近状	沈雁冰	《小说月报》
126	1923年11月5日	新译《灰色马》序	沈雁冰	《时事新报·学灯》
127	1924年5月19日	致《文学》读者	雁冰	《文学》
128	1924年7月21日	答郭沫若	编者	《文学周报》
129	1925年1月19日、2月9日、2月16日、3月16日	文艺瞭望台	沈雁冰、德鸿	《文学周报》
130	1925年10月18日	《关于"烈夫"的》译前记和译后记	译者	《文学周报》
131	1925年12月13日	《恋爱——一个恋人的日记》译后记	雁冰	《文学周报》
132	1926年3月10日	《首领的威信》译后记	未署名	《小说月报》

续表

序号	时间	标题	署名	出处
133	1926年7月18日	《老牛》译后记	未署名	《文学周报》
134	1927年11月6日	看了《真善美》创刊号以后	方壁	《文学周报》
135	1928年5月	《雪人》自序	雁冰	《雪人》（开明书店）
136	1928年6月10日	帕拉玛兹评传	沈余	《小说月报》
137	1929年5月	《近代文学面面观》序	茅盾	《近代文学面面观》（世界书局）
138	1930年1月1日	关于高尔基	沈余	《中学生》
139	1931年7月20日	战争小说论	朱仲琛	《文艺新闻》
140	1932年2月26日	致舒新城	茅盾	《茅盾全集》（书信一集）
141	1932年9月1日	谈谈翻译——《文凭》译后记	茅盾	《现代出版界》
142	1933年2月18日	关于萧伯讷	玄	《申报·自由谈》
143	1933年5月11日	"给他们看什么好呢？"	玄	《申报·自由谈》
144	1933年5月16日	孩子们要求新鲜	玄	《申报·自由谈》
145	1933年6月17日	论儿童读物	珠	《申报·自由谈》
146	1934年3月1日	《改变》译前记	译者	《文学》
147	1934年3月1日	关于文学史之类	惕若	《文学》
148	1934年3月1日	郭译《战争与和平》	味茗	《文学》
149	1934年3月1日	伍译的《侠隐记》和《浮华世界》	味茗	《文学》

续表

序号	时间	标题	署名	出处
150	1934年3月1日	又一篇账单	铭	《文学》
151	1934年3月1日	"媒婆"与"处女"	丙生	《文学》
152	1934年3月1日	直译·顺译·歪译	明	《文学》
153	1934年4月17日	《草鞋脚》部分作家作品简介	茅盾 鲁迅	《茅盾全集》（中国文论三集）
154	1934年5月1日	《桃园》译前记	译者	《文学》
155	1934年5月1日	《催命太岁》译前记	译者	《文学》
156	1934年6月29日	致黄源	玄	《茅盾全集》（书信一集）
157	1934年7月1日	再谈文学遗产	凤	《文学》
158	1934年7月14日	致伊罗生	茅盾 鲁迅	《茅盾全集》（书信一集）
159	1934年8月1日	翻译的直接与间接	惠	《文学》
160	1934年8月1日	关于《士敏土》	芬君	《文学》
161	1934年8月1日	小市民文艺读物的歧路	惕若	《文学》
162	1934年8月22日	致伊罗生	茅盾 鲁迅	《茅盾全集》（书信一集）
163	1934年9月、10月	《伊利亚特》和《奥德赛》	茅盾	《中学生》
164	1934年10月16日	《关于萧伯纳》译后记	未署名	《译文》
165	1934年11月1日	《伊利亚特》和《奥德赛》的讨论	未署名	《中学生》
166	1934年11月16日	《娜耶》译后记	芬君	《译文》

续表

序号	时间	标题	署名	出处
167	1934年12月16日	《安琪吕咖》译后记	未署名	《译文》
168	1934年12月16日	《现代荷兰文学》译后记	芬君	《译文》
169	1934年	致斯诺	茅盾	《茅盾全集》（书信一集）
170	1935年1月1日	《雪球花》译后记	未署名	《文学》
171	1935年1月1日	《跳舞会》译后记	芬君	《文学》
172	1935年1月、2月	《吉诃德先生》	茅盾	《中学生》
173	1935年2月1日	关于"儿童文学"	江	《文学》
174	1935年2月1日	对于"翻译年"的希望	顺	《文学》
175	1935年2月16日	《莱蒙托夫》译后记	谢芬	《译文》
176	1935年3月1日	"翻译"和"批评"翻译	星	《文学》
177	1935年3月、4月	雨果和《哀史》	茅盾	《中学生》
178	1935年4月	《汉译西洋文学名著》序	茅盾	《汉译西洋文学名著》（亚细亚书局）
179	1935年5月20日	《我的回忆》译前记	未署名	《世界文库》
180	1935年6月1日	《真妮姑娘》	子渔	《文学》
181	1935年8月20日	《集外书简》译前记	未署名	《世界文学》
182	1935年9月1日	读《小妇人》——关于翻译方法的商榷	惕若	《文学》
183	1935年9月16日	《译文》终刊号前记	译文社同人	《译文》

续表

序号	时间	标题	署名	出处
184	1935年9月20日	给西方的被压迫大众	茅盾	《茅盾全集》（中国文论三集）
185	1935年10月20日	《忆契诃夫》译前记	未署名	《世界文库》
186	1935年11月20日	《私情书》（一）译前记及题解	未署名	《世界文库》
187	1935年11月	《桃园》前记	茅盾	文化生活出版社出版的《桃园》一书
188	1936年1月	谈我的研究	茅盾	《中学生》
189	1936年3月16日	《世界的一日》译后记	未署名	《译文》
190	1936年3月	《战争》译后记	茅盾	文化生活出版社出版的《战争》一书
191	1936年12月20日	致增田涉	茅盾	《茅盾全集》（书信一集）
192	1937年1月5日	致增田涉	茅盾	《茅盾全集》（书信一集）
193	1937年1月16日	《真亚耳》（Jane Eyre）的两个译本	茅盾	《译文》
194	1937年4月16日	给罗斯福总统的信	未署名	《译文》
195	1938年3月14日	致戈宝权	沈雁冰	《茅盾全集》（书信一集）
196	1938年3月28日	致戈宝权	雁冰	《茅盾全集》（书信一集）
197	1938年9月16日	《小说与民众》	茅盾	《文艺阵地》
198	1938年10月12日、10月19日、10月26日	学习鲁迅	茅盾	《大众日报·大众堡垒》
199	1938年10月16日	谨严第一	茅盾	《文艺阵地》
200	1938年10月19日	关于"鲁迅研究"的一点意见	茅盾	《大公报·文艺》

续表

序号	时间	标题	署名	出处
201	1938年11月27日	致罗清桢	茅盾	《茅盾全集》（书信一集）
202	1939年10月	莎士比亚出生三七五周年纪念	茅盾	《文艺月刊》
203	1939年11月5日	诚恳的希望	茅盾	《新疆日报》
204	1940年1月1日	从《有眼与无眼》说起	茅盾	《新疆日报·元旦增刊》
205	1941年1月23日	致曹靖华	雁冰	《茅盾全集》（书信一集）
206	1941年2月1日	现实主义的道路——杂谈二十年来的中国文学	茅盾	《新蜀报·蜀道》
207	1941年9月16日	我灵劳动人民的儿子	文	《笔谈》
208	1941年10月1日	"希特勒的杰作"	直	《笔谈》
209	1941年10月16日	小市民画像（读书记）	玄珠	《笔谈》
210	1941年11月16日	《兄弟们》（上卷）	玄	《笔谈》
211	1941年12月6日	耿译《兄弟们》书后	茅盾	《上海周报》
212	1943年4月9日	致曹靖华	雁冰	《茅盾全集》（书信一集）
213	1943年5月30日	关于《复仇的火焰》	茅盾	《中苏文化》
214	1943年10月	"爱读的书"	茅盾	《茅盾全集》（中国文论五集）
215	1943年11月5日	致戈宝权	玄白	《茅盾全集》（书信一集）
216	1943年11月11日	致戈宝权	雁冰	《茅盾全集》（书信一集）
217	1944年5月20日	致曹靖华	雁冰	《茅盾全集》（书信一集）

续表

序号	时间	标题	署名	出处
218	1944年6月16日	致戈宝权	雁冰	《茅盾全集》（书信一集）
219	1944年6月26日	致朱海观	雁冰	《茅盾全集》（补遗）
220	1944年7月1日	致戈宝权	雁冰	《茅盾全集》（书信一集）
221	1944年8月13日	致戈宝权	雁冰	《茅盾全集》（书信一集）
222	1944年8月23日	致戈宝权	雁冰	《茅盾全集》（书信一集）
223	1944年9月10日	致戈宝权	雁冰	《茅盾全集》（书信一集）
224	1944年10月18日	致戈宝权	雁冰	《茅盾全集》（书信一集）
225	1944年12月14日	近年来介绍的外国文学——国际反法西斯文学的轮廓	茅盾	《文哨》
226	1945年5月4日	致金兆梓	雁冰	《茅盾全集》（书信一集）
227	1945年5月18日	致葛一虹	雁冰	《茅盾全集》（书信一集）
228	1945年5月30日	永恒的纪念与景仰	茅盾	《抗战文艺》
229	1945年6月	关于《人民是不朽的》	茅盾	《人民是不朽的》（中苏文协）
230	1945年6月	高尔基和中国文坛	茅盾	《时代》
231	1946年6月15日	致金范泉	沈雁冰	《茅盾全集》（书信一集）
232	1946年6月23日	纠正一种风气	茅盾	《上海文化》
233	1946年9月1日	致范泉	雁冰	《茅盾全集》（书信一集）
234	1946年9月19日			

续表

序号	时间	标题	署名	出处
235	1946年9月25日	《团的儿子》译后记	茅盾	《新文化》
236	1946年10月	读苏联战时文艺作品——《苏联爱国战争短篇小说译丛》后记	茅盾	《苏联爱国战争短篇小说译丛》（永祥印书馆）
237	1946年10月	抗战文艺运动概略	茅盾	《中学生》
238	1946年	自传	茅盾	《茅盾全集》（中国文论六集）
239	1947年2月7日	致戈宝权	雁冰	《茅盾全集》（书信一集）
240	1947年6月14日	《俄罗斯问题》前记	未署名	《世界知识》
241	1947年6月15日	致戈宝权	雁冰	《茅盾全集》（书信一集）
242	1949年6月18日	瞿秋白在文学上的贡献	茅盾	《人民日报》
243	1949年9月25日	瞿秋白逝世十四周年纪念一致的要求和期望	茅盾	《文艺报》
244	1949年10月25日	《人民文学》发刊词	茅盾	《人民文学》
245	1951年11月9日	巩固和发展各国人民间的文化交流——茅盾在世界和平理事会六日上午会议上的发言	茅盾	《人民日报》
246	1952年2月25日	为什么我们喜爱两果的作品	茅盾	《文艺报》
247	1952年2月25日	果戈理在中国——纪念果戈理逝世百年纪念而写	茅盾	《文艺报》
248	1953年7月1日	《译文》发刊词	茅盾	《译文》
249	1953年12月19日	致赫德利奇卡	沈雁冰	《茅盾全集》（书信一集）
250	1954年1月10日	致王平一	茅盾	《茅盾全集》（书信一集）

续表

序号	时间	标题	署名	出处
251	1954年4月2日	致金江	茅盾	《茅盾全集》（书信一集）
252	1954年5月28日	致黄修平、张衍春	茅盾	《茅盾全集》（书信一集）
253	1954年6月15日	和平、友好、文化——在世界和平理事会柏林特别会议上关于文化交流的发言	茅盾	《文艺报》
254	1954年7月8日	致戈宝权	雁冰	《茅盾全集》（书信一集）
255	1954年7月	伟大的民主主义者契诃夫	茅盾	《纪念契诃夫专刊》（人民文学出版社）
256	1954年10月1日	为发展文学翻译事业和提高翻译质量而奋斗——一九五四年八月十九日在全国文学翻译工作会议上的报告	茅盾	《译文》
257	1954年12月27日	致李人鉴	沈雁冰	《茅盾全集》（书信一集）
258	1955年4月4日	致赫德利奇卡、赫德利奇卡娃	沈雁冰	《茅盾全集》（书信一集）
259	1955年4月5日	致胡光岭	茅盾	《茅盾全集》（书信一集）
260	1955年4月22日	致费德林	茅盾	《茅盾全集》（书信一集）
261	1955年5月5日	致王奉瑜	茅盾	《茅盾全集》（书信一集）
262	1955年5月7日	为了和平、民主和人类的进步事业——在世界文化名人纪念大会上的讲话摘要	茅盾	《人民日报》
263	1955年6月12日	致骆华珍	沈雁冰	《茅盾全集》（书信一集）
264	1955年8月10日	致戈宝权	雁冰	《茅盾全集》（书信一集）
265	1955年10月20日	俄译本《茅盾文集》自序	茅盾	《茅盾全集》（中国文论七集）
266	1955年11月12日	致新文艺出版社编辑室	茅盾	《茅盾全集》（书信一集）

续表

序号	时间	标题	署名	出处
267	1956年5月26日	中日文化交流的进一步发展	沈雁冰	《大众电影》
268	1956年5月28日	不朽的艺术都是为了和平与人类的幸福的	茅盾	《人民日报》
269	1956年5月30日	悼亚·法捷耶夫——文艺战士与和平战士	茅盾	《文艺报》
270	1956年10月	鲁迅——从革命民主主义到共产主义——鲁迅逝世二十周年纪念大会上的报告	茅盾	《文艺报》
271	1956年11月13日	致陈冰夷	雁冰	《茅盾全集》（补遗）
272	1956年12月14日	致玛莎·米勒	茅盾	《茅盾全集》（补遗）
273	1957年3月8日	致陈冰夷	雁冰	《茅盾全集》（书信一集）
274	1957年4月12日	文化部沈雁冰部长在优秀影片授奖大会上的讲话	沈雁冰	《人民日报》
275	1957年6月13日	致译文社	雁冰	《茅盾全集》（补遗）
276	1957年6月19日	致译文社	雁冰	《茅盾全集》（补遗）
277	1957年6月20日	致拉·古尔巴扎克	茅盾	《茅盾全集》（书信一集）
278	1957年6月26日	致陈冰夷	雁冰	《茅盾全集》（补遗）
279	1957年7月12日	一幅简图——中国文学的过去、现在和远景	茅盾	《茅盾全集》（中国文论八集）
280	1957年8月	《译文》亚洲文学专号前言	茅盾	《译文》
281	1957年11月27日	致陶武	茅盾	《茅盾全集》（书信一集）
282	1957年	在编辑工作座谈会上的发言	茅盾	《作家通讯》
283	1958年6月1日	致魏斯科普夫夫人	茅盾	《茅盾全集》（书信一集）

续表

序号	时间	标题	署名	出处
284	1958年6月6日	致陶武	茅盾	《茅盾全集》（书信一集）
285	1958年7月31日	致匈牙利"Tajekoztato"报编辑部	茅盾	《茅盾全集》（书信一集）
286	1958年11月1日	悼郑振铎副部长	茅盾	《新文化报》
287	1958年11月25日	致特米脱莱夫斯基	茅盾	《茅盾全集》（书信一集）
288	1959年1月10日	致玛雅	茅盾	《茅盾全集》（书信二集）
289	1959年2月24日	漫谈文学的民族形式	茅盾	《人民日报》
290	1959年2月26日	致班都拉	茅盾	《茅盾全集》（书信二集）
291	1959年2月27日	致特米脱莱夫斯基	茅盾	《茅盾全集》（书信二集）
292	1959年7月5日	致叶子铭	雁冰	《茅盾全集》（书信二集）
293	1959年10月24日	致扬诺夫·卞则卡	茅盾	《茅盾全集》（书信二集）
294	1959年10月25日	致普实克	茅盾	《茅盾全集》（书信二集）
295	1959年10月	文化战线上取得的胜利——应《苏维埃俄罗斯报》之请而作	沈雁冰	《茅盾全集》（中国文论八集）
296	1960年1月20日	契诃夫的时代意义	茅盾	《世界文学》
297	1960年1月	推荐的话	茅盾	苏联文学是中国人民的良师益友（中国文论九集）
298	1960年7月8日	《斯洛伐克文版〈林家铺子〉及其他短篇小说》序言	茅盾	《茅盾全集》（书信二集）
299	1960年7月8日	致史春芳	茅盾	《茅盾全集》（书信二集）
300	1960年10月10日	致阮文梅	茅盾	《茅盾全集》（书信二集）

续表

序号	时间	标题	署名	出处
301	1960年11月20日	激烈的抗议者，愤怒的揭发者，伟大的批判者	茅盾	《世界文学》
302	1961年	联系实际，学习鲁迅——在鲁迅先生诞生八十周年纪念大会上的报告	茅盾	《文艺报》
303	1961年6月15日	致庄钟庆	茅盾	《茅盾全集》（书信二集）
304	1962年2月14日	为风云变色时代的亚非文学的灿烂前景而祝福	茅盾	《人民日报》
305	1962年3月30日	团结和友谊的基础加强了——关于第二届亚非作家会议的报告	茅盾	《人民日报》
306	1962年5月4日	致魏绍昌	雁冰	《茅盾全集》（书信二集）
307	1962年9月	我阅读的中外文学作品	茅盾	《茅盾全集》（中国文论九集）
308	1962年10月16日	致杨郁	茅盾	《茅盾全集》（书信二集）
309	1963年6月28日	致张僖	茅盾	《茅盾全集》（书信二集）
310	1963年12月	关于曹雪芹——纪念曹雪芹逝世二百周年	茅盾	《文艺报》
311	1975年1月28日	致宋谋瑒	沈雁冰	《茅盾全集》（书信三集）
312	1975年5月4日	致姚雪垠	沈雁冰	《茅盾全集》（书信三集）
313	1976年10月	我和鲁迅的接触	茅盾	《鲁迅研究资料》
314	1976年12月21日	敬爱的周总理给予我的教诲的片段回忆	茅盾	《茅盾全集》（中国文论十集）
315	1977年2月9日	致叶子铭	沈雁冰	《茅盾全集》（书信三集）
316	1977年7月28日	致姜德明	沈雁冰	《茅盾全集》（书信三集）
317	1977年8月6日	致荒芜	沈雁冰	《茅盾全集》（书信三集）

续表

序号	时间	标题	署名	出处
318	1977年8月28日	致荒芜	沈雁冰	《茅盾全集》（书信三集）
319	1977年9月18日	致单演义	沈雁冰	《茅盾全集》（书信三集）
320	1977年10月5日	致叶淑穗、赵淑英	沈雁冰	《茅盾全集》（书信三集）
321	1977年10月10日	致陈瑜清	雁冰	《茅盾全集》（书信三集）
322	1977年10月	向鲁迅学习	茅盾	《世界文学》
323	1977年11月21日	致陈瑜清	沈雁冰	《茅盾全集》（书信三集）
324	1978年1月19日	致庄钟庆	沈雁冰	《茅盾全集》（书信三集）
325	1978年2月10日	致姚雪垠	沈雁冰	《茅盾全集》（书信三集）
326	1978年6月21日	致万树玉	沈雁冰	《茅盾全集》（书信三集）
327	1978年9月21日	致姜德明	雁冰	《茅盾全集》（书信三集）
328	1978年9月22日	致陈瑜清	沈雁冰	《茅盾全集》（书信三集）
329	1978年9月29日	致毕朔望	沈雁冰	《茅盾全集》（书信三集）
330	1978年11月21日	致毕朔望	沈雁冰	《茅盾全集》（书信三集）
331	1979年1月25日	白居易及其同时代人的诗人——为路易·艾黎英译《白居易诗选》而作	茅盾	《收获》
332	1979年3月26日	中国儿童文学是大有希望的——对参加"儿童文学创作学习会"的青年作者的谈话	茅盾	《人民日报》
333	1979年4月20日	在一九七八年全国优秀短篇小说评选发奖大会上的讲话	茅盾	《人民文学》
334	1979年4月30日	致罗瑜凡	沈雁冰	《茅盾全集》（书信三集）

续表

序号	时间	标题	署名	出处
335	1979年6月9日	致段宝林	沈雁冰	《茅盾全集》（书信三集）
336	1979年7月15日	致外文出版社编辑部	沈雁冰	《茅盾全集》（书信三集）
337	1979年7月20日	致钱钟书	沈雁冰	《茅盾全集》（书信三集）
338	1979年7月21日	致时钟雯	沈雁冰	《茅盾全集》（书信三集）
339	1979年9月	为介绍及研究外国文学进一解	茅盾	《外国文学评论》
340	1979年10月15日	致叶子铭	沈雁冰	《茅盾全集》（书信三集）
341	1979年11月2日	致复夏华苓	茅盾	《茅盾全集》（书信三集）
342	1980年1月19日	答北京语言学院留学生	茅盾	《茅盾全集》（中国文论十集）
343	1980年2月	外国戏剧在中国	茅盾	《外国戏剧》
344	1980年4月	关于选编《草鞋脚》的一点说明	茅盾	《中国现代文艺资料丛刊》
345	1980年8月	《世界文学名著杂谈》序	茅盾	《世界文学名著杂谈》（百花文艺出版社）
346	1980年9月15日	致黄育顺	沈雁冰	《茅盾全集》（书信三集）
347	1981年1月7日	梦回琐记	茅盾	《文艺报》
348	1981年2月	《茅盾译文选集》序	茅盾	《茅盾文艺评论集》（文化艺术出版社）
349	1981年4月7日	外文版《茅盾选集》序	茅盾	《光明日报》
350	1981年4月16日	重印《小说月报》序	茅盾	《人民日报》

附录二 茅盾翻译实践时间表（1917—1948）[1]

序号	时间	国别	作者	作品名	译者	体裁	出处	备注
1	1917年1月、2月、4月	英国	威尔斯	三百年后孵化之卵	雁冰	小说	《学生杂志》	用文言文翻译的第一篇小说
2	1918年1—12月	美国	洛塞尔彭特	两月中之建筑谭	雁冰泽民	小说	《学生杂志》	
3	1918年4月	美国	卡本脱	衣食住	沈德鸿	科普	《新知识丛书》	合译的第一部科普读物
4	1918年7月5日	不详	不详	二十世纪后之南极	未署名	科普	《学生杂志》	
5	1918年10月5日、11月5日	不详	不详	求幸福	雁冰	戏剧	《学生杂志》	翻译的第一篇中英文对照剧本
6	1919年2月5日	英国	萧伯纳	地狱中之对译	四珍	戏剧	《学生杂志》	萧伯纳1925年获诺贝尔文学奖
7	1919年8月20—22日	俄国	契诃夫	在家里	冰	小说	《时事新报·学灯》	用白话文翻译的第一篇小说
8	1919年8月28日	奥地利	施尼茨勒	界石	冰	戏剧	《时事新报·学灯》	
9	1919年9月18日	瑞典	斯特林堡	他的仆	冰	小说	《时事新报·学灯》	
10	1919年9月30日	不详	Elizabeth J. Coatsworth	夜	冰	诗歌	《时事新报·学灯》	翻译的第一篇诗歌
11	1919年9月30日	不详	Evelyn Wells	日落	冰	诗歌	《时事新报·学灯》	

[1] 此表是作者根据知识产权出版社2013年出版的《茅盾译文全集》（第1—10卷）所作并添加备注。《茅盾译文全集》在"出版说明"中统计茅盾一生的译作共230多篇，本表统计出来的译作总数是243篇。出现这种差异的原因可能是《茅盾译文全集》把茅盾1921年10月10日杂译的10位诗人的10首小民族诗歌总体算作1首统计，而笔者是按照10首不同作者进行统计。

续表

序号	时间	国别	作者	作品名	译者	体裁	出处	备注
12	1919年10月7—11日	法国	莫泊桑	一段弦线	冰	小说	《时事新报·学灯》	
13	1919年10月10日	爱尔兰	格雷戈里夫人	月方升	雁冰	戏剧	《时事新报·学灯》	格雷戈里夫人1911年获诺贝尔文学奖
14	1919年10月11日—14日	俄国	契河夫	卖诽谤的	冰	小说	《时事新报·学灯》	
15	1919年10月15日	比利时	梅特林克	丁泰琪的死	雁冰	戏剧	《解放与改造》	梅特林克1911年获诺贝尔文学奖
16	1919年10月25日、28日	俄国	高尔基	情人	冰	小说	《时事新报·学灯》	
17	1919年11月15日,12月1日	德国	尼采	新偶像、市场之蝇	雁冰	政论	《解放与改造》	翻译的第一篇政论
18	1919年12月15日	英国	罗素	社会主义下的科学与艺术	雁冰	文论	《解放与改造》	翻译的第一篇文论,罗素1950年获诺贝尔文学奖
19	1919年12月18日	波兰	热罗姆斯基	诱惑	雁冰	小说	《时事新报·学灯》	
20	1919年12月24日—25日	俄国	契河夫	方卡	冰	小说	《时事新报·学灯》	
21	1919年12月27日—29日	俄国	萨尔蒂科夫	一个农夫养两个官	冰	小说	《时事新报·学灯》	
22	1920年1月1日	不详	不详	广义派政府下的教育	雁冰	政论	《解放与改造》	
23	1920年1月5日	瑞典	斯特林堡	强迫的婚姻	冰	小说	《妇女杂志》	
24	1920年1月5日	美国	沃德	历史上的妇人	雁冰	妇女问题	《妇女杂志》	翻译的第一篇妇女问题作品

续表

序号	时间	国别	作者	作品名	译者	体裁	出处	备注
25	1920年1月5日	不详	戴维斯女士	现在妇女所要求的是什么？	四珍	妇女问题	《妇女杂志》	
26	1920年1月5日	不详	不详	英国女子在工业上的情形	佩韦	妇女问题	《妇女杂志》	
27	1920年1月5日	不详	不详	小儿心病治疗法	佩韦	科普	《学生杂志》	
28	1920年1月-6月	俄国	托尔斯泰	活尸	雁冰	戏剧	《东方杂志》	
29	1920年1月10日	印度	泰戈尔	骷髅	雁冰	小说	《东方杂志》	泰戈尔1913年获诺贝尔文学奖
30	1920年1月10日、25日	英国	罗素	巴苦宁和无强权主义	雁冰	政论	《东方杂志》	
31	1920年1月12日-14日	波兰	热罗姆斯基	霎	雁冰	小说	《时事新报·学灯》	
32	1920年2月5日	奥地利	施尼茨勒	结婚日的早晨	冰	戏剧	《妇女杂志》	
33	1920年2月5日	不详	恩淑南	欧洲妇女的育儿问题	雁冰	妇女问题	《妇女杂志》	
34	1920年2月5日	不详	米尔兰	将来的育儿问题	佩韦	妇女问题	《妇女杂志》	
35	1920年2月10日	瑞典	拉格洛夫	圣诞节的客人	雁冰	小说	《东方杂志》	拉格洛夫1909年获诺贝尔文学奖
36	1920年2月10日	不详	Joromo Davis	俄国人民及苏维埃政府	雁冰	政论	《东方杂志》	
37	1920年3月5日	瑞典	爱伦·凯	爱情与结婚	四珍	妇女问题	《妇女杂志》	
38	1920年3月10日	爱尔兰	叶芝	沙漏	雁冰	戏剧	《东方杂志》	叶芝1923年获诺贝尔文学奖
39	1920年4月-5月	美国	勃烈生顿	I. W. W. 的研究	雁冰	政论	《解放与改造》	
40	1920年4月5日	瑞典	斯特林堡	情敌	雁冰	戏剧	《妇女杂志》	

续表

序号	时间	国别	作者	作品名	译者	体裁	出处	备注
41	1920年4月5日	不详	海尔夫人	女子的觉悟	雁冰	妇女问题	《妇女杂志》	
42	1920年5月10日	俄国	柯隆太	未来社会之家庭	雁冰	妇女问题	《东方杂志》	
43	1920年5月25日	不详	J.奥尔金	安得列夫	雁冰	文论	《东方杂志》	
44	1920年6月25日	法国	巴比塞	为母的	雁冰	小说	《东方杂志》	
45	1920年7月1日	法国	巴比塞	名誉十字架	雁冰	小说	《解放与改造》	
46	1920年7月5日	英国	格迪斯 托姆森	两性间的道德关系	佩韦	妇女问题	《妇女杂志》	格迪斯是英国第一位研究性进化的生物学家和社会学家
47	1920年7月5日	不详	勃拉格多	时间空间的新概念	雁冰	科普	《学生杂志》	
48	1920年7月15日	法国	巴比塞	复仇	雁冰	小说	《解放与改造》	
49	1920年7月25日	美国	佩克	和平会议	雁冰	戏剧	《东方杂志》	
50	1920年7月30日	法国	巴比塞	错	雁冰	小说	《学艺杂志》	
51	1920年8月5日	比利时	梅特林克	室内	雁冰	戏剧	《学生杂志》	
52	1920年8月25日	爱尔兰	邓萨尼	遗帽	雁冰	戏剧	《东方杂志》	
53	1920年9月5日	不详	海尔夫人	妇女运动的造成	佩韦	妇女问题	《妇女杂志》	
54	1920年9月10日	爱尔兰	格雷里夫人	市虎	雁冰	戏剧	《东方杂志》	
55	1920年9月25日	美国	爱伦·坡	心声	雁冰	小说	《东方杂志》	
56	1920年10月1日	英国	罗素	游俄之感想	雁冰	政论	《新青年》	

续表

序号	时间	国别	作者	作品名	译者	体裁	出处	备注
57	1920年10月5日	美国	纪尔曼夫人	家庭生活与男女社交的自由	P.生	妇女问题	《妇女杂志》	
58	1920年10月5日	法国	里希特	关于生命现象本质的新理论	P.生	科普	《学生杂志》	
59	1920年10月5日	法国	贝洛	火山——地球上的火山月球上的火山和实验室里的火山	P.生	科普	《学生杂志》	
60	1920年11月1日	不详	哈德曼	罗素论苏维埃俄罗斯	雁冰	政论	《新青年》	
61	1920年12月7日	不详	不详	共产主义是什么意思	P.生	政论	《共产党》	
62	1920年12月7日	不详	不详	美国共产党宣言	P.生	政论	《共产党》	
63	1920年12月7日	不详	不详	美国共产党党纲	P.生	政论	《共产党》	
64	1920年12月7日	不详	不详	共产国际联盟对美国I.W.W.的恳请	P.生	政论	《共产党》	
65	1921年1月10日,3月10日	挪威	比昂逊	新结婚的一对	冬芬	戏剧	《小说月报》	比昂逊1903年获诺贝尔文学奖
66	1921年3月10日	匈牙利	拉兹古	一个英雄的死	雁冰	小说	《小说月报》	
67	1921年3月20日	瑞典	拉格洛夫	罗木罗木	雁冰	小说	《教育杂志》	1928年收入译文集《雪人》
68	1921年4月1日	英国	勃拉克女士	一封公开的信给《自由人》（月刊）记者	雁冰	政论	《新青年》	
69	1921年4月7日	不详	霍格松	共产党的出发点	P.生	政论	《共产党》	
70	1921年4月10日	瑞典	斯特林堡	人间世历史之一片	雁冰	小说	《小说月报》	
71	1921年5月1日	法国	莫泊桑	西门的爸爸	雁冰	小说	《新青年》	

续表

序号	时间	国别	作者	作品名	译者	体裁	出处	备注
72	1921年5月1日	俄国	高尔基	大仇人	P.生	小说	《民国日报·觉悟》	
73	1921年5月7日	苏联	列宁	国家与革命	P.生	政论	《共产党》	
74	1921年5月7日	不详	不详	劳农俄国的教育——劳农俄国教育总长吕纳却尔斯基的一席谈	P.生	政论	《共产党》	
75	1921年7月1日	俄国	布哈林	俄国的新经济政策	雁冰	政论	《新青年》	
76	1921年7月1日	苏联	K.柴诺夫斯基	劳农俄国底电气化	P.生	政论	《新青年》	
77	1921年7月10日	瑞典	慈德尔贝	印第安墨水画	沈雁冰	小说	《小说月报》	
78	1921年7月10日	波兰	佩雷波	禁食节	沈雁冰	小说	《小说月报》	1928年收入译文集《雪人》
79	1921年7月10日	不详	不详	阿富汗的恋爱歌	冯虚女士	诗歌	《小说月报》	
80	1921年8月1日	挪威	博耶尔	一队骑马的人	沈雁冰	散文	《新青年》	翻译的第一篇散文
81	1921年8月1日	不详	Frank Dilnot	英国劳工运动史	孔常	政论	《东方杂志》	
82	1921年8月10日	捷克	杨·尼鲁达	愚弟的裴纳	沈雁冰	小说	《小说月报》	
83	1921年8月10日	以色列	平斯克	美尼	冬芬	戏剧	《小说月报》	
84	1921年8月10日	不详	A.努斯拨乌姆	罗曼·罗兰评传	孔常	文论	《小说月报》	
85	1921年9月1日	爱尔兰	格雷戈里夫人	海青·赫佛	沈雁冰	戏剧	《新青年》	1928年收入译文集《雪人》
86	1921年9月4日	德国	戴默尔	海里的一口钟	沈雁冰	诗歌	《民国日报·觉悟》	

续表

序号	时间	国别	作者	作品名	译者	体裁	出处	备注
87	1921年9月10日	美国	阿肯	冬	沈雁冰	戏剧	《小说月报》	
88	1921年9月10日	匈牙利	米克沙特	旅行到别一世界	沈雁冰	小说	《小说月报》	1935年收入译文集《桃园》
89	1921年9月21日	比利时	梅特林克	我寻过……了	沈雁冰	诗歌	《民国日报·妇女评论》	
90	1921年9月	俄国	萨尔蒂科夫	失去的良心	冬芬	小说	《小说月报》	1928年收入译文集《雪人》
91	1921年9月	俄国	库普林	杀人者	冬芬	小说	《小说月报》	
92	1921年9月	俄国	列斯科夫	蠢人	冬芬	小说	《小说月报》	
93	1921年9月	俄国	乌斯宾斯基	看新娘（一个断片）	冬芬	小说	《小说月报》	
94	1921年9月	俄国	未署名	伏尔加村人的儿子米苦拉	冬芬	散文	《小说月报》	
95	1921年9月	俄国	未署名	孟罗的农民英雄斯维利亚和英雄斯蒂多哥尔	冬芬	散文	《小说月报》	
96	1921年10月7日	德国	戴默尔	夜夜	冯虚女士	诗歌	《民国日报·觉悟》	
97	1921年10月10日	阿根廷	梅尔顿思	伦夫	冯虚女士	小说	《民国日报·觉悟》	
98	1921年10月10日	克罗地亚	哥萨维尔·山道尔·雅尔斯基	茄具客	沈雁冰	小说	《小说月报》	
99	1921年10月10日	捷克	捷赫	旅程	冬芬	小说	《小说月报》	
100	1921年10月10日	以色列	肖洛姆·阿莱汉姆	贝诺恩玄多恩思未的人	沈雁冰	小说	《小说月报》	1928年收入译文集《雪人》

续表

序号	时间	国别	作者	作品名	译者	体裁	出处	备注
101	1921年10月10日	乌克兰	莱卡	巴比伦的俘虏	沈雁冰	戏剧	《小说月报》	
102	1921年10月10日	匈牙利	裴多菲	匈牙利国歌	沈雁冰	诗歌	《民国日报·觉悟》	
103	1921年10月10日	不详	H.拉姆斯顿	芬兰的文学	沈雁冰	文论	《小说月报》	
104	1921年10月12日	芬兰	鲁内贝格	莫扰乱了女郎的灵魂	冯虚女士	诗歌	《民国日报·妇女评论》	
105	1921年10月12日	芬兰	鲁内贝格	笑	冯虚女士	诗歌	《民国日报·妇女评论》	
106	1921年10月26日	芬兰	鲁内贝格	泪珠	冯虚	诗歌	《民国日报·妇女评论》	
107	1921年10月26日	瑞典	巴士	"假如我是一个诗人"	冯虚	诗歌	《民国日报·妇女评论》	
108	1921年11月2日	不详	不详	乌克兰民歌	冯虚女士	诗歌	《民国日报·妇女评论》	
109	1921年11月4日	法国	Jules Licmaine	无聊的人生	冯虚	小说	《小说月报》	
110	1921年11月10日	尼加拉瓜	达里奥	女王玛勃的面网	冯虚	诗歌	《民国日报·觉悟》	
111	1921年11月11日	瑞典	阿姆特博姆	佛列息亚底歌者	冯虚	诗歌	《小说月报》	
112	1921年11月30日、12月14日	不详	不详	塞尔维亚底情歌	冯虚	诗歌	《民国日报·觉悟》	
113	1921年12月10日	亚美尼亚	土尔奇兰支	与死有关的	沈雁冰	诗歌	《小说月报》	
114	1921年12月10日	亚美尼亚	伊萨诃庚	无题	沈雁冰	诗歌	《小说月报》	
115	1921年12月10日	格鲁吉亚	恰夫恰瓦泽	春	沈雁冰	诗歌	《小说月报》	

续表

序号	时间	国别	作者	作品名	译者	体裁	出处	备注
116	1921年12月10日	乌克兰	洛顿斯奇	亡命者之歌	沈雁冰	诗歌	《小说月报》	
117	1921年12月10日	乌克兰	谢甫琴科	狱中感想	沈雁冰	诗歌	《小说月报》	
118	1921年12月10日	塞尔维亚	斯坦芳诺维支	最大的喜悦	沈雁冰	诗歌	《小说月报》	
119	1921年12月10日	捷克	散尔复维支	梦	沈雁冰	诗歌	《小说月报》	
120	1921年12月10日	捷克	贝兹鲁奇	坑中做的工人	沈雁冰	诗歌	《小说月报》	
121	1921年12月10日	波兰	科诺普尼茨卡	今王……	沈雁冰	诗歌	《小说月报》	
122	1921年12月10日	波兰	阿斯尼克	无限	沈雁冰	诗歌	《小说月报》	
123	1922年1月1日	罗马尼亚	玛利亚	让我们做和平的兄弟	沈雁冰	政论	《民国日报·妇女杂志》	
124	1922年1月1日	乌克兰	繁特科微支	二部曲	希真	诗歌	《诗》	
125	1922年1月10日	瑞典	泰格奈尔	永久	希真	诗歌	《小说月报》	
126	1922年1月10日	瑞典	泰格奈尔	季候鸟	希真	诗歌	《小说月报》	
127	1922年1月10日	瑞典	泰格奈尔	辞别我的七弦竖琴	希真	诗歌	《小说月报》	
128	1922年1月10日	以色列	平斯基	拉比阿契巴的诱惑	希真	小说	《小说月报》	1928年收入译文集《雪人》
129	1922年1月10日	亚美尼亚	曼佗	少妇的梦	雁冰	散文	《小说月报》	
130	1922年1月10日	亚美尼亚	曼佗	祈祷者	雁冰	散文	《小说月报》	
131	1922年2月10日	葡萄牙	肯塔尔	东方的梦	希真	诗歌	《小说月报》	

续表

序号	时间	国别	作者	作品名	译者	体裁	出处	备注
132	1922年2月10日	葡萄牙	肯塔尔	什么东西的眼泪	希真	诗歌	《小说月报》	
133	1922年2月10日	葡萄牙	肯塔尔	在上帝的手里	希真	诗歌	《小说月报》	
134	1922年2月10日	瑞典	雷德贝里	浴的孩子	希真	诗歌	《小说月报》	
135	1922年2月10日	瑞典	雷德贝里	你的忧愁是你自己的	希真	诗歌	《小说月报》	
136	1922年3月1日、8日	爱尔兰	格雷戈里夫人	旅行人	沈雁冰	戏剧	《民国日报·妇女评论》	
137	1922年3月、4月、6月	爱尔兰	格雷戈里夫人	乌鸦	沈雁冰	戏剧	《妇女评论》	1928年收入译文集《雪人》
138	1922年4月10日	挪威	博耶尔	卡利奥森在天上	冬芬	小说	《小说月报》	
139	1922年5月10日	匈牙利	阿兰尼	英雄包尔	冬芬	诗歌	《小说月报》	
140	1922年6月10日	不详	A.海里曼	霍普德曼与尼采哲学	希真	文论	《小说月报》	
141	1922年7月10日	荷兰	莫尔纳尔	盛筵	冬芬	戏剧	《小说月报》	
142	1922年8月10日	不详	斯宾霍夫	路意斯	冬芬	戏剧	《小说月报》	
143	1922年8月10日	以色列	A.费波夫	新德国文学	希真	文论	《小说月报》	
144	1922年9月10日	亚美尼亚	平斯基	波兰——一九一九年	希真	戏剧	《小说月报》	
145	1922年9月10日		阿哈洛宁	却绮	沈雁冰	小说	《民国日报·妇女评论》	1928年收入译文集《雪人》
146	1922年11月1日、8日	爱尔兰	格雷戈里夫人	狱门	雁冰	戏剧	《小说月报》	
147	1922年11月10日	智利	巴里奥斯	爸爸和妈妈	冬芬	戏剧	《小说月报》	

续表

序号	时间	国别	作者	作品名	译者	体裁	出处	备注
148	1922年11月10日	不详	B.佐尔内	欧战给与匈牙利文学的影响	无枝	文论	《小说月报》	
149	1922年11月10日	俄国	米尔斯基	赤俄的诗坛	玄珠	文论	《小说月报》	
150	1922年11月10日	挪威	博耶尔	脑威现代文学	佩韦	文论	《小说月报》	
151	1922年12月10日	美国	Lssac Goldberg	巴西文坛最近的趋势	佩韦	文论	《小说月报》	
152	1922年12月10日	德国	霍普特曼	新德国文学的新倾向	无枝	文论	《小说月报》	霍普特曼1912年获诺贝尔文学奖
153	1923年1月5日	匈牙利	裴多菲	私奔	沈雁冰	小说	《小说世界》	
154	1923年2月1日	保加利亚	伐佐夫	他来了么？	雁冰	小说	《妇女杂志》	1928年收入译文集《雪人》
155	1923年2月10日	西班牙	贝纳文特	太子的旅行	冬芬	戏剧	《小说月报》	
156	1923年4月10日	巴西	E.恰可蒲	奥国的现代文学	韦兴	文论	《小说月报》	1929年收入《近代文学面观》
157	1923年4月10日	不详	斯塔诺伊维奇	南斯拉夫的近代文学	佩韦	文论	《小说月报》	
158	1923年5月10日	不详	阿塞维多	最后一掷	沈雁冰	小说	《小说月报》	
159	1923年5月10日	不详	希普利	现代的希伯来诗	赤城	文论	《小说月报》	
160	1923年5月15日	不详	不详	南斯拉夫民间恋歌	雁冰	诗歌	《诗》	
161	1923年6月10日	不详	皮尔	葡萄牙的近代文学	玄珠	文论	《小说月报》	1929年收入《近代文学面观》
162	1923年6月17日	黎巴嫩	纪伯伦	纪伯伦的小品文（一）	雁冰	散文	《努力周报》	
163	1923年9月3日	黎巴嫩	纪伯伦	圣的愚者	雁冰	散文	《文学》	

续表

序号	时间	国别	作者	作品名	译者	体裁	出处	备注
164	1923年9月10日	印度	泰戈尔	歧路	沈雁冰	诗歌	《小说月报》	
165	1923年9月17日	黎巴嫩	纪伯伦	纪伯伦的小品文（二）	雁冰	散文	《文学》	
166	1923年9月24日	不详	不详	乌克兰的结婚歌	沈雁冰	诗歌	《文学》	
167	1923年11月10日	俄国	高尔基	巨钦（一段神话）	沈雁冰	小说	《中国青年》	
168	1923年11月12日	不详	奥内尔	俄国文学与革命	沈雁冰	文论	《文学周报》	
169	1924年2月1日	美国	李德夫人	南美的妇女运动	沈雁冰	妇女问题	《妇女杂志》	
170	1924年4月28日，5月5日、12日	匈牙利	拉兹古	匈牙利文学史略	玄珠	文论	《文学旬刊》	
171	1924年9月-12月	不详	不详	复归故乡	玄	小说	《文学》	1928年收入译文集《雪人》
172	1925年4月27日	不详	不详	玛鲁森珈的婚礼	玄	诗歌	《文学周报》	
173	1925年5月24日	匈牙利	莫尔纳尔	花冠	雁冰	诗歌	《文学周报》	
174	1925年6月10日	不详	不详	马额的羽饰	沈雁冰	戏剧	《小说月报》	
175	1925年8月9日	不详	不详	乌克兰结婚歌	沈雁冰	诗歌	《文学周报》	
176	1925年8月16日	丹麦	勃兰兑斯	文艺的新生命	沈雁冰	文论	《文学周报》	
177	1925年10月18日	不详	罗皮纳	关于"烈夫"的	沈雁冰	文论	《文学周报》	
178	1925年11月15日、29日	不详	不详	古代埃及的"幻异记"	沈雁冰	散文	《文学周报》	1935年收入译文集《桃园》
179	1925年12月13日	丹麦	维德	恋爱——一个恋人的日记	沈雁冰	小说	《文学周报》	

续表

序号	时间	国别	作者	作品名	译者	体裁	出处	备注
180	1926年3月10日	西班牙	巴列·因克兰	首领的威信	沈雁冰	小说	《小说月报》	
181	1926年7月18日	保加利亚	埃林·彼林	老牛	沈雁冰	小说	《文学周报》	1928年收入译文集《雪人》
182	1927年8月—10月	西班牙	柴玛萨斯	他们的儿子	沈余	小说	《小说月报》	1928收入《文学研究会丛书》
183	1927年12月1日	不详	甘布莱女士	初民社会中之两性关系	雁冰	妇女问题	《新女性》	
184	1928年6月—7月	希腊	帕拉马斯	一个人的死	沈余	小说	《小说月报》	1936年收入《万有文库》
185	1930年7—11月，1931年1月	苏联	丹青科	文凭	茅盾	小说	《妇女杂志》	1946年由永祥印书馆出版
186	1931年1月，3月	俄国	勃留索夫	雷哀·锡耳维埃	沈余	小说	《妇女杂志》	1935年收入译文集《桃园》
187	1934年3月1日	荷兰	茵娜·包地·巴克尔	改变	芬君	小说	《文学》	1935年收入译文集《桃园》
188	1934年5月1日	波兰	泰特马耶尔	耶稣和强盗	芬君	小说	《文学》	1935年收入译文集《桃园》
189	1934年5月1日	秘鲁	洛佩斯·阿尔布哈尔	催命大岁	余声	小说	《文学》	1935年收入译文集《桃园》
190	1934年5月1日	斯洛文尼亚	斯罗伐尼	门的肉哥罗之集妇	牟尼	小说	《文学》	1935年收入译文集《桃园》
191	1934年5月1日	罗马尼亚	萨多维亚努	春	芬君	小说	《文学》	1935年收入译文集《桃园》
192	1934年5月1日	克罗地亚	Ivan Krnic	在公安局	丙申	小说	《文学》	1935年收入译文集《桃园》
193	1934年5月1日	土耳其	Resik-Halid	桃园	连琐	小说	《文学》	1935年收入译文集《桃园》

续表

序号	时间	国别	作者	作品名	译者	体裁	出处	备注
194	1934年9月16日	匈牙利	米克沙特	皇帝的衣服	茅盾	小说	《译文》	1935年收入译文集《桃园》
195	1934年9月16日	希腊	德罗西尼斯	教父	味茗	小说	《译文》	1935年收入译文集《桃园》
196	1934年9月16日	苏联	A.亚历克斯德	普式庚灵柩旁中间的一个	芬君	文论	《译文》	
197	1934年10月16日	苏联	卢纳察尔斯基	关于萧伯纳	芬君	文论	《译文》	卢纳察尔斯基1930年当选苏联科学院院士
198	1934年10月16日	苏联	A.泰洛夫	怎样排演古典剧	味茗	文论	《译文》	
199	1934年11月16日	克罗地亚	维尔斯基	娜娜	芬君	小说	《译文》	1935年收入译文集《桃园》
200	1934年12月16日	希腊	A.蔼夫达利哇谛斯	安琪吕珈	芬君	小说	《译文》	1935年收入译文集《桃园》
201	1934年12月16日	荷兰	J.哈恩铁斯	现代荷兰文学	冬芬	文论	《文学》	
202	1935年1月1日	匈牙利	约卡伊	跳舞会	芬君	小说	《译文》	
203	1935年1月1日	丹麦	安徒生	雪球花	茅盾	小说	《文学》	
204	1935年1月16日	克罗地亚	N.奥格列曹维支	两个教堂	芬君	小说	《译文》	1935年收入译文集《桃园》
205	1935年2月16日	苏联	勃拉戈伊	莱蒙托夫	谢芬	文论	《译文》	
206	1935年3月16日	苏联	勃拉戈伊	蒲留梭夫——时代的镜子	谢芬	文论	《译文》	
207	1935年5月20日	挪威	别伦·比昂逊	我的回忆	茅盾	散文	《世界文库》	1936年收入《回忆·书简·杂记》

续表

序号	时间	国别	作者	作品名	译者	体裁	出处	备注
208	1935年6月20日	波兰	显克微支	游美杂记	茅盾	散文	《世界文库》	1936年收入《回忆・书简・杂记》，显克微支1905年获诺贝尔文学奖
209	1935年7月20日	德国	海涅	英吉利断片	茅盾	散文	《世界文库》	1936年收入《回忆・书简・杂记》
210	1935年8月16日	美国	欧・亨利	最后的一张叶子	芬君	小说	《译文》	
211	1935年8月16日	阿尔及利亚	阿尔及耳・E.吕海司女士	凯尔凯勃	茅盾	小说	《世界知识》	1935年收入译文集《桃园》
212	1935年8月20日	挪威	易卜生	集外书简	茅盾	散文	《世界文库》	1936年收入《回忆・书简・杂记》
213	1935年9月20日	比利时	梅特林克	《蜜蜂的发怒》及其他	茅盾	散文	《世界文库》	1936年收入《回忆・书简・杂记》
214	1935年10月20日	俄国	蒲宁	忆契诃夫	茅盾	散文	《世界文库》	1936年收入《回忆・书简・杂记》，蒲宁1933年获诺贝尔文学奖
215	1935年11月20日、1936年1月—2月	古罗马	奥维德	拟情书	茅盾	散文	《世界文库》	1936年收入《回忆・书简・杂记》
216	1936年3月16日	苏联	柯里卓夫	世界的一日	茅盾	散文	《译文》	

附 录

续表

序号	时间	国别	作者	作品名	译者	体裁	出处	备注
217	1936年3月20日	英国	菲尔丁	散文的"喜剧的史诗"——小说Joseph Andrews的序言	茅盾	文论	《世界文库》	
218	1936年3月	苏联	吉洪诺夫	战争	茅盾	小说	文化生活出版社	
219	1936年8月15日	美国	史沫特莱	凯绥·珂勒惠支——民众的艺术家	茅盾	文论	《作家》	
220	1936年9月16日	苏联	爱伦堡	红巾	茅盾	小说	《译文》	
221	1937年2月16日	不详	李倍莱夫·波尔耶斯基	十二月党的诗人	茅盾	文论	《译文》	
222	1937年5月16日	美国	J.L.斯比伐克	给罗斯福总统的信	茅盾	散文	《译文》	
223	1937年6月16日	美国	约翰·牟伦	茵生工厂房里	茅盾	散文	《译文》	
224	1939年11月	苏联	阿斯运诺伐	民族问题解决了	茅盾	政论	《反帝战线》	
225	1943年5月15日	苏联	西蒙诺夫	共通的言语	茅盾	小说	《国讯》	1946年收入《苏联爱国战争短篇小说译丛》
226	1943年6月	苏联	巴普连科	复仇的火焰	茅盾	小说	新知书店	
227	1943年6月	苏联	彼得罗夫	审问及其他	茅盾	小说	《中原》	1946年收入《苏联爱国战争短篇小说译丛》
228	1943年9月5日	苏联	吉洪诺夫	苹果树	茅盾	小说	《文哨》	1946年收入《苏联爱国战争短篇小说译丛》
229	1943年10月1日	苏联	索波列夫	他的意中人	茅盾	小说	《文艺杂志》	

续表

序号	时间	国别	作者	作品名	译者	体裁	出处	备注
230	1943年11月1日	苏联	吉洪诺夫	母亲	茅盾	小说	《中外春秋》	1946年收入《苏联爱国战争短篇小说译丛》
231	1944年1月	苏联	杜普辛科	作战前的晚上	茅盾	小说	《中苏文化》	1946年收入《苏联爱国战争短篇小说译丛》
232	1944年3月	苏联	柯热夫尼科夫	上尉什哈伏伦科夫	茅盾	小说	《文阵新辑》	1946年收入《苏联爱国战争短篇小说译丛》
233	1944年3月	苏联	潘菲罗夫	我们落手越来越重了	茅盾	小说	《天下文章》	1946年收入《苏联爱国战争短篇小说译丛》
234	1944年10月10日	苏联	吉洪诺夫	新生命的降生	茅盾	小说	《青年文艺》	1946年收入《苏联爱国战争短篇小说译丛》
235	1944年	苏联	索波列夫	蓝巾	茅盾	小说	《中苏文化协会文化丛书》	1946年收入《苏联爱国战争短篇小说译丛》
236	1944年	苏联	索波列夫	狙击兵	茅盾	小说	《中苏文化协会文化丛书》	1946年收入《苏联爱国战争短篇小说译丛》
237	1945年4月14日	苏联	托尔斯泰	刽子手的卑劣	茅盾	散文	《大公晚报·小公园》	
238	1945年6月	苏联	格罗斯曼	人民是不朽的	茅盾	小说	文光书店出版	
239	1945年7月	苏联	罗斯金	高尔基的流浪生涯	茅盾	散文	北门出版社出版	
240	1947年5月1日	俄国	契诃夫	这女人是谁	茅盾	小说	《大家》	

续表

序号	时间	国别	作者	作品名	译者	体裁	出处	备注
241	1947年6-8月	苏联	西蒙诺夫	俄罗斯问题	茅盾	戏剧	《世界知识》	该剧1946年获斯大林文艺奖
242	1948年2月	苏联	卡泰耶夫	团的儿子	茅盾	小说	新华书店出版	
243	1948年8月1日	苏联	西蒙诺夫	蜡烛	茅盾	小说	《小说》	

致 谢

我要诚挚地感谢我的博士生导师段峰教授。段先生认真的态度、儒雅的风范、宽容的性格给我留下了深刻印象。从成为段先生学生的第一天起，我就开始接受先生和风细雨般的教育。在四川大学的读博生涯中，先生与我的每一次谈话、每一封邮件、每一个电话、每一则信息，无不凝聚了先生的心血。值此专著完成之际，我要诚挚地对先生道一声："谢谢您！"

其次，我要感谢上海外国语大学的谢天振教授和四川外国语大学的廖七一教授给我提出的中肯建议。我还要感谢洛阳师范学院的陆志国教授对我的支持和帮助，尤其要感谢他给我提供茅盾翻译研究的珍贵英文资料。

此外，我要感谢西华师范大学的杜平教授、陈文存教授、曾洪伟教授对我的关怀。我要感谢同门的鼓励，是他们给我提供了前行的动力。我还要感谢西华师范大学文学与翻译专业的研究生们在课堂内外与我的学术探讨。

最后，我要感谢我的家人。谢谢年迈的妈妈全心全意帮我们料理家务，谢谢先生对我的理解与支持，谢谢孩子的乖巧与懂事，让我在大家的关心与鼓励下坚持走完了这段旅程。

人生的道路是漫长的，我们随时都会面临各种选择。因此，这本专著的完成不是一个终点，而是一个新的起点，希望自己能够在学术的道路上走得更远！

王志勤

2019年6月